Rebond
Palets & Arcs-en-ciel, Livre 1

L.A. WITT
Traduit de l'anglais par
Scarlett Chet

ISBN: 9798615671852

REBOND

L.A. WITT

INFORMATION SUR LES DROITS D'AUTEUR

Chapitre 1
Geoff

— Ils ne t'ont toujours pas pardonné ?

Ma partenaire, l'agent Laura Wayne, me jeta un regard compatissant depuis le siège passager de notre voiture de police à l'arrêt.

— Ça fait deux mois ?

— Presque trois.

Je soupirai contre ma tasse et regardai la nuit tomber dehors.

— Qu'est-ce que je peux dire ? Ils l'adoraient.

— Je peux le comprendre. Je l'aimais bien avant que tu me dises quel colossal connard c'était. Mais c'est toi qui le fréquentais. Je veux dire, ils ont compris quand tu as divorcé de leur mère, n'est-ce pas ?

— Ils ont fini par le faire, oui.

Je posai mon café dans le porte-gobelet.

— Mais leur mère a continué à faire partie de leur vie. Marcus m'a carrément dit — et à eux aussi — que si je le quittais, c'était fini. Il savait très bien à quel point les enfants l'aimaient. Bordel, il s'en est assuré. Puis il leur a dit que c'était ma faute s'il ne faisait plus partie de leur vie. Et ils y ont cru. Évidemment. Parce que c'est plus facile de croire ça que d'accepter que Marcus ne tenait pas vraiment à eux comme il le prétendait.

Laura gémit.

— Pouah. Je me demande bien pourquoi tu ne voulais plus rester avec lui.

Je grognai, mais ne répondis rien. Je m'étais plaint à elle pendant toute l'année précédant ma séparation avec Marcus et dans les mois qui avaient suivi. C'est elle qui avait fini par me convaincre que si j'étais tellement misérable avec mon petit ami, je devais partir, car plus je resterais avec lui, plus mes enfants seraient attachés à lui quand la sentence tomberait.

Il s'était avéré qu'ils étaient déjà sérieusement attachés. Marcus et moi étions ensemble depuis presque six ans. Il avait été là pour les montagnes russes à la sortie de l'enfance et le début de l'adolescence. Il avait été les chercher à l'école et assisté à leurs activités extra-scolaires quand je ne pouvais pas quitter le travail. Il avait été un cadeau tombé du ciel pendant la transition de ma fille et quand mon fils s'était remis d'un pied cassé. J'aurais été le premier à dire que cet homme avait été, au moins en apparence, un beau-père incroyable.

Mais un incroyable petit ami ? Pas vraiment.

C'est pourquoi, trois mois plus tôt, mes enfants et moi avions troqué la grande maison de quatre chambres de Marcus, située dans le quartier chic de Bellevue, contre un appartement exigu à Lake City, un quartier moins que fantastique du nord-est de Seattle. Marcus avait été fidèle à sa parole : je l'avais quitté et il avait rompu tout contact avec les enfants. Ils m'avaient à peine parlé depuis.

— Je sais que c'est dur, déclara Laura. Mais laisse-leur du temps.

Elle m'observa.

— Comment vas-tu, depuis Marcus ?

Je soupirai, laissant ma tête retomber contre le siège.

— C'est un grand soulagement. Et bien sûr, je me sens encore plus coupable que Claire et David soient aussi malheureux.

— Tu ne devrais qu'en être encore plus fâché contre Marcus. Il les a totalement retournés contre toi et tu le sais.

— Oui, je sais, mais pas eux.

— Que savent-ils ?

Je regardai fixement par le pare-brise, priant silencieusement que quelqu'un fasse un excès de vitesse pour que je puisse lui dire de se garer et mettre fin à cette conversation.

— Geoff.

Le ton de Laura était doux. Elle n'utilisait pas sa voix de flic avec moi à moins que je ne me montre sérieusement stupide.

— Ils comprendront probablement si tu leur racontes toute l'histoire.

Je me tournai vers elle.

— Comment puis-je dire à mes enfants que tout ce qu'il faisait pour eux, tout ce qu'il leur achetait, n'était qu'un moyen de me manipuler ? Il a payé les voyages de l'orchestre de David et Valérie et moi n'aurions jamais pu financer la transition de Claire sans l'argent qu'il nous a donné. Et ce ne sont que les conneries financières. Comment dire à mes enfants que mon petit ami nous a tous couvert d'amour, uniquement pour me contrôler ?

Je secouai la tête.

— Parfois, je pense honnêtement que je préfère qu'ils soient en colère contre moi que de me sentir coupable d'avoir été la principale raison pour laquelle Marcus a pu me maltraiter pendant si longtemps.

Laura fronça les sourcils.

— D'accord, je comprends. Alors peut-être que si tu ne leur racontes pas toute l'histoire ? Révèles-en suffisamment pour qu'ils sachent que tu n'es pas parti pour le plaisir de le faire ? Ils sont à un âge où ils vont commencer à sortir avec d'autres adolescents. Ils ont besoin que leur père leur serve de modèle parce qu'il a quitté une relation toxique.

— Je sais. Je sais. Et j'ai essayé. Claire a décidé que je suis trop fier pour être avec quelqu'un qui gagne plus que moi, et David ne comprend pas comment c'est, je cite, mieux qu'on soit tous malheureux tout le temps plutôt que j'essaie de faire marcher les choses avec Marcus, fin de citation.

Je frottai ma nuque raide.

— Il leur est plus facile de croire que je suis un connard que d'accepter que Marcus a cessé de les aimer.

J'appuyai ma tête contre le siège en soupirant.

— Ou qu'il n'a jamais réellement aimé aucun d'entre nous.

— Pouah. Faire entendre raison à des adolescents au cœur brisé. Bonne chance.

— Ouais, hein ? Mais Valérie les a emmenés chez un thérapeute familial quand elle s'est remariée et elle va me mettre en contact avec elle. Peut-être qu'un peu d'aide professionnelle nous mènera quelque part.

— Ça vaut la peine d'essayer. Bonne chance.

— Merci.

— Alors, et toi ?

Je me tournai vers elle.

— Et moi ?

— Tu as pensé à recommencer à sortir ?

Elle leva son téléphone et sourit.

— Peut-être à télécharger Tinder ?

Je secouai la tête en riant.

— Je ne sais pas. Je veux dire, j'aurais vraiment besoin de m'envoyer en l'air.

— On aurait tous les deux besoin que tu t'envoies en l'air.

Je lui jetai un regard appuyé.

Elle haussa les épaules sans une once de regret.

— Quoi ? Ne fais pas comme si ce n'était pas vrai.

J'ouvris la bouche pour lui rappeler que je n'étais pas le seul dans cette voiture à être moins que supportable quand je ne tirais pas un coup de temps en temps, mais à ce moment-là, la radio crépita.

— À toutes les unités, 242 à 4th Avenue et Wall Street.

Laura et moi échangeâmes un regard. Une bagarre. Charmant.

— Ce n'est qu'à deux minutes d'ici, dit-elle.

— Allons-y.

J'allumai le moteur et elle s'empara de la radio pour informer le régulateur que nous allions répondre à l'appel.

Même si la circulation à Seattle était toujours extrêmement difficile, je connaissais des itinéraires de secours et des routes secondaires pour nous rendre plus rapidement sur les lieux, sans gyrophares ni sirènes. Après quelques minutes, je me garai sur le parking d'un restaurant grill situé à quelques rues de la *Space Needle*. Le régulateur confirma qu'une deuxième unité était en route, mais qu'il lui faudrait encore plusieurs minutes.

Les troubles provenaient apparemment de deux hommes blancs d'environ vingt-cinq ans et de deux d'employés du restaurant qui essayaient visiblement de faire diversion. Les deux hommes étaient aussi des armoires à glace. Pas des amateurs de gonflette, mais cette carrure puissante et compacte qui signifiait que s'ils en venaient aux mains, cette situation pourrait rapidement mal tourner.

Une petite foule s'était amassée et plusieurs badauds filmaient avec leur téléphone. Près d'eux, le pare-brise d'une voiture de sport jaune hors de prix avait été brisé et l'une des ailes avait été enfoncée de façon impressionnante. Il ne semblait y avoir aucune arme.

— Bon, ça devrait être fun, marmonna Laura.

— Comme toujours.

Nous sortîmes de la voiture et nous approchâmes prudemment de la scène. Presque tout le monde jeta au moins un coup d'œil dans notre direction, y compris l'un des deux hommes impliqués dans l'altercation. L'autre n'arrêtait pas de lui crier dessus tandis que les employés essayaient prudemment de rester entre eux. Il esquissait des gestes fous dans tous les sens en parlant, mais ne semblait pas être armé ni en état d'ivresse. Simplement très énervé.

— Hé, hé, ordonna Laura de sa voix de flic. Ça suffit.

Elle se jeta dans l'arène, moi sur ses talons.

— Monsieur, j'ai besoin que vous reculiez et que vous vous calmiez.

L'homme se tut instantanément, la bouche toujours ouverte. Son bras resta levé, figé au milieu de son geste, et il la fixa comme s'il était stupéfait qu'une femme blonde à queue de cheval d'une tête de moins que lui viennent d'apparaître sous son nez pour lui dire de se taire. Laura avait cet effet sur beaucoup de gens. Elle était l'inverse d'intimidante, ce qui la rendait d'autant plus intimidante quand elle n'hésitait pas à faire jouer son autorité. J'adorais ma partenaire.

— Vous, dit-elle à l'autre homme. Allez là-bas.

Elle pointa du doigt un banc à côté des portes en verre fumé du restaurant, à une quinzaine de mètres.

— Asseyez-vous. Ne parlez pas. Ne bougez pas.

Le deuxième homme cligna des yeux, mais ne protesta pas. Il s'éloigna d'un pas lourd et fit ce qu'on lui demandait. Quand il passa devant moi et que je vis bien son visage anguleux et couvert de taches de rousseur, j'eus l'impression fugace de le connaître, mais n'arrivai pas à le replacer. Un récidiviste, peut-être ? Dans tous les cas, il avait quelque chose de familier.

Laura s'adressa au premier homme.

— Et vous, allez là-bas.

Elle hocha vivement la tête dans la direction opposée. Il s'apprêta à discuter, mais elle leva la main.

— Allez là-bas. Je serai avec vous dans une minute.

Une fois les hommes là où elle le leur avait ordonné, je me tournai vers le manager du restaurant agité.

— Je vais avoir besoin de votre déclaration et de celles de vos employés quand nous aurons parlé à ces deux personnes.

Le responsable acquiesça, regardant fixement l'homme qui criait quand nous étions arrivés.

— Celui-là n'a pas intérêt à partir avant d'avoir payé ma vaisselle brisée.

— De la vaisselle brisée ? demandai-je.

— Ouais. Il a fait une crise pendant qu'ils dînaient. C'est pour ça que je les ai mis à la porte. Ensuite, ils ont simplement continué ici sur le parking et y sont restés.

Laura se renfrogna.

— Nous aurons besoin de toutes ces informations dans votre déclaration.

Le responsable acquiesça de nouveau et regarda les deux hommes avec prudence avant de retourner à l'intérieur avec ses employés. Les spectateurs nous firent plus de place, mais trois d'entre eux continuaient à filmer, bien sûr.

— Lequel tu veux ? demandai-je à Laura en gardant un œil sur le plus instable des deux hommes.

Son attention était rivée sur l'autre.

— Celui-là a l'air assez secoué. Il aura peut-être besoin qu'on y aille doucement.

Ses yeux se posèrent sur moi.

— Pourquoi ne lui parles-tu pas pendant que je m'occupe du crieur ?

Je reniflai.

— Tu aimes juste traiter avec des têtes brûlées.

— Euh, ouais.

Elle haussa les épaules sans paraître se sentir coupable.

— Et tu es doué avec les émotifs. C'est la raison pour laquelle on est des partenaires géniaux.

Je me retins de rire, surtout parce que personne – à commencer par toutes ces caméras – n'avait besoin de voir un policier ricaner sur les lieux d'une altercation publique.

— D'accord. Vas-y.

Je me dirigeai vers le mien, mais hésitai.

— Attends.

Elle s'arrêta.

— Hum ?

Je jetai un coup d'œil de l'un à l'autre. Laura et moi n'étions pas exactement des tire-au-flanc, mais nous n'étions pas bâtis comme ces types. Elle faisait 1m67 et même si elle était incroyablement forte, sans parler de sa rapidité, on ne pouvait ignorer les lois de la physique. Les deux hommes que nous devions interroger étaient énormes. La tête brûlée faisait bien 1m90 et était sacrément large d'épaules. L'autre était à peu près de ma taille, donc peut-être 1m80 et fait de muscles purs. Si l'un d'entre eux, ou particulièrement les deux, décidaient de se jouer de nous, Laura et moi avions des armes à notre disposition, mais encore une fois… les lois de la physique. Si on les mettait sur un ring avec nous, j'étais à peu près sûr que ces deux tas de muscles auraient l'avantage sur un agent minuscule et son partenaire d'âge moyen avec une cheville foutue et deux opérations de l'épaule à son actif.

— Qu'est-ce qui ne va pas ? demanda Laura.

— Je, euh…

Je les regardai de nouveau tour à tour, puis elle.

— Je pense qu'on devrait attendre les renforts.

Elle pencha la tête.

— Je ne sais pas. Ils sont plutôt calmes pour le moment.

— Pour le moment, oui. Mais tu les as vus quand nous sommes arrivés. Et il y a…

Je hochai la tête vers la voiture.

Elle grimaça, mais haussa les épaules.

— Bah. Tout ira bien tant que nos renforts arrivent avant qu'on doive les arrêter.

— Oui, parce que si on doit les arrêter tous les deux, j'aimerais tout autant ne pas les mettre à l'arrière de la même voiture.

— Bien sûr que non. Bon, alors va voir où en sont nos renforts.

Elle fit un geste vers la tête brûlée.

— Je pense quand même qu'on peut parler à ces deux-là en toute sécurité. Assure-toi simplement qu'ils restent dos à dos.

Je hochai la tête. Je contactai nos renforts par radio, apparemment toujours en train de se frayer un chemin à travers la circulation car il ne s'agissait pas d'une urgence avec sirènes et gyrophares. Pendant que nous attendions l'arrivée des patrouilles supplémentaires, Laura et moi nous occupâmes de notre fêtard respectif.

Quand le mien se retrouva dos à l'autre et que je pus voir Laura au cas où quelque chose tournerait mal, je sortis mon stylo et mon calepin. J'inspectai sa posture et son apparence. Il ne semblait pas que l'altercation soit devenue physique et il ne paraissait pas avoir été blessé. Nerveux, oui : il remuait et gardait les yeux baissés. À plusieurs reprises, je crus qu'il était sur le point de vomir.

Il avait vraiment un truc familier. Surtout ses cheveux roux et ses taches de rousseur parsemant un nez qui avait été manifestement cassé au moins une ou deux fois par le passé. J'étais sûr d'avoir déjà vu ces yeux bleu cristal.

C'était peut-être un récidiviste, mais j'avais la nette impression de regarder quelqu'un que j'avais reluqué par le passé, et c'était une chose que je n'étais pas enclin à faire au travail. Peut-être qu'on allait à la même salle de sport. Bon, peu importait. Ce n'était pas pour ça que j'étais ici.

Je me raclai la gorge.

— Je suis l'agent Logan. Je dois juste prendre votre déclaration, donc commençons par votre nom.

Il croisa ses bras tatoués sur son large torse et ne me regarda pas.

— Asher Crowe.

— Asher…

Je clignai des yeux.

Il se renfrogna, évitant toujours mon regard.

— Ouais. *Cet* Asher Crowe.

Hum-hum. *Cet* Asher Crowe. La star montante du hockey que tout le monde considérait comme le prochain Gretzky ou Crosby. Pas étonnant qu'il ait l'air si familier. Putain de merde. Ouais, c'était définitivement quelqu'un que j'avais reluqué par le passé, même s'il avait la moitié de mon âge et qu'il était à des kilomètres hors de ma ligue. Et je n'allais clairement pas le reluquer maintenant, parce que ce n'était vraiment ni le moment, ni l'endroit.

J'écrivis son nom comme si je pouvais l'oublier. Dommage que mes enfants ne me parlaient plus : ils auraient perdu la tête s'ils avaient su que j'avais rencontré l'un des plus grands joueurs de hockey en activité du pays. Malgré les circonstances.

— Pouvez-vous me dire ce qu'il s'est passé ce soir ?

Asher resserra ses bras.

— Je, hum…

Il déglutit difficilement. Puis il prit une profonde inspiration, déplia ses bras et glissa ses mains dans ses poches.

— Nathan…

Il désigna l'autre homme par-dessus son épaule.

— C'est mon petit copain.

— Est ? Ou était ?

Il pinça les lèvres, mais ne répondit pas.

— Que s'est-il passé ? demandai-je.

Il remua encore, la tension émanant de lui par vagues.

— Tout le monde dit que la meilleure façon de rompre avec quelqu'un, c'est en public. Pour qu'il ne fasse pas de scène.

Il tourna les yeux vers la porte du restaurant en riant amèrement.

— J'aurais dû savoir qu'il en ferait quand même une.

Sa voix tremblait un peu et les larmes brillaient faiblement dans ses yeux bleus.

— J'ai essayé de le laisser tomber en douceur. De ne pas en faire toute une affaire, vous voyez ? Mais il a juste… Il a perdu la tête. Et il…

Asher se redressa, regardant autour de lui, l'air alarmé.

— Oh mon Dieu, je dois parler au responsable. Nathan a cassé tout un tas de trucs et…

— Une chose à la fois.

Je gardai un ton aussi doux et calme que possible.

— Laissez-moi prendre votre déclaration, puis je pourrai vous aider à régler la logistique avec le responsable.

Asher soupira.

— Je me sens tellement mal. Nous avons probablement gâché le dîner de tous ces autres gens et je…

Il se tourna vers moi.

— Le responsable va-t-il porter plainte ? Je vais payer pour tout. Et plus si besoin. C'est juste…

— Hé. Calmez-vous.

J'esquissai un geste d'apaisement.

— Aucune accusation ne sera retenue tant que mon partenaire et moi n'aurons pas parlé à tout le monde et compris toute l'histoire.

Je jetai un coup d'œil vers la voiture endommagée.

— Vous voulez me dire ce qui s'est passé ici ? demandai-je en la pointant du stylo.

Asher regarda par-dessus son épaule et grimaça.

— Merde. Juste ce dont j'avais besoin.

— Qu'est-ce qui est arrivé à la voiture ?

Il me fit à nouveau face.

— Nathan a perdu son sang-froid. Tout est dit.

Le mélange de douleur et d'amertume dans sa voix tremblante en disait plus long sur cette histoire qu'il ne s'en était probablement rendu compte, et mon cœur se serra. Les choses allaient-elles si mal entre eux ? Et depuis combien de temps cela durait-il ?

Je gardai un visage impassible.

— Donc il est explosif quand il est en colère ?

— Explosif ?

Asher rit sans humour. Il croisa de nouveau ses bras et commença à faire les cent pas devant la porte du restaurant.

— Un joueur de hockey saoul qui vient de perdre en finale de la Coupe est explosif. Lui ?

Il tourna la tête en direction de son ex-petit ami, du moins je l'espérais.

— Je… Bordel, je ne sais même pas quel mot utiliser. Comme je l'ai dit, c'est la raison pour laquelle j'ai fait ça en public. Et je l'aurais probablement fait même si j'avais su qu'il allait faire tout ça.

Une sensation de malaise se forma au creux de mon estomac.

— Pourquoi ça ?

Asher me regarda droit dans les yeux.

— Parce que ça aurait été dix fois pire à la maison.

Je soutins son regard. Puis je regardai derrière lui, vers son ex et ma partenaire. Nathan était adossé à une voiture, les épaules affaissées en gesticulant comme si ça lui demandait toute l'énergie qu'il lui restait. Laura le regardait, prenant de temps à autre des notes sur son calepin, l'expression neutre.

— Nathan et vous vivez ensemble ? demandai-je à Asher.

Il se redressa, les yeux écarquillés.

— Oh putain. Ouais.

— S'il n'est pas arrêté, avez-vous un endroit sûr où aller ce soir ?

Asher déglutit.

— Arrêté ? Est-ce que… Est-ce qu'il…

— Peut-être. À ce stade, c'est vraiment à vous de décider.

Il devint livide.

— Il vous a touché ce soir ? insistai-je doucement. Pendant l'altercation ?

— Pas…

Asher déglutit.

— Pas ici. Pas en public.

— Je pensais que ça avait commencé ici.

Je désignai le restaurant de mon stylo.

— C'est… eh bien, c'est…

Il soupira de frustration, comme s'il ne savait pas trop comment s'exprimer. Ou qu'il n'était pas sûr de devoir s'exprimer.

— Nous nous sommes disputés plus tôt aujourd'hui. Avant que j'aille m'entraîner.

Il s'agita nerveusement.

— C'est ce qui m'a poussé à prendre la décision de faire ça ce soir et d'en finir.

— Et pendant cette bagarre, est-ce qu'il vous a touché ?

Évitant mon regard, il acquiesça.

— Ce n'était pas si terrible. Je veux dire, il m'a attrapé le bras à un moment donné. Il m'a poussé.

Il haussa les épaules.

— Il a déjà fait pire.

Bien sûr que oui. Les agresseurs étaient si prévisibles.

Asher fixa le sol entre nous.

— Je ne veux pas porter plainte.

Je retins un soupir de frustration. En cinq ans, j'avais répondu à suffisamment de disputes domestiques pour ne pas du tout être surpris.

— Écoutez, si vous ne vous sentez pas en sécurité…

— Je peux trouver un hôtel ou autre.

Il se mordit la lèvre.

— Mais je veux dire… est-ce que je ne peux pas juste le mettre à la porte ?

— Est-ce que son nom est sur le bail ?

— Le bail ?

Il me dévisagea.

— Non, je suis propriétaire de l'endroit. Il est à mon nom.

Bien sûr qu'il était propriétaire. C'était Asher Crowe, pas un ingénieur logiciel peinant à payer un loyer dans cette ville extrêmement chère.

— D'accord, alors oui, vous pouvez le mettre à la porte. Et on dirait que vous devriez. Je vous recommanderais une ordonnance de protection s'il a tendance à être violent.

Je levai les sourcils pour confirmation. Il baissa les yeux, ce qui était toute la confirmation dont j'avais besoin. Je poursuivis.

— Tant que vous n'avez pas pu faire changer les serrures et apporter les modifications nécessaires à la sécurité de votre maison, c'est à vous de décider si vous voulez rester chez vous ou aller dans un endroit sûr pendant une nuit ou plus.

Asher remua nerveusement, baissant le regard.

— Je pense… je pense que je préférerais simplement rentrer chez moi.

Je le comprenais, curieusement. Un endroit familier nous donnait l'impression d'être en sécurité même quand ce n'était pas le cas.

— Êtes-vous inquiet pour votre sécurité ?

— Je ne veux pas qu'il pense que j'ai peur de lui.

Nous savons tous les deux que c'est le cas et il n'y a aucune honte à cela.

— C'est vous qui voyez, dis-je doucement.

Il acquiesça. Mon Dieu, cet homme dominait son sport et était reconnu pour son agressivité sur la glace. Mais maintenant, il ressemblait à un gamin effrayé et confus. Je pourrais être flic jusqu'à la fin des temps et ne jamais cesser de m'étonner de la facilité avec laquelle une personne aussi forte et pleine de vie pouvait devenir si vulnérable aux mains de quelqu'un qui était censé l'aimer.

Qu'est-ce qu'il t'a fait ?

Asher jeta un nouveau coup d'œil à la voiture et il s'affaissa encore plus.

— Putaiiin. Comment je vais rentrer chez moi ?

Je jetai un coup d'œil vers sa voiture. Les dégâts étaient réparables, mais ils ne seraient pas réparés ce soir.

— Eh bien, si vous en avez besoin, je suis sûr que ma partenaire et moi pourrions vous déposer.

Il me regarda et, pour la première fois, il y avait de la vie dans son regard.

— Vraiment ?

— Bien sûr. Nous ne ferions pas notre travail si nous ne vous ramenions pas chez vous en toute sécurité.

— Oh. Hum. Ouais. D'accord.

Le fantôme d'un sourire étira ses lèvres.

— Merci.

— Ce n'est rien.

Je désignai le banc où Laura l'avait envoyé plus tôt.

— Pourquoi ne vous asseyez vous pas quelques minutes pendant que je vérifie avec ma partenaire ?

Asher acquiesça. Pendant qu'il s'asseyait, je traversai le trottoir jusqu'à l'endroit où Laura parlait encore à Nathan. Elle me vit venir, s'excusa de la conversation et me rencontra à mi-chemin.

Nous nous mîmes rapidement à la page. La déclaration de Nathan correspondait plus ou moins à celle d'Asher, même s'il insistait sur le fait qu'Asher avait distribué autant qu'il avait reçu. Nous vérifierions avec les témoins, mais nos tripes nous disaient qu'Asher racontait la vérité.

— Il ne veut pas porter plainte, lui fis-je savoir. Et il préférerait rentrer chez lui ce soir.

— Tu penses que c'est sans danger ?

Je jetai un coup d'œil à Nathan, qui était toujours appuyé contre la voiture et tapotait maintenant sur son téléphone.

— C'est difficile à dire. J'ai dit à Asher que nous allions le ramener chez lui… puisque…

J'inclinai la tête en direction de la Ferrari abîmée.

Laura hocha la tête.

— Bien vu. Est-ce qu'il va demander une ordonnance de protection ?

— Je ne sais pas encore. Je ne suis pas sûr qu'il ait pensé aussi loin.

Elle fronça les sourcils, l'observant un instant. Parlant si doucement que personne ne puisse l'entendre sauf moi, elle reprit.

— Il lui en a fait voir de toutes les couleurs, hein ?

— Oh oui.

Un moteur en approche et le crissement des pneus sur le gravier me firent tourner la tête et je vis une autre voiture de patrouille entrer sur le parking. Nos renforts, les agents Ericson et Beal, en sortirent. Nous les informâmes de la situation et ils acceptèrent de repartir avec Nathan pendant que Laura et moi nous nous occuperions d'Asher. Cela m'allait. Après tout ce qu'Asher m'avait dit – ou pas dit – je voulais étrangler son fils de pute d'ex.

Comme c'était souvent le cas, les conséquences d'une telle altercation étaient assez simples. Déclarations de témoins. Rapports de dégâts. Numéros de téléphone échangés au nom des réclamations d'assurance et des suivis. Signatures. Avertissements sur d'autres conneries. Une dépanneuse en route pour ramener la Ferrari d'Asher chez le concessionnaire. Quelques avertissements supplémentaires pour faire bonne mesure au cas où Nathan déciderait de revenir faire des siennes.

Il était frustrant de ne pas pouvoir arrêter Nathan. Nous avions presque eu l'occasion de le faire à un moment donné, à cause des dommages causés au restaurant, mais le propriétaire avait renoncé à porter plainte après l'offre d'Asher de payer plus du double des dommages réels. Tant que Nathan ne revenait plus, le responsable laisserait couler, et nous ne pouvions donc pas procéder à une arrestation. Pour faire bonne mesure, Asher nous avait supplié de ne pas placer Nathan en garde à vue. Je n'avais pas eu à demander pourquoi. J'avais répondu à assez de disputes domestiques – en particulier celles qui suivaient l'arrestation de l'agresseur pour un précédent incident domestique – pour le comprendre.

Tout ce que je pus faire fut d'informer Nathan que tout contact ultérieur avec Asher serait interprété comme du harcèlement et même du harcèlement criminel, et que ce serait son seul et unique avertissement verbal. Cela sembla faire passer le message.

Au final, la sœur de Nathan vint le chercher et, avant de partir, il réitéra sa promesse de rester loin d'Asher et de la maison jusqu'à nouvel ordre. Une fois ce connard disparu, Asher grimpa sur le siège passager de notre voiture de patrouille pendant que Laura prenait place à l'arrière. Nous ne voulions pas qu'il ait l'impression d'être arrêté et de toute façon, elle avait moins besoin de place pour ses jambes que lui, donc elle n'eut pas d'objection.

— Alors, où allons-nous ? demandai-je en sortant du parking.

— Mercer Island.

Bon, ce n'était pas un choc. Avec ce qu'il gagnait sans aucun doute en tant qu'athlète professionnel de haut niveau, il vivait évidemment dans l'une des villes les plus riches de la région.

En chemin, Asher ne dit pas un mot, sauf pour m'indiquer une direction de temps à autre. Il regardait par la fenêtre, le regard lointain. Il ne me donnait pas l'impression d'être une célébrité distante en présence de simples mortels. Dès que j'avais commencé à recevoir sa déclaration, j'avais eu l'impression qu'il tenait à peine debout. Je ne pouvais pas vraiment lui reprocher d'être perdu dans ses pensées.

Une demi-heure après avoir quitté le restaurant, j'empruntai une allée sinueuse qui menait à travers des arbres jusqu'à une cour circulaire devant une énorme maison. C'était l'opulence typique de Mercer Island : au moins deux étages, d'énormes baies vitrées et un garage pour cinq voitures. D'après ce que je pouvais voir de l'entrée à haut plafond, il y avait un lustre en verre coloré bleu et jaune – j'aurais été prêt à parier que l'argent avait été créé par Chihuly lui-même. Je ne voyais pas grand-chose au-delà de la maison, mais j'étais à peu près certain que nous nous trouvions tout au bord de la côte ouest de l'île, ce qui signifiait qu'il avait sans aucun doute une vue panoramique spectaculaire sur le mont Rainier, le lac Washington et le mont Baker. Ce n'était certainement pas un endroit que pourrait se permettre un homme avec un salaire de flic complété par une retraite militaire.

Asher s'éclaircit la gorge et détacha sa ceinture de sécurité.

— Merci de m'avoir ramené. Et, euh, pour tout.

— C'est normal.

Je sortis une carte de la console et la lui tendis.

— Mercer Island ne fait pas partie de ma juridiction, mais si vous avez besoin de quoi que ce soit, appelez-moi. S'il se présente ici, ou si vous avez juste besoin de renfort pendant son déménagement, il vous suffit de le demander.

Asher regarda la carte, puis moi. Au bout d'un moment, il la prit et, les mains tremblantes, la glissa dans son portefeuille.

— Merci. Je, hum… Je pourrais vous prendre au mot.

Il leva les yeux vers la maison, l'appréhension envahissant son visage.

— Je pense qu'il ne reviendra pas. En tout cas, j'espère.

Je l'observai.

— Voulez-vous que je vérifie si tout va bien après mon service ?

Il se tourna de nouveau vers moi, les sourcils froncés.

— J'en ai encore pour quelques heures, expliquai-je, mais je peux vous appeler. M'assurer que tout va bien.

Je pensais sérieusement qu'il écarterait mes inquiétudes et insisterait en disant que tout irait bien, mais à ma grande surprise, il répondit doucement :

— Ce n'est peut-être pas une mauvaise idée.

— D'accord.

Je lui tendis une autre carte et un stylo.

— Pourquoi n'écrivez-vous pas votre numéro ?

Je l'avais sur le rapport, mais je me sentirais mieux s'il me donnait directement son numéro afin que je l'appelle plus tard.

Asher l'écrivit et me rendit la carte.

— Merci encore. J'apprécie vraiment. Que vous vous inquiétiez, je veux dire.

Je souris.

— Ce n'est rien.

Il me sourit presque. Presque. Puis il sortit de la voiture et ouvrit la portière arrière pour que Laura puisse sortir. Ils échangèrent quelques mots que je n'entendis pas. Après un moment, il se dirigea vers la maison et elle grimpa sur le siège passager.

Une fois Asher rentré, je remontai l'allée.

— Tu penses que son ex le laissera tranquille ?

Laura ne semblait pas trop optimiste.

Je m'adossai contre le siège conducteur et mon attention resta sur la route.

— Bon Dieu, je l'espère.

Mais j'étais flic depuis trop longtemps pour croire que ce serait si facile.

Chapitre 2
Asher

Le silence chez moi me rendait fou. Errant sans cesse dans les pièces vides et les couloirs, je pensai à mettre de la musique, mais je ne pourrais peut-être pas entendre si une voiture se garait ou si quelqu'un essayait de s'introduire dans la maison.

Ou, pensais-je avec un frisson, si quelqu'un mettait une clé dans la serrure de la porte d'entrée.

Bon sang, j'aurais dû reprendre sa clé. Les serruriers changeaient-ils les serrures à cette heure de la nuit ? Était-il trop tard pour passer à la SPA et adopter cinq des chiens les plus gros et les plus forts qui soient ? Certains de mes co-équipiers avaient des chiens. Tous des grands, mis à part le poméranien de Grady, mais je n'étais même pas certain que quelque chose de si minuscule et doux compte comme un chien. Mais bon, elle était bruyante et mordait sacrément fort, donc peut-être qu'il pourrait la laisser venir pour passer une soirée pyjama avec les chiens de nos autres co-équipiers ?

Je repoussai cette pensée en entrant dans la cuisine. S'il y avait une chose que je n'allais pas faire ce soir, c'était de dire à mes co-équipiers que j'étais effrayé de voir mon petit ami – mon ex-petit ami – et…

Je frissonnai. Je ne savais pas ce qui me dérangeait le plus. L'idée de ce que Nathan pourrait faire, ou l'idée que mes co-équipiers le découvrent.

Un grincement provenant d'une autre pièce m'arrêta sur ma lancée.

Je me figeai. Écoutai. Le cœur battant.

Silence.

Après un moment, je poussai un long soupir. C'était juste la maison. Nathan n'était pas là. Il était parti.

N'est-ce pas ?

— Putain, murmurai-je en me frottant les tempes.

Peut-être que ce flic avait raison. J'aurais peut-être dû porter plainte. Au moins, Nathan serait en prison ce soir et je n'aurais pas à craindre qu'il débarque.

Sauf qu'il aurait été libéré le lendemain. Et ensuite ? Il aurait été furieux. Je ne voulais pas qu'il soit furieux. Je voulais juste qu'il parte. Donc… demain, je me rendrais au centre-ville et je me renseignerais pour obtenir une ordonnance restrictive. Ce soir, j'avais juste à espérer qu'il prendrait la police au mot quand ils lui avaient dit qu'il paierait cher s'il ne restait pas loin de moi. J'espérais qu'il ne déciderait pas que cela en valait la peine.

Je frémis.

Mon téléphone pépia, me faisant presque autant sursauter que les bruits de la maison. Bon sang, j'étais nerveux.

Au moins, je savais que ce n'était pas Nathan. J'avais assigné la même sonnerie de texto générique à tous les membres des Snowhawks et lui en avait donné une autre.

Le message provenait de Bruiser, notre gardien.

Hey Crowe, ça va mec ? C'est cette quoi vidéo, bordel ?

Un moment plus tard, un autre arriva de Kelleher :

Ton mec a défoncé ta voiture, mon pote ?

Oh, merde. Ça voulait dire que la rumeur se répandait. J'avais vaguement été conscient que des gens nous filmaient, mais la rapidité à laquelle cette merde se propageait une fois en ligne m'étonnerait toujours.

Je cherchai rapidement mon nom sur Google, en filtrant par le plus récent, et… Ouaip. Elle était là. Nathan et moi sur le parking du restaurant, face à face. D'une certaine façon, j'étais plutôt fier de moi d'avoir réussi à hurler en retour. Cela faisait partie des raisons pour lesquelles j'avais choisi d'en finir dans un restaurant. Il savait que je ne lèverais pas la voix à la maison et je savais qu'il ne lèverait pas la main sur moi en public.

Je fermai le navigateur et répondis au texto de Bruiser.

Juste une dispute avec mon mec. Tout va bien.

À Kelleher, je répondis : *Pas exprès. Il paiera la franchise. LOL.*

Kelleher répondit en premier : *Pour une bosse comme ça, il a intérêt à bien te sucer ce soir.*

Puis Bruiser répondit : *OK. Dis-nous si on doit lui botter le cul.*

J'eus envie de rire, mais si je le faisais, je finirais par pleurer. Nous étions tous protecteurs les uns envers les autres, et ils plaisantaient tous sur le fait de botter le cul de Nathan s'il dépassait les bornes. Ce n'était qu'un instinct protecteur et fraternel, pas de la méchanceté envers mon petit ami.

En vérité, aucun d'entre eux ne connaissait la réalité de notre relation. C'était ça d'être hockeyeur : aucune ecchymose ne poussait les gens à poser des questions. Tout bleu que mes co-équipiers voyaient résultat de l'entraînement ou d'un match. Les joueurs de hockey n'étaient pas doués de clairvoyance et ce n'était pas pour rien que j'avais la réputation d'être un pit-bull sur la glace. Les bleus, ça arrivait. Je ne pouvais pas m'attendre à ce que mon équipe sache quelles marques venaient d'un membre de l'équipe adverse et lesquelles provenaient de l'homme avec qui je vivais.

Je ne voulais pas qu'ils connaissent la vérité. Je ne voulais pas que qui que ce soit sache.

Même si je n'aurais pas dû, je rouvris la vidéo. J'avançai le curseur jusqu'au moment où les flics s'étaient garés. La personne qui filmait s'était déplacée sur le côté, mais avait continué à filmer, s'arrêtant un instant sur Nathan et la policière blonde avant de se tourner vers moi, puis de revenir à eux, et enfin à moi.

Je me concentrai sur le flic qui m'avait parlé. Je me dis que c'était simplement parce que je ne voulais pas me voir aussi nerveux et agité, mais si tel avait été le cas, j'aurais juste fermé cette stupide vidéo. Je ne fermai pas cette stupide vidéo. Je rapprochai le téléphone de mon visage et plissai les yeux, en essayant de le voir mieux. Lorsque la caméra se déplaça à nouveau, j'avançai le curseur.

Je ne veux pas voir Nathan. Je veux voir… oui. Lui.

Je mis la vidéo en pause et je me moquais bien de savoir si cela me rendait pathétique ou faisait de moi un mec louche. Je le dévisageai.

Soit j'avais désespérément besoin d'une distraction, soit la police de Seattle avait envoyé son flic le plus sexy à la rescousse. Peut-être un petit peu des deux.

Vous savez, ces flics qui font partie des forces de l'ordre depuis un millier d'années et qui ne font que s'empiffrer de beignets jusqu'à l'heure de la retraite ? Ceux qui avaient peut-être la ligne dans leur jeunesse mais finissaient par pencher vers le rond, comme forme ? L'agent Logan n'était pas l'un de ces types. Sa chemise presque noire collait à de larges épaules et, même si ses manches courtes recouvraient le haut de ses bras, ses avant-bras étaient ceux de quelqu'un qui bossait dur pour les entretenir. Ses cheveux étaient presque gris et sa coupe de cheveux ainsi que sa posture me firent penser qu'il avait dû passer du temps dans l'armée avant de devenir policier. J'avais un oncle qui avait passé trente ans dans l'armée. Il se tenait toujours comme ça et gardait une coupe de cheveux très courte.

Oh, bordel.

Ce mec ? En uniforme militaire ? Oh ouais. L'uniforme de la police de Seattle lui allait à ravir mais l'imaginer en tenue camouflage fit naître des pensées impures dans mon esprit. Dommage que sa ceinture de police volumineuse m'empêchât de voir à quel point ses hanches étaient étroites, mais elle encadrait joliment son cul. Que Dieu me vienne en aide s'il était amené à s'occuper de la sécurité au stade ; un coup d'œil à travers le

verre et j'en oublierais comment skater… Il était tellement
…

Tout à coup, la vidéo disparut et le visage souriant de
mon ex apparut à l'écran au moment même où sa sonnerie
se mettait à hurler.

Je sursautai en laissant mon téléphone sur le comptoir
et reculai d'un pas. Comme il continuait à sonner et à
vibrer sur le granit, je le fixai comme si c'était un serpent
énervé.

Il ne me fallut que quelques secondes pour me
reprendre. Je pris vivement le téléphone et ignorai l'appel.

Quelle partie de « *Vous ne devez pas avoir de contact avec
M. Crowe* » Nathan n'avait-il pas compris ?

Tout, apparemment. Trente secondes après avoir
refusé son appel, sa sonnerie de texto me fit frémir. Oh,
mais bordel…

Je lançai un regard noir à l'écran.

Bébé, il faut qu'on parle.

J'eus envie de vomir. Eh bien, « envie » n'était
probablement pas le bon mot. Mais vomir était plus haut
sur ma liste que de parler à Nathan, c'était sûr.

Mes mains tremblaient, mais après quelques jurons et
un peu d'aide du correcteur automatique, je réussis à écrire
: *Pas intéressé.*

Cette envie de vomir fut encore plus forte quand mon
pouce flotta au-dessus du bouton *Envoyer*, mais je me
forçai quand même à tapoter l'écran. Le message partit.
Mon estomac se retourna. Cette ordonnance restrictive me
plaisait de plus en plus. Comment pouvais-je l'obtenir,
d'ailleurs ? Et cela marcherait-il ? L'ex-épouse d'un ancien
co-équipier en avait eu une contre lui, et il était passé à

travers. Elles ne semblaient pas valoir le papier sur lequel elles étaient imprimés, mais c'était mieux que…

La sonnerie du texto retentit à nouveau et je ravalai de la bile.

Putain. Il n'allait vraiment pas abandonner, n'est-ce pas ?

Écoute bébé, ce soir c'était juste un accroc. On peut réparer ça.

Mes pouces survolèrent le minuscule clavier. Je me détestais de ne pas réussir à lui dire que je ne voulais rien réparer. C'était ce que j'avais voulu dire quand je lui avais gentiment dit au restaurant que je voulais qu'il déménage. Je détestais ne pas être capable de lui dire qu'une ordonnance restrictive se profilait dans son avenir et qu'il ferait mieux de se trouver un appart parce que je voulais que ses affaires et lui dégagent de chez moi dès que possible. Putain, je détestais ne pas pouvoir le lui dire ni même taper ces mots.

Mais j'étais allé aussi loin que je le pouvais ce soir. Lâcher la bombe pendant le dîner, me défendre dans le parking, rester sur mes positions jusqu'à l'arrivée des flics… ça suffisait. C'était tout ce que j'avais.

Avant que je puisse trouver quelque chose à dire, un autre message arriva.

Tu veux que je vienne ?

Et comme ça, la nausée que j'avais réussie à ravaler me souleva à nouveau la gorge. Mon Dieu, je ne pourrais pas le supporter ce soir. Je ne pourrais pas l'affronter au téléphone et je ne pourrais certainement pas lui faire face en personne.

Faisant appel à une énergie que je ne pensais pas avoir, je tapotai le clavier quatre fois.

N. O. N. *Envoyer.*

Ensuite, j'éteignis mon téléphone et le repoussai vers le bout du comptoir. Il glissa au bord et tomba sur le sol en marbre. Je le ramassai et jetai un rapide coup d'œil à l'écran pour m'assurer que la coque – qui était censée résister même au toucher délicat d'un joueur de hockey – l'avait protégé. C'était le cas. Je jetai le téléphone sur le comptoir, puis cherchai une distraction qui pourrait réellement détourner mon attention de Nathan.

Je finis par prendre mon ordinateur portable, me versai un triple bourbon, m'affalai sur le canapé et me jetai à corps perdu dans les vidéos des *Stingers* que l'entraîneur m'avait demandées de regarder. Ils avaient remporté la Coupe l'an dernier, nous éliminant des demi-finales avant de dominer totalement les *Icebirds* pour remporter leur troisième Coupe d'affilée. Je devais les observer, trouver leurs faiblesses et un moyen de les exploiter. Ma concentration était toujours bancale et boire ne m'aiderait pas du tout, mais regarder les joueurs rivaux s'échanger le palet et marquer dans le filet des *Icebirds* me donnait quelque chose de normal à faire. Une chose que je comprenais et sur laquelle je pourrais travailler. Entre la boisson et les vidéos, je commençais à me calmer.

Jusqu'à ce que des phares illuminent la fenêtre avant.

Je me figeai. Oh non. Il était là ? Il était là.

Merde. Qu'est-ce que je fais ?

Je jetai un coup d'œil au comptoir où j'avais laissé mon téléphone. Appelez la police de Mercer Island ? L'affronter moi-même ? Prétendre que je n'étais pas là ?

Sauf que... ça ne ressemblait pas à la voiture de Nathan. Mais bon, sa voiture était toujours dans le garage. Je nous avais conduits au restaurant et sa sœur était venue le chercher. Peut-être un Uber ?

Une portière de voiture claqua dehors.

Mon cœur tambourina contre mes côtes.

Retenant mon souffle, je tendis le cou pour regarder par la fenêtre.

Et tout à coup, tout l'air sortit de mes poumons, si vite que la tête me tourna. La personne qui remontait l'allée n'était pas Nathan.

C'était ce flic.

L'agent Logan.

Il n'était plus dans son uniforme, mais j'aurais reconnu son visage n'importe où, surtout après ma séance de reluquage vidéo que mon ex avait si brutalement interrompue.

Je remontai rapidement le couloir jusqu'à la porte d'entrée.

— Agent Logan.

— Salut.

Il croisa mon regard.

— J'ai essayé d'appeler, mais je suis directement tombé sur la messagerie vocale.

Il glissa ses mains dans les poches de son jean.

— Je, euh, je me suis inquiété. Je me suis dit que j'allais faire preuve de prudence et m'assurer tout allait bien.

— Oh. Merde. J'avais totalement oublié que vous alliez appeler.

Je fis un geste par-dessus mon épaule.

— J'ai éteint mon téléphone.

L'agent Logan arqua un sourcil.

— Pour une raison en particulier ?

Je me mordis les lèvres et regardai ailleurs.

Logan soupira.

— Il vous a contacté, n'est-ce pas ?

— Vous êtes surpris ?

— Et vous ?

— Pas vraiment.

Je jetai un coup d'œil à la cour devant le garage et pris soudainement conscience de toutes les zones d'ombre dans les bois que mes projecteurs n'atteignaient pas.

— Vous voulez, euh, vous voulez entrer ?

Logan me regarda une seconde, puis haussa les épaules.

— D'accord.

Je m'écartai pour le laisser passer et refermer la porte derrière nous réussit simultanément à apaiser mes nerfs et me mettre à cran. Je ne savais pas où se trouvait mon ex maintenant, juste qu'il n'était pas là. L'agent Logan, cependant… L'agent Logan était chez moi. Toujours sexy, bien bâti et sincèrement inquiet, et chez moi. Parce que cette journée n'aurait pas pu devenir plus surréaliste.

— Vous voulez une tasse de café ? demandai-je.

— Vous n'avez pas à vous embêter.

Il sourit, la chaleur de son expression envoyant une vague de chaleur très différente en moi.

— Comme je l'ai dit, je suis juste passé voir si tout allait bien.

— Je vous en suis reconnaissant. Et ce n'est pas un problème.

Je me dirigeai vers la cuisine, lui faisant signe de me suivre.

— J'en prendrais bien un aussi, en fait.

Il n'eut pas d'objection et la préparation du café me donna quelque chose à faire. Cela me donna également l'occasion de regarder réellement mon invité en chair et en os. J'avais été si nerveux au restaurant que je n'avais même pas pensé à le faire. Et maintenant que j'étais plus calme… Waouh.

Sans son uniforme, il ne semblait pas aussi imposant. Il avait passé un jean et un sweatshirt à capuche gris qui portait l'inscription MARINES sur le torse et, mis à part l'étui visible — et, étant donné les circonstances, réconfortant — posé sur sa hanche, il ressemblait maintenant à un type ordinaire. Toujours aussi séduisant, mais sans cet air de calme autorité qu'il avait eu au restaurant. Ou moins, en tout cas. Il n'avait pas vraiment enlevé son uniforme pour se transformer en un petit gars craintif. Il avait juste l'air… normal. Et sexy. Impossible d'oublier qu'il était sexy.

Surtout qu'à la lumière chaude de ma cuisine, ses cheveux semblaient encore plus gris qu'auparavant. Pourquoi était-ce aussi sexy ?

Je me demandai brièvement si c'était parce que mon ex-depuis-ce-soir avait d'épais cheveux noirs et que des cheveux courts et gris étaient à peu près aussi différents que possible sans aller jusqu'à tout raser. Je ne m'attardai pas sur cette pensée. L'agent Logan était très sexy. Pas besoin de continuer à le comparer à mon ex-abruti. Même si certes, il était encore mieux si je le comparais, alors…

Ouais. Maintenant que l'agent Logan était en civil, il émanait de lui une décontraction tranquille et je ne m'étais jamais rendu compte que je mourrais d'envie de trouver ça chez un homme. En fait, voir son côté Clark Kent était probablement ce qui me chatouillait les sens maintenant. Entre Nathan et le sport professionnel, j'en avais eu assez de l'hyper-masculinité, de l'intimidation, du « *je vais me battre avec toi pour des broutilles* » pour toute une vie. Donnez-moi un homme avec une énergie stable et calme comme l'agent Logan.

Où pourrais-je trouver un gars comme celui-ci quand je serai prêt à sortir à nouveau avec quelqu'un ?

Je nous versai le café et glissai une tasse sur le comptoir.

— Lait ? Sucre ?

Il secoua la tête en prenant la tasse.

— Non, merci. Je me suis habitué à le prendre noir quand j'étais dans l'armée.

— Ils ne vous laissent pas polluer votre café ?

— Oh, si.

Il haussa les épaules.

— Mais quand vous êtes dans le désert et que les rations diminuent, vous apprenez à vous débrouiller.

— Hmm, ouais. Je suppose. Vous y avez passé combien de temps ?

— Vingt ans.

Je sifflai.

— Waouh. Puis vous avez pris votre retraite et êtes devenu flic ?

— Il fallait bien que je fasse quelque chose.

Il rit.

— C'était soit ça, soit trouver un travail de bureau et j'avais eu ma dose pendant mes deux dernières années au sein des Corps.

— Pouah.

Je plissai le nez.

— Exactement. Donc maintenant, je suis flic.

— Vous aimez ?

— La plupart du temps, oui. Les horaires peuvent être contraignants et certains des appels sont…

Il détourna le regard, mais seulement une seconde avant de se secouer et de porter son café à ses lèvres.

— Il y a des hauts et des bas.

Je ne lui demandai pas d'élaborer.

Au bout d'un moment, il prit une profonde inspiration et croisa mon regard.

— Écoutez. Il y a une raison pour laquelle je suis venu en civil ce soir.

Je levai les sourcils.

— Enfin, je suis hors de ma juridiction de toute façon, donc je ne pouvais pas… De façon officielle…

Il esquissa un signe de la main.

— Bref, je m'inquiétais, mais j'ai, hum…

Il déglutit difficilement.

— Je suis passé par là. Dans un sens. Et je sais que certaines personnes trouvent ça intimidant de parler à un flic. Donc je suis… je suis un peu ici en tant que flic, mais pas complètement.

— Oh.

Je ne savais pas quoi dire.

— Vraiment ?

Il acquiesça.

— Je suis armé parce que je ne savais pas si votre ex serait là. Mais sinon, je suis juste ici en tant que Geoff.

— Oh, répétai-je. Je…

Quelqu'un savait vraiment ce que j'avais vécu avec Nathan et s'en souciait assez pour non seulement passer voir si ça allait en dehors de son service, mais… ça aussi ?

— Merci. C'est… vraiment incroyable.

Il sourit faiblement et sirota son café.

— Comme je l'ai dit, je suis passé par là.

— Désolé de l'apprendre, murmurai-je.

— De même.

Nos regards se croisèrent. Était-ce bizarre de tisser des liens sur ces choses que nos partenaires passés nous avaient fait subir ? Peut-être. Je ne savais pas. Ce soir, j'étais preneur et étrangement cela me semblait être plus, bien plus, que je n'aurais dû avoir le droit d'attendre de qui que ce soit.

Je m'éclaircis la gorge et tapotai l'anse de ma tasse de café.

— Vous voulez vous asseoir ? Ça serait plus confortable que de rester dans la cuisine.

— Bien sûr.

Nous nous rendîmes au salon où j'avais été en train d'étudier les vidéos de hockey un peu plus tôt. Je fermai l'ordinateur portable et nous nous assîmes sur le grand canapé en cuir.

— Alors, Nathan et vous.

Geoff s'installa contre un coussin.

— Depuis combien de temps étiez-vous ensemble ?

Je regardai la tasse de café entre mes mains.

— Quatre ans.

Rien que d'y penser, j'en avais mal à la tête.

— Bon Dieu, j'ai perdu tellement de temps avec lui. Je ne suis qu'un putain d'idiot.

— Asher.

Geoff posa sa tasse de café sur un dessous de verre, puis se tourna vers moi et posa son coude sur le dossier du canapé.

— Je vais vous dire une chose : je réponds tout le temps à des disputes domestiques. Tout ce que vous pensez et faites ? C'est tout à fait normal.

— Vraiment ?

Il acquiesça.

— J'ai traversé beaucoup de choses, moi aussi. Je suis resté avec quelqu'un beaucoup plus longtemps que je n'aurais dû et je me suis senti stupide après coup.

Une certaine tension fondit de mes épaules. Même si je détestais savoir qu'il avait vécu ça, c'était assez réconfortant que d'autres — et surtout lui — sachent ce que je ressentais maintenant. Je ne l'aurais souhaité à personne, mais je me sentais un peu moins irrationnel. Moins seul, en tout cas.

Geoff m'observa.

— Vivre votre relation sous les projecteurs ne doit pas avoir aidé non plus.

Je m'affaissai.

— Oh mon Dieu. Non, c'était affreux. Le truc, c'est que je suis out depuis l'université. Mes entraîneurs m'ont dit que je ferais mieux de rester dans le placard, parce qu'il était impossible qu'un joueur ouvertement gay soit enrôlé dans le PHL.

— Mais vous avez quand même fait votre coming out ?

Je hochai la tête en regardant fixement la table basse.

— Je me suis dit, autant que ça se sache. C'est qui je suis. Si vous voulez que je joue pour votre équipe, assumez.

— Gonflé. Et apparemment, vous avez été pris quand même.

— Ouais. Mais le problème, c'est que lorsque vous êtes le seul joueur ouvertement gay de toute la ligue, vous subissez une putain de pression.

Je posai mes coudes sur mes genoux et laissai ma tête retomber vers l'avant en massant mon cou raidi.

— Chaque fois qu'un couple de célébrités homosexuelles se sépare, ou même se jette un regard noir, c'est la preuve que les relations entre personnes du même sexe sont vouées à l'échec.

Geoff rit sèchement.

— Je sais bien. Ce n'est pas comme si les couples hétérosexuels se séparaient, hein ?

— Exactement.

Je m'adossai au canapé en soupirant.

— Et si je ne suis pas le meilleur hockeyeur sur glace, c'est la preuve irréfutable que les hommes gays ne devraient pas avoir leur place dans le sport professionnel. Donc, je ne peux pas juste être un joueur de hockey qui se trouve être gay. Je dois être le joueur de hockey parfait et l'homme gay parfait. Nous devions avoir une relation parfaite pour que personne ne nous présente comme la raison pour laquelle les hommes gays sont…

J'agitai la main d'un geste frustré.

— C'était beaucoup de pression. *C'est* beaucoup de pression.

Il hochait la tête pendant que je parlais.

— Et comme vous êtes un athlète très médiatisé, vous allez avoir une rupture très médiatisée.

Je grimaçai.

— Ouais.

Je soupirai en indiquant du pouce la cuisine derrière moi.

— La vidéo de Nathan et moi en train de nous battre ? Et vous et votre partenaire qui débarquez ? Tout est déjà en ligne.

— Bon sang. Ça n'a pas pris longtemps.

— Non, clairement pas.

Je me frottai le visage d'une main.

— Donc maintenant, mes co-équipiers sont inquiets, c'est probablement le chaos sur les réseaux sociaux et Nathan doit compter les secondes jusqu'à ce que je l'appelle pour lui dire que je veux qu'il revienne.

— Est-ce que vous allez le faire ?

Je dus y réfléchir. Y réfléchir vraiment. Rien que ça me fit comprendre à quel point ma relation avec Nathan m'avait foiré le cerveau. Enfin, je revins la raison.

— Non.

Geoff ne dit rien, mais le silence assourdissant suffisait à demander : « Vous en êtes sûr ? »

— Je ne retournerai pas à cette relation.

Je n'étais pas certain de le dire à Geoff ou à moi-même.

— Je suis juste nerveux à l'idée de passer à autre chose.

— Vous pensez qu'il va vous harceler ?

Je ris.

— Je sais qu'il le fera. Et j'obtiendrai une ordonnance restrictive, mais ça ne l'arrêtera pas.

— Cela ne l'arrêtera pas, admit Geoff, mais cela nous donne bien plus d'influence pour l'inculper si et quand il la violera.

— C'est pas comme ça que sont tuées les victimes de violence ?

— Parfois, malheureusement. Notre système n'est pas conçu pour…

Il esquissa un geste distrait.

— Nous y passerions toute la nuit si je me lance. A-t-il déjà menacé de vous tuer ? Quelque chose du genre ?

Je secouai la tête.

— Non. J'aimerais penser qu'il ne fera plus rien maintenant que j'ai rompu avec lui, mais je suppose que nous verrons.

Geoff hocha la tête en se mordillant la lèvre.

— Pour plus de sécurité, je voudrais changer les serrures et mettre à jour votre système de sécurité dès que possible.

— C'est prévu.

Je me frottai le front.

— Honnêtement, je ne pense pas qu'il soit si dangereux. Je veux dire, on verra, mais…

Je soupirai fort.

— Je sais juste que d'une façon ou d'une autre, ça va être l'horreur de tourner la page. C'est l'une des raisons pour lesquelles j'ai repoussé ça si longtemps.

— C'est compréhensible, dit-il doucement.

— Surtout qu'il…

J'hésitai, ne sachant pas comment formuler ça.

— Il m'a clairement bousillé.

— De quelle manière ?

— Il m'a bousillé la tête, surtout.

Je sirotai mon café, mais il avait un goût plus amer qu'il n'aurait dû avoir.

— Nous autres, joueurs de hockey… Nous sommes superstitieux comme pas deux.

— J'ai entendu dire ça.

— Ouais, bah… non seulement Nathan le savait, mais il l'exploitait. Il est abonné au stade depuis que je suis un bleu. Quelques rangées derrière la vitre pour que je puisse le voir, plutôt que dans l'un des carrés VIP. À l'époque, j'adorais ça et, avec les *Snowhawks*, on passait une saison fantastique, donc il n'arrêtait pas de dire qu'il était mon porte-bonheur. Il plaisantait en disant qu'il n'allait pas assister à un match, juste pour voir si nous perdions.

Je fixai ma tasse de café.

— Puis on a eu une énorme dispute un matin avant un match à domicile. Quand je suis sorti m'échauffer sur la glace, il était là. Et il est resté pour la première période. Mais quand on est revenus pour la seconde ?

Je secouai la tête.

— Il était parti. Je pensais qu'il était peut-être allé chercher à manger ou parti pisser, mais il n'est pas revenu. Et j'ai juste... j'ai craqué. On a perdu et, lors du match à domicile suivant, il n'est pas du tout venu et nous avons encore perdu.

— Bon sang, marmonna Geoff.

— Ouais.

Mon estomac se contracta et mon visage brûla de honte et d'embarras.

— Je l'ai supplié de recommencer à venir aux matches. Il l'a fait et on...

Je fermai les yeux et murmurai :

— Et on a recommencé à gagner.

— Donc, vous aviez peur de le quitter car il ne viendrait plus aux matches.

Sans le regarder, je hochai la tête.

— Ça semble tellement stupide, mais... je veux dire, lors des échauffements à chaque match ? La première chose que je fais quand je sors sur la glace, c'est de regarder son siège pour m'assurer qu'il est là.

Je déglutis.

— C'est bizarre que je panique à l'idée qu'il ne soit pas à sa place lors des échauffements quand la saison commencera ?

Geoff secoua la tête.

— Non. Comme vous l'avez dit, il vous a bousillé. Ce n'est pas parce que vous vous êtes débarrassé de lui que ça disparaîtra du jour au lendemain.

— C'est vrai. Je sais pas. J'ai juste… C'est tellement… je veux dire, entre avoir peur de la façon dont il le prendra si je le largue et m'inquiéter de ne nous avoir porté malheur, à moi et à l'équipe…

— Asher.

La façon dont il dit mon nom ne fit pas qu'arrêter mes divagations. J'aurais juré que c'était comme s'il avait posé une main rassurante sur mon épaule et, bordel, maintenant j'aurais souhaité qu'il l'ait vraiment fait. Quand je me tournai vers lui, il me regarda droit dans les yeux.

— Ce n'est pas stupide. Même quitter une relation normale et saine est difficile. Alors s'éloigner d'un agresseur ?

Il grogna et secoua la tête.

— Je jure que ça a été plus facile d'arrêter de fumer que de quitter mon ex.

— Vraiment ?

— Oh oui.

Il me fixa du regard.

— Écoutez, mon ex n'a jamais été violent physiquement, mais il l'était à sa manière. Disons simplement que je serai la dernière personne à vous dire qu'il est facile quitter tout ça.

J'essayai de ne pas montrer ma surprise. *Il* ? Geoff avait dit *il* ?

— Vraiment ? fut tout ce que je réussis à dire.

Il acquiesça, rompant le contact visuel et fixant son attention sur un point à l'autre bout de la pièce. Ses doigts tambourinaient sur sa tasse de café.

— Il jouait à des petits jeux psychologiques. Très souvent. Ce connard a même retourné mes enfants contre moi.

— Ah bon ?

Un autre signe de tête, les yeux toujours concentrés sur autre chose.

— Je ne dirais pas qu'il les gâtait, mais vivre avec lui, ce n'était clairement pas la même chose qu'avec mon salaire ou celui de leur mère. Je veux dire, je suis flic et j'ai ma retraite militaire. Je ne suis pas exactement...

Il désigna ce qui nous entourait.

— Blindé. Mon ex, par contre. Il occupe une position pépère et haut-placée dans l'une de ces grandes entreprises de logiciels, et disons juste qu'ils le paient bien. Au début, je n'aimais pas l'idée qu'il paye pour quoi que ce soit, mais il a insisté sur le fait que si nous devions être partenaires, nous ne devions pas avoir des choses à lui et des choses à moi. Par exemple, si mes enfants avaient besoin de quelque chose, ils n'allaient pas devoir s'en passer simplement parce que je n'avais pas cet argent alors qu'il l'avait.

Je grimaçai.

— Pourquoi j'ai l'impression de savoir où ça va ?

Il laissa échapper un petit rire amer.

— Ouais. C'est assez évident avec le recul. Surtout qu'il m'a sauvé la mise plusieurs fois. Il m'a aidé à couvrir certaines dépenses qui m'auraient laissé les poches vides. Je ne... savais pas qu'il comptait le score jusqu'à ce qu'il commence à m'agiter ces trucs sous le nez.

Je déglutis.

— Comment ça, vous les agiter sous le nez ?

— La plupart du temps, il me rappelait ses gros achats pour pouvoir obtenir ce qu'il voulait. Me faire céder lors d'une dispute.

Il se tut, sa mâchoire s'agitant un moment, puis il ajouta doucement :

— Obtenir ce qu'il voulait sexuellement.

— Waouh, soufflai-je. Vraiment ?

Geoff hocha la tête sans me regarder.

— Il était manipulateur, de toute façon, et quand il avait un moyen de pression – comme l'argent – il s'en servait. Bordel, je l'ai découvert plus tard, quand un de mes enfants a laissé entendre qu'il leur avait en gros promis la lune une fois que nous serions mariés. Frais de scolarité, grandes vacances, voitures, mariages le moment venu. Si on se mariait, alors ils deviendraient ses enfants pour de vrai et je pense qu'ils se raccrochaient à cette idée. Que si nous rendions tout ça permanent, ils n'auraient plus à s'inquiéter qu'il puisse partir.

— Ils s'en inquiétaient ?

Renfrogné, il acquiesça de nouveau.

— Marcus était doué pour laisser passer de petites allusions de temps en temps et s'assurer qu'ils savaient qu'il était « juste » le petit-ami de papa. Que les petits amis, c'est temporaire. Mais que les maris, c'est permanent.

— Vous aviez… Vous aviez l'intention de l'épouser ?

— J'y ai pensé. Mais je ne l'ai pas dit aux enfants, parce que je ne voulais pas leur donner de faux espoirs jusqu'à être absolument sûr que c'était ce que je voulais. Ensuite, j'ai découvert que non seulement ils avaient eu de faux espoirs, mais qu'il leur avait promis toutes sortes de conneries une fois que je me serais bougé le cul et que j'aurais offert une alliance à ce fils de pute. Il a ajouté une bonne couche de manipulation émotionnelle sur tout ça et a enfoncé le clou avec ses conneries financières aussi. Il leur promettait toutes sortes de trucs qu'ils savaient que je ne pourrais jamais me permettre sans lui. Vous savez, juste histoire d'être absolument certain qu'ils ressentiraient son absence de manière tangible si je ne rentrais pas dans le rang.

Geoff rit amèrement en secouant la tête.

— Si j'ai bien appris une chose en le quittant, c'est que je ne laisserai plus jamais un autre homme manipuler mes enfants ou me faire miroiter son argent de la sorte.

— Ouais, j'imagine très bien.

Il poussa un long soupir.

— Je suis désolé.

Il fit rouler ses épaules, puis frotta délicatement celle de gauche.

— Je suis venu ici pour vérifier si tout allait bien et j'ai fini par vous déballer ma propre rupture.

— Ce n'est rien. En fait, c'est…

J'hésitai.

— Je veux dire, je ne dirai pas que c'est bien que vous ayez vécu ça, mais parler à quelqu'un qui est passé par là… Ça m'aide. Beaucoup.

Geoff croisa mon regard.

— C'est vrai ?

— Ouais. Je n'ai jamais pu parler à personne de tout ça auparavant. Du tout.

— Eh bien, ma porte est toujours ouverte si vous en avez besoin.

Je réussis à sourire.

— Merci.

Mon sourire s'effaça.

— La saison commence bientôt, mais j'espère que j'aurai assez de temps pour me sortir la tête du cul. Ou au moins me sortir cet abruti de la tête.

Geoff acquiesça.

— Mais… Si ce n'est pas un laps de temps suffisant ? Ne soyez pas trop dur envers vous-même. Même lorsque le pire est passé, rappelez-vous qu'il ne vous a pas manipulé du jour au lendemain.

Je frissonnai.

— Ouais. Je sais. Et Bon Dieu, en parlant de jour au lendemain, il est tard et vous avez fini votre service. Je ne voulais pas vous garder aussi longtemps.

— Ce n'est rien.

Il jeta un coup d'œil à sa montre et soupira.

— Je ferais probablement mieux d'y aller, par contre. Je dois encore rentrer à Lake City, ce soir.

— Lake…

Je clignai des yeux. Mercer Island n'aurait pas pu être plus éloigné de son trajet. Il allait encore devoir traverser le lac Washington et remonter tout au nord de Seattle.

— Vous vivez à Lake City, mais vous avez fait tout le chemin jusqu'ici ?

Le sourire de Geoff était fatigué, mais sincère.

— Je voulais m'assurer que vous alliez bien.

— Waouh. Hum. Merci. Vous n'étiez pas obligé, mais merci.

— N'en parlons plus.

Nous nous levâmes et, en nous dirigeant vers la porte, je me rendis compte que j'avais plutôt envie de lui demander de rester plus longtemps. Genre… beaucoup plus longtemps.

Mais c'était stupide. Il n'était pas venu ici pour qu'on couche ensemble. Il était ici en tant que policier, même s'il n'était plus en service, à des kilomètres de sa juridiction et habillé en civil. La seule raison pour laquelle cela m'avait même traversé l'esprit, c'était que j'avais désespérément besoin d'une distraction et qu'un mec sexy et grisonnant armé d'un badge enfonçant sa queue dans ma gorge serait vraiment bienvenu.

Je frissonnai et repoussai cette pensée.

— Merci encore, dis-je en ouvrant la porte. Pour tout, vraiment.

— De rien.

Il marqua une pause.

— Vous avez toujours ma carte, n'est-ce pas ?

Je hochai la tête.

— Ouais. Je l'ai toujours.

— D'accord. Bien. L'offre est toujours valable : appelez-moi si vous avez besoin de quoi que ce soit.

Et si je veux quelque chose ?

Je me raclai la gorge.

— Promis. Merci.

Nous échangeâmes un regard plus long que nous n'aurions dû. Puis il esquissa un autre sourire rapide, se retourna et se dirigea vers sa voiture. Je l'observai jusqu'à ce qu'il descende la dernière marche et me forçai enfin à fermer la porte.

Seul dans l'entrée, je m'appuyai contre le mur, fermai les yeux et poussai un long soupir.

Quelle journée. Quelle nuit.

Tandis que le moteur de Geoff disparaissait au loin, je m'écartai du mur. Je vérifiai toutes les serrures de la maison, modifiai le code de mon système de sécurité, récupérai mon téléphone sur le comptoir – je ne l'allumai pas – et me dirigeai vers ma chambre d'un pas lourd.

J'étais épuisé et j'avais besoin de dormir pour pouvoir m'entraîner efficacement demain. J'avais assez bâclé le travail aujourd'hui à cause de Nathan. Si je ne me reprenais pas demain, l'entraîneur Morris aurait ma peau.

Donc ouais. Dormir. J'en avais besoin. Genre, maintenant.

Sauf que je voulais rester éveillé encore un moment et penser au policier sexy qui était venu voir si j'allais bien. C'était tellement nouveau d'être libre de regarder d'autres hommes. De pouvoir entretenir un fantasme – peut-être même me branler en y pensant – sans me sentir coupable ni craindre que Nathan ne le sache. Geoff était le premier homme séduisant que j'avais croisé à la suite de ma rupture, donc bien sûr c'était à lui que je voulais penser et je n'essayai pas de résister. Non, je m'abandonnai complètement à l'idée de passer la moitié de la nuit avec ce flic en tête, avec ou sans ma main dans mon short.

Mais même penser à Geoff et m'inquiéter de Nathan ne me gardèrent pas éveillé. Au cours des dernières heures, tout m'avait scié les jambes, et pas seulement en mal. Même s'il était impossible de savoir ce que Nathan ferait à l'avenir – combien de temps il lui faudrait pour accepter que notre relation était finie, comment il réagirait à l'ordonnance restrictive que je déposerais le lendemain – je l'avais fait. J'avais mis fin à notre relation et j'avais tenu bon, même quand il n'avait pas voulu accepter qu'il s'agissait d'une « rupture ». Tous ces mois d'appréhension avaient disparu. Ces innombrables répétitions mentales avaient porté leurs fruits. Ces dizaines de matches foirés parce que j'étais distrait étaient derrière moi.

Dès que je touchai l'oreiller — en homme libre pour la première fois en quatre ans — un soulagement profondément libérateur m'emporta.

Et je dormis plus profondément que depuis des années.

Chapitre 3
Geoff

À cette heure de la nuit, il n'y avait pas beaucoup de circulation. Le pont de l'I-90 était dégagé sur le chemin du retour vers Seattle et l'I-5 n'était pas si horrible quand je me dirigeai vers le nord à travers la ville.

Je rentrai chez moi presque en pilote automatique. À travers tout le centre-ville et le nord de Seattle, puis jusqu'à Lake City, mon esprit resta fermement ancré sur Mercer Island. Les deux endroits n'auraient pas pu être plus différents. L'autoroute reliant l'I-5 à Lake City était bordée de bars, de concessionnaires automobiles louches et de dispensaires à marijuana. Je n'avais aucun problème avec les dispensaires ou le fait que l'herbe soit légale, mais la forêt de néons en forme de feuilles de chanvre de chaque côté de la route contrastait de manière surprenante avec l'île de quartiers résidentiels clos et de maisons à plusieurs millions de dollars. Ici, entre les fast-foods et les centres commerciaux, il y avait les restes en ruines de magasins et de restaurants qui n'avaient pas survécu aux coûts exorbitants de la région. Mercer Island n'autorisait probablement même pas la restauration rapide, sans parler d'un dispensaire, et il y avait assez d'argent sur cette île pour maintenir n'importe quel établissement à flot.

Mercer Island brillait et prospérait. Lake City vacillait, une petite entreprise à la fois.

Oui, on pouvait clairement dire qu'Asher Crowe et moi venions de deux mondes très, très différents.

Ce qui était un peu bizarre, à bien y penser. Quand nous nous étions trouvés dans son salon à boire un café et à nous plaindre de nos ex abusifs à des divers degrés, nous n'avions été que deux gars voulant vraiment tourner la page. Le canapé sur lequel nous avions été assis coûtait sans doute autant que ma voiture, mais pendant un moment, nous avions été sur un pied d'égalité. C'était probablement notre seul point commun.

C'était un peu surréaliste, de penser que je venais de passer une partie de la soirée sur le canapé d'Asher Crowe. Mes enfants et moi étions des fans inconditionnels des *Snowhawks*. Mon ex l'avait même mal pris à plusieurs reprises quand j'avais apparemment trop affiché mon béguin pour Crowe. Je ne voyais pas en quoi c'était un problème que je reluque le meilleur joueur de hockey de la ligue s'il pouvait me montrer les acteurs et les musiciens qu'il trouvait séduisants. Dans le cerveau tordu de Marcus, il était acceptable de reluquer des gens qu'il n'aurait jamais la chance de rencontrer, mais comme Asher était du coin et que j'allais parfois aux matches de hockey, c'était différent. Cela n'avait jamais eu de sens pour moi. Je n'étais pas du genre infidèle et, de toute façon, les chances qu'Asher et moi nous croisions un jour et qu'il me remarque même étaient d'environ d'une pour un milliard.

Ouais. Et en parlant de ça…

Je ris doucement en m'engageant dans la rue où je vivais, mais mon humour ne dura pas. Nos chemins s'étaient croisés, à Asher Crowe et à moi, mais ce n'était pas exactement dans les circonstances que j'avais fantasmées.

Je me demandais comment il allait, maintenant. S'il avait réussi à s'endormir ce soir. J'avais senti l'odeur de l'alcool quand j'étais arrivé, même s'il n'avait pas semblé tellement saoul. Avait-il bu encore après mon départ ? Les *Snowhawks*, en tant que groupe, étaient en grande partie des obsédés des trucs sains — c'était des athlètes professionnels, après tout — mais ils étaient aussi des fêtards tristement célèbres. Je ne doutais donc pas qu'Asher ait tenu sa consommation d'alcool, mais j'espérais qu'il y était allé mollo. J'espérais qu'il avait pris soin de lui. Au moins un peu plus que moi quand j'avais quitté Marcus.

Mais je savais à quel point le passé pouvait s'entêter à nous hanter. Pas un seul jour ne s'écoulait sans que mon cerveau ne tourne en rond : Est-ce que j'aurais juste dû rester avec lui ? Pourquoi est-ce que j'avais emménagé avec lui ? Encore et encore. Et j'avais encore besoin de Xanax et d'un Valium de temps à autre pour faire face au TSPT d'une véritable zone de guerre dans laquelle je n'étais jamais retourné depuis une décennie. Quand Asher s'inquiétait du temps qu'il lui faudrait pour tourner la page, je le comprenais.

Soupirant en ressentant soudain le poids de la journée et surtout de l'appel où j'avais rencontré Asher, je m'engageai sur le parking de mon appartement. Je me garai, balayai du regard l'intérieur de ma voiture pour m'assurer qu'il n'y avait rien en vue pour tenter un cambrioleur et sortis.

J'avais entendu dire que certains des plus jeunes policiers quittaient le travail et sortaient faire la fête. Bon sang, c'était ce que j'avais fait au cours de mes premières années dans les Marines : travailler de longues heures, puis boire mon salaire jusqu'à ce qu'il soit temps de retourner bosser. À 21 ans, ça avait été facile. À 44 ans ? Je grimaçais jusqu'en haut de l'escalier menant à mon appartement au troisième étage.

Et Marcus craignait que quelque chose se produise si je rencontrais un jour Asher Crowe ?

Hilarant. Je me débrouillais toujours au gymnase, en patrouille et dans une chambre à coucher, mais je n'étais pas un joueur de hockey de 25 ans au sommet de sa forme physique. Non pas que je m'opposerais à essayer au moins de suivre le rythme d'un joueur de hockey de 25 ans au sommet de sa forme physique.

OK, peut-être que Laura avait flairé quelque chose. Peut-être qu'il était temps de prendre mon courage à deux mains et de m'inscrire sur Tinder.

Mais juste… pas ce soir. J'étais trop fatigué.

J'entrai dans l'appartement. Il était calme et désert, comme je m'y étais attendu. Les enfants étaient chez leur mère ce soir et, même s'ils avaient été ici, ils auraient déjà été endormis. S'ils avaient été réveillés, eh bien… L'endroit aurait quand même été silencieux.

J'avais proposé à Valerie de modifier notre contrat de garde afin qu'ils restent chez elle plus qu'avec moi. Non pas parce que je voulais qu'ils partent : cela ne nous faisait tout simplement aucun bien de nous vautrer dans le ressentiment glacial qu'ils ressentaient à mon égard depuis que j'avais quitté Marcus. Était-ce vraiment mieux de les forcer à rester avec moi jusqu'à ce que je découvre comment régler le problème ? Je ne savais même pas.

Comme Laura, cependant, Valérie était sûre qu'ils s'en remettraient. Et en outre, les sentiments déplorables qu'ils ressentaient pour le moment à mon égard ne feraient qu'empirer s'ils pensaient que je les déversais sur leur mère. Ils étaient déjà assez à cran que Marcus les ait rayés de sa vie. Ce n'était pas le moment, me disait mon ex-femme, de leur laisser croire que je faisais la même chose.

Donc, ils passaient toujours une semaine sur deux avec moi, même s'ils allaient et venaient parfois tous les deux jours pour leurs activités parascolaires. Quand ils étaient absents, je rentrais dans cette boîte vide et silencieuse qui n'était pas assez grande pour nous trois, mais qui me paraissait toujours caverneuse et creuse, surtout quand ils étaient là.

Et maintenant, j'étais encore plus épuisé. L'idée de rentrer retrouver mes enfants m'avait permis de surmonter les pires déploiements. Maintenant, ils ne voulaient plus me voir, ils souffraient terriblement parce que je les avais enlevés à Marcus, et je craignais toujours quand ils étaient à la maison, parce que la tension était insupportable. Il était peut-être vraiment temps de voir la thérapeute chez qui Valérie les avait emmenés avant de se remarier. Dieu savait que je ne m'en sortais pas seul. Si seulement je pouvais trouver un moyen de régler les consultations. Merde.

Je retirai mes chaussures, posai mon sweatshirt à capuche sur le dos du canapé et me traînai jusqu'à la chambre. Je déposai mon pistolet dans son coffre-fort, laissai mon portefeuille et mes clés sur la commode, et m'allongeai sur le lit encore tout habillé.

Le fait de parler à Asher ce soir avait menacé de m'envoyer dans cette spirale de culpabilité qui commençait chaque fois que je pensais à l'impact que ma rupture avait eu sur ma relation avec mes enfants. Bien sûr, je n'avais pas été heureux avec Marcus, mais ce n'était pas comme s'il avait été violent. Il ne s'était jamais servi de la force physique pour obtenir ce qu'il voulait entre les draps. Cela aurait pu être bien pire, alors était-ce vraiment si grave ?

Je me frottai les yeux en soupirant. Oui. Oui, ça avait vraiment été grave. Ce n'était pas parce que Marcus ne s'était jamais imposé à moi qu'il ne m'avait pas harcelé et contraint. Le fait qu'il n'ait jamais levé la main sur moi ne voulait pas dire qu'il ne m'avait pas métaphoriquement acculé ou n'avait pas eu recours à d'autres moyens de pression à sa disposition pour obtenir tout ce qu'il voulait. Le fait que j'aie fini par consentir – au sexe, à le laisser faire ce qu'il voulait, à renoncer à une dispute – ne voulait pas dire que je l'avais voulu.

Ensuite, j'allais au boulot et je répondais à des disputes domestiques. Je voyais les victimes de véritables abus. Des yeux au beurre noir. Du mobilier cassé. Des os brisés. Parfois, c'était bien pire que ça. Et chaque fois que je quittais les lieux, je me réprimandais de penser que ce que faisait Marcus puisse être considéré comme des abus. C'était un connard, oui, et j'étais malheureux, mais des abus ?

Je soupirai encore, laissant retomber ma main sur le lit à côté de moi. Je ne l'avouerais jamais à personne, mais il y avait eu des moments où j'avais irrationnellement souhaité qu'il me frappe. Au moins, j'aurais pu dire : « *Oui, mon petit ami était violent* », sans avoir l'impression de devoir me justifier vingt fois : « *Enfin, il ne m'a jamais touché* » ou « *Ce n'était pas vraiment physique, mais…* ». Comme si j'avais eu besoin de ces blessures pour pouvoir passer au-delà des accusations nébuleuses de coups et blessures, purs et durs.

Mais il ne l'avait jamais fait. Je n'avais jamais eu peur de lui comme Asher avait clairement et légitimement peur de Nathan. Je savais que j'avais eu de la chance à cet égard, que les choses auraient pu être bien pires, mais qu'est-ce que je pouvais faire, maintenant ? Comment allais-je pouvoir reprendre assez confiance en moi pour sortir à nouveau avec quelqu'un ? Comment allais-je faire confiance à d'autres hommes pour qu'ils ne ressemblent pas à Marcus ? Ou à Nathan ? Mes enfants et moi avions suffisamment traversé de choses. La perspective de rencontrer quelqu'un – même un coup d'un soir – était terrifiante parce que j'en avais trop vu au travail et que j'en avais trop vécu pour croire que je serais en sécurité avec quelqu'un. Ou que j'aurais les couilles de faire face à quelqu'un avec qui je ne l'étais pas. Ou pour partir avant que les choses ne dégénèrent.

Putain, j'avais été faible de laisser Marcus me traiter comme ça si longtemps. Pire encore, je l'avais laissé manipuler mes enfants pendant tout ce temps. Je l'avais laissé les mener par le bout du nez suffisamment longtemps pour qu'il puisse leur briser le cœur si j'osais partir.

En gémissant, je me rassis et posai les mains au bord du lit. Oui, j'avais merdé avec Marcus. Je l'avais laissé peu à peu retourner mes deux enfants contre moi et maintenant, j'en payais le prix, une semaine glaciale et hostile à la fois.

Ce connard avait fait beaucoup de choses que je pouvais dépasser, mais ça ? Manipuler mes enfants au point qu'ils me détestent de l'avoir quitté ? Ce n'était pas une chose que je pouvais lui pardonner. Pas même si je l'avais voulu. Non, je me raccrochais à cette merde comme à mes souvenirs de combat. C'était tatoué sur mes os.

J'espérais juste que mes enfants finiraient par comprendre et me pardonneraient.

Ce qui voulait probablement dire que je devrais leur expliquer toute la vérité.

Comment diable puis-je faire ça ?

~*~

— Tu es resté jusqu'à quelle heure chez le joueur de hockey, la nuit dernière ?

Je m'étouffai sur mon café à la question de Laura. Je faillis presque lui cracher dessus, ce qu'elle aurait bien mérité.

— Pardon ? bafouillai-je après avoir toussé quelques fois.

Elle sourit et reporta son attention sur le rapport qu'elle avait calé contre le volant de la berline.

— Tu as dit que tu allais chez lui après le travail, comme tu n'arrivais pas à le joindre, et maintenant tu as l'air de ne pas avoir dormi depuis un mois.

Elle signa le rapport, puis me jeta un coup d'œil.

— À quelle heure es-tu rentré chez toi ?

— Qu'est-ce que tu insinues, exactement ?

— Que tu as l'air vraiment, vraiment fatigué ?

Je levai les yeux au ciel et sirotai mon café, sans m'étouffer cette fois-ci.

— Je suis passé voir si tout allait bien, puis je suis rentré chez moi. Je n'ai simplement pas très bien dormi.

Son air enjoué se transforma en inquiétude.

— Pourquoi pas ?

— Est-ce qu'il m'arrive de bien dormir ?

Ma relation dysfonctionnelle avec le sommeil n'était pas vraiment un secret.

Elle sembla y réfléchir.

— D'accord. Mais tu as l'air… je ne sais pas. Comme si tu avais moins dormi encore que d'habitude.

Je regardai par le pare-brise, tripotant le couvercle de ma tasse de café.

— Tu t'inquiètes vraiment pour lui, n'est-ce pas ?

Son ton n'était pas teinté de jugement. D'inquiétude, peut-être.

— Crowe ?

Sans me tourner vers elle, je hochai la tête.

— Ouais.

— Comment va-t-il ?

Je soupirai.

— C'est difficile à dire, honnêtement. Il est secoué, c'est certain.

— Peut-on le lui reprocher ?

— Non, pas tant que son ex ne le laissera pas tranquille.

— Oh, putain de merde, gémit Laura en levant les yeux au ciel. Pitié, dis-moi qu'il va déposer une ordonnance restrictive.

— Il le fera dès aujourd'hui.

— Bien.

Elle soupira.

— Pauvre gosse.

— Ouais, hein ? Donc je suis… je ne sais pas. Je m'inquiète toujours pour les disputes domestiques.

— Pas à ce point-là.

Je me tournai vers elle et elle me regarda.

— Qu'est-ce que ça veut dire ?

Elle pencha la tête, l'air de dire : vraiment ? Puis, elle démarra en se détournant.

— Je sais que tu t'inquiètes pour les gens après ce genre d'appels, dit-elle en sortant de la place de parking. Mais je ne t'ai jamais vu partir pour Mercer Island après le boulot comme ça.

— Pour être honnête, Mercer Island n'est pas exactement dans notre juridiction habituelle.

— Donc combien de personnes es-tu allé voir à Queen Anne ou Fremont ?

Je ne répondis pas.

— C'est bien ce que je pensais.

Son attention rivée sur la route, elle quitta le parking et s'engagea dans Virginia Street.

— Ce n'est pas une mauvaise chose de se soucier des gens. Mais ferais-tu la même chose si ce n'était pas ton joueur de hockey préféré ?

Je la regardai.

— C'est-à-dire ?

Elle me lança un regard sans un mot.

En soupirant, je reportai mon attention sur la route devant nous.

— Honnêtement, j'ai à peine pensé à qui il était. J'ai juste…

Je me mordis la lèvre.

— Hmm ? insista Laura.

Je tapotai des doigts sur l'accoudoir.

— Je me suis vu en lui, je crois.

— Comment ça ?

— Je veux dire, même si les conneries que m'a fait subir Marcus n'approchent pas ce que Nathan a fait à Asher, je sais ce que c'est de se sentir abattu et bon à rien. Émotionnellement. C'est juste que… ça a déclenché quelque chose en moi.

Je tapotai plus vite.

— À vrai dire, j'ai failli ne pas aller chez lui la nuit dernière, même quand il n'a pas répondu au téléphone.

— Vraiment ?

— Ouais. Mais mon instinct m'a dit de ne pas l'ignorer.

Laura hocha la tête avant que j'aie fini.

— D'accord, je peux le comprendre. Je pense que j'aurais fait la même chose.

Elle s'interrompit pour tourner à gauche, puis me regarda à nouveau.

— Sois juste prudent, d'accord ? Tu essaies toujours de te remettre de ce que t'a fait subir ton ex et il est très facile de se projeter sur quelqu'un d'autre. Si Asher fait quelque chose comme retourner avec Nathan…

Je grimaçai.

— Putain…

— Je sais, dit-elle avec compassion. Et j'espère vraiment qu'il ne le fera pas non plus. Mais tu sais que ça se produit parfois.

Un autre regard, celui-ci plus appuyé.

— Tu ne pourras peut-être rien faire pour l'empêcher de faire une telle chose, cette fois.

En m'appuyant contre le siège, je poussai un long soupir. Je ne la contredis pas. Pourquoi l'aurais-je fait ? Elle avait entièrement raison. Combien de fois étions-nous retournés chez des victimes qui avaient juré de jeter leur agresseur dehors pour de bon, pour ensuite se réconcilier et se retrouver à nouveau avec des gyrophares dans l'allée ? Il était facile de me dire qu'Asher ne ferait jamais la même chose, mais j'avais été trop souvent au premier rang de ce genre de réalités pour en être absolument certain.

Et s'il le reprend et qu'on appelle les flics, je ne serai pas là pour répondre cette fois, à moins qu'ils ne se trouvent dans le centre-ville.

Je réprimai un frisson et espérai qu'Asher défierait les probabilités et n'aurait pas besoin que la police de Mercer Island vienne interrompre une autre dispute domestique.

Tu mérites mieux que ça, Asher. Ne laisse pas ce connard revenir.

J'essayai de ne pas penser au nombre de fois où j'aurais dû me faire le même sermon au cours des derniers mois. C'était peut-être ce qui me faisait peur : si des gens comme Asher retournaient avec un partenaire qui les battait, je ne serais pas assez fort pour rester loin de celui qui se contentait de me bousiller les méninges. Oui, il était vraiment temps de commencer à chercher un thérapeute, à condition que je puisse me le permettre.

Laura et moi laissâmes tomber le sujet d'Asher et poursuivîmes notre patrouille. Heureusement, notre journée fut merveilleusement ennuyeuse. Quelques contrôles routiers et une poignée de personnes à qui il fallut rappeler que si la marijuana était légale, sa consommation n'était pas légale partout. Non, madame, le panneau « Interdiction de fumer » ne s'applique pas uniquement au tabac. Non, monsieur, vous ne pouvez pas fumer ce joint devant l'épicerie. Non, les enfants, vous ne pouvez pas faire circuler ce bong à l'arrêt de bus. Circulez, s'il vous plaît.

Le seul moment excitant fut une propriétaire paniquée qui signala que quelqu'un essayait de s'introduire chez elle par effraction. Le « cambrioleur » s'avéra être le chat d'un voisin qui peinait à chasser la souris coincée entre la porte arrière et la moustiquaire.

Après ça, nous nous arrêtâmes pour déjeuner et, pendant que nous mangions, mon téléphone signala l'arrivée d'un texto.

Je le saisis sans vraiment y penser et faillis presque le faire tomber lorsque je vis les mots à l'écran :

C'est Asher. Je voulais juste vous remercier de m'avoir aidé la nuit dernière.

Je posai mon sandwich sur son emballage étalé sur mes genoux.

Aucun problème. Ça va mieux, aujourd'hui ?

— Tes enfants ? demanda Laura juste avant de mordre dans son wrap.

— Non.

Je reposai le téléphone et pris mon sandwich.

— Juste un sexto d'Asher.

Elle s'étouffa.

Je ricanai.

— Ça t'apprendra. C'est pour m'avoir fait cracher mon café par le nez tout à l'heure.

— Va te faire foutre.

Elle se racla la gorge.

— Pitié, dis-moi que vous ne vous envoyez pas vraiment des sextos.

Dans mes rêves.

Riant malgré mes joues qui s'empourpraient soudain, je secouai la tête.

— Non, nous ne nous envoyons pas de sextos. Il me remerciait pour hier soir.

— Euh…

— D'être passé voir si tout allait bien, précisai-je en levant les yeux au ciel. Vous avez les idées mal placées, Agent Wayne.

— Excusez-moi, Agent Logan.

Elle me donna un coup de coude.

— C'est toi qui m'as mis « Asher Crowe » et « sextos » dans le cerveau. *Toi,* tu as les idées mal placées.

— Ce serait bien la première fois.

— Hum-hum, si tu le dis.

Elle attrapa son téléphone et parcourut quelques textos.

Je pris une autre bouchée de mon sandwich avant que mon téléphone ne sonne à nouveau.

Mieux, oui, avait écrit Asher.

Bien. Il vous a contacté ?

Juste pour dire qu'il veut sa voiture + ses affaires. La police de Mercer m'a fait emballer quelques affaires et les ont prises + sa voiture pour qu'il les récupère. Je ne sais pas quand il emmènera le reste

C'était déjà ça. Une excuse de moins pour que Nathan débarque chez Asher.

Bon programme. Et l'ordonnance restrictive ?

Asher commença à tapoter et s'arrêta plusieurs fois. J'avais le sentiment de savoir ce que cela signifiait et mon cœur se serra davantage, chaque fois que l'icône de frappe disparaissait.

Enfin : *Les ordonnances restrictives sont trop publiques. Je ne peux pas.*

Je grimaçai. D'accord. Ouais. À sa place, peut-être que je n'en aurais pas voulu non plus. Dans le meilleur des cas, une ordonnance de protection pouvait provoquer les agresseurs. Quand Nathan aurait reçu l'ordonnance, la balle serait dans son camp. Il pourrait sagement battre en retraite et se tenir à l'écart d'Asher, ou il pourrait péter un plomb et porter la violence à son paroxysme. C'était le problème avec ce genre d'ordonnances : bien sûr, elles nous donnaient plus de moyens de mettre une personne en détention si elle violait l'ordonnance, mais parfois, ça alimentait également sa rage jusqu'à la forcer à obtenir le dernier mot. Ou porter le denier coup. Ou pire.

Et dans le cas d'Asher, c'était compliqué car c'était un athlète de haut niveau. Il suffirait d'un journaliste curieux ou de quelqu'un qui verrait Asher au tribunal, et la vérité sur sa relation serait à la une et sur Internet. Humilier son ex à cette échelle pourrait devenir sérieusement dangereux pour Asher.

Sur le papier, j'aurais dû l'encourager à obtenir une ordonnance de protection, mais en pratique… Merde, je ne pouvais tout simplement pas le contredire.

Je frissonnai et envoyai un message en retour. *Il a reçu l'avertissement verbal de vous laisser tranquille. Appelez-moi ou la police de Mercer s'il fait quoi que ce soit.*

Entendu. Un moment s'écoula et un deuxième message apparut : *Je pense engager une sécurité privée.*

Waouh. Je n'avais même pas pensé à le suggérer, car la plupart des gens ne pouvaient même pas se permettre de penser à une équipe de sécurité privée. Mais Asher Crowe ? Il pouvait se permettre d'y penser.

Cela pourrait en valoir la peine, répondis-je. *J'espère que ce sera exagéré, mais ça ne coûte rien d'être prudent.*

Je vais me renseigner. Désolé de continuer à vous embêter.

Vous ne m'embêter pas : je suis toujours là pour vous aider.

Merci. :)

Pas de quoi.

Aucun autre texto n'apparut. Laura et moi terminâmes de déjeuner et je pris le volant pour la deuxième moitié de notre journée. Le merveilleux ennui continua, ce qui n'était probablement pas une mauvaise chose. Pas quand mon esprit revenait constamment à l'homme de Mercer Island.

Je n'imaginais pas revoir Asher Crowe. Pas en personne, en tout cas. Son visage était un peu difficile à éviter à Seattle, surtout pour ceux qui aimaient le hockey. Même si je n'avais pas été un fan des *Snowhawks* ni un fan de Crowe, je passais en voiture devant le stade un million de fois par jour et c'était l'un des six joueurs dont le visage apparaissait sur d'énormes bannières à l'extérieur.

D'un côté, j'espérais que nous ne nous reverrions plus. Cela voudrait dire que je n'avais pas été appelé pour m'interposer entre son malade d'ex et lui. Cela signifierait que, avec ou sans ordonnance de protection, Nathan avait compris le message et était sorti de la vie d'Asher. Je travaillais dans les forces de l'ordre : c'était donc une bonne chose que les gens n'aient pas à me voir plus d'une fois. Je ne voulais pas que lui ou qui que ce soit d'autre ait besoin de ma présence.

Mais à un niveau que je ne comprenais pas bien, j'espérais que la nuit dernière n'était pas la dernière fois que je verrais Asher.

Chapitre 4
Asher

— Crowe, putain de merde !

La voix de l'entraîneur Morris résonna dans le stade vide.

Je grimaçai, puis pris un visage neutre et me retournai vers lui.

Il me jeta un regard noir et désigna le filet qui ne courait aucun danger avec le palet que je venais de lui envoyer. Le coup était passé à des kilomètres, avait ricoché contre le mur et presque atteint l'un de mes coéquipiers.

— Putain, mais où tu as la tête, aujourd'hui ?

— Désolé, Entraîneur.

Je levai une main gantée.

— Je suis…

— C'était une question rhétorique, crétin. Reprends-toi et joue comme un pro. Ce n'est pas la ligue junior.

Je serrai les dents.

— Compris, Entraîneur. Pardon.

À ma grande surprise, les traits durs de son visage s'adoucirent un peu, tout comme la colère de son regard.

— Ça concerne ce qui s'est passé la nuit dernière ? demanda-t-il à voix basse.

Je tressaillis et évitai son regard. J'avais besoin que l'entraîneur me crie dessus et me dise de me sortir la tête du cul, pas qu'il passe en mode papa et s'assure que j'aille bien. Parce que je n'allais pas bien et que je ne voulais pas que l'équipe – et encore moins l'entraîneur – soit au courant.

— Ça va. La nuit a été difficile, mais je…

— Alors bouge-toi le cul et mets des palets dans le filet, pour l'amour de Dieu, aboya-t-il.

Je sursautai. Bordel de merde. Je voulais que l'entraîneur me crie dessus et j'étais habitué à ce qu'il me crie dessus, mais maintenant il me faisait sursauter comme un chien battu.

Et il revint immédiatement au papa inquiet. Sa main se posa lourdement sur mon épaule, même à travers mon équipement.

— Asher, est-ce qu'il y a…

— Je vais bien, répondis-je, les dents serrées. C'est juste un mauvais jour. Je vais me reprendre.

Je n'attendis pas d'autre question : je m'éloignai en patinant, serrant ma crosse plus fort que nécessaire, tant j'avais peur que mes mains ne se mettent à trembler. Le début de la saison approchait rapidement et il était hors de question de fournir des munitions aux commentateurs qui suggéraient que je ne jouais pas pour de vrai. Lorsque je jouais, certains commentateurs en particulier avaient toujours des réflexions à faire sur le fait que je devenais « trop mou » ou que « je semblais être à court de testostérone ».

C'était drôle comme ils ne faisaient jamais ces remarques, encore moins avec le même sourire narquois, à propos de mes coéquipiers hétérosexuels. Ils avaient beaucoup de choses à dire sur les autres joueurs, mais leurs critiques à mon égard laissaient toujours entendre que je n'étais pas assez *homme* pour jouer au hockey.

Je vais vous en montrer, de la testostérone, espèce de porcs homophobes.

Ouais. Comme si ça allait aider. Je n'avais pas encore passé une seule saison sans me battre sur la glace, et même pour ça, ils avaient prétendu que j'étais trop émotif. Un commentateur avait été brièvement suspendu et avait dû s'excuser pour avoir suggéré sur les ondes que je ne devrais peut-être pas jouer pendant certaines périodes du mois. Je détestais ces connards.

Et putain, je détestais être trop émotif pour être sur la glace maintenant. J'étais encore nerveux à cause de la nuit dernière. J'étais effrayé. Chaque fois que je voyais quelqu'un dans les gradins déserts, j'avais un moment de panique parce que c'était peut-être Nathan. Au moins, nous nous entraînions au stade plutôt qu'à la patinoire de Green Lake. À l'approche du début de la saison, nous avions déplacé les entraînements ici et la sécurité était bien plus présente dans cet endroit que dans l'autre. Les chances de le voir entrer étaient donc faibles, mais suffisamment élevées pour me donner des sueurs froides.

Et le pire ? Je souffrais vraiment de son absence. Ce mec m'avait allongé plus de fois que je ne pouvais compter et il m'avait littéralement brisé un os à une occasion, et

71

pourtant je souffrais de l'avoir perdu, d'avoir perdu notre relation et... *c'était quoi mon problème ?*

Furieux contre moi-même, les larmes aux yeux, je tirai un palet vers le but et Bruiser cria « Putain, mec ! » quand il passa devant lui pour atterrir dans le but. Il cria autre chose, mais je ne compris pas. Je récupérai un autre palet et recommençai, la fureur le guidant vers le but à une vitesse deux fois supérieure à celle du son. Ou presque. Bruiser l'attrapa quand même et, une seconde plus tard, je tirai une troisième fois dans sa direction.

Les palets, les buts et les jurons de mon gardien m'atteignaient à peine. Je n'étais même pas certain d'avoir tiré cette troisième fois. J'étais trop énervé, parce que pourquoi diable pleurais-je cette relation ? J'aurais dû cracher sur sa tombe. J'aurais dû danser dessus. Mais non, j'avais toujours une boule dans la gorge à cause de trucs stupides comme une chanson à la radio, une photo de nous deux dans mon casier ou la vue de son putain de nom sur un courrier.

Quand j'étais allé demander l'ordonnance de protection que j'avais finalement décidée de ne pas déposer, le simple fait d'écrire nos noms avait failli me faire craquer. Ensuite, l'agent m'avait gentiment informé que les ordonnances de protection étaient un document public et avait insisté pour que j'appelle la police si mon ex se vengeait de quelque façon que ce soit. Il avait fallu une bonne minute pour que ses avertissements m'atteignent et me dissuadent de passer à l'acte, parce que comme un idiot, j'avais été trop occupé à avoir les larmes aux yeux comme si je venais de signer à contrecœur une série de documents de divorce au lieu de déposer une ordonnance me protégeant de l'homme qui avait...

— Crowe !

Cette fois, le cri attira mon attention. Probablement parce que c'était l'entraîneur Hale, l'entraîneur offensif, et qu'il était planté devant moi.

— Bordel, Asher. Tu es où, aujourd'hui ?

Je reniflai brusquement, espérant que mes yeux n'étaient pas rouges.

— L'entraîneur ne voulait pas que je joue comme si j'étais en ligue junior. Donc je ne l'ai pas fait.

Il cligna des yeux.

— Tu es sûr que ça va ? Tu passes du chaud au froid ces derniers temps et aujourd'hui, tu es un joueur différent à chaque fois que je me retourne. Que se passe-t-il ?

J'ai craqué au lieu de déposer une ordonnance de protection à l'encontre de l'homme qui a fait de ma vie un enfer pendant quatre ans.

— Je suis juste distrait…, réussis-je à croasser. Je… me serai repris pour le soir du match.

Hale me dévisagea.

— T'en es sûr ?

Ça dépend de ce que mon ex violent fait ensuite.

Je hochai la tête.

— Ouais. C'est juste une mauvaise semaine.

Je me forçai à rire.

— Mieux vaut maintenant que pendant la saison, non ?

Il fronça les sourcils comme s'il ne me croyait pas tout à fait. J'étais paniqué qu'il puisse voir la vérité et priais tout autant qu'il le fasse.

Est-ce que quelqu'un de cette équipe m'entend ?

Mais ensuite, il haussa les épaules et me tapota l'épaule, le contact de sa paume sur ma protection me faisant sursauter.

— Reprends-toi, d'accord ? Si tu ne joues pas au hockey à l'entraînement, tu ne joueras pas le soir du match. Compris ?

Les dents serrées, je hochai la tête mais ne dis rien.

Il répondit par un hochement de tête, me donna un autre coup lourd sur l'épaule et se détourna pour partir.

Je soupirai. Ce qui restait de l'agression qui m'avait poussé tout à l'heure mourut quand Hale s'en alla. Chaque fois qu'un entraîneur ou un coéquipier me prenait au mot, un petit morceau de mon cœur se brisait. J'étais incapable de prononcer les mots « mon copain me maltraite » – ou « mon ex-copain me maltraitait » – mais j'avais besoin que quelqu'un le sache et ça me tuait à chaque fois qu'ils acceptaient mes excuses bidons. C'était comme quand j'avais dû expliquer quelques ecchymoses clairement pas liées au hockey, le visage rougi, en prétendant que mon mec et moi aimions y aller un peu fort, et que ça voulait parfois dire qu'il m'étouffait. Mes coéquipiers avaient paru horrifiés de façon théâtrale, ils avaient levé les yeux au ciel et avaient ri, et j'étais resté planté là, à souhaiter qu'au moins un d'entre eux voie à travers mes mensonges et comprenne la vérité. Ils ne l'avaient pas fait. Ils n'avaient aucune raison de le faire.

Avec un soupir, je rajustai ma poigne sur ma crosse et patinai vers l'un des palets dispersés sur la glace.

Je le tirai vers le filet, mais sans plus d'enthousiasme colérique cette fois.

~*~

Ma routine post-entraînement était aussi gravée dans le marbre que ma routine d'échauffement avant un match. Appelez cela de l'habitude, appelez ça de la superstition. Pour être honnête, je n'étais même pas sûr de savoir ce que c'était. À un moment donné, ça c'était imposé à moi : Quitter la glace. Me doucher. M'habiller. Vérifier mon téléphone. Répondre aux textos. Dégager.

Parfois, après ma routine, je me joignais aux enfantillages de vestiaire. Après tout, les joueurs de hockey n'étaient rien d'autre que des gamins surpayés, et on pouvait nous faire confiance pour foutre la merde dans les vestiaires. Coups de serviette, plaisanteries impliquant… Eh bien, disons simplement des « blagues de potaches surpayés » et restons-en là.

Je quittais parfois l'entraînement pour me rendre dans un bar ou faire un truc avec les gars — encore une fois, des gamins surpayés — surtout quand nous avions le luxe de ne pas devoir nous dépêcher de nous rendre à la prochaine ville pour le match suivant. Le plus souvent, comme après un match, je rentrais chez moi. S'ils sortaient faire la fête après un match à l'extérieur, je les rejoignais parfois, mais je ne le faisais jamais quand nous étions à Seattle. Ils m'avaient tous impitoyablement taquiné en me disant que c'était ça d'avoir la corde au cou. C'était plus proche de la vérité qu'ils ne l'avaient probablement imaginé.

Aujourd'hui, après m'être habillé, je m'assis sur le banc du vestiaire et rallumai mon téléphone. Mes notifications s'enflammèrent immédiatement. Au début, je n'en pensai rien. Geoff avait répondu « *Quand vous voulez* » à mon dernier texto. Des amis m'avaient envoyé des messages anodins. Il y en avait quelques-uns de mes coéquipiers – probablement des blagues grossières ou des discussions sur l'endroit où tout le monde boirait ce soir.

Et Nathan…

Nathan avait envoyé quatorze messages.

Quand je vis le chiffre à côté de l'application de téléphone, je n'eus pas à chercher pour savoir d'où venaient les huit appels manqués.

La bile me brûla le fond de la gorge. *Oh non.*

Soudain nauséeux et la main tremblante, j'ouvris mes textos.

Il faut qu'on parle.

Bordel, Asher ? Pourquoi tu m'ignores ?

Contre mon meilleur jugement, je parcourus le reste de ses textos.

Réponds à ton putain de téléphone.

Ce n'est pas fini.

Arrête de m'ignorer.

— Hé, Crowe.

La voix de Grady me fit relever la tête. Il me regarda en hissant son sac de sport sur son épaule.

— Tu viens avec nous ce soir ?

Ils me le demandaient toujours, même si je disais toujours non.

— Euh.

Je déglutis difficilement et, pendant une seconde, je l'envisageai sérieusement. Me bourrer la gueule était tentant. Me bourrer la gueule en compagnie de joueurs de hockey tout aussi bourrés qui, collectivement, me considéraient comme leur petit frère et casseraient en deux tous ceux qui me regarderaient de travers ? C'était *vraiment* tentant. Mais l'idée que Nathan débarque où que nous soyons… Non. Ce n'était même pas une inquiétude irréaliste. On finissait invariablement par connaître le bar où les *Snowhawks* se trouvaient et les fans affluaient pour faire la fête avec nous. Nathan le découvrirait, il débarquerait et il était hors de question que je fasse subir ça à mon équipe.

Je me raclai la gorge et me levai, glissant mon téléphone dans ma poche arrière.

— Je vais juste rentrer chez moi.

— Tu es sûr ?

Le front de Grady se plissa d'inquiétude et il esquissa un geste vers la goulotte menant à la glace.

— On dirait qu'un verre te ferait du bien.

Tu n'as pas idée.

— Ça ira.

Je souris malgré ma nausée et mon téléphone qui vibrait.

— Je vous verrai demain, les gars.

— D'accord. Prends soin de toi.

— Promis.

Tandis que Grady et les autres gars commençaient à sortir du vestiaire, en essayant de deviner qui allait finir par vomir en premier, je sortis mon téléphone de ma poche. Et ça ne manqua pas : le nouveau message provenait de Nathan.

Il faut qu'on parle. À quelle heure je peux passer ?

Passer ? Je restai bouche bée devant le message. Bon sang. Quelle partie de « aucun contact » ne comprenait-il pas ?

« *Permettez-moi de vous expliquer cela de façon parfaitement claire, M. Warner,* » avait grogné Logan au visage de Nathan. « *M. Crowe a fait savoir qu'il ne souhaitait avoir aucun contact avec vous. Considérez ceci comme votre seul et unique avertissement verbal que tout contact — verbal, textuel, physique, ou par un putain de pigeon voyageur — sera considéré comme du harcèlement. Peut-être même du harcèlement criminel. Vous pouvez donc le laisser tranquille, ou nous aurons une autre conversation à sens unique. Compris ?* »

La partenaire de Logan m'avait calmement dit : « *S'il s'approche de vous ou établit un contact, appelez la police. Nous ou la police locale, où que vous soyez à ce moment-là.* »

La bile me brûla le fond de la gorge. La police. Bon Dieu. Avions-nous vraiment atteint ce point ? Celui où parler simplement voulait dire que nous devions impliquer les flics ?

Je repensai directement au policier qui était passé la nuit dernière et une nouvelle vague d'appréhension se déversa dans mon ventre. Je savais que « appeler la police » signifiait « appeler des agents qui peuvent réellement agir et faire quelque chose », mais était-ce étrange de vouloir appeler un agent en particulier ?

Un autre message me sortit de mes pensées.

Tu es encore à l'entraînement ? L'entraînement est au stade cette semaine, non ? Je suis chez Cindy, là.

Mon cœur s'arrêta. La sœur de Nathan vivait à environ un kilomètre du stade. Si la circulation le permettait, il pourrait être ici en quelques minutes.

Je regardai le vestiaire, m'assurant d'être seul. C'était une zone sécurisée. Nathan ne pouvait pas entrer ici. Pas même quand nous étions en bons termes. Mais quand je sortirais…

Après avoir réfléchi bien trop longtemps, j'appelai Geoff.

— Hé, dit-il en décrochant. Tout va bien ?

— Euh…

Je déglutis.

— Asher ?

Sa voix passa instantanément d'amicale à inquiète.

— Que se passe-t-il ?

Le téléphone vibra et un bip discret me fit savoir qu'un autre appel tentait de passer. Je fermai les yeux.

— C'est Nathan.

— Ouais, je m'en doutais. Êtes-vous dans un endroit sûr ?

Mes yeux s'ouvrirent à nouveau et je regardai encore une fois le vestiaire. Cette zone était uniquement accessible au personnel et aux joueurs. Il en allait de même pour notre parking réservé, mais Nathan savait où était la sortie et ma voiture – j'avais pris l'Audi rouge aujourd'hui puisque la Ferrari était encore en réparations – ne passait pas vraiment inaperçue.

— Je suis au stade. Sur le point de rentrer chez moi.

— D'accord. Est-ce qu'il vous a menacé ? Il est venu ?

— Il n'arrête pas de m'envoyer des textos et d'essayer d'appeler, et…

Je frissonnai fort.

— Je n'ai pas répondu, mais je pense qu'il pourrait se présenter chez moi. Ou ici.

— A-t-il menacé de le faire ?

— Non.

Je me sentis soudainement stupide et petit. Comme si je réagissais de manière exagérée face à des textos tentant de m'impressionner.

— Il ne l'a pas fait. Mais il a dit qu'il voulait venir. Et je n'ai pas réussi à demander cette ordonnance restrictive, alors…

Le téléphone sonna de nouveau. Un double bip signifiant que Nathan avait laissé un message vocal.

Geoff reprit d'une voix calme et basse.

— Voulez-vous que je vienne quand vous serez rentré chez vous ?

Je grimaçai. Une part de moi-même voulait insister que je m'en sortirais seul, mais je savais — et j'étais à peu près certain que Geoff le savait aussi — que je n'allais vraiment pas bien, surtout seul.

— Je peux appeler la police de Mercer si c'est trop contraignant. Je...

— Ce n'était pas ma question.

Toujours calme. Toujours doux.

— Voulez-vous que je vienne ?

Oui. Oui, totalement.

Je pris une profonde inspiration, prêt à insister que j'allais bien tout en espérant qu'il comprendrait tout de même la vérité, mais il y eut un autre bip. Un autre appel entrant. Vie de merde. Nathan n'abandonnait pas.

— Oui, lâchai-je. S'il vous plaît.

— D'accord. Vous dites que vous êtes au stade ?

— Oui. Je suis sur le point de partir.

— Est-ce que vous pouvez rester un peu plus longtemps en sécurité ? Peut-être vingt minutes ?

— Euh.

Je jetai un coup d'œil au vestiaire désert pour la centième fois.

— Ouais. Ouais, je pense que oui.

— D'accord. Ne bougez pas. Je vous rejoindrai à l'extérieur et vous suivrai jusque chez vous.

Je soupirai si fort que la tête me tourna.

— Merci. Je vous en suis reconnaissant.

~*~

Près de trente minutes après avoir raccroché, je sortis du garage du stade, me servant cette fois de la sortie nord-est au lieu de celle au sud-ouest que j'avais l'habitude de prendre. Nathan ne m'attendait pas ; Geoff, oui. Il était garé à côté de la sortie dans sa berline gris acier. Toujours en uniforme, remarquais-je. Il me fit un signe de la main, je le lui rendis et nous nous dirigeâmes vers les bouchons du soir.

La circulation à Seattle étant ce qu'elle était, il nous fallut presque une heure pour quitter le centre-ville, passer de l'autre côté du pont de l'I-90 et nous rendre à Mercer Island. Lorsque nous nous engageâmes dans mon allée, je fus soulagé de ne pas voir la voiture de Nathan garée devant. Elle n'était pas non plus cachée dans le garage. J'avais changé le code ce matin et sa télécommande avait été désactivée. Le serrurier était aussi passé ce matin, donc Nathan n'attendrait pas à l'intérieur de la maison à moins d'être entré par effraction, et le système d'alarme aurait déjà averti la police de Mercer Island.

Jusqu'ici, tout va bien.

Je me garai dans le garage et indiquai à Geoff de prendre la place vide qui avait appartenu à Nathan. Je ne voulais pas risquer que Nathan passe sa colère sur la voiture de Geoff. Le connard avait fait assez de dégâts avec ma Ferrari. Cette voiture n'était même pas encore sortie du foutu garage ; Dieu merci, j'avais encore l'Audi.

Les véhicules en sécurité, nous entrâmes.

— Un café ? proposai-je en me dirigeant vers la cuisine.

— Je ne pense pas qu'un flic dira jamais non à un café gratuit.

Je ris, ce qui me fit du bien après aujourd'hui.

— C'est là que je plaisante en disant que je n'ai plus de beignets ?

— Hé, allez vous faire foutre.

Mais il n'y avait pas de venin dans son insulte. Pendant que je lançais le café, il s'appuya contre l'îlot de la cuisine, les bras croisés sur sa chemise d'uniforme.

— Et croyez-moi, j'ai entendu toutes les blagues possibles sur les beignets.

— Ah ouais ?

— Oh oui. Vous voulez savoir celle dont je ne me remettrai jamais ?

— OK.

Il rigola en secouant la tête.

— Ma première année dans la police, j'étais chez mes parents pour Noël. Tout le monde plaisantait en disant que je mangeais trop de beignets ou me disait que j'avais du sucre en poudre sur ma chemise.

Il leva les yeux au ciel.

— Mais ensuite, j'étais en train d'aider ma mère avec le dessert et elle me tapote la joue. Ce qu'elle ne fait pas, habituellement. Je pensais juste qu'elle était heureuse que je sois à la maison pour les fêtes pour changer, vous voyez ?

— Oh mon Dieu, soufflai-je en étouffant un rire. Elle n'a pas fait ça.

— Elle l'a fait.

Geoff soupira, feignant l'exaspération.

— Quatre personnes différentes m'ont dit : « Hé, tu as du sucre sur le visage » avant que je ne regarde dans un miroir.

Il désigna sa joue.

— Elle avait laissé une fichue empreinte.

— En sucre glace ?

— En sucre glace.

Je ricanai.

— Oh mon Dieu, votre mère a l'air géniale.

— Hmm-hmm. La même année, ma sœur a pensé qu'il serait hilarant d'emballer une boîte de *Krispy Kremes* et de me les offrir en cadeau.

J'éclatai de rire, ce qui me fit tourner la tête de soulagement. Les flics étaient-ils formés à ce genre de choses ? Geoff était là parce que mon ex-petit ami menaçait de débarquer malgré l'avertissement verbal d'un flic et à peine deux minutes après avoir passé la porte, il me faisait rire. Il avait cette capacité incroyable de détourner mon attention de Nathan et de faire en sorte que le monde me paraisse de nouveau normal, et je devenais rapidement accro.

— Je vais limiter les blagues sur les beignets, promis.

Je me détournai pour verser le café qui avait fini de couler.

— Enfin, je peux aller en chercher si vous voulez…

— Ouais, ouais. Petit malin.

Je ris encore et lui tendis une tasse. Je m'appuyai au comptoir et il resta près de l'îlot pendant que nous sirotions prudemment le café chaud.

— Vous n'avez pas eu à quitter le boulot plus tôt pour ça, si ?

Geoff haussa les épaules.

— Ce n'est rien.

Il sourit en coin.

— Je devrai juste payer le café à ma partenaire pendant les deux prochaines semaines, pour lui avoir laissé gérer toute la paperasse.

Je grimaçai.

— Ça ne la dérange pas ?

— Pas du tout. Faites-moi confiance, tout va bien.

Il se calma, me regardant droit dans les yeux.

— Et étant donné les circonstances, elle aurait été fâchée contre moi si je n'étais pas venu.

— Oh.

Je frémis. Je détestais chaque fois que quelque chose me rappelait la gravité de la situation. Ne pouvions-nous pas simplement revenir aux blagues sur les beignets et oublier pourquoi Geoff était réellement ici ? Bien sûr qu'on ne pouvait pas, mais je pouvais toujours rêver.

Geoff me dévisagea.

— Je sais que vous ne le croyez probablement pas, mais vous vous en sortez vraiment bien.

— Vous voulez dire en dehors de bondir au plafond à la moindre occasion et d'avoir appris par cœur le numéro des flics ?

— Vous agissez.

Il sirota son café, puis posa la tasse à côté de lui sur l'îlot.

— Vous m'avez appelé quand il a ignoré mon avertissement et que vous vous inquiétiez pour votre sécurité. Personne ne vous demande de ne pas avoir peur.

— Oh.

Je regardai ma propre tasse, mais tout à coup, je n'en avais plus envie et je l'écartai donc.

— Je pense que ça me fait juste bizarre de ne pas pouvoir gérer ça tout seul. Comme si j'étais… faible ou quelque chose comme ça.

— Il vous a passé à tabac, répliqua brusquement Geoff. Demander de l'aide pour faire sortir quelqu'un de ce genre de votre vie, ce n'est pas être faible. C'est être intelligent.

Il me regarda une seconde.

— Cela explique-t-il en partie pourquoi vous n'avez pas déposé l'ordonnance restrictive ? Craignez-vous que cela affecte votre image d'athlète ?

Mes dents claquèrent. Putain, il était doué. Comment se faisait-il que personne d'autre ne puisse me lire comme ce type le pouvait ?

— Plus ou moins. Ouais.

— C'est compréhensible.

— Vraiment ?

— Bien sûr.

Il haussa les épaules.

— Vous êtes sous le feu des projecteurs. En plus, vous avez dit vous-même que le fait d'être un athlète gay faisait qu'on vous observait encore plus à la loupe.

— Oh mon Dieu, carrément, gémis-je. Vous savez ce qui craint sérieusement ?

Les sourcils de Geoff se relevèrent.

Je laissai échapper un rire tremblant.

— Quand j'ai commencé à jouer au hockey universitaire, des gens pensaient que je serais une mauviette sur la glace.

— Une mauviette ?

Il fronça les sourcils.

— Ils vous ont vu jouer ?

— Maintenant, oui. Mais à l'époque, tout le monde pensait que je serais en gros un patineur artistique avec une crosse. Je veux dire, la moitié des entraîneurs de la ligue sont d'anciens patineurs et, dans une autre équipe, un ancien patineur artistique est devenu un joueur offensif, mais ne laissons pas la logique interférer avec une bonne insulte homophobe.

Je secouai la tête.

— Ils étaient tous convaincus que je devais être une poule mouillée et que j'aurais trop peur pour jouer efficacement.

Geoff ricana.

— Ouais. D'accord. Je suis sûr que vous leur avez prouvé le contraire.

— Plus ou moins. La première fois que j'ai été éjecté pour m'être battu, ils ont arrêté en partie ces conneries, mais ça continue depuis le début, vous voyez ? Ils m'ont appelé la princesse de la glace, la reine du hockey universitaire, tout ça. Parfois, ils le font encore si quelqu'un me bouscule assez pour me foutre sur la glace. Tout le monde pense toujours qu'un homo ne peut pas être assez fort pour jouer au hockey.

Je m'affaissai contre le comptoir et soupirai.

— Et avec tout ça, ma plus grande crainte ces dernières années était qu'ils découvrent que j'étais terrifié par mon propre petit ami. Je ne suis peut-être pas un lâche sur la glace, mais chez moi ?

— Asher, vous n'êtes pas un lâche.

La voix de Geoff était aussi gentille qu'hier soir : pas assez dure pour me faire sursauter, pas assez douce pour paraître condescendante.

— Vous avez vécu avec quelqu'un qui s'est montré violent avec vous. La peur n'est pas une faiblesse dans ce genre de scénario. C'est un instinct de préservation.

Je me hérissai.

— Vous voulez dire le même instinct de préservation qui m'a poussé à rester avec lui pendant quatre années que je ne récupérerai jamais ?

— Je suis resté six ans avec le mien. Je ne vous jugerai pas.

Je me sentis un peu moins sur la défensive.

— Vraiment ?

Il acquiesça.

— Ouais.

Maintenant, je me sentais idiot. Après tout ce dont nous avions parlé hier soir, j'aurais dû savoir qu'il comprendrait. Mais je n'y pouvais rien. Mon cerveau n'avait pas exactement pour habitude d'être rationnel, surtout aujourd'hui.

— Vous voulez savoir pourquoi je n'ai pas déposé l'ordonnance de protection ?

Geoff hocha la tête.

— Ouais.

Je pris une profonde inspiration.

— Le problème, c'est que tout est public. Il y aura des audiences et c'est à moi qu'il incombe de prouver tout ça. Ensuite, une fois l'ordonnance en place, les informations qu'elle contient seront également publiques. Connaissant mon ex, il ira droit à la presse et donnera l'impression que j'ai inventé ces conneries pour le charger. Impossible de savoir qui le croira ou non, mais bon, beaucoup de gens cherchent une façon de prouver que je ne devrais pas faire partie de la PHL parce que je suis gay. Ils trouveraient un moyen de tourner tout ça pour dire que je suis un handicap pour la ligue et l'équipe, et que les homos ne devraient pas être autorisés à jouer.

Geoff se renfrogna.

— J'aimerais vraiment pouvoir vous contredire.

— N'est-ce pas ?

Je soupirai.

— Et je ne veux pas que mon équipe connaisse la vérité. Ils savent tous que je suis gay et tout le monde s'en fiche, mais ça…

— Non, je comprends. Vraiment. Et quand ce genre de chose devient public, on ne peut plus la faire disparaître.

— Exactement. Alors je… je ne pouvais pas. J'ai toujours le sentiment que je devrais le faire, mais…

— Je ne vous le reproche pas. Vraiment pas.

J'ouvrais la bouche pour répondre, quand un moteur de voiture me fit taire. Geoff l'entendit aussi : il se redressa légèrement, ses yeux se perdant dans le vague alors qu'il inclinait la tête, comme s'il écoutait.

Lorsque le moteur se coupa, les yeux de Geoff se tournèrent vers moi.

— C'est lui ?

Je hochai la tête. J'aurais reconnu le bruit de la voiture de mon ex n'importe où.

— Putain.

Mes genoux tremblèrent et je saisis le comptoir pour me soutenir. J'avais peur qu'il vienne, mais maintenant, il l'avait fait. Il était là.

— Vous vous sentez prêt ? demanda doucement Geoff.

— Pas vraiment, non.

Mais je me dirigeai quand même vers la porte d'entrée et, Dieu soit loué, Geoff resta sur mes talons.

À la porte, il se plaça sur le côté. Il y eut un clic presque inaudible et je compris qu'il avait détaché la sangle de l'étui de son pistolet. Maintenant, sa main reposait sur la crosse de l'arme.

Nos regards se croisèrent. Il inclina la tête vers la porte.

Je pris une profonde inspiration et, tandis que mon ex-petit ami remontait l'allée, je tournai le verrou et ouvris la porte.

Nathan ne tourna pas autour du pot.

— C'est quoi ton problème, Asher ? gronda-t-il en traversant le porche, un doigt pointé vers moi. Ce sont des conneries et tu sais…

Il se figea, son doigt flottant toujours dans les airs et la bouche ouverte au beau milieu d'une syllabe. Son regard glissa vers la gauche et à l'instant où il vit Geoff, la température chuta. Quand il tourna les yeux vers moi, il grogna.

— Vraiment ?

Avant que je ne puisse parler, Geoff prit la parole.

— Est-ce que je dois ouvrir un dictionnaire et chercher la définition du mot « contact » ? Et pendant qu'on y est, de « harcèlement » ?

Nathan plissa les yeux en regardant Geoff de haut en bas.

— T'es pas un peu loin de ta juridiction ? Je suis à peu près sûr que la police de Seattle ne couvre pas Mercer Island.

— Je ne suis pas ici à titre officiel. Cependant…

Geoff soutint le regard de Nathan et fit cliqueter le micro de la radio à son épaule.

— Ici l'Agent Logan. J'ai besoin qu'on envoie la police de Mercer Island à l'endroit où je me trouve pour une dispute domestique et du harcèlement.

Les yeux toujours rivés à mon ex, il donna froidement mon adresse.

— Bien reçu, crépita la radio. Envoi de deux unités à votre emplacement.

Un sourire diabolique se matérialisa sur le visage de Geoff.

— Et maintenant, nous attendons.

— Fais chier.

Nathan commença à reculer, mais Geoff l'attrapa d'une main ferme par le bras. Leurs regards se rivèrent l'un à l'autre.

Geoff gronda, les dents serrées.

— Et si vous rentriez poser votre cul ?

— Et si tu me lâchais ?

Geoff ne bougea pas.

— Assis.

— Tu n'as aucune autorité ici, le poulet. Tu ne peux pas…

— Si je vous laisse partir et que la police de Mercer Island vous voit fuir les lieux, ils vous poursuivront.

Geoff haussa les épaules.

— Peut-être même qu'ils vous fileront un coup de Taser si vous insistez pour ne pas coopérer.

Nathan déglutit.

— Donc, vous avez deux choix.

Les yeux de Geoff se plissèrent.

— Vous pouvez vous asseoir, vous taire et aller gentiment en prison. Ou je peux vous laisser partir, ils vous traqueront et vous irez en prison fatigué.

Nathan soutint son regard noir une seconde de plus. Puis il dégagea son bras et rajusta sa manche d'un coup sec. Je crus qu'il allait malgré tout s'enfuir, mais au lieu de cela, il entra et laissa Geoff refermer la porte.

Aucun de nous ne parla. Je ne savais pas trop quoi penser de la présence de Nathan dans la cuisine. Trop d'objets pointus. Et de trucs lourds. Et des bords durs sur les comptoirs. Cette dernière pensée me fit frémir tandis que des blessures fantômes palpitaient sur mon dos et mes flancs.

Ils ne s'arrêtèrent toutefois pas dans la cuisine. Geoff ordonna à Nathan de s'asseoir sur le canapé et Nathan obéit, l'air maussade. Je restai à la porte, ne sachant pas quoi faire.

Personne ne parla. Personne ne bougea.

Pendant une minute, au moins.

Nathan leva un regard noir vers Geoff, mais sa voix tremblait de façon pathétique.

— Vous ne pouvez pas simplement m'empêcher de venir ici, bande de connards. J'habite ici.

— Et vous m'avez confirmé verbalement que vous aviez compris mon avertissement selon lequel tout contact prolongé serait considéré comme du harcèlement, répliqua froidement Geoff. Vous avez été prévenu et le propriétaire vous a demandé de rester en dehors de la propriété, ce qui transforme ça en harcèlement *et* en intrusion.

— Mais, et mes…

— Des dispositions peuvent être prises avec la police locale. Débarquer sur la propriété ou harceler M. Crowe par texto sont des violations de l'avertissement que je vous ai transmis.

Des phares illuminèrent la fenêtre. D'abord deux, puis quatre.

Je regardai Geoff. Il hocha la tête vers la porte.

Toute la maison était silencieuse, à l'exception du bruit de mes baskets sur le sol. Lorsque j'ouvris le verrou, le son sembla résonner à des kilomètres.

De l'autre côté, sans surprise, quatre policiers en uniforme de Mercer Island gravissaient les marches.

— Euh. Bonjour.

Je déglutis en m'écartant.

— Dans… dans le salon.

Ils entrèrent l'un après l'autre.

Je restai dans la cuisine, m'occupant à vider les tasses à café et à les rincer. Dans le salon, Geoff informa les policiers de Mercer de la situation. Si Nathan dit quoi que ce soit, je ne l'entendis pas, mais ça me convenait.

Quelques instants plus tard, l'un des officiers dit :

— Monsieur, j'aurai besoin que vous vous leviez et que vous vous retourniez.

Je posai les mains sur le comptoir et écoutai quelqu'un lire ses droits à Nathan entre deux bruits de menottes. Puis ils sortirent, un agent tenant le bras de Nathan tandis qu'elle le conduisait du salon à la porte d'entrée.

Il me semblait que j'aurais dû me sentir plus fort, en regardant les flics virer Nathan de chez moi avec une démarche de crabe, menottes aux poignets. Mais ce n'était pas le cas. Je me sentais juste nauséeux. Avec l'impression bizarre de devoir leur courir après, de leur dire de relâcher Nathan et de faire tout ce qui était nécessaire pour calmer le jeu et renvoyer tout le monde sans menottes ni documents officiels. C'était peut-être tout aussi bien que je ne puisse pas bouger, parler ou respirer pour le moment.

Un des policiers de Mercer resta assez longtemps pour me raconter ce qui allait se passer ensuite. Nathan serait probablement libéré ce soir, à moins que je ne porte plainte. Ce que je ne fis pas. Et ne ferais pas. Parce que je... putain...

— Sortez-le simplement d'ici, dis-je doucement à l'agent qui restait. J'appellerai s'il revient.

Geoff plissa les lèvres, mais ne dit rien. L'agent ne sembla pas ravi non plus, mais ne discuta pas.

— D'accord. Si vous le revoyez, appelez immédiatement la police.

Je hochai la tête, comme engourdi. Puis le flic nous serra la main et Geoff l'escorta jusqu'à la sortie.

Les portières des voitures claquèrent. Les moteurs grondèrent. Une voiture partit. Puis l'autre. Dès que je n'entendis plus la deuxième voiture, je me mis à trembler. Fort. Je n'arrivais pas à décider si j'allais vomir ou pleurer, mais je ne voulais pas le faire devant Geoff. J'étais déjà assez humilié qu'il ait pu voir à quel point j'étais lâche. D'abord de par mon incapacité à obtenir une ordonnance de protection, puis par mon refus de porter plainte. Encore une fois.

Il me toucha l'épaule. Les tremblements se calmèrent, mais la boule dans ma gorge ne disparut pas. Mes yeux ne cessèrent pas non plus de me piquer. Merde.

— Je sais que c'est dur pour vous.

Sa voix douce n'aidait pas.

— Mais vous avez bien fait de m'appeler et d'appeler la police de Mercer Island.

— Sauf que je n'ai pas porté plainte, hein ?

— Ce n'est pas une chose facile à faire. Tout comme déposer une ordonnance de protection, en particulier avec votre notoriété.

Il me serra gentiment l'épaule.

— Personne ne vous en voudra de la façon dont vous gérez ça, je vous le promets.

Je serrai les dents aussi fort que possible. Bon Dieu, je n'allais pas craquer maintenant. Je ne pouvais pas. Les deux derniers jours avaient été assez humiliants.

Oh, mais Geoff n'avait pas fini d'abattre ces murs que j'avais dressés pour contenir mes émotions.

— Je vous le dis à la fois en tant que policier et en tant que personne ayant emprunté le même chemin… rien de tout cela n'est de votre faute.

Et les derniers murs s'effondrèrent.

Je me couvris le visage de la main et posai l'autre sur le comptoir. La main sur mon épaule devint un bras autour de moi et en murmurant « Viens là », Geoff m'attira plus près. L'instant d'après, je me retrouvais dans l'éteinte la plus réconfortante dans laquelle je m'étais jamais trouvé. Je ne me sentais ni étouffé ni bloqué ni pris de haut : m'appuyer contre lui et lâcher prise était un tel soulagement que je fus surpris que mes genoux ne lâchent pas. Mais en même temps, je savais – je *savais* – que si c'était le cas, il ne me laisserait pas tomber.

Je me moquais même de tout ce qui se trouvait sur sa ceinture de police et qui me rentrait dans le ventre. Tout ce qui importait, c'était que quelqu'un me soutienne, et non me rabaisse. Il n'y avait pas de jugement dans son geste. Pas de « *sois un homme* » ou de « *quelqu'un manque de testostérone* ». Juste la gentillesse et la compréhension dont j'avais besoin depuis bien plus longtemps que je ne pouvais m'en souvenir.

Je perdis la notion du temps. Nous ne restâmes probablement plantés là qu'une minute ou deux, mais cela me sembla beaucoup plus long parce que j'étais une telle loque. Tout ce temps, Geoff ne dit rien et ne desserras pas son étreinte. Pas avant que je m'écarte. Même après m'avoir relâché, il garda une main sur mon épaule, mais au moins il eut la décence de détourner les yeux pendant que je me ressaisissais.

— Bon Dieu. Je suis désolé.

Je reniflai.

— Je dirais bien que je suis dans un sale état, mais je pense que vous vous en êtes déjà rendu compte.

— N'importe qui le serait dans votre situation.

Comment sa voix pouvait-elle être si apaisante ?

— Vous n'avez pas à vous excuser.

Je m'essuyai les yeux à nouveau.

— Pouah. J'espère vraiment que c'est fini. J'ai tellement hâte que ma vie ne dépende plus de lui. Je me fiche même de savoir s'il va en prison ou…

Je secouai la tête.

— Je veux juste qu'il parte.

Geoff hocha la tête.

— Je comprends tout à fait.

Je m'affaissai contre le comptoir et, ce faisant, un moulin à café attira mon regard. Le moulin à café de Nathan.

— Merde. Il doit encore récupérer toutes ses merdes.

— Prenez des dispositions avec la police de Mercer Island, ils pourront envoyer quelqu'un sur les lieux jusqu'à ce que Nathan soit reparti avec son bordel.

Geoff fit une pause.

— Je peux être là aussi, si vous voulez.

Je plongeai dans son regard.

— Vraiment ?

— Je devrai m'assurer d'être en congé ce jour-là et ce sera officieux, mais oui. Tout ce que vous voulez. Appelez-moi.

Pourrais-tu rester ici toute la nuit et me parler de cette voix super calme ?

Ou, tu sais, rester ici toute la nuit et...

Je fis taire cette pensée avant qu'elle ait le temps de m'atteindre. Ce n'était vraiment pas le moment et il n'était pas venu ici pour ça, peu importe à quel point j'avais désespérément besoin d'une distraction.

— Promis. Merci.

Je m'éclaircis la gorge.

— Bon sang, je vous ai probablement accaparé plus longtemps que je n'aurais dû.

— Ça ira, ce soir ?

— Sachant que vous avez foutu la trouille à Nathan ? demandai-je. Ouais. Ça devrait m'aider à trouver sommeil plus facilement.

— Bien.

Il serra doucement mon épaule, puis retira sa main.

— N'hésitez pas à m'appeler ou à contacter la police de Mercer Island si vous avez besoin de quoi que ce soit.

Je pense bien à une chose... pour laquelle je ne devrais absolument pas être d'humeur pour le moment. C'est quoi, mon problème ?

Sauf que c'était plutôt logique, me rendis-je compte. Tandis que nous marchions en direction de la porte d'entrée, aucun de nous ne se pressant, je savais très bien pourquoi je voulais que Geoff reste dans les parages. Je n'avais aucune idée de ce qu'il avait en tête, seulement que je voulais vraiment lui demander de rester. Ce n'était pas seulement parce que j'avais une peur irrationnelle que Nathan revienne ici lorsque la police de Mercer Island le relâcherait. Je ne voulais pas être seul. Je ne voulais pas dormir seul.

Si j'étais honnête avec moi-même, ce n'était pas seulement que je ne voulais pas dormir seul. Je voulais dormir avec lui. Geoff était l'homme le plus rassurant dont j'avais fait l'expérience depuis trop longtemps. Je voulais les traîner dans ma chambre, lui et ses larges épaules, sa voix douce et ses bras puissants. Et je voulais absolument me laisser aller auprès de quelqu'un qui ne me faisait pas peur.

Mais ce n'était pas la raison pour laquelle il était là. Son corps était peut-être aussi tentant que sûr, mais il était ici en tant que policier. Cela aurait été aussi peu logique de lui faire des avances qu'à un flic qui m'aurait ramené chez moi après un accident de voiture. Oui, les derniers jours avaient tous été bien meilleurs lorsque Geoff avait été là, mais cela expliquait tout. Ce n'était pas *lui* que je voulais, c'était le calme qui s'ensuivait chaque fois qu'il débarquait. Ma vie avait été si chaotique ces derniers temps que je me sentais évidemment accro à celui qui arrangeait tout. Quelqu'un à qui il suffisait juste de parler pour que je me détende.

Alors oui, bien sûr, je voulais lui sauter dessus. Si nous baisions, il ne partirait pas, et s'il ne partait pas, je ne serais pas seul. C'était aussi simple que ça.

Pourtant, quand il contourna sa voiture, je me permis de reluquer son cul pour voir à quoi il ressemblait dans ce pantalon, particulièrement encadré par cette ceinture de policier. Voyons les choses en face : je n'aurais pas vraiment eu à me forcer, même si tout avait été en ordre dans ma vie. Donc ce soir, alors que tout était pourri…

Bref, cela n'avait pas d'importance. Il sortit du garage. Il me fit au revoir de la main. Il partit.

Et après la soirée que j'avais passée, je n'allais pas me sentir coupable des choses auxquelles je pourrais penser après m'être couché.

Chapitre 5
Geoff

— Vous n'avez pas mieux à faire ?

La femme caucasienne d'âge moyen – Jackie Horton, d'après son permis de conduire – m'offrit un sourire sarcastique par la vitre du côté conducteur.

— Des gens sont en train de commettre de vrais crimes, et vous…

— Si vous connaissez l'emplacement et la nature d'un crime en train d'être commis en ce moment, répondis-je gaiement sans lever les yeux de la contravention que je comparais pour la troisième fois avec son permis, je serais ravi de le signaler par radio.

Je lui tendis le calepin et le stylo à travers la fenêtre ouverte.

— Maintenant, si vous pouviez signer ici et…

— C'est n'importe quoi.

Elle m'arracha le calepin des mains et émit immédiatement une série de jurons quand son coude fit tomber le *venti latte* de son porte-gobelet.

— Pour l'amour de Dieu.

Elle me tendit le calepin.

— Tenez ça une seconde.

Je pinçai les lèvres pour ne pas rire.

Elle tendit la main vers la boîte à gants, mais s'arrêta et me lança un regard noir.

— Cela vous dérange-t-il si je sors des serviettes en papier ?

À l'entendre, c'était le pire danger envers ma sécurité en tant qu'agent, mais elle avait déjà ouvert la boîte à gants pour chercher son permis et j'étais presque certain qu'il ne s'y trouvait rien d'autre, à part des papiers et des serviettes.

— Allez-y, lui dis-je.

Je regardai tout de même quand elle l'ouvrit et ramassa une poignée de serviettes pour éponger le café. On n'était jamais trop prudent.

Une fois le café maîtrisé, elle me lança un regard noir et je lui offris mon plus joyeux sourire en lui rendant le bloc-notes. Elle me le prit de la main, mais cette fois, elle réussit à éviter un autre désastre.

Elle parcourut la contravention.

— Cent trente-six dollars ? Qu'est-ce que c'est que ce bordel ?

— C'est l'amende pour conduite en étant au téléphone dans la ville de Seattle.

Elle dit quelque chose que je ne compris pas, signa la contravention et me tendit le calepin sans me regarder. Je déchirai sa copie et la lui rendis.

— On en a fini ? demanda-t-elle.

Je lui offris mon plus beau sourire.

— Oui, m'dame. Nous en avons fini.

— Dieu merci. N'importe quoi.

— Passez une bonne journée, m'dame, dis-je à la vitre qui se refermait.

— Connard, répliqua-t-elle à travers la fente juste avant que la fenêtre ne se ferme complètement.

En revenant vers la voiture de patrouille, je laissai libre court au rire que j'avais retenu pendant tout ce temps. Quand ses pneus crissèrent sur le trottoir, je ricanai. Elle n'avait pas démarré assez vite pour projeter du gravier ou causer un accident – la route était déserte – mais elle en avait clairement assez de moi.

Je me glissai dans le siège passager de la voiture de patrouille.

— Oh Seigneur, dit Laura en levant les yeux au ciel. Qu'est-ce que tu lui as dit ?

— Quoi ? Rien !

Je lui montrai mes paumes.

— Elle s'inquiétait que de vrais crimes soient en train d'être perpétrés pendant que je la verbalisais, je lui ai donc simplement dit de me faire savoir si elle connaissait l'emplacement et la nature de ces crimes en cours.

Ma partenaire ricana en me donnant un coup de coude.

— T'es trop con.

— Quoi ? dis-je en riant.

Roulant des yeux, elle démarra et mit le clignotant.

— Je suppose qu'elle était ravie de l'amende ?

— Oh oui. Folle de joie.

— Comme si c'était un grand secret que téléphoner en conduisant entraînait une amende de nos jours.

— N'est-ce pas ?

— Joue à des jeux stupides…

— Gagne des prix stupides.

Elle frappa mon poing du sien puis continua à rouler pendant que je finissais la paperasse pour la contravention que je venais de rédiger.

— Alors, comment ça s'est passé avec ce joueur de hockey, la nuit dernière ?

— Eh bien, il n'a pas eu tort de s'inquiéter : son ex a ignoré nos avertissements et a débarqué.

— Pouah. Évidemment.

— Mais la police de Mercer l'a coffré. Il a joué les grandes gueules et s'est comporté comme un imbécile, mais il n'a pas touché Asher.

— C'est une bonne chose, je suppose.

— Ça aurait pu être pire.

Je me penchai pour glisser le carnet de contraventions sous le siège, puis me redressai.

— Je passerai voir Asher, plus tard. Voir comment il va.

Laura me jeta un regard, mal à l'aise.

— Quoi ?

Elle haussa les épaules.

— Rien.

— Foutaises. Ce n'était pas un regard qui veut dire « rien ».

Ma partenaire soupira en tapotant des pouces sur le volant.

— Écoute. Je sais que tu t'inquiètes pour ce gars-là et je comprends. Je suis juste… Je suppose que je m'inquiète que tu t'impliques trop. Que tu investisses tout ton temps libre et toutes tes pensées pour t'assurer qu'il aille bien. Ce que… je comprends. Je comprends pourquoi ça te préoccupe. Mais je m'inquiète pour toi.

— Ça ira. Je veux juste m'assurer qu'il maîtrise. Surtout qu'il a, à juste titre, peur de déposer une ordonnance de protection.

Un autre regard, et elle n'eut même pas besoin de le dire à haute voix. Nous avions répondu à tant de disputes domestiques qu'on avait perdu le compte. Mais celle-là ? Pourquoi est-ce que j'allais aussi loin que Mercer Island pour m'assurer qu'Asher maîtrise la situation ?

— Si tu t'inquiètes que je fasse ça parce que c'est Asher Crowe, rétorquai-je sèchement, ce n'est pas le cas.

— Non, je sais. Mais quelque chose ne cesse de te ramener chez lui au lieu de confier ça à la police locale.

— Je sais. Et je sais que c'est inhabituel.

Je déglutis.

— Je suppose… Eh bien, pour être honnête, ce qu'il vit avec son ex ? Comme je l'ai dit, je me vois en lui et dans sa situation. Tout ce qu'il affronte, c'était mon pire cauchemar avec Marcus.

— Mais Marcus n'a jamais été violent, n'est-ce pas ?

— Non, mais au fond, je me suis toujours demandé s'il pouvait le devenir.

Je baissai les yeux et poussai un long soupir.

— Surtout quand j'ai essayé de le quitter.

— Donc, en aidant Asher, tu empêches ton pire cauchemar de se jouer, même si tu as déjà échappé à Marcus sans que cela se produise.

Je ris sans conviction.

— Je n'ai jamais dit que c'était rationnel.

Elle ne rit pas.

— Promets-moi juste à nouveau que tu seras prudent ?

— Je le suis toujours. Mais si ça peut te rassurer : je te le promets.

— Bien. Merci.

Elle ne sembla pas rassurée.

Je n'étais pas sûr de l'être non plus.

~*~

— On nous a donné la liste des voyages de groupe pour l'année.

Mon fils, David, fit glisser un papier plié et légèrement froissé sur le comptoir de la cuisine.

— Et leur prix.

Je posai la spatule et ramassai le papier. Dès que je le dépliai, mes yeux se posèrent sur le total en bas. Les voyages, les uniformes et Dieu savait quoi d'autre : presque 1500 dollars pour l'année. Je savais que les adolescents étaient censés coûter cher, mais bon sang. Je reposai le papier en soupirant et continuai à remuer les légumes dans la poêle.

— Vont-ils faire une collecte de fonds ? Il faudrait peut-être qu'on se renseigne.

Je lui jetai un coup d'œil et son expression s'était durcie. Pas besoin de savoir lire les pensées pour savoir à quoi il pensait.

Marcus aurait pu payer pour ça.

Marcus aurait payé pour ça.

— Je vais aussi en parler à maman, ajoutai-je. Mais… si on peut obtenir d'autres aides…

— Génial, marmonna-t-il. Oui, ils font une collecte de fonds. Mais ils ne gagnent pas beaucoup d'argent.

Ta mère et moi non plus. Je ne le dis pas à haute voix.

— Je vais voir ce que je peux faire, répondis-je à la place. On devra peut-être remettre ton permis à plus tard.

— Sérieusement ? grommela-t-il.

Je lui lançai un coup d'œil, et même s'il n'était visiblement pas content, il laissa tomber. Au moins, il ne me rappela qui avait payé pour le code de sa sœur, l'an dernier. Que Dieu me vienne en aide quand le moment viendrait de discuter de la façon dont nous lui trouverions une voiture… ou si nous pourrions le faire.

En soupirant, je me concentrai de nouveau sur la cuisine. Je savais bien que la colère des enfants ne concernait pas vraiment l'argent de Marcus. Ils n'étaient pas pourris gâtés et avaient passé suffisamment d'années de vaches maigres pendant que j'étais en service actif pour ne pas prendre la stabilité pour acquise. L'argent n'était qu'une cible facile. Il était beaucoup plus facile de s'énerver à cause de ça, parce que toutes les autres conneries – tout le chantage émotionnel dont Marcus s'était servi – les faisaient pleurer. Et moi aussi.

David et Claire avaient eu du mal à exprimer leurs sentiments au sujet de la disparition de leur beau-père, et je ne savais pas comment leur dire qu'il ne les avait jamais vraiment aimés sans dire qu'il ne les avait jamais vraiment aimés. Donc ils me rappelaient passivement que le fait de quitter Marcus nous avait tous bousillés financièrement et je restais lâche et ne leur disais pas la vérité.

Je n'aurais jamais pensé que ma famille pourrait devenir si dysfonctionnelle, mais nous y étions, putain.

J'éteignis le feu et posai la casserole sur un feu déjà éteint.

— David, continuai-je du même ton, peux-tu dire à ta sœur que le dîner est prêt ?

— OK.

Il sortit de la cuisine.

— Claire. Dîner !

C'était l'avantage de notre petit appartement, j'imagine. Au lieu de crier dans l'escalier et d'espérer qu'elle l'entende à l'autre bout du couloir, à travers la porte de sa chambre, il n'avait qu'à crier du bout du salon à sa porte, à six mètres. Au moins un bon côté.

Claire, David et moi prîmes nos places habituelles à la table. Personne ne parla tandis que nous remplissions nos assiettes et commencions à manger.

Claire fut la première à rompre le silence, même si elle ne me regardait pas.

— C'était vraiment toi dans la vidéo avec Asher Crowe ?

Oh. Bien. J'aurais dû savoir que ça deviendrait un sujet de conversation dans cette maison. Je hochai la tête en prenant mon verre.

— Celle à l'extérieur du restaurant ? Ouais. C'était moi.

— Qu'est-ce qu'il s'est passé ?

Elle leva les yeux en tripotant sa nourriture du bout de sa fourchette.

— C'est vrai que son petit ami a bousillé sa voiture ?

Je réprimai un frisson, reconnaissant de ne pas avoir été là au moment où Nathan avait perdu son sang-froid et s'en était pris à la Ferrari d'Asher. Je ne voulais pas penser à la façon dont cette colère aurait pu être dirigée s'ils avaient été en privé.

— Ouais. Ils se sont disputés et les choses ont dégénéré. La voiture peut être réparée et personne n'a été blessé, Dieu merci.

— Ils ont rompu ?

Elle grimaça.

— Je romprais si mon copain était un tel connard.

Les enfants me regardèrent tous les deux, me défiant du regard.

C'est à ça que ressemble un connard, papa. Pas Marcus.

— Je suis à peu près sûr qu'ils se sont séparés, oui.

Je gardai une voix neutre.

— J'étais juste là pour désamorcer la situation.

— Je suis contente qu'il se soit débarrassé de lui si c'était un tel abruti, affirma Claire.

— Ouais, moi aussi.

Je plantai un morceau de poulet sur ma fourchette.

— Alors, comment ça se passe à l'école ?

Ils échangèrent un regard, du style, « toi d'abord ».

David fixa sa nourriture et traîna une carotte dans la sauce soja.

— L'école vient de commencer.

Il haussa les épaules.

— Je sais pas.

Je me tournai vers Claire.

— Et toi ?

— Pareil.

La conversation se poursuivit dans cette veine tout au long du dîner. Il y a six mois, ils auraient aussi eu des réponses monosyllabiques – c'étaient des adolescents, après tout – mais il n'y aurait pas eu le « *Putain, papa, je ne te parlerai pas tant que tu n'auras pas ramené Marcus* » sous-jacent. Plus d'une fois au cours du long et froid repas, je me rappelai que je ne pardonnerais jamais à Marcus pour cette partie. Il s'était assuré que si je le quittais un jour, mes enfants seraient dévastés et furieux contre moi. Il pensait que cette menace suffirait pour que je reste, et pendant un moment, il avait eu raison. Parfois, je me surprenais encore à me demander si le quitter en avait valu la peine, quand cela affectait ainsi ma relation avec mes enfants.

Mieux valait ça que de lui donner une occasion de les contrôler, pensai-je avec un frisson.

Quand le dîner fut fini, j'étais probablement aussi soulagé qu'eux. Une soirée avec mes enfants n'aurait pas dû m'épuiser autant, mais que pouvais-je y faire ? Nous traînions beaucoup de casseroles et tant que nous devrions les gérer, ce serait comme ça.

Ça allait mieux. Je ne pouvais pas le nier. Nous étions passés des disputes chaque soir à une guerre froide. La conversation au dîner était clairsemée et tendue, mais elle avait lieu. Cela me donnait de l'espoir. Si nous en étions arrivés là en trois mois, ce serait peut-être encore mieux dans trois de plus, non ?

Bon Dieu, je l'espérais.

Après le dîner, nous nous dispersâmes. C'était devenu habituel après tout ce qu'il s'était passé avec Marcus et je n'essayai donc pas de le combattre ce soir.

Pendant que les enfants faisaient leurs devoirs dans leur chambre, je m'allongeai sur mon lit avec mon téléphone et envoyai un SMS à Asher : *Tout va bien ce soir ?*

Je me sentais toujours bizarre de rester en contact avec lui, mais je ne pouvais pas m'en empêcher. J'étais inquiet pour ce type. La soirée d'hier avait été rude pour lui et je n'avais pas eu de ses nouvelles de toute la journée. Pas de mal à vérifier et m'assurer qu'il allait bien, n'est-ce pas ?

La réponse vint moins d'une minute plus tard : *Pas trop mal. Je vois avec la police de Mercer pour faire partir Nathan.*

Bien. Une idée de quand ?

Avant la fin de la semaine, probablement.

La proposition tient toujours si vous voulez que je sois là.

Il commença à taper. S'arrêta. Recommença.

Enfin, il envoya : *J'apprécierais vraiment, si ça ne vous pose pas trop de problèmes.*

Pas de problème du tout. Faites-moi savoir le jour/l'heure. Je serai là.

Merci. :) Ce sera beaucoup moins stressant avec vous.

Content de pouvoir aider. À bientôt.

Nous ne nous envoyâmes pas d'autres textos après ça. Je parcourus Facebook et vérifiai mes emails, puis commençai à faire défiler le fil Twitter des Seattle *Snowhawks*. Ils étaient en train de motiver leurs fans pour le début de la saison et avaient tweeté des photos et des statistiques des différents joueurs entre les GIFs et les vidéos de passes incroyables de la saison dernière.

Comme toujours, il y avait des tonnes de photos d'Asher. Certaines étaient de lui sur la glace et il y en avait aussi de lui en costume, en route pour un match à l'extérieur. Le costume trois pièces *et* son maillot vert et argent lui allaient tout aussi bien l'un que l'autre. Il était terriblement sexy, qu'il se promène dans un aéroport comme s'il sortait tout droit des pages de GQ ou qu'il soit sur la glace, trempé de sueur et les traits tirés par la concentration, la fureur, l'effort ou un mélange des trois.

L'une des photos était un gros plan de son visage tandis qu'il se concentrait sur quelque chose, hors champ.

Il avait un œil au beurre noir qui en était au stade où il commençait à s'estomper, laissant derrière lui un cercle violet fragmenté autour de son œil. Je ne m'étais jamais demandé d'où venait ce genre de marques. Échauffourées au hockey ? Ou violence domestique ? Ce n'était pas comme si Asher avait jamais eu peur de se battre sur la glace, il était donc tout à fait possible que ça vienne d'un autre joueur. Mais il était aussi possible que ce soit son ex.

Il avait insisté sur le fait que son équipe ne savait pas, mais je me demandais. Il y avait tout un éventail de victimes d'abus. Certaines souffraient en silence. Pour d'autres, c'était un secret de polichinelle : les gens savaient et certains essayaient même de les éloigner de l'agresseur. Parfois, les gens autour d'eux savaient, mais ne faisaient rien.

Il y avait aussi ceux qui pensaient que les abus étaient inventés ou qui encourageaient la victime à ne pas quitter l'agresseur car cela causerait trop d'agitation. Putain, je détestais ces gens-là et il me fallait beaucoup d'efforts pour rester professionnel quand je les croisais.

Son équipe devait au moins être au courant des dégâts causés à la voiture d'Asher. Ce qui m'incitait vraiment à me demander : comment une équipe de hockey réagirait si elle savait qu'un de ses membres était maltraité par son partenaire. J'aurais voulu croire qu'ils seraient horrifiés et se rallieraient autour de la victime. J'avais également passé trop de temps dans l'armée et en tant que policier pour croire que c'était une garantie. Être victime de violence domestique n'était pas considéré comme « viril » et l'entourage réagissait parfois en conséquence. Tragique, mais vrai.

En faisant défiler les tweets, je m'arrêtai sur un portrait que j'avais déjà vu auparavant. C'était une photo de Grady, l'un des défenseurs, et Asher, assis sur le banc pendant un match. Ils riaient de quelque chose et, doux Jésus, Asher avait l'air si détendu et insouciant. C'était un match à domicile, donc Nathan était probablement à son siège habituel, mais pendant cet instant, Asher riait et plaisantait avec un coéquipier en attendant de retourner sur la glace. Il avait un sourire d'enfer. Le fait qu'il ait réussi à garder toutes ses dents ne faisait pas de mal, mais son sourire aurait clairement pu illuminer l'ensemble du stade. C'était le sourire libre et facile de quelqu'un qui aimait la vie.

Je frissonnai. Oui, j'avais eu le béguin pour Asher avant de répondre à cet appel l'autre soir. Qui ne l'aurait pas eu ? Ce type était si sexy que c'en était ridicule. Et je me disais que si je l'avais rencontré à un match ou dans une situation moins difficile, j'aurais pensé qu'il était encore plus sexy. Il était clairement beau garçon, mais ça me faisait bizarre de me dire qu'il était séduisant après notre rencontre. Il était passé de l'athlète superstar au visage magnifique et au corps sexy à une victime de violence domestique. Cela ne le rendait pas moins séduisant. C'était jusque que… je ne savais pas quoi penser quand je le regardais. Je voyais encore l'homme en uniforme de hockey. Je voyais aussi le type vulnérable et effrayé qui avait eu besoin de mon aide. Ils ne s'annulaient pas l'un l'autre. C'était juste une étrange dichotomie à laquelle je ne me faisais pas.

Je soupçonnais qu'il avait honte et était gêné après la nuit dernière. De toute évidence, il n'avait pas été ravi que je le voie si secoué et il avait essayé de toutes ses forces de ne pas pleurer devant moi.

S'il pensait qu'il en paraissait moins « homme » à mes yeux, ce n'était pas le cas. Les hommes pouvaient pleurer. Même les plus durs. Surtout les hommes battus. Il n'était pas faible. Bon sang, sachant ce qu'il avait traversé et pendant combien de temps ? Il était plus dur qu'il ne le pensait.

Je continuai de parcourir les tweets, m'attardant chaque fois qu'il y avait une photo de lui. C'était tellement bizarre de voir son visage familier, maintenant. Il n'était plus seulement une célébrité. Il était humain et je m'étais trouvé plus proche de son côté humain que je ne l'aurais jamais imaginé. C'était étonnant de voir à quel point un joueur de hockey hors du commun avait l'air différent après avoir pleuré sur votre épaule.

Asher aurait probablement été mortifié s'il avait su que je pensais à lui de cette façon. Peut-être que ça ne l'aurait pas dérangé que je craque pour lui — Dieu savait que la moitié de la population de Seattle le faisait — mais je n'imaginais pas que quelqu'un, dans ce monde sportif hypermasculin, comprendrait à quel point ce moment de vulnérabilité m'avait plu. C'était le cas, cependant. Cela ne l'avait pas rendu plus sexy. Juste plus humain et *ça*, ça le rendait plus sexy.

Dommage qu'il ait la moitié de mon âge et qu'il soit trop bien pour moi. Nous nous remettions tous les deux d'une rupture et j'aurais parié qu'on aurait pu rebondir et oublier nos ex ensemble pendant un petit moment.

Cette pensée me fit rire. Ouais. La moitié de mon âge. Trop bien pour moi.

Mais on pouvait toujours rêver.

Chapitre 6
Asher

C'était le jour J. La police de Mercer Island était en route. Geoff allait venir. Le coach m'avait laissé manquer à contrecœur l'entraînement, à condition que je me donne à fond d'ici le jour du match.

Et Nathan déménageait enfin de ma putain de maison.

À mon grand soulagement, Geoff arriva le premier. Nous l'avions prévu ainsi, mais c'était quand même un soulagement. Il devait être venu directement du travail aussi, puisqu'il était toujours en uniforme. Ça m'allait. Rationnel ou non, je pensais qu'il avait l'air plus imposant comme ça et tout ce qui pourrait empêcher Nathan de faire quelque chose de stupide me convenait.

Et puis maintenant, j'ai quelque chose à regarder pendant que Nathan déménage, pensai-je en matant le cul de Geoff qui entrait chez moi, parce que *putain*.

Peut-être que cela signifiait que je me remettais de mon ex. Ou peut-être que cela voulait dire que je cherchais une distraction. Quoi qu'il en soit, j'avais une jolie vue et je n'allais donc pas me plaindre. Vu la façon dont les choses se passaient ces temps-ci, j'acceptais tout ce qui était agréable et en profitais au maximum sans m'excuser. Y compris toutes les occasions possibles de lorgner la façon dont son pantalon noir et sa ceinture de police volumineuse encadraient ses…

— A-t-il eu d'autres contacts avec vous ?

Geoff se tourna vers moi dans la cuisine.

— Euh.

Je m'éclaircis la gorge et détournai rapidement les yeux, me demandant si j'étais aussi rouge que je le pensais.

— Non. Non. La… police de Mercer a tout géré, donc je n'ai eu aucune nouvelle.

— Bien.

Geoff sourit. Bon, je pouvais toujours regarder son sourire quand je ne pouvais pas voir ses fesses. Surtout en attendant l'arrivée de mon ex pour qu'il récupère tout son bordel.

Sauf que je fixais probablement trop Geoff et que j'allais le faire flipper, donc je détournai encore les yeux.

— Je prendrais bien un café. Et vous ?

— Vous savez que je ne dirai jamais non à un café.

— Oh, c'est vrai. J'avais oublié.

Je ris doucement et sortis des tasses. Nous avions plaisanté là-dessus, la dernière fois, non ? Sur les flics, le café, les beignets. Ça avait été amusant. C'était aussi le même soir que…

Eeeet mon humeur ne fut soudain plus si joyeuse. Mon ventre se noua tandis que j'essayais de me concentrer pour verser le café. Mon Dieu, ça avait été une nuit horrible. Et je détestais que Geoff se soit trouvé là pour voir le pire. La pire facette de moi.

Je lui tendis sa tasse et, après avoir bu en silence pendant quelques minutes, repris la parole.

— Au fait, je suis désolé pour l'autre soir.

— Comment ça ?

— Vous savez.

Je haussai les épaules.

— D'avoir craqué comme ça.

— Vous plaisantez ?

Geoff me regarda droit dans les yeux.

— Je suis allé à la guerre. J'ai vu pleurer les Marines les plus endurcis et les plus méchants que vous puissiez imaginer.

Ses lèvres se plissèrent en une légère grimace.

— Je pense toujours que l'une des choses les plus déchirantes que j'ai jamais vue, c'était un SEAL[1] qui sanglotait sur l'épaule de son pote.

Je clignai des yeux.

— Un SEAL ? Vraiment ?

— Vraiment. Il avait atteint sa limite. Il avait perdu un frère d'armes de trop, vu un truc horrible de trop, et il a juste…

Geoff soupira en secouant la tête.

---

[1] Les SEALs, communément appelés Navy SEALs, sont la principale force spéciale de la marine de guerre des États-Unis.

— Ce type était une armoire à glace d'1m83 et connaissait probablement trois cents façons de tuer quelqu'un avant même qu'on sache qu'il était là. Mais les SEALs sont humains. Les Marines sont humains.

Il inclina la tête.

— Les joueurs de hockey qui tentent de se sortir d'une relation abusive sont humains.

Je ne savais pas trop comment répondre à ça.

— À ce propos, continua Geoff, si vous avez peur que les gens vous estiment moins parce que vous êtes un homme et que vous avez été battu par votre partenaire…

Il secoua à nouveau la tête.

— N'importe qui réagissant comme ça n'en vaut pas la peine. Vous n'êtes pas le premier et vous ne serez pas le dernier.

Ne trouvant rien de mieux à faire, je sirotai mon café en train de refroidir. Je n'aurais probablement pas dû être surpris qu'il ait déjà vu ce genre de merdes. En fait, c'était sûrement pour cette raison qu'il était ici, car il savait mieux que quiconque à quel point une situation comme la mienne pouvait dégénérer, en particulier à la fin. Pas étonnant qu'il ait été prêt à venir pendant son temps libre pour s'assurer que je reste en sécurité.

Ha. Et dire que je pensais que j'étais peut-être spécial.

Le café devint amer sur ma langue, mais je me forçai à l'avaler.

— Je comprends tout ça, je crois. Mais merci d'être venu. Ça aide beaucoup d'avoir des renforts.

— Je suis là pour ça.

Je m'apprêtais à répondre, quand le bruit d'un moteur de voiture me hérissa. Mais seulement une seconde :

j'aurais reconnu la voiture de Nathan à un kilomètre, et ce n'était pas elle.

— Ce doit être les flics de Mercer.

Effectivement, deux policiers de Mercer Island – les agents Hanson et DeSantis – arrivèrent à ma porte et je les présentai à Geoff. Hanson était assez aimable, mais DeSantis semblait à cran quand elle alla serrer la main de Geoff.

— Un peu loin de votre quartier, non ?

En experte, elle restait parfaitement à la limite entre politesse curieuse et territorialisme subtil.

— J'arrive du travail et je n'ai pas eu le temps de me changer.

Geoff sourit en lui serrant la main.

— Vous êtes aux commandes et je resterai en dehors de votre chemin.

Il hocha la tête vers moi.

— Je ne suis ici que pour le rassurer un peu plus.

Relâchant la main de Geoff, DeSantis me regarda, puis lui, les lèvres étroitement plissées.

— Je peux encore me changer en civil, proposa Geoff. Si cela rend les frontières plus nettes.

Comme l'officier DeSantis, Geoff réussissait à paraître agréable tout en continuant d'injecter un léger « *Je ne suis pas là pour voir qui a la plus grosse* » sous-jacent.

Ils se dévisagèrent, l'air étrangement placide sans l'être vraiment. Bordel, les flics étaient intenses.

L'agent Hanson s'éclaircit la gorge, attirant leur attention.

— Je ne pense pas que ce soit nécessaire. Nous savons tous où se trouvent les frontières.

Geoff hocha la tête et si je n'avais pas observé son visage à ce moment-là, je n'aurais pas vu le changement presque imperceptible entre « faire semblant d'être agréable » à « réellement agréable ». Une seconde plus tard, DeSantis soupira et elle changea de la même façon.

— Quelqu'un veut du café ? demandai-je, espérant pouvoir briser la tension restante.

— Bien sûr, répondit Hanson avec un sourire joyeux.

— Oui, merci.

DeSantis avait toujours l'air agacée, mais apparemment, elle ne refusait pas un café non plus.

Ils allèrent s'asseoir au salon tandis que Geoff entrait dans la cuisine avec moi.

— Je ne savais pas que les flics étaient si territoriaux, dis-je à voix basse.

— Eh, ils ne le sont pas, en général.

Il les observa en parlant.

— Mais c'est très inhabituel et pas vraiment réglo que je sois ici à titre officiel, alors elle essaie probablement de s'assurer que tout est conforme.

Je me tournai vers lui.

— Vous n'allez pas avoir d'ennuis, si ?

— Nan. Tant que je ne m'en mêle pas si quelque chose se passe ou que je n'essaye pas de m'accaparer la situation.

— Alors… vous n'aurez pas de problèmes ?

Geoff secoua la tête.

— Ça ira.

— Vous êtes sûr ?

Je ne voulais vraiment pas que Geoff se retrouve dans le pétrin pour ça, ou même qu'il contourne les règles, mais j'étais le premier à admettre que j'étais heureux qu'il soit là.

Je faisais confiance aux deux autres flics pour que Nathan se tienne à carreaux. Mais la présence de Geoff me rassurait à un point dont j'avais désespérément besoin aujourd'hui. Même s'il ne pouvait rien faire sauf contacter quelqu'un par radio en cas de problème, il était là. C'était tout ce dont j'avais besoin.

— Relax. Ça ira.

— D'accord. Mais je veux dire, si vous…

Le grondement d'un moteur diesel me hérissa les poils de la nuque. Je frissonnai et dus repousser une vague de nausée en serrant les dents.

— Il est là.

Les deux autres flics avaient apparemment entendu, car ils entrèrent dans la cuisine. Ils échangèrent un regard avec Geoff et quelque chose ressemblant à de la télépathie eut l'air de passer entre eux, incitant chacun à hocher subtilement la tête.

Geoff se tourna vers moi.

— Allons nous installer quelque part. Ils vont s'occuper de lui.

Je jetai un coup d'œil aux autres officiers. DeSantis regardait par la fenêtre à côté de la porte d'entrée, l'air terriblement grave. Hanson me fit un signe de tête rassurant, puis se retourna dans la même direction que sa partenaire.

Lorsque la porte s'ouvrit, le son de la voix de Nathan me donna la chair de poule. Je ne l'entendais pas assez bien pour savoir ce qu'il disait, mais c'était bien lui. Il échangea quelques mots avec les flics. Puis ils traversèrent la cuisine avec la sœur de Nathan, Cindy, et se rendirent dans le salon pour se mettre au travail. Aucun d'entre eux ne me regarda.

Je n'avais pas à m'inquiéter que Nathan se balade dans la maison et vole ou détruise potentiellement quoi que ce soit. Hier soir et ce matin, j'avais minutieusement rassemblé tout ce qu'il pourrait penser réclamer, et j'avais pris soin de tout mettre dans le salon, comme du matériel de hockey attendant d'être chargé sur un bus. Les vêtements étaient dans des cartons empilés et étiquetés. Ses livres et ses jeux vidéo étaient dans des boîtes en plastique et des sacs à provisions réutilisables. Chaque appareil électronique, bibelot, photo encadrée ou morceau de papier avait été rangé dans des caisses, des boîtes et des sacs ; n'importe quel contenant que j'avais pu trouver. Rien n'était scotché : je voulais qu'il puisse tout vérifier et que les flics puissent voir que tout était intact et soigneusement emballé.

95% des tâches d'aujourd'hui consistaient donc à emporter des objets du salon, au lieu de laisser des gens aller et venir partout dans la maison.

Je me hissai sur le comptoir de la cuisine. DeSantis se tenait sur le seuil entre la cuisine et le salon. Hanson passait la plupart du temps dans le salon, mais aidait parfois Nathan et sa sœur à transporter des objets plus volumineux vers la camionnette.

Geoff s'appuya contre le comptoir à côté de moi, les bras croisés sur son torse. Personne ne parlait, mais chaque fois que Nathan passait dans la cuisine, il fixait un regard meurtrier sur Geoff. Si cela dérangeait Geoff, il n'en laissait rien paraître : il y répondait par une froide indifférence et ne disait pas un mot. Je me demandai s'il savait à quel point cela faisait probablement grincer des dents Nathan, ou à quel point cela m'amusait.

Dans des circonstances normales, j'aurais été nerveux que quelqu'un contrarie Nathan, même involontairement, mais Nathan avait été prévenu de ne plus se présenter ici après aujourd'hui. Pour une fois, je pouvais le laisser être le malheureux, celui qui était mal à l'aise. Surtout qu'aujourd'hui, j'étais assez confiant de ne pas en subir les conséquences. La rupture l'avait énervé, mais Nathan ne voulait pas aller en prison. Il y avait passé une nuit au cours de sa folle adolescence après avoir provoqué une bagarre à une fête – oui, je sais, signal d'alarme en y repensant – et cela avait suffi à lui faire peur. Du moins assez pour que, jusqu'à l'autre soir au restaurant, il garde son comportement violent derrière des portes closes. Chaque fois que j'avais failli appeler les flics lors de nos disputes, il m'avait supplié au point de pleurer parce qu'il ne voulait pas retourner en prison.

Avait-il simplement joué de ma compassion ? Ou avait-il vraiment eu peur d'être à nouveau arrêté ?

Je remuai sur le comptoir, mal à l'aise.

— Ça va ? demanda Geoff.

Je hochai la tête, regardant Nathan emporter une autre boîte dans le couloir.

— Ouais. Je vais bien.

Tant qu'il aurait peur d'aller en prison, en tout cas.

Une fois le salon vidé, nous parcourûmes tous les six la maison pour nous assurer qu'aucune affaire de Nathan n'avait été oubliée. Je me moquais même qu'il réclame un tableau encadré sur le mur du couloir à l'étage ou la casquette de base-ball des *Seahawks* dans la chambre. J'étais à peu près certain que c'était à moi, mais ils n'avaient aucune valeur sentimentale pour moi et c'était deux raisons de moins pour qu'il me contacte ultérieurement.

Enfin, alors que le soleil commençait à se coucher, tout fut fini. Les affaires de Nathan étaient dans la camionnette ou... Bordel, il aurait même pu les jeter dans le lac Washington, je m'en foutais. Elles n'étaient plus chez moi et lui non plus. C'était tout ce qui comptait.

Après le départ de Nathan, de sa sœur et du camion, Geoff et moi serrâmes la main des agents de Mercer. DeSantis s'était considérablement détendue et elle souriait en échangeant quelques mots avec Geoff.

— Appelez-nous si vous avez encore des problèmes avec Nathan, d'accord ? me dit-elle.

— Je le ferai. Merci.

Ils partirent et je m'appuyai contre la porte.

— Oh mon Dieu.

Geoff posa une main ferme sur mon épaule, ne se doutant probablement pas qu'elle risquait de me faire craquer.

— Ça va ?

— Ouais.

Je me frottai les tempes.

— Je suis soulagé, je crois. C'est fini.

— Oui.

Il pressa doucement mon épaule.

— Maintenant, vous pouvez continuer sans lui.

Je poussai un long soupir et relevai la tête pour le regarder dans les yeux.

— Cette idée me plaît... tellement.

Il sourit.

— Je parie. Y a-t-il autre chose dont vous avez besoin pendant que je suis là ? demanda-t-il encore en désignant le couloir. Bouger des trucs maintenant que son bordel n'est plus là ?

— Nan.

J'agitai une main.

— Si j'ai besoin de réorganiser, je peux toujours soudoyer mes coéquipiers avec de la bière.

Geoff rit.

— Je suppose qu'il n'y a pas grand-chose qu'une équipe de hockey ne puisse pas bouger.

— Ouais, hein ? S'ils ne peuvent pas le bouger, c'est que ça n'a pas besoin de l'être. Jamais.

— Parfait, tout semble réglé, alors.

— Je l'espère, oui. Merci encore pour tout. Je ne suis pas sûr que j'aurais pu surmonter tout cela sans vous.

— Je vous en prie.

Il me tendit la main.

— Bonne chance.

Je pris sa main dans la mienne et quelle que soit la réponse banale que j'avais prévue, elle mourut sur mes lèvres lorsque nos yeux se croisèrent. J'avais été si nerveux pendant que Nathan était là que je n'avais pas vraiment reluqué Geoff, mais maintenant ? Avec nos mains toujours jointes et ses yeux sombres si proches ? Oui. Je le matais maintenant. Oh que oui.

Brusquement cependant, il relâcha ma main et s'éclaircit la gorge.

— Je, euh, je devrais probablement vous laisser souffler.

Mon cœur se serra de déception.

— Oh.

Avant de pouvoir m'arrêter, j'ajoutai :

— Vous n'êtes pas obligé.

Geoff soutint mon regard.

Je déglutis, mon cœur tambourinant tout à coup.

— Je veux dire, je ne vous chasse pas.

Il inclina légèrement la tête et une trace de sourire étira sa bouche.

— Vous ne me jetez pas dehors ? Ou vous voulez que je reste ?

Laquelle de ces options te fera rester ?

Je m'humectai les lèvres en essayant de ne pas m'attarder sur le fait qu'il l'avait remarqué.

Geoff et l'agent DeSantis avaient pu dissimuler toute une conversation dans les plus subtiles variations imaginables de leurs expressions, mais il n'était plus aussi subtil, maintenant. Hors de question que j'aie imaginé la chaleur de son regard.

Si ? Est-ce que je voyais juste ce que je voulais voir parce que j'étais si désespéré d'avoir quelqu'un qui n'était pas mon ex ?

— Je, euh…

Je ne savais pas comment répondre à sa question. Ou comment parler. Des mots ? À ce stade, tout ce que je savais, c'était que ce flic terriblement sexy me fixait de son regard brûlant et que j'avais soudain envie de choses que j'avais oubliées avoir aimé un jour.

— Simple question.

Sa voix était à peine un murmure, m'attirant pour que je puisse mieux l'entendre.

— Voulez-vous que je reste ?

Mes yeux ne quittant jamais les siens, je hochai la tête.

— Oui ?

Il sourit malicieusement. Oh mon Dieu. Pourquoi était-ce si sexy ?

— Pour une raison en particulier ?

— Vous êtes pressé de partir ?

Waouh, j'étais parvenu à former une question cohérente.

Son sourire s'élargit.

— Je n'ai pas dit que je voulais le faire.

Est-ce qu'on se rapprochait vraiment ou était-ce mon imagination ?

— Juste que je pensais devoir vous laisser souffler.

— Euh, ce n'est pas pressé. Je veux dire, à moins que deviez être ailleurs.

— Non.

Ses yeux ne quittaient toujours pas les miens.

— Je ne crois pas devoir être où que ce soit.

Nous étions définitivement plus proches maintenant. Et ce contact visuel était un défi, si j'en avais jamais vu un. J'aurais juré que je pouvais à la fois le sentir me défier de parcourir cette distance et me demander s'il devait le faire.

Bordel. C'était probablement la seule et unique chance que j'aurais jamais avec ce mec, qu'avais-je donc à perdre ?

Espérant qu'il ne remarque pas ma nervosité, je passai un bras autour de sa taille et l'embrassai.

Geoff ne sursauta même pas. Il y répondit comme s'il avait déjà dix coups d'avance et avait prédit chacun de mes gestes. Dès que nos lèvres se touchèrent, son bras s'enroula autour de moi et son autre main se glissa dans mes cheveux.

Nous trébuchâmes et je le poussai contre le mur pour qu'on reste debout. Je commençai à rompre le baiser pour lui présenter mes excuses, mais sa main se resserra dans mes cheveux et il gémit dans un baiser dix fois plus exigeant qu'avant. Putain. De merde.

Depuis au moins un an, j'avais été tellement rebuté par l'idée d'être touché que j'avais littéralement oublié à quel point j'aimais embrasser. Et mon Dieu, je n'avais jamais embrassé quelqu'un comme Geoff auparavant. Putain de merde, clairement. Il n'était pas dominateur, mais il était clairement sûr de lui et j'aurais pu rester ici toute la nuit. Tant qu'il continuait à m'embrasser comme ça, en tout cas.

Puis il rompit le baiser avec un juron et baissa les yeux en tripotant sa ceinture de police. Quelque chose cliqueta, et il se pencha sur le côté pour laisser tomber la ceinture au sol avec un bruit sourd.

— Beaucoup mieux, murmura-t-il en se redressant à nouveau.

Puis il me prit le visage en coupe tandis que nous reprenions là où nous nous étions arrêtés.

Oh mon Dieu. Se débarrasser de cette ceinture faisait toute la différence. Nous aurions tout aussi bien pu être nus vu les barrières qui n'existaient plus entre nous. Tout à coup, mes hanches étaient tout contre les siennes. Son érection épaisse n'était séparée de la mienne que par quelques couches de tissu. Quand je passai les mains sur ses flancs, rien ne m'empêcha de suivre le fuseau de ses hanches étroites ou de glisser mes paumes sur son cul parfait. Parce qu'il avait un cul parfait. Je l'avais trouvé beau, mais maintenant que j'avais les mains posées dessus et que je pouvais sentir ses muscles fermes ? Han. Sexy.

Sans rompre le baiser, Geoff passa une main entre nous et quand je me rendis compte qu'il tirait sur ma braguette, j'écartai mes hanches pour lui laisser assez de place. En quelques secondes, il l'ouvrit et... oh, putain. Oui. Bon sang. Sa main était chaude et un peu rugueuse, et il lui suffit d'une caresse sur ma queue pour me couper les jambes.

— Putain de merde…

Je laissai ma tête retomber à côté de la sienne, évitant de peu le mur avec mon front, et ses lèvres glissèrent le long de mon cou quand il commença lentement à me branler.

— Comme ça ? ronronna-t-il.

J'avais oublié comment parler, donc je me contentai de gémir et d'onduler des hanches en espérant que le message passe. Sa bouche explora ma gorge et sa main glissa paresseusement de haut en bas sur mon sexe, comme s'il n'était pas du tout pressé. Est-ce que j'imaginais tout ça ? Parce que j'étais à peu près sûr que le type sur lequel j'avais fantasmé au cours des dernières nuits était…

Geoff me repoussa légèrement. Je paniquai une fraction de seconde, pensant qu'il était en train de me repousser avant de me rendre compte qu'il se faisait juste un peu plus de place…

Pour pouvoir s'accroupir entre le mur et moi.

Et juste comme ça, ma queue se retrouva dans sa bouche chaude et avide.

— Oh mon Dieu, murmurai-je quand il me caressa de ses lèvres et de sa langue.

Mes fantasmes n'avaient même pas approché ça. Frissonnant, je glissai une main tremblante dans ses cheveux courts en prenant soin de ne pas l'attirer sur ma queue. Geoff gémit. Sa paume dériva de ma cuisse jusqu'à recouvrir ma fesse et il pétrit le muscle tout en me suçant avec un empressement sans précédent… Je n'avais jamais vécu un truc pareil. Je n'aurais jamais cru que quelqu'un pouvoir vouloir de ma queue autant que Geoff, et loin de moi l'idée de la lui refuser.

Un frisson essaya de me faire perdre l'équilibre. Je plaquai un avant-bras contre le mur et baissai les yeux, oubliant complètement comment respirer ou pourquoi je devais le faire quand je vis ma queue glisser entre ses lèvres pleines et enthousiastes.

Je n'avais jamais fantasmé sur les flics, mais il y avait quelque chose d'incroyablement sexy dans l'image d'un policier à genoux avec ma queue dans sa gorge. Je ne le comprenais pas, mais je ne le remis pas en question non plus. Geoff agenouillé à mes pieds et me suçant était la chose la plus sexy qui me soit jamais arrivée. Point barre. Peu importait pourquoi.

Et maintenant, j'en voulais plus. Je le voulais nu et allongé. Après tout, aujourd'hui j'avais commencé à reprendre tout ce qui m'appartenait. Ma maison. Ma liberté. Ma vie sexuelle. Et le suivant sur la liste : mon lit. Rien n'exorciserait le passé aussi bien qu'arracher les vêtements d'un autre homme et créer de nouveaux souvenirs sexy au même endroit.

— On... on devrait monter, dis-je. Plus confortable.

Les yeux de Geoff se relevèrent et je baissai les miens quand il fit courir sa langue jusqu'à mon gland.

— J'irai où tu veux, gronda-t-il. Je te veux juste, toi.

— Oh, tu m'auras.

Je lui offris une main.

— Viens.

Dès qu'il fut debout, je réajustai mon pantalon pour ne pas avoir à marcher – et encore moins monter l'escalier – avec ma queue dure sortant de ma braguette. Geoff ramassa sa ceinture de police. Je ne savais pas comment il pouvait avoir la présence d'esprit de se rappeler qu'elle était là, mais il ne voulait probablement pas laisser son arme traîner par terre pendant que nous étions occupés à l'étage. Normal.

Puis nous grimpâmes jusqu'à ma chambre. Pour la première fois, je regrettai d'avoir choisi la chambre au deuxième étage et au bout du couloir. C'était la meilleure pièce de la maison, mais elle était si loin, et Geoff et moi voulions un lit, genre *maintenant*.

Nous atteignîmes la moitié de la dernière volée de marches avant de devoir nous arrêter pour un long baiser qui se transforma en frottements l'un contre l'autre à travers nos pantalons tandis que nous haletions pour reprendre notre souffle.

— Tu veux que je vienne dans mon pantalon ? murmurai-je. Ou…

— Je peux imaginer beaucoup d'endroits où tu pourrais venir, gronda Geoff. Ton pantalon ne fait même pas partie des cinq premiers.

Il me poussa dans l'escalier.

— Allons-y.

Dieu merci, ce n'était pas beaucoup plus loin. Quand nous entrâmes dans la chambre, il posa sa ceinture de police par terre et elle touchait à peine la moquette qu'il passait à nouveau un bras autour de moi. Nous trébuchâmes à travers la pièce vers le lit. Nous nous embrassâmes. Nous touchâmes. Nous déshabillâmes. Néanmoins nous n'allions pas assez vite. Ma chemise avait été enlevée en chemin, mais Geoff était toujours en train de déboutonner la suite quand je l'entraînai sur le matelas, et soudain les vêtements ne furent plus une priorité. Nous nous attaquions toujours à nos ceintures, braguettes et boutons, mais nous n'étions plus aussi empressés parce que nous embrasser et nous caresser était bien plus amusant.

Je n'avais pas réalisé à quel point Geoff semblait toujours présentable avant de le voir aussi débraillé. Jusqu'à ce que je me rende compte à quel point il pouvait être sexy une fois qu'il commençait à se laisser aller. À cheval sur moi, échangeant des baisers à couper le souffle tandis que sa chemise d'uniforme à moitié déboutonnée pendait entre nous, il était plus sexy qu'il n'aurait dû avoir le droit de l'être.

J'attrapai les pans de sa chemise ouverte et m'en servis pour le rapprocher de moi. Il grogna contre mes lèvres et pressa sa queue dure contre la mienne.

Geoff haleta, puis marmonna contre mon cou.

— C'est tellement inapproprié.

— Hmm-hmm.

Je pressai ses fesses à travers son pantalon.

— Je ne dirai rien si toi non plus.

Il laissa échapper un rire chaud contre ma peau, puis embrassa le même endroit, me faisant frissonner en me cambrant.

— Deal.

Il releva la tête et sa bouche retrouva la mienne, mais le baiser ne dura que quelques battements de cœur avant qu'il ne dise :

—Pourquoi on est toujours habillés ?

Imaginer Geoff nu me coupa le souffle. Il était sexy, ainsi débraillé dans son uniforme, mais il avait raison : ces vêtements devaient disparaître.

— Je sais pas, putain.

Il s'assit sur ses talons. Son badge scintilla à la lumière, puis sa chemise glissa du matelas au sol et son débardeur suivit une seconde plus tard. Quand il se pencha à nouveau, il était torse nu et sa peau chaude contre la mienne me coupa le souffle.

Nous étions toujours habillés, mais... sa peau. En s'embrassant fort, profondément, on continua à s'escrimer sur les vêtements de l'autre. Il parcourut mon cou, ce qui ne m'aidait pas à me rappeler comment utiliser sa fichue braguette.

— Dis-moi..., murmura-t-il, les mots résonnant contre ma gorge dans un souffle chaud. Ce que tu veux. N'importe quoi.

Mon Dieu, il semblait avoir faim de tout.

— Est-ce que « faire ça toute la nuit » paraît déraisonnable ?

Geoff rit, l'air un peu ivre, et il me mordilla la clavicule

— Pas du tout. Mais...

Il soupira brusquement et glissa une main entre nous.

— Peut-être qu'on pourrait faire ça nus histoire que mon pantalon ne me compresse pas la queue.

Je ris.

— Je ne vais clairement pas t'empêcher de te déshabiller.

— Pareil.

Nous échangeâmes un bref baiser, puis nous nous séparâmes et réussîmes enfin à nous débarrasser des dernières épaisseurs. Quand je l'attirai de nouveau sur moi, il n'y avait que de la chaleur entre nous. Son érection frottait contre ma hanche, me faisant gémir à l'idée de le prendre en bouche. Imaginer les sons qu'il ferait pendant que je le sucerais… putain, oui.

— Tu as des capotes ? haleta-t-il. Du lubrifiant ?

— Je…

Je jetai un coup d'œil à la table de nuit.

— J'ai du lubrifiant.

Sans perdre un instant ni paraître le moins du monde déçu, Geoff haussa les épaules.

— On peut faire beaucoup de choses avec ça.

J'essayai de ne pas montrer à quel point j'étais soulagé par cet accord nonchalant. En vérité, ne pas avoir de préservatif était une bénédiction pour moi. J'appréciais tout ça. Si nous n'avions pas de capotes, on ne pourrait pas baiser, et ça m'allait.

— Allonge-toi, dis-je.

Il s'exécuta et je ne perdis pas de temps : je me penchai sur lui et pus enfin prendre cette queue imposante en bouche, comme je le voulais. Comme je l'avais espéré, Geoff émit les sons les plus sexy tandis que je le léchais et le caressais de haut en bas. Il gémit, jura, haleta : il était tout sauf immobile et silencieux, et j'adorais ça. Et putain, j'avais oublié à quel point j'aimais embrasser, mais j'avais aussi oublié à quel point j'aimais sucer une queue. Rien ne me plaisait plus qu'un homme allongé me laissant le rendre fou.

Ses doigts peignaient de temps en temps mes cheveux, tremblant contre mon cuir chevelu, mais il n'y avait jamais aucune force derrière sa poigne. Je n'avais jamais le sentiment qu'il allait me forcer à avaler sa queue, surtout quand sa main se glissa entre mes omoplates. Pas de pression, juste une présence chaude et tremblante, ses doigts tressaillant de temps en temps quand je faisais quelque chose qui lui plaisait.

— Je te dirai avant que je vienne.

Il était à bout de souffle.

— Tu… tu n'as pas à finir si tu ne… C'est ton…

Il s'interrompit dans un gémissement haletant, ses doigts s'enfonçant dans mon dos. La pensée qu'il finisse dans ma bouche était à l'opposé de rebutante. Maintenant qu'il en avait parlé, j'en avais envie et je gémis autour de son sexe et le caressai plus rapidement, et il haleta en devenant encore plus dur entre mes lèvres.

— Oh Mon Dieu, ne t'arrête pas, souffla-t-il. Bon sang, Asher.

Ses ongles griffèrent mon dos quand ses bourses se contractèrent.

— Putain, je vais jouir.

Je ne m'arrêtai pas et quand il hoqueta, j'eus peur qu'il me bloque la tête et s'enfonce trop profondément dans ma gorge, mais sa main resta où elle était quand ses hanches tremblèrent brusquement et qu'il jouit sur ma langue. La peur avait disparu comme si elle n'avait jamais existé et je le caressai pendant l'orgasme jusqu'à ce qu'il en ait assez.

Je me rassis et m'étais à peine retourné quand Geoff s'assit également pour glisser une main sur ma nuque et m'embrasser profondément. Ma propre queue était douloureusement dure et avait besoin d'attention, et cet homme qui m'embrassait comme si sa vie en dépendait n'aidait pas. Cela faisait combien de temps depuis que quelqu'un avait voulu — et pire encore, avait eu hâte — de m'embrasser après que je l'ai sucé ? Bien trop longtemps. C'était certain.

Puis Geoff rompit le baiser et sourit.

— Maintenant, c'est mon tour.

Chapitre 7
Geoff

J'avais eu l'intention de sucer Asher, mais après un orgasme aussi incroyable ? Et vu la façon dont il m'embrassait maintenant ? J'allais clairement lui rendre la pareille.

Nous nous déplaçâmes pour qu'il soit sur le dos et je grimpai sur lui. Je passai un long moment à profiter de son baiser avant de commencer à descendre. Je n'étais pas pressé – la moitié du plaisir d'une fellation était l'anticipation – et Asher ne semblait pas l'être non plus. Chaque fois que j'embrassais son cou, il haletait ou tremblait, donc je continuais. J'aimais la façon dont cela le faisait trembler sous moi.

Et bon Dieu, pendant que je continuais de descendre, je n'arrivais pas à croire que je pouvais toucher et goûter cet homme magnifique. Il avait posé sans chemise dans plusieurs magazines, donc ce n'était pas comme si je ne l'avais jamais vu auparavant. Juste… pas comme ça. C'était surréaliste d'explorer son torse et ses abdominaux avec mes lèvres. C'était fou de penser que j'avais bavé sur ces tatouages, ces bras et ces muscles, et maintenant… ça.

Il y avait une ecchymose pâle sur le côté de son flanc. Je ne savais pas si cela venait d'un truc sur la glace ou… pas. Je ne lui posai aucune question. Cela lui plaisait visiblement et je n'allais pas gâcher l'ambiance. J'évitai donc juste cet endroit car il était probablement sensible et me concentrai sur des endroits qui le faisaient hoqueter. Comme ses mamelons. Ou un endroit sur ses abdominaux qui, lorsque j'y passai les lèvres, provoqua un frisson dans tout son corps. Chatouilleux ? Érogène ? Je ne pouvais pas le dire avec certitude, mais il semblait aimer ça, donc je recommençai.

— Putain de merde, murmura-t-il.

J'embrassai cet endroit une troisième fois et levai les yeux. Bon sang, il était magnifique. Le soleil de cette fin d'après-midi réchauffait sa peau claire et ses yeux étaient fermés tandis qu'il se mordait la lèvre et se tortillait. Je ne savais pas quand j'avais ébouriffé ses cheveux roux, mais ça lui allait bien comme ça. Une image de lui me traversa l'esprit, en sueur et à bout de souffle sur la glace, et je voulus soudain le voir comme ça dans son lit. Je me moquais bien d'y laisser toute mon endurance : je m'assurerais qu'il soit trempé et complètement débauché quand j'en aurais fini avec lui.

Je continuai à l'embrasser et laissai délibérément mon menton frôler sa hanche. Il jura brusquement, ses quadriceps se crispant. Je ne pensais pas avoir été au lit avec un homme aussi bien bâti que lui. Surtout avec des cuisses aussi puissantes. Ce fut mon tour de frissonner quand j'imaginai ce dont il était capable.

Et je savais déjà qu'il était capable de me faire jouir si fort que la pièce tournait, donc j'allais certainement faire la même chose.

J'avais pris le chemin lent et paresseux de ses lèvres à son torse et ses abdominaux, mais maintenant je ne plaisantais plus. Quand je le pris en bouche, Asher se cambra et jura. Je donnai tout. Lèvres, langue, mains, il avait droit à tout parce que je voulais noyer ses sens et le submerger de plaisir, et si ses gémissements impuissants étaient une indication, il était juste là où je le voulais.

— Oh putain, murmura-t-il quand je le pris jusqu'à ma gorge.

Il ne bougea pas : ses hanches restèrent parfaitement immobiles même si ses mains agrippaient les draps à ses côtés.

— C'est tellement bon.

Je grondai autour de son sexe, ce qui l'incita à haleter et jurer encore. Même si j'aimais donner de longues pipes, j'adorais aussi quand c'était rapide et pervers. Surtout en sachant qu'il avait été sous tension toute la journée. Qu'il avait vibré de besoin dès le moment où nous nous étions touchés. Ce ne serait pas la dernière fois que je le ferais jouir aujourd'hui, mais ce serait la plus rapide et Asher n'essaya pas de résister. Avec chaque caresse de mon poing, coup de ma langue et hoquet de sa part, je le sentis se laisser aller. S'abandonner. Se livrer au désir de cet orgasme.

Ouais, bébé. Te retiens pas. Laisse-toi aller, t'en as besoin.

— Putain ! s'écria-t-il et ses hanches se contractèrent comme s'il combattait l'impulsion de pousser dans ma bouche. Oh mon Dieu, je vais venir. Oh mon Dieu...

Comme il l'avait fait quand je l'avais prévenu que j'étais proche, je lui donnai tout ce que j'avais – plus fort, plus rapide, plus frénétique – et en quelques secondes, il hoqueta, se crispa et jouit.

Avec un soupir saccadé, Asher se laissa retomber sur le matelas. En me redressant, je ne pus m'empêcher de sourire en le voyant. Nu, essoufflé, tremblant. Dire que je pensais qu'il ne pourrait pas être plus sexy.

Je m'allongeai à côté de lui et, pendant un moment, nous nous laissâmes le temps de revenir à la réalité. Plusieurs fois, je crus qu'Asher s'était peut-être assoupi. Peut-être même qu'il le fit. Au bout de quelques minutes, cependant, ses yeux s'ouvrirent et il me sourit avec douceur, l'air un peu ivre, avant de m'entraîner dans un doux baiser. Oh, c'était ce qui me manquait le plus dans le sexe : se laisser retomber paresseusement, avec de douces caresses et de longs baisers langoureux, sans décider de s'endormir ou de repartir pour un tour.

Enfin, la pièce commença à se refroidir un peu, donc il nous recouvrit d'un drap. C'était encore mieux. J'aimais être si proche de quelqu'un, dans ce cocon de bras et de draps sans rien d'autre à faire que se toucher et respirer.

Après un laps de temps indéterminé, je rompis le baiser et observai le bout de mes doigts glisser le long des tatouages élaborés sur son bras gauche. Je les avais tous déjà vus sur des photos. Lorsqu'il n'était ni en costume ni sur la glace, il portait presque toujours des tee-shirts ou des débardeurs, et les *Snowhawks* avaient même des sweats à capuche et des T-shirts à manches longues CROWE sur lesquels étaient imprimés ses tatouages. Ils n'étaient pas exactement tenus secrets.

Avant que je puisse m'en empêcher, je ris.

Asher pencha la tête.

— Quoi ?

— Je…

Gloussant, je traçai le bord du faucon photo-réaliste au-dessus de son coude.

— Au risque de ressembler à un fan éperdu, je n'aurais jamais pensé avoir la chance de voir ces tatouages de près. Certainement pas d'aussi près.

Il rougit.

— Tu en avais envie ?

— Euh. Un peu. Ouais.

Je déglutis.

— D'accord, plus qu'un peu.

Sa rougeur s'accentua et il glissa sa paume au milieu de mon torse.

— Eh bien, n'hésite pas à regarder autant que tu veux. Mais continue à me toucher comme ça et tu pourrais bien m'allumer une nouvelle fois.

— Oh ouais.

Je traînai le bout de mes doigts sur son avant-bras couvert d'encre.

— On ne peut pas laisser une telle chose se produire, n'est-ce pas ?

Il frissonna, inspirant entre ses dents.

— Mais tu vas peut-être devoir me laisser un peu de temps. Certains d'entre nous n'ont plus la vingtaine ou une parfaite forme physique.

Asher haussa un sourcil, glissant sa main sur mon torse et mes abdominaux.

— Tu n'as quand même pas à rougir.

— Non, mais je ne pourrais pas me débrouiller dans un match de la PHL. Ou jouir sept fois par nuit.

Il rit.

— Si j'essaye de jouir sept fois ce soir, je ne pourrai même pas sortir sur la glace pour l'entraînement, demain.

Un petit sourire narquois se dessina sur ses lèvres.

— Ce serait plutôt amusant d'expliquer ça à mon entraîneur.

— Oh oui. Je suis sûr qu'il adorerait cette excuse.

Asher ricana, mais son humour disparut.

— Alors, hum. Y a-t-il une chance qu'on refasse ça ?

Bon sang. Tout ce qu'il avait à faire, c'était de lancer l'idée de remettre ça et ma queue était déjà intéressée.

— Tu voudrais ?

— Oui, je…

Il évita mes yeux, soudain timide.

Je relevai son menton.

— Quoi ?

Asher déglutit.

— C'est juste que, euh… je veux dire, ça fait littéralement moins d'une heure que mon ex a viré son bordel d'ici. Et moins d'une semaine depuis notre séparation. Je suis totalement partant pour qu'on se voie et qu'on batifole, mais je ne suis pas sûr du reste.

— Je ne suis pas célibataire depuis longtemps non plus.

Je caressai son visage.

— On n'est pas obligé de rentrer dans une case pour le moment.

— Tu es sûr ?

— Tu voudrais qu'on le fasse ?

Il plissa les lèvres en semblant y réfléchir. Puis il secoua la tête.

— Non, je suppose que non.

— Donc ne t'inquiète pas pour ça. On se remet encore de nos ex. Aucune raison de ne pas en profiter ensemble.

— Mais que se passera-t-il si l'un de nous veut autre chose ?

D'après son front plissé, je n'aurais su dire s'il s'inquiétait davantage que je veuille autre chose ou lui.

— Je ne sais pas.

Je haussai les épaules.

— On verra quand on y sera, je suppose.

— Alors, on s'amuse et on voit ce qui se passe ?

— Ça me va.

L'inquiétude disparut progressivement de son visage et il sourit en passant le dos de ses doigts le long de mon bras.

— Ouais. Ça me va aussi.

— Je me disais bien.

Asher éclata de rire.

— Putain de branleur.

— Euh, je t'ai vu sur la glace. Je dirais que je suis en bonne compagnie.

Il rit encore et m'attira dans un autre baiser. Il s'étira un moment, puis Asher l'approfondit et lorsqu'un frisson me pressa contre lui, ses lèvres se recourbèrent en un sourire.

— Il te reste assez de forces pour un autre round ?

— S'il m'en reste assez ?

Je guidai sa main entre nous jusqu'à ma queue qui durcissait.

— Je suis vieux, mais je ne suis pas mort.

Asher éclata de rire et commença à dire quelque chose, mais le baiser profond et exigeant que je réclamai de lui le fit taire.

Et oui, il m'en restait pour un autre round.

~*~

— Tu es souvent sur ton téléphone ce soir.

Le ton de Claire n'était pas désagréable, mais il ne fallait pas être devin pour comprendre l'accusation.

Je jetai un coup d'œil à mon téléphone et au message qu'Asher avait envoyé et auquel j'étais en train de répondre. Ensuite, je regardai mes enfants dont l'attention était rivée à l'écran de la télévision mais qui, étrangement, ne semblaient pas complètement m'ignorer. La mâchoire de Claire se crispa. La posture de David était tendue.

Je me raclai la gorge.

— Est-ce, euh ... Est-ce que ça pose problème ?

Aucun d'eux ne répondit ni me regarda. J'étais vraiment surpris de ne pas les entendre grincer des dents.

Je baissai les yeux sur mon téléphone. Puis revins aux enfants.

— Vous n'êtes pas prêts à me voir sortir à nouveau avec quelqu'un.

Ce n'était pas une question.

— Pas à moins que ce soit Marcus.

David avait hérité son franc-parler de sa mère et de moi, mais cela me prenait parfois au dépourvu. Peut-être parce que je ne m'étais pas attendu à ce que l'un d'entre eux soit encore en colère si longtemps après ma rupture avec Marcus. Sauf que j'aurais probablement dû le faire.

Après tout, il avait tout orchestré pour qu'ils ne soient pas seulement le plus blessés possible, mais aussi pour que la faute de cette souffrance me retombe dessus.

Je réprimai un soupir frustré. La rupture leur avait été pénible et ils avaient le droit d'éprouver des sentiments à ce sujet.

— Combien de temps exactement voulez-vous que je reste célibataire ? leur demandai-je en me forçant à garder une voix calme.

Je m'attendais vraiment à ce que l'un d'entre eux réponde qu'ils ne voulaient pas que je reste célibataire et qu'ils seraient partant à cent pour cent si je me lançais dans une relation en particulier.

Au lieu de cela, David lança un regard encore plus noir à la télévision.

— Fais ce que tu veux, papa, répliqua Claire avec un désintérêt feint. Ça semble juste… rapide.

— Cela fait plusieurs mois.

— Et tu as été avec lui pendant six ans, aboya-t-elle avec une voix juste assez vacillante pour me frapper en plein cœur.

Mais je conservai une expression neutre. Je pris la télécommande et éteignis le téléviseur. Les deux enfants sursautèrent, puis tournèrent leur regard noir vers moi.

Aussi calmement que je le pouvais, je continuai.

— Je sais que ça a été difficile, d'accord ? Mais on doit tous passer à autre chose.

— Ouais, on doit, répéta froidement Claire. Mais doit-on passer à autre chose *maintenant* ?

Elle fit un geste vers mon téléphone.

— Tu vois quelqu'un ?

Je baissai les yeux sur l'écran qui était redevenu sombre.

— En quelque sorte, oui.

— En quelque sorte ?

— Nous venons de nous rencontrer.

Je haussai les épaules.

— Je ne sais pas encore ce qui se passe.

Aucun d'entre eux ne parla, mais ils n'en semblaient pas du tout heureux.

— Alors, est-ce que ce sera quelqu'un d'autre que tu épouseras presque et que tu quitteras ensuite sans raison ?

La douleur dans le ton de Claire tua toute tentative d'être sournois.

— Ce n'est pas ce qui s'est passé, dis-je doucement. Je sais que vous avez l'impression que je suis parti parce que ça me chantait, mais j'étais malheureux avec Marcus. Non, « malheureux » ne convient pas. J'étais misérable avec lui et je devais partir avant que les choses n'empirent.

Pendant quelques secondes pleines d'espoir, je pensai avoir retenu leur attention.

Puis Claire soupira et murmura :

— C'est ça, ouais, papa.

Elle se leva du canapé.

— J'ai des devoirs.

Et sur ces mots, elle sortit du salon.

David ne s'embêta pas avec une excuse avant de la suivre.

La porte d'une chambre claqua. Puis l'autre, légèrement plus fort.

Je poussai enfin ce soupir frustré et me frottai la nuque. Bon, si j'avais le moindre espoir de régler les problèmes avec mes enfants avant la fin de leurs études secondaires, il était évident que je devais trouver exactement comment leur expliquer ça sans les blesser davantage. C'était des enfants au cœur brisé, et j'étais l'adulte qui n'avait pas la moindre idée de la façon dont il devait leur expliquer comment le beau-père qu'ils aimaient s'était seulement servi d'eux. Je ne pouvais pas me résoudre à leur dire toute la vérité parce que je ne savais pas comment la dire sans aggraver les choses. J'étais terrifié à l'idée de leur faire encore plus de mal que Marcus ou moi ne leur en avions déjà fait en tentant de m'expliquer. Qu'est-ce qui était vraiment pire : que votre père ait laissé tomber un type que vous aimiez tous les deux ou que ce type ait été tout ce temps un monstre qui n'a jamais aimé l'un de nous ?

Et bordel, si je ne trouvais pas les mots pour leur parler de Marcus, cela signifiait peut-être qu'ils avaient raison. Peut-être était-il trop tôt pour que je commence à voir quelqu'un d'autre, et pas seulement pour mes enfants.

Ce qui n'aidait pas, c'était qu'Asher sortait tout juste d'une longue relation infernale. Moi aussi, dans une moindre mesure. Nous étions tous les deux en plein rebond, donc ça ne pouvait finir qu'en désastre. Parce qu'en réalité, combien de fois « juste du sexe » restait-il « juste du sexe » sans que des sentiments ne s'en mêlent ? Étais-je prêt pour des sentiments, quels qu'ils soient ? Probablement pas.

C'était peut-être pour le mieux. Asher était une loque. J'étais une loque. Mes enfants avaient besoin de temps pour s'adapter. Ils méritaient mieux que de voir leur père ramener quelqu'un de nouveau à la maison alors qu'ils pleuraient toujours son dernier partenaire. Surtout s'ils ne savaient même pas que ce partenaire avait délibérément semé la pagaille dans leurs émotions.

Je baissai les yeux sur mon téléphone.

Oui, ils méritaient mieux que ça et Asher méritait mieux qu'un texto de rupture. Peut-être que les gens faisaient ça comme ça ces temps-ci, mais je ne pouvais pas. Pas même après un coup d'un soir. Il fallait que je le fasse en face à face ou j'aurais l'impression de n'être qu'un connard. Surtout après tout ce que Nathan lui avait fait subir. J'avais besoin de le lui dire pour qu'il voie mon visage, entende ma voix et ne lise pas entre des lignes qui n'existaient pas.

Donc, avec un soupir, je répondis, *Je te vois demain.*

Chapitre 8
Asher

— Putain, ouais, Crowe !

La voix de l'entraîneur résonna dans le stade.

— Ouais ! C'est bien, ça !

Je ris derrière ma visière. Wilson et moi frappâmes nos poings ensemble et nous patinâmes vers l'extérieur de la patinoire. J'étais à bout de souffle après les exercices que l'équipe exécutait depuis cinq heures. Bon, d'accord, ça ne faisait pas si long. J'en avais juste l'impression. Je n'avais pas encore raté un tir, ce qui exaspérait Bruiser comme il essayait de défendre le but, mais ça me faisait du bien au moral. Ma concentration était revenue et ce n'était trop tôt.

Quand je me penchai par-dessus le mur pour attraper ma bouteille d'eau, l'entraîneur me donna une tape à l'épaule assez forte pour me faire perdre l'équilibre.

— On dirait qu'on ne va pas devoir te laisser de côté le soir du match après tout.

Je lui jetai un coup d'œil.

Il haussa les épaules.

— La façon dont tu joues…

Je déglutis. Merde. L'entraîneur ne jouait généralement pas la carte du « *Je ne te laisserai même pas t'habiller pour aller sur la glace* », mais il ne déconnait pas quand on déconnait, nous.

« *Les fans causeront une émeute si je te laisse sur le banc,* » avait-il déclaré à un autre joueur lors de ma deuxième saison, « *mais ils me remercieront lorsque tu te seras sorti la tête du cul pour la finale de la Coupe* ».

Compris, Entraîneur. Compris.

Je bus quelques gorgées d'eau, laissai retomber la bouteille derrière le mur et patinai à la suite de Wilson pour commencer un autre exercice.

À la fin de l'entraînement, tous les muscles de mon corps brûlaient de fatigue, mais c'était agréable. C'était cette douleur profonde qui me suivait toujours à la sortie de la salle de gym – comme si j'étais fatigué, mais que j'avais fait quelque chose et que je m'en délectais, malgré les membres en caoutchouc et tout le reste.

Dans le vestiaire, quand je délaçai mes patins, Dewey, l'un de nos défenseurs, me tapota l'épaule.

— Mec, j'allais te demander si tu allais bien après toutes ces conneries avec ton mec, mais vu la façon dont tu joues aujourd'hui, dit-il en souriant, on dirait que vous vous êtes rabibochés.

Je ris, mal à l'aise.

— En fait, on a, euh… on a rompu.

— Quoi ?

Il trébucha un peu sur ses patins et m'attrapa le bras pour se soutenir.

— Vous avez rompu ? Sérieusement ?

— Ouais.

Je me forçai à paraître décontracté.

— Le moment était venu.

Il fronça les sourcils, se laissant tomber sur le banc à côté de moi.

— Ah, mec. Je suis vraiment désolé d'apprendre ça.

Bon sang, il l'avait dit assez fort pour que certains de nos co-équipiers l'entendent et soudain ils eurent besoin de savoir pourquoi il était désolé. Il fallut deux minutes à peine pour que la nouvelle se répande dans le vestiaire comme une odeur de chaussettes sales et, bien sûr, chacun des gars eut besoin de venir le confirmer lui-même. Même les types qui avaient été occupés à voir jusqu'où ils pourraient tirer un palet en se servant de l'élastique d'un slip étaient soudain plus intéressés par ma rupture. Je haussai les épaules et grimaçai à travers toutes les condoléances. C'était comme assister à l'enterrement de quelqu'un que je ne pouvais pas supporter, mais il était plus facile d'accepter cette compassion que de dire : « *Putain, c'était un connard et je suis content qu'il soit parti* ».

Ce n'était pas leur faute. Je ne leur avais pas dit la vérité à propos de Nathan – que la confrontation à l'extérieur du restaurant n'avait pas été la première ni la pire de nos disputes incontrôlables – et il semblait inutile de leur en parler maintenant. Il était parti. Je pouvais supporter leurs condoléances bien intentionnées. Surtout vu que j'étais à une douche de rentrer chez moi et que je ne serais pas rentré depuis longtemps avant que Geoff arrive.

Geoff. Je ne pus m'empêcher de frissonner en pensant à lui et à tout ce que nous avions fait dans mon lit. C'était le sexe le plus insouciant et le plus détendu que j'avais eu depuis des années et j'en voulais encore. J'étais remis de mon ex en ce sens que je n'avais plus envie de lui ou que je ne voulais pas qu'il revienne, et je n'allais pas dire non à un homme plus âgé, plus sexy, avec une bouche talentueuse et des mains généreuses. Peut-être même resterait-il toute la nuit, cette fois. Me réveiller à côté de quelqu'un que je voulais vraiment voir ? Cela semblait incroyable.

La douche chaude atténua la douleur dans mes muscles fatigués. Deux ibuprofènes et quelques heures de détente avant l'arrivée de Geoff, et tout irait bien. Et si ce n'était pas le cas ? Eh bien, les parties importantes n'étaient pas endolories. Je ne serais juste pas trop acrobatique ce soir. Espérons que cela ne dérange pas Geoff.

J'étais en train d'attacher mes baskets quand Grady apparut à côté de moi.

— Hé, tu viens avec nous ce soir ?

Je secouai ma tête.

— Nan, je vais juste y aller doucement. La semaine a été longue.

C'était là que les gars se foutaient en général de moi de vouloir rentrer parce que j'avais la corde au cou, mais la nouvelle s'était répandue assez vite. Ma réponse fut accueillie avec des regards compatissants et des hochements de tête silencieux. Bon sang. Parfois, leurs taquineries m'irritaient – surtout parce que je regrettais toujours que celui qui m'avait « passé la corde au cou » exige *vraiment* que je rentre à la maison – mais elles me manquaient aujourd'hui parce que je voulais vraiment rentrer chez moi pour quelqu'un.

Mon équipe n'avait tout simplement pas besoin de savoir que j'allais retrouver un nouveau mec.

~*~

Je sus à la seconde où je laissai entrer Geoff que quelque chose n'allait pas. Depuis le premier soir où je l'avais rencontré, je savais qu'il n'était pas du genre à éviter les regards, mais dès que j'ouvris la porte ce soir, il baissa les yeux.

J'étais en général le plus grand lâche au monde quand il s'agissait d'entamer des conversations difficiles, mais je ne voulais pas que celle-ci dure. Et puis Geoff n'était pas aussi explosif que Nathan. Même si les discussions pénibles me rendaient terriblement nerveux, au moins, je n'avais pas à craindre qu'il s'en prenne à moi. N'est-ce pas ?

— Tout va bien ? demandai-je en fermant la porte.

— Ouais. Ouais.

Dos à moi, Geoff se frotta le cou.

— Je…

Mon cœur battait à tout rompre dans mes oreilles.

— Qu'est-ce qui ne va pas ?

Ses épaules s'affaissèrent avec un long soupir. Enfin, il me fit face et je me rendis compte qu'il avait l'air complètement épuisé. Longue journée au travail ? Nuit blanche ?

J'esquissai un pas prudent vers lui.

— Tu vas bien ?

— Ouais.

Il s'humecta les lèvres et croisa mon regard.

— Écoute, je ne pense pas pouvoir faire ça. Pas tout de suite.

La déception se joignit à ma nervosité, me soulevant l'estomac.

— Tu ne peux pas ?

Si tu ne veux pas, dis-le simplement. Je peux le supporter. En fait, je ne pourrai probablement pas, mais… dis-le quand même.

— C'est mes enfants.

Je me redressai. Ce n'était pas la réponse à laquelle je m'attendais.

— Oh. Vraiment ?

— Ouais. Ils… euh…

Il roula les épaules, toujours visiblement tendues.

— Ils ont du mal. Depuis ma séparation avec mon ex. C'est rude, et ils sont toujours furieux contre moi parce que…

Il agita la main.

— Bref. Je ne peux pas leur mentir et leur dire que je ne vois personne quand c'est le cas. Même si ce n'est pas sérieux.

— Oh, répétai-je.

Comment diable étais-je censé réagir à cette nouvelle ?

— Pour ce que ça vaut, ce n'est que pour le moment, poursuivit-il. Je ne veux juste pas que tu mettes ta vie en suspens pour moi, ou que tu attendes que je me décide, mais… je ne ferme pas la porte. Si tu veux le faire, je comprends, mais…

— Non, pas du tout.

Je secouai la tête.

— Si tu n'es pas prêt, tu n'es pas prêt.

Geoff fouilla mon regard.

— Tu es sûr ?

— Ouais, bien sûr. Je veux dire, peut-être que ce n'est pas une mauvaise idée de calmer le jeu. Pour nous deux.

Qu'est-ce que je raconte ? Bien sûr que c'est une mauvaise idée. Tu ne sais pas combien j'ai envie de toi ? Mais je fis taire cette pensée.

— Je pense qu'on a tous les deux passé assez de temps à stresser à cause de nos ex. Pourquoi en rajouter ?

Il acquiesça et sembla soulagé.

— Ouais. Exactement. Et je veux dire, j'aurais pu appeler ou envoyer un SMS, mais ça me semblait être un truc à dire en face à face.

— J'apprécie, dis-je doucement et je le pensais vraiment.

Il était si facile de mal interpréter un texto ou d'imaginer une expression faciale au téléphone, et Geoff n'avait pas besoin de savoir à quel point je pouvais me tourmenter pour savoir si j'avais mal compris quelque chose. Face à face, cela signifiait moins de signaux contradictoires.

Cela signifiait également qu'il était venu à Mercer Island au beau milieu de la circulation impitoyable de Seattle au lieu d'aller dans la direction opposée en direction de Lake City.

Je me raclai la gorge.

— Écoute, hum. Tu as fait tout ce chemin. Même si on ne couche pas ensemble, je... Tu es déjà là et la compagnie ne me gênerait pas.

Le front de Geoff se plissa.

— Vraiment ?

— Bien sûr. J'ai une table de billard ou on peut simplement se mettre un film ou quelque chose comme ça.

Je me tus, cherchant désespérément un moyen de le faire rester.

— Il y a une pizzeria incroyable au bout de la rue. Et ils livrent.

Cela fit sourire Geoff, ce qui me rassura sur le fait qu'il resterait et renouvela ma déception que nous ne puissions pas nous toucher. Tant pis.

— Ça me tente bien, dit-il. Mais la pizza va devoir être délicieuse pour m'impressionner.

— Ah ouais ?

Il acquiesça.

— Il y a un resto sur Lake City Way, près de mon appartement, et il est incroyable.

— Défi accepté. Je t'assure que celui-ci va effacer l'autre de la carte.

— Très bien.

Le sourire de Geoff se fit plus malicieux.

— On va voir ça.

Nous nous dirigeâmes vers le salon et je pris mon téléphone pour commander la pizza. Comme nous décidions de ce que nous voulions et comment nous allions passer la soirée, je fus soulagé de constater qu'il était toujours là. Oui, j'aurais quand même souhaité que les choses se passent différemment. Le sexe jusqu'à présent avait été incroyable, et pas seulement parce que c'était mieux que le cauchemar qu'avait été ma vie sexuelle avec Ducon. Pas étonnant que j'en veuille plus.

Mais si ce n'était pas une option, cette alternative me convenait. Je n'avais pas été autorisé à traîner avec des amis. Parfois, je sortais avec mes co-équipiers, mais j'en entendais toujours parler par la suite. Si les gars venaient pendant que Nathan n'était pas là – ou pire, quand il l'était – j'en entendais parler aussi. Au final, j'avais arrêté parce que ça ne valait pas ce qui suivait.

Donc passer une soirée décontractée avec quelques bières, une pizza et une partie de billard ou un film ? Et sans conséquences désagréables ? C'était nouveau, pour des raisons que je n'avais pas l'énergie nécessaire d'expliquer à Geoff.

Pas de sexe ? Très bien. J'étais parfaitement content de passer la soirée avec un ami.

Chapitre 9
Geoff

— Hé.

Laura agita une main devant mon visage.

— Geoff, ici la Terre ?

Je me secouai et me demandai depuis combien de temps je fixais le pare-brise. Heureusement, nous étions toujours dans le parking du café, pas à un feu.

Je me tournai vers elle.

— Pardon. Tu as dit quelque chose ?

— À part te demander – deux fois – pourquoi tu es ailleurs ?

Elle secoua la tête. Il y avait un soupçon d'amusement ironique dans son regard, mais il s'estompa rapidement.

— Qu'est-ce qui se passe ? Ça concerne ce joueur de hockey ?

Je levai un sourcil.

— Tu es sûre de ne pas vouloir passer l'examen d'inspecteur ?

Elle remua un doigt.

— Ne change pas de sujet, mon pote. Il n'y a que lui pour te distraire comme ça depuis une semaine.

Elle ajouta en portant son café à ses lèvres :

— Un cadet de l'académie pourrait rassembler ces pièces du puzzle.

— D'accord. D'accord. J'admets.

— Alors, qu'est-ce qu'il s'est passé ?

— Euh, eh bien. On a… commencé un peu…

— Vous avez baisé.

Elle sirota son café avec nonchalance, comme si elle venait de faire un commentaire superficiel sur la météo.

— Euh.

Je m'éclaircis la gorge.

— Nous…

— Vous l'avez fait ou pas ?

Bon, ma partenaire n'avait pas besoin de connaître les détails de ce que nous avions fait et ce que nous n'avions pas fait dans le lit d'Asher. La question se résumait à savoir si on s'était mis à poil et si on avait fini par jouir, et on l'avait clairement fait.

Je toussotai encore.

— Ouais. On l'a fait.

— Et maintenant… quoi ? Tu regrettes ?

— C'est là que les choses se compliquent.

— Comment ça ?

Je tapotai des doigts sur le volant.

— Je ne regrette pas d'avoir couché avec lui. Oui, il est jeune et nous sommes tous les deux en train de rebondir après une rupture, mais c'était juste une partie de jambes en l'air, tu vois ?

— Mm-hmm.

— Mais ensuite, on s'est envoyé des SMS l'autre soir. Et mes enfants ont compris que je parlais à quelqu'un qui m'intéressait.

— Oh.

Elle grimaça.

— Comment l'ont-ils pris ?

— À peu près aussi bien qu'on pourrait le penser.

— Merde.

— Ouais. Donc Asher et moi avons pris nos distances. Et il a été génial. Hier soir, on a juste passé du temps ensemble et joué au billard.

Je ne pus m'empêcher de sourire.

— C'était très fun.

— Donc où est le problème ?

J'y réfléchis un long moment, regardant le flot continu de voitures qui passait sur l'avenue Westlake, devant nous.

— Je suppose que le problème, c'est que je ne veux pas simplement traîner avec lui et jouer au billard. C'est amusant et je veux que ça recommence, mais j'en veux aussi plus de lui, tu comprends ?

— Alors va le lui dire.

Je me tournai vers elle. Elle croisa mon regard, l'air de dire « Alors ? Pourquoi pas ? ». En soupirant, je secouai la tête.

— Je ne peux pas faire ça à mes enfants pour le moment. Ils ont encore du mal à…

— Attends. Attends.

Elle leva la main.

— Reviens en arrière une seconde.

Je haussai les sourcils, mais ne dis rien

— Je sais que vous essayez d'y aller doucement avec tes enfants. Je le comprends. C'est difficile pour vous tous.

Elle baissa la main et me regarda droit dans les yeux.

— Cela étant dit, ne sois pas stupide. Je veux dire, d'un côté, j'ai envie de te dire de faire attention à quelqu'un d'aussi jeune et qui vient de sortir d'une mauvaise relation. De l'autre, je pense que s'il occupe autant d'espace dans ton esprit…

Elle haussa légèrement les épaules.

— Je veux dire, pourquoi pas ? Peut-être qu'il y a vraiment quelque chose, même si c'est juste une bonne alchimie pour quelques parties de jambes en l'air.

— Ouais, peut-être.

Je tambourinai des ongles contre la fenêtre.

— Mais je ne peux pas mentir à mes enfants à ce sujet et vu la conversation que nous avons eue l'autre soir, ils ne sont certainement pas prêts à me voir sortir avec quelqu'un.

— Et alors ?

— Et alors ?

Je la regardai.

— Comment ça, « et alors » ?

Laura soupira avec impatience, comme elle le faisait quand je me montrais abruti.

— C'est ta vie aussi, Geoff. Si tous les parents célibataires attendaient l'approbation de leurs enfants avant de sortir avec quelqu'un – ou avant de passer au sérieux avec une personne avec qui ils sortent – aucun d'eux n'aurait plus jamais de relation.

Elle marquait un point. Et mes enfants avaient rechigné au début avec Marcus, exactement comme quand leur mère avait commencé à sortir avec leur beau-père.

— D'accord, j'ai compris.

Je soupirai.

— Je pense que je me sens juste coupable de leur avoir fait subir tout ça avec Marcus. Et de ne pas savoir comment leur dire la vérité sans aggraver les choses.

— Je comprends. Mais tu dois aussi vivre ta vie. Ils sont assez vieux pour le comprendre et je serais prête à parier cher qu'ils s'en remettront. Et je ne dis pas forcément de leur cacher une nouvelle relation, mais peut-être les habituer à l'idée. Passe du temps avec Asher. Vois comment ça se passe. Puis présente-le aux enfants comme un ami.

— Hmm-hmm. Et je vais expliquer à mes enfants fous de hockey comment je suis devenu ami avec Asher Crowe.

— Oh mon Dieu, j'avais oublié ça.

— Ouais. Un détail mineur.

Elle sembla y réfléchir un instant, puis agita la main.

— Néanmoins, je pense que tu devrais voir comment les choses se passent avec lui. Lorsque vous serez prêts – si ça en arrive à ce point – et que tu penses que tes enfants sont prêts aussi, parle-leur. Mais Marcus a fait assez de dégâts. Ne le laisse pas être la raison pour laquelle un truc bien pourrait t'échapper, tu vois ?

J'eus envie de ricaner à cette dernière phrase. Pas à propos de Marcus qui avait fait des dégâts, mais le « truc bien ». Je veux dire, ce truc avec Asher était fun, mais nous n'étions que deux types se défoulant après la fin de mauvaises relations. Nous n'étions pas des âmes sœurs. Ce n'était pas comme si l'amour de ma vie allait me glisser entre les doigts si je ne faisais rien.

D'un autre côté, mon ex-femme et moi avions été des *fuck buddies* et nous nous étions retrouvés avec un truc vraiment bien, sans parler de deux enfants géniaux, donc peut-être qu'il était trop tôt pour parler d'Asher et moi. Quoi qu'il en soit, le sexe était définitivement bon et après les mois d'abstinence post-Marcus ? Oui, elle avait raison. Je n'avais vraiment pas intérêt à laisser passer quelque chose de bien.

— Tu veux que je conduise ? demanda Laura. Comme tu es un peu ailleurs aujourd'hui ?

— Ce n'est probablement pas une mauvaise idée.

— C'est toi qui offres le déjeuner.

Elle sortit de la voiture.

Je sortis aussi en riant et nous échangeâmes de côté.

— C'est moi qui offre, mais ça ne veut pas dire que tu dois commander un deuxième sandwich à ramener chez toi pour dîner !

— Ooh, allez !

Elle fit la moue.

— Qu'est-ce que je suis censée manger en rentrant ?

— Ce que tu veux.

J'ouvris la portière du côté du passager.

— Simplement pas avec mon argent.

— Radin.

Elle s'assit sur le siège conducteur pendant que je tirais ma ceinture de sécurité et nous échangeâmes un regard joueur.

Tandis que Laura conduisait, j'envoyai un texto à Asher : *J'imagine que je ne peux pas décider de ne plus prendre mes distances ?*

Il ne répondit pas. Je me rappelai qu'il avait entraînement toute la semaine, donc il était probablement sur la glace. Ce silence ne signifiait pas nécessairement qu'il m'avait bloqué ou m'ignorait ou était occupé à se plaindre auprès d'un ami que je soufflais le froid et le chaud. Cela ne voulait pas dire que ce n'était pas en train de se produire non plus.

Une heure et demie après avoir envoyé le message, j'étais au milieu d'un contrôle routier lorsque mon téléphone sonna dans ma poche. Je ne savais pas trop si c'était Asher, mais la possibilité que ce soit le cas me perturba tellement que j'eus le plus grand mal à effectuer ce boulot de policier le plus élémentaire.

— Il me faut votre permis de conduire, votre carte d'immatriculation et votre attestation d'assurance, dis-je au conducteur.

Il fronça les sourcils.

— Hum.

Ses yeux se posèrent sur ma main.

Je baissai les yeux et me rendis compte que j'avais déjà tous ces documents. Je me raclai la gorge et fis un signe vers ma voiture de patrouille.

— Je reviens tout de suite.

Il me regarda comme s'il se demandait si c'était moi qui méritais peut-être de passer un test d'alcoolémie.

Non, je n'étais pas ivre. Juste distrait.

J'établis probablement un nouveau record de vitesse pour terminer ce contrôle routier. Plus vite j'en finissais avec ce type, plus vite je pourrais consulter le message. Mon téléphone me rappelait sans cesse que je ne l'avais pas encore ouvert. Après avoir donné un avertissement verbal au conducteur perplexe et lui avoir rappelé que la limitation de vitesse n'était pas supérieure à trente-cinq tant qu'il n'avait pas dépassé le panneau de signalisation, et non à trois pâtés de maisons de là, je le laissai partir.

Je venais à peine de m'asseoir sur le siège passager de la voiture de patrouille que je sortis mon téléphone.

Qu'est-ce qui t'a fait changer d'avis ?

Satané SMS qui ne me donnait pas plus d'indications sur le ton de sa question. Était-il sarcastique ? Méfiant ? Sincère ?

Je ne suis pas médium, stupide smartphone !

Le mieux que je puisse faire était de répondre honnêtement et d'espérer, donc j'écrivis : *Je suis revenu à la raison. Je préfère être avec toi que sans toi.*

Merde. Était-ce trop gnangnan ? Exagéré ? Et bon sang, j'avais déjà appuyé sur *Envoyer*. Merde. Impossible d'annuler maintenant, hein ? Génial. J'avais peut-être eu l'occasion de coucher à nouveau avec lui et j'avais tout gâché en étant trop...

Je rentre de l'entraînement à 20h. Tu passes ?

Je clignai des yeux. Waouh. Je n'avais pas tout fait foirer ? Bordel.

À côté de moi, Laura se racla la gorge et je sursautai.

— Hein ?

Je me tournai vers elle.

— Pardon, quoi ?

Elle fit un geste vers l'avant de la voiture.

— Je t'ai demandé si je m'occupais de celui-ci ou toi ?

Je regardai et... quand diable avions-nous — enfin, avait-elle — arrêté quelqu'un ?

— Euh. Tu devrais probablement t'en occuper. Je ne faisais pas attention.

Laura jeta un coup d'œil vers mon téléphone, puis vers moi, et elle rit en roulant des yeux.

— Tu es vraiment mignon quand tu es aussi à fond sur quelqu'un, dit-elle en ouvrant la portière de la voiture, tu le sais, ça ?

— Je te demande pardon ?

— Tu rougis.

Et la portière se referma avant que je puisse me défendre en disant que je ne rougissais pas. Sauf que je savais que c'était le cas. La chaleur de mes joues le trahissait vraiment.

Je baissai les yeux vers mon écran. D'accord, j'avais repris contact avec Asher. Maintenant, j'avais probablement intérêt à faire mon boulot avant de me faire virer.

Donc, tout en gardant un œil sur Laura pendant qu'elle parlait à l'autre chauffeur, je répondis : *À ce soir.*

Et j'avais vraiment hâte.

~*~

Si j'avais eu le moindre doute qu'Asher était partant pour me reprendre, il s'évapora dès que j'entrai chez lui. La porte s'était à peine refermée derrière nous que nous étions dans les bras l'un de l'autre, à nous embrasser jusqu'à en perdre le souffle et nous tripoter comme si cela faisait des mois au lieu de quelques jours.

— Je suis désolé, murmurai-je entre deux baisers. Je ne voulais pas donner l'impression que je change tout le temps d'avis, je voulais juste…

— Ce n'est rien. Tu penses juste à tes enfants.

Il mordit ma lèvre inférieure.

— Je comprends. Et maintenant, tu es là, alors…

Nous plongeâmes dans un autre profond baiser. Son dos cogna le mur et il malaxa mes fesses en rapprochant nos hanches.

Je passai mes mains sur ses flancs et laissai mes doigts se glisser juste sous sa ceinture.

— Tu sais, ton lit est beaucoup plus confortable que le mur.

— Hmm, c'est vrai.

— Peut-être qu'on devrait…

— Oui, on devrait.

Nous ne perdîmes pas de temps. Nous nous ruâmes au troisième étage et au bout du couloir, et dès que nous fûmes dans la chambre, nous allâmes droit au but : les vêtements commencèrent à voler.

Je m'arrêtai pour sortir un petit sac de ma poche et le jeter sur la table de nuit.

— Au fait, on a des préservatifs, cette fois.

Asher se crispa, sa chemise à moitié enlevée.

— Oh. Euh.

Il se racla la gorge et, plus lentement qu'avant, finit d'enlever sa chemise.

— Bien. C'est bien.

Quelque chose dans la façon dont il le dit, sans parler de sa tension, me fit reculer.

— Vraiment ?

Nos regards se croisèrent. Il y avait une lueur indéchiffrable dans le sien. Indéchiffrable, mais qui n'avait clairement pas sa place ici avec nous, dans cette chambre.

Je m'approchai et posai une main sur sa taille nue.

— Qu'est-ce qui ne va pas ?

Asher rougit. Sa peau claire le trahissait toujours.

— Parle-moi, murmurai-je. Peu importe ce qu'il y a.

— Je…

Sa mâchoire se crispa. Puis, tout à coup, il croisa mon regard.

— Est-ce que pas de sodomie, c'est une cause de rupture pour toi ?

Il me fallut une seconde pour comprendre la question.

— Tu ne veux pas ?

Il rougit, se mordit la lèvre en baissant les yeux et secoua lentement la tête. Quand il se remit à parler, les mots étaient rapides, furieux.

— Je peux le supporter, donc si tu veux vraiment, on peut. Ce n'est pas ce que je préfère, mais je…

— Asher. Hé.

Il me regarda, son visage parsemé de taches de rousseur gravé d'incertitude.

Je caressai sa joue.

— Ce n'est pas une cause de rupture.

— Non ?

— Non. Rien ne l'est.

Son regard était toujours sceptique, donc j'ajoutai doucement :

— Quand je dis « tout ce que tu veux », ça veut aussi dire de ne pas faire ce que tu ne veux pas.

La tension qui s'évaporait lentement de son front et de ses épaules était déchirante. Je savais trop bien ce que c'était que de se sentir contraint entre les draps. Combien il était difficile d'essayer d'établir des limites lorsque quelqu'un semblait déterminé à les tester, les briser et les détruire au bulldozer. Et compte tenu de tout ce qu'il avait traversé…

— Je te le promets, rien n'est motif de rupture. J'aime la sodomie, mais si tu n'aimes pas ça, c'est bien la dernière chose que je voudrai faire.

Il fouilla mon regard, son expression toujours aussi d'incrédule.

Je souris.

— Est-ce que je t'ai donné une raison de croire que je n'étais pas satisfait la première fois ?

Asher secoua la tête.

— Mais on ne pouvait pas baiser. On n'avait pas de capotes.

— Et ?

Je haussai les épaules.

— Je te promets que je ne suis pas reparti en pensant, « *Bon sang, ça aurait été encore mieux si j'avais pu le baiser* ».

— Oh.

Il déglutit.

— Je veux juste… pas que tu t'ennuies.

Je souris, lissant ses cheveux.

— On pourrait se contenter de s'embrasser, et je ne m'ennuierais toujours pas.

Les plis de son front criaient un scepticisme renouvelé.

Donc je me penchai et l'embrassai à nouveau, et je laissai ce baiser s'attarder un long moment languide. Je glissai ma langue sur la sienne, lui soutirant un gémissement, et nous ne nous arrêtâmes pas avant d'être tous deux essoufflés.

— Tu ne penses pas que ça pourrait me divertir une nuit entière ? murmurai-je en le regardant dans les yeux.

— Je…

Il était à bout de souffle, comme je le voulais.

— C'est... Vraiment ?

— On peut faire plein de choses.

Je passai mes doigts dans ses cheveux.

— La sodomie n'est plus à l'ordre du jour. De toute évidence, tu aimes l'oral, n'est-ce pas ?

— Hmpf.

Il frissonna, frottant sa queue contre moi.

— Ouais.

Je souris contre ses lèvres.

— Je suis sûr que ça nous donne déjà beaucoup à faire.

— Ouais ?

— Hmm-hmm. Tant que l'oral te convient, on s'en sortira très bien.

Je descendis le long de sa gorge, parce que je ne pouvais résister à la façon dont il se tortillait quand je le faisais.

— Je peux te branler, te sucer, jouir entre tes cuisses... n'importe quoi.

— Entre mes cuisses ?

— Oh ouais.

Je m'arrêtai pour l'embrasser sous la mâchoire.

— Tu ne l'as jamais fait ?

— Non.

Ses mains me parcoururent le dos.

— Je suis partant pour essayer, cependant.

— Bon à savoir. On y viendra. Mais d'abord, on devrait vraiment finir de se déshabiller.

Il se mit à rire, baissant les yeux comme s'il ne s'était pas rendu compte que nous étions encore partiellement habillés.

— Oui, on devrait.

Nous jetâmes le reste de nos vêtements et grimpâmes dans son énorme lit. Le drap sur nous, nous nous emmêlâmes l'un à l'autre et nous embrassâmes, longtemps et avec indolence, pendant que nos mains parcouraient la peau nue de l'autre. Chaque fois que l'un de nous bougeait, nos queues frottaient contre la hanche ou la cuisse de l'autre et, à chaque fois, le frottement me faisait tourner la tête un peu plus vite. Je le caressai du bout des doigts. L'embrassai plus fort. J'avais encore plus besoin de lui. Asher devait penser pareil, à en juger par sa prise puissante sur mes épaules et ses baisers profonds et affamés.

Il rompit le baiser et murmura, le souffle court.

— Alors, comment ça marche ? Entre les cuisses ?

J'aurais juré que ma queue s'était durcie encore un peu plus en comprenant qu'il avait pris mon idée au sérieux.

— Tu t'allonges sur le côté ou sur le ventre. Je te baise entre les cuisses. Ou vice-versa.

Je haussai les épaules comme si je n'étais pas douloureusement excité.

— C'est assez simple.

Une pointe d'intérêt brilla dans ses yeux.

— Ça a l'air sexy.

— Ça l'est. Peut-être pas autant pour le gars dessous, mais celui au-dessus ?

Je me mordis la lèvre et gémis.

— C'est génial.

— Ouais ?

— Hmm-hmm.

Je laissai courir ma main le long de son flanc.

— Et je peux toujours faire le tour et m'assurer que tu prends ton pied aussi.

Ce fut au tour d'Asher de se mordre la lèvre tandis qu'un frisson lui parcourait la colonne vertébrale.

— Je ne l'ai jamais fait. On peut… ?

Ses sourcils se haussèrent.

— Putain, ouais.

Je l'embrassai légèrement.

— Tourne-toi.

Nous nous installâmes sur le flanc et je me collai contre son dos. Mon Dieu, j'aimais la sensation de sa peau brûlante contre la mienne et je ne pus résister à l'envie de glisser une main sur son cul parfait, juste pour le plaisir de le faire. Les joueurs de hockey avaient toujours des culs spectaculaires, mais Asher ? Bordel.

Je n'étais pas seulement là pour admirer ses magnifiques fesses, donc je pris le lubrifiant et en appliquai un peu sur ma queue. Puis je me guidai vers lui et murmurai :

— Garde tes cuisses serrées.

Il acquiesça, mais ne dit rien.

Je m'accrochai à sa hanche et embrassai le côté de son cou en commençant à balancer le bassin, glissant entre ses cuisses musclées. Quand j'eus trouvé un bon rythme, je refermai les doigts autour de sa queue et Asher hoqueta. Il serra ses jambes l'une contre l'autre et je gémis contre son cou. J'avais déjà fait ça auparavant, mais jamais avec un foutu joueur de hockey. Des années de patinage signifiaient qu'il était terriblement bien bâti à partir de la taille et glisser ma queue entre ces muscles puissants et imposants était étourdissant.

— Bon sang, Asher…

Il gémit, balançant ses hanches au rythme des miennes.

— Ça va ? soufflai-je à son oreille.

— O-Ouais.

Il couvrit ma main de la sienne et guida mes caresses en se cambrant.

— Bon Dieu…

J'enfouis mon visage contre sa nuque en ondulant contre lui. Même avec le lubrifiant, le frottement était hallucinant et la chaleur de son corps puissant contre le mien me rendait accro.

— Oh mon Dieu, murmura-t-il d'une voix chevrotante et son corps se crispa dans mes bras. Je vais…

Il resserra sa prise sur ma main et je la resserrai donc sur sa queue, et nous pompâmes furieusement tandis que je me poussais entre ses puissantes cuisses. La chambre était silencieuse à l'exception du lit qui tremblait, de nos corps qui bougeaient ensemble et de nos halètements à tous les deux.

Et soudain, le corps d'Asher se tendit, les muscles de ses cuisses se resserrèrent encore autour de ma queue, et je jouis avant que la première goutte de son sperme n'atterrisse sur ma main. Mon visage toujours caché dans son cou, je donnai des coups de reins puissants, prolongeant mon propre orgasme et étirant le sien aussi longtemps que je le pouvais, jusqu'à ce que nous nous détendions tous les deux.

Il y avait du sperme et du lubrifiant partout, et nous étions tous les deux en sueur et tremblants, mais aucun de nous ne s'écarta. Nous restâmes étendus là, nos mains toujours sur son sexe, le mien toujours entre ses cuisses, et nous respirâmes ensemble.

— T-Tu avais raison, murmura-t-il.

— Ouais ?

— Hmm-hmm.

Son pouce effleura ma main.

— C'était sacrément *sexy*.

L.A. WITT

Chapitre 10
Asher

Geoff et moi finîmes par nous séparer, essuyer le sperme et la sueur, et retomber ensemble sur le lit.

Allongés là, à nous embrasser de temps en temps, j'avais peur de parler, mais pas pour les raisons qui m'avaient fait craindre de parler au lit de mémoire récente. Je me sentais trop bien et je ne voulais pas rompre le charme. Je ne voulais pas qu'il me demande pourquoi j'avais des limites. Mon corps ronronnait du plus grand plaisir que j'avais éprouvé depuis longtemps, et je n'étais pas prêt à disséquer ce que nous n'avions pas fait et que je n'aimais pas.

— Alors, qu'en as-tu pensé ? demanda-t-il. De le faire entre tes cuisses ?

Je souris malgré ma nervosité.

— C'est sexy.

— Hum-hum.

Il fit glisser sa paume sur mon torse.

— Peut-être que la prochaine fois, on échangera. C'est vraiment génial quand on est dessus.

Je posai la main sur son avant-bras.

— Je ne dirais pas non.

Son sourire me donnait la chair de poule, mais j'attendais qu'il me pose des questions sur ce que nous n'avions pas fait. Il ne demanda rien, cependant. Il ne l'évoqua même pas et bon sang, je commençais à devenir nerveux. Je détestais quand quelque chose restait inachevé, et ça me semblait inachevé.

Alors, le cœur battant, je me tournai et posai la tête sur mon bras.

— Donc, maintenant qu'on s'est tous les deux calmés et qu'on ne pense plus avec nos queue...

Geoff croisa mon regard et ma confiance faiblit. J'avais abordé le sujet, mais maintenant je devais terminer ma question. Merde.

Il se tourna sur le côté pour me faire face et passa un bras autour de ma taille.

— Qu'est-ce qui te préoccupe ?

Des trucs que je n'ai pas l'habitude de dire à voix haute ? Mais j'avais vraiment envie de rester ferme et s'il y avait bien quelqu'un au monde qui me laisserait le faire sans être vache, il était allongé ici avec moi. Si je ne pouvais pas le faire avec lui, je ne pourrais jamais le faire avec un d'autre.

Donc je pris une profonde respiration.

— Tu es, euh, tu es vraiment d'accord pour qu'on évite la sodomie ?

Il acquiesça avant même que j'aie fini.

— Totalement.

— Vraiment ?

— Bien sûr.

Geoff souleva ma main et posa ses lèvres sur mes doigts.

— Je pensais ce que j'ai dit. Si tu n'apprécies pas quelque chose, je n'y prendrai pas plaisir non plus. Oui, j'ai envie de prendre mon pied, mais je veux que tu te sentes bien aussi. Il y a de nombreuses façons de prendre du plaisir sans s'approcher de nos fesses.

— Oh.

— Pourquoi ? Tu as cru que j'essaierais de te forcer ?

La façon dont son front se plissa sous-entendait : *quelqu'un t'a déjà forcé ?*

En essayant de ne pas me tortiller sous son regard, je répondis.

— Je ne le pensais pas, non. Mais les types avec qui j'ai été avant...

Je me tus. Soudainement, rien de tout cela ne paraissait plus compter. Par exemple, qui se souciait de ce que les mecs de mon passé avaient voulu ? Geoff savait ce que je voulais, ça lui allait, et ça aurait dû s'arrêter là. Mais vu son regard intense, la réponse lui importait toujours.

— Il semblerait que je sois toujours sorti avec des gars qui voulaient... ça. Et si je ne le faisais pas, ils ne voulaient pas de moi.

Geoff me regarda un moment avant de reprendre la parole.

— Laisse-moi d'abord dire que je ne demande pas ça pour pouvoir te convaincre ou te suggérer que tu n'as jamais tenté la sodomie avec quelqu'un qui faisait ça bien.

Il serra ma main.

— Y a-t-il une raison pour laquelle tu n'aimes pas ça ? Une mauvaise expérience ? Une douleur ? Est-ce que quelqu'un… ?

Il déglutit.

— Je ne veux simplement pas déclencher quelque chose, tu vois ?

— Oh. Oh.

Je secouai la tête.

— Non, ce n'est rien de ça. Ça n'a jamais été mon truc. Ce n'était même pas douloureux ou quoi que ce soit — j'ai essayé avec quelques copains à la fac, y compris un qui savait vraiment ce qu'il faisait, mais je n'ai jamais pu m'y faire.

— Donc pas de traumatisme ? Ce n'est juste pas ton truc ?

— Exactement.

— D'accord. Bien.

Il esquissa un signe de tête subtil.

— Quoi qu'il en soit, on est pas obligés de le faire.

Je le dévisageai, incertain.

— Donc ce n'est pas bizarre ?

— Non, non, bien sûr que non. Je ne demanderais jamais à un mec de faire quelque chose qu'il n'aime pas.

Il passa distraitement la main sur mon bras.

— Si j'étais avec quelqu'un qui serait catégoriquement contre la fellation ou qui refuserait de m'embrasser, on ne serait probablement pas compatibles, mais la sodomie ?

Geoff haussa les épaules.

— Je m'en fiche un peu.

— Pas de fellations ou de baisers ?

Je plissai le nez.

— Ça me rebuterait aussi.

REBOND

— Ouais, hein ?

Geoff se pencha et effleura mes lèvres des siennes.

— Quel serait le plaisir de coucher avec quelqu'un sans…

Il finit sa pensée par un long baiser sexy. Ouais, ne pas pouvoir faire ça serait définitivement un motif de rupture. Et je ne pouvais pas imaginer être au lit avec quelqu'un sans lui sucer la queue. Ou qu'il me suce. Et savoir que Geoff était parfaitement heureux sans sodomie ? Bordel. Jackpot.

Quand il rompit ce baiser, mon cœur battait la chamade et mon corps me suggérait déjà de mettre à l'œuvre ces idées de baisers et de suçage de queue. Je ne pourrais pas bouger demain mais je m'en fichais complètement.

Je rompis le baiser et croisai son regard.

— Écoute, euh, vu que tu es là, euh…

Je déglutis.

— Tu veux rester ce soir ?

Geoff se crispa.

— Tu n'es pas obligé, ajoutai-je rapidement. Si tu ne veux pas, on peut…

— Non, non, ce n'est pas ça.

Il passa sa main sur mon bras, mais ne croisa pas mon regard.

— Je voudrais.

Je fronçai les sourcils et attendis qu'il développe.

Il prit une profonde respiration et me regarda enfin dans les yeux.

— Les nuits avec moi peuvent être rudes. J'ai fait quatre tournées en zones de guerre, et ce genre de chose… ça te colle à la peau.

— Cauchemars ?

Geoff hocha la tête.

— Pas toujours. Plus maintenant. Mais ils peuvent être difficiles.

Il déglutit.

— Pour tout le monde.

J'entrelaçai nos doigts.

— D'accord. Je peux le gérer.

Il rit sèchement et déposa un baiser sur le dos de mes doigts.

— Disons simplement que je ne serai pas offensé si tu réserves ton jugement jusqu'à la première nuit difficile.

Bon sang, c'était difficile à ce point ?

Ou, pensai-je le cœur serré, à quel point cela avait-il été difficile d'avoir ces cauchemars quand il vivait avec son ex ? J'avais un peu peur de demander.

— On verra comment ça se passe, murmurai-je. Mais je pense que ça ira.

Geoff sourit, son expression à la fois inquiète et optimiste.

— Je suppose qu'on verra.

Fouillant son regard, je lui rendis prudemment son sourire.

— Alors, tu restes ce soir ?

— On peut essayer ce soir.

Il glissa son bras autour de moi et me rapprocha de lui.

— Je ne vais clairement pas refuser de passer plus de temps au lit avec toi.

— Et tes enfants… ils ne vont pas…

— Ils sont chez leur mère ce soir, murmura-t-il contre mon cou. Je suis tout à toi.

— Bien.

Je l'embrassai encore et nous laissâmes la conversation s'estomper au fur et à mesure que nous nous excitions l'un l'autre.

Je ne voulais pas trop en espérer, mais j'aurais pu m'y habituer. Le simple fait de le côtoyer platoniquement et de me sentir en sécurité avait été quelque chose de nouveau et enivrant. Mais ça ? Oh mon Dieu. La pure nouveauté de pouvoir rester au lit avec quelqu'un et ne pas avoir l'impression que la conversation était un champ de mines et que le sexe était une corvée à sens unique : je pourrais en devenir accro. Je pourrais devenir accro au fait de vouloir réellement que quelqu'un soit là. Chez moi. Dans mon lit. Dans ma vie.

Il me faudrait beaucoup de temps avant d'arrêter de sursauter chaque fois que quelqu'un élevait la voix ou de tressaillir s'il bougeait trop brusquement. La confiance me serait encore une langue étrangère un bon moment.

Mais ce soir, j'avais l'impression de pouvoir y arriver un jour. Même si cela prenait du temps.

Et rassembler le courage de baisser ma garde et de passer plus de temps avec ce policier calme à la voix douce avait été un sacré bon début.

Ce policier calme à la voix douce fit glisser sa main pour s'emparer fermement de mes fesses.

— Tu n'as pas envie d'arrêter là et de dormir, n'est-ce pas ?

Je frottai ma queue dure contre la sienne.

— Pas le moins du monde.

Ses lèvres se recourbèrent en un sourire contre les miennes tandis que ses doigts pétrissaient ma fesse.

— C'est bien ce que je pensais.

~*~

Je n'allais pas mentir – Geoff était addictif.

Plus les jours passaient, plus j'essayais d'ignorer le fait qu'on se verrait beaucoup moins une fois la saison commencée, car le voir était définitivement devenu le clou de mes journées. Quand j'étais distrait pendant les entraînements, c'était à cause de l'homme que j'avais hâte de rejoindre, pas de celui qui me faisait peur. Il était bien plus facile de sortir de ces pensées et de me concentrer sur le hockey, c'était certain.

La chose la plus étrange avec Geoff, c'était qu'il était terriblement difficile de trouver le temps pour se voir, mais qu'une fois que nous étions ensemble, tout était facile. Quand les planètes s'alignaient enfin et qu'il n'était ni au travail ni avec ses enfants et que je n'étais pas à l'entraînement, c'était simplement… facile. J'espérais que cela resterait ainsi après le début de la saison. Je supposais que je le saurais bientôt.

Pour le moment, j'aimais passer autant de temps que possible avec lui. Parfois, nous couchions ensemble. Parfois non. Nos deux emplois avaient un impact physique et même si ça n'avait pas été le cas, honnêtement, les soirées passées assis ensemble sur le canapé ou allongés sur mon lit à regarder un film ne m'auraient pas dérangé.

Il s'était inquiété qu'on passe la nuit ensemble, mais jusqu'à présent, tout allait bien. Il s'était réveillé brusquement à plusieurs reprises, ce qui me faisait toujours sursauter, et il murmurait parfois dans son sommeil, mais ce n'était pas bien grave. Je m'y habituais. J'avais même appris que si je me blottissais contre lui, il se calmait. Pas bien grave.

J'aimais ça chez nous : rien n'était grave. Sérieusement, rien. J'étais en retard et ne serais probablement pas partant pour grand-chose ? Aucun problème. Il devait annuler parce qu'il pouvait à peine garder les yeux ouverts ? Rendez-vous demain. Ma mâchoire était un peu sensible après avoir reçu un coup de coude accidentel de Grady et il n'y aurait pas de fellation à l'horizon ? Voilà pourquoi Dieu avait inventé les branlettes.

Geoff était si facile à vivre et imperturbable que c'en était ridicule. C'était donc ce que les gens voulaient dire quand ils disaient que quelqu'un était une bouffée d'air frais. Tout ce que nous faisions était si facile, ça m'était complètement étranger. Parfois, je sursautais encore s'il bougeait soudainement. Ou si je m'assoupissais à côté de lui et qu'il bougeait ou se retournait. Mais ce n'était pas sa faute. Je ne me sentais pas en danger avec lui. J'étais juste… nerveux. Je suppose qu'il faudrait du temps pour que ça s'estompe.

Il faudrait aussi du temps pour que je cesse de grimacer et que je m'attende à ce qu'il se fâche contre moi quand je sursautais comme ça. Chaque fois, j'étais absolument certain pendant une fraction de seconde qu'il allait lever les yeux au ciel et me réprimander d'avoir agi comme s'il allait me frapper. Est-ce que je ne lui faisais pas confiance ? Avais-je vraiment pensé qu'il ferait une telle chose ? Quand est-ce que j'allais finir par me détendre ?

Mais il ne disait jamais rien de tel. Bon sang, il s'excusait presque toujours de me surprendre, puis passait un bras autour de mes épaules jusqu'à ce que je me détende. Les autres fois, il dormait et ne le remarquait pas. Ça m'allait.

Donc voilà. J'étais accro. Et il n'avait plus parlé de sodomie depuis la nuit où j'avais dit que je ne voulais pas. Je m'attendais toujours à ce qu'il lance l'idée, surtout quand nous étions tous les deux enlacés et excités. Ça avait été le mode opératoire de Nathan s'il désirait quelque chose et que je ne voulais pas : trouver à quel moment il était le plus probable que j'aie laissé tomber ma garde et me pousser alors. Il ressemblait à un vélociraptor à la recherche des points faibles de la clôture et une fois qu'il les avait trouvés, il les exploitait. Bon, ce n'était pas l'analogie la plus sexy au monde, mais nos parties de jambes en l'air n'étaient pas les plus sexy non plus, alors… Vélociraptor. Clôture. Nathan.

Pas Geoff, cependant. Si les choses continuaient comme ça et qu'il n'était pas effrayé par mon emploi du temps une fois la saison commencée, je serais un homme heureux.

Couché à côté de lui ce soir, mon corps vibrant encore de deux longues pipes incroyables, je souris dans l'obscurité. Il m'avait épuisé, tout comme l'entraînement intense de cet après-midi, et je me sentais incroyablement bien. Une ecchymose sur ma hanche me lançait un peu, mais ça ne me dérangeait pas. C'était quand j'avais intercepté Wilson lors d'une mêlée, hier. Il avait ri et m'avait traité de connard, et je lui avais dit d'arrêter de patiner comme ma grand-mère, et tout s'était bien passé. Pas de venin. Pas de méchanceté. Pas de punition venant de quelqu'un à qui j'étais censé faire confiance. La zone était encore un peu sensible, ce qui m'agaçait, mais pas d'une manière qui me pousserait à rester éveillé toute la nuit pour y penser.

Je fermai les yeux et soupirai joyeusement. Ouais, j'aurais pu me passer d'avoir gâché tant d'années de ma vie avec Nathan, mais au moins attendre de le larguer jusqu'à tout récemment avait eu comme côté positif ma rencontre avec Geoff.

Enfin, je commençai à sombrer. Entre l'entraînement et Geoff, c'était un miracle que je sois resté éveillé aussi longtemps, mais c'était ce qui se passait quand mon cerveau ne voulait pas s'éteindre. Au moins, cette fois, c'était pour une bonne cause.

J'avais dû finir par m'endormir parce qu'un cri me réveilla. Mes yeux s'ouvrirent, la panique se déversa en moi et je me tournai vers le son juste au moment où un coude m'atteignit en plein thorax.

Je roulai sur le flanc et allumai la lumière.

Tout s'arrêta. Assis l'un à côté de l'autre dans le lit, Geoff et moi tremblions et essayions de reprendre notre souffle, mais nous étions réveillés maintenant.

Je le regardai. Au bout d'un moment, il se tourna vers moi. La sueur perlait le long de son visage et noircissait ses cheveux poivre et sel.

— Désolé, murmura-t-il. Je savais que ça finirait par arriver, mais… désolé. Bon sang.

— C'est rien.

Je frottai l'endroit où son coude m'avait frappé, ignorant la façon dont mon cœur battait dessous. Il ne m'avait pas frappé. C'était un cauchemar, putain. Il n'était même pas réveillé.

Son regard se posa sur ma main.

— Qu'est-ce qui ne va pas ?

Je laissai immédiatement retomber ma main et mon regard.

L.A. WITT

— Rien. Rien. On devrait, euh, essayer de dormir un peu avant…

Il posa sa main sur ma jambe par-dessus le drap et je bondis.

— Hé. Hé.

Il posa de nouveau la main doucement.

— Relax.

Je grimaçai. Merde. Je pariai qu'il n'avait pas signé pour ça : se réveiller en sueur et tremblant d'un cauchemar, puis devoir me consoler. Il me regarda et l'horreur envahit ses traits, son dos se redressant.

— Oh merde. Dis-moi que je n'ai pas…

Il déglutit.

— Est-ce que je t'ai frappé ?

— Juste… tu sais, ton coude. C'était…

— Bon sang. Je suis désolé.

Il me prit dans ses bras et je fermai les yeux en m'appuyant contre lui.

— Je suis vraiment désolé, Asher, dit-il en me caressant les cheveux d'une main tremblante.

— Tu dormais, dis-je doucement.

— Même. Je ne te ferais jamais de mal.

Les poils se dressèrent sur ma nuque. Ses paroles ressemblaient étrangement à une promesse en laquelle j'avais cru par le passé, en tamponnant le sang au coin de ma bouche ou posant de la glace sur un nouveau bleu douloureux. Je croyais cependant Geoff et les signaux d'alarme dans ma tête qui criaient, *Tu croyais aussi Nathan !* ne suffisaient pas à me convaincre de ne pas le faire. Geoff n'avait même pas été conscient, pour l'amour de Dieu.

— Ce n'est pas ta faute.

Je me reculai et le regardai dans les yeux.

— Comme je l'ai dit, tu étais assoupi. Et on devrait probablement dormir encore un peu.

Il fronça les sourcils, la main toujours posée sur mon épaule.

— J'aimerai te dire que tout ira bien pour le restant de la nuit, mais…

Je déglutis.

— C'est rien.

— Je peux aller sur le canapé ou…

— Non, non.

Je pris sa main et la serrai.

— Je ne vais pas te jeter du lit à cause d'un cauchemar.

Nous nous regardâmes.

Les épaules de Geoff s'affaissèrent et il soupira en me prenant dans ses bras.

— Je suis désolé. Tu n'as pas besoin de ça maintenant.

— Toi non plus.

Je l'attirai à moi et embrassai son cou.

— Allez. Dormons un peu. Je ne vais nulle part et toi non plus.

Il acquiesça, mais ne dit rien. Nous nous blottîmes au milieu du lit, mon bras autour de sa taille et ses cheveux courts me chatouillant le nez. J'étais toujours nerveux et il était toujours tendu, mais l'épuisement prit le dessus peu après.

~*~

Quand le soleil se leva, j'étais encore éveillé du troisième cauchemar de Geoff. Après une nuit si courte, l'entraînement allait être génial aujourd'hui. En plus du manque de sommeil, les petits hamsters dans mon cerveau couraient comme si leur queue était en feu : Geoff m'avait frappé, sauf qu'il était endormi bordel, mais quand même, comment pouvais-je affronter ça, sans compter qu'il avait eu un cauchemar à cause d'un TSPT dû aux combats et il avait dû me réconforter, et j'aurais dû savoir que les choses allaient trop bien…

J'avais de nouveau l'impression de marcher sur des œufs. Je ne voulais pas déclencher quelque chose. Je ne voulais pas qu'il décide que je n'en valais pas la peine. Mais bon sang, il l'avait probablement déjà décidé, ou il le ferait quand il se réveillerait enfin. Des cauchemars l'avaient réveillé brusquement à trois reprises la nuit dernière et, chaque fois, tandis qu'il tremblait encore, à bout de souffle, il s'était inquiété de moi et de savoir s'il m'avait encore frappé par accident. Ce pauvre homme ne pouvait même pas avoir un flash-back de la guerre sans s'assurer que j'allais bien.

Pendant qu'il dormait, j'allai prendre ma douche, puis descendis faire du café. Tout ce temps, mon estomac continua à faire des sauts périlleux. Hors de question que Geoff veuille continuer comme ça. Il avait assez à gérer la nuit. Alors devoir sortir d'un flash-back pour me réconforter ? Non, bordel. Ce serait sûrement trop. Peut-être qu'il resterait pour le sexe, mais je ne l'imaginais pas vouloir continuer à rester pour la nuit.

Geoff descendit l'escalier pendant que je me servais une deuxième tasse de café. Je ne le regardai pas. Je ne pouvais pas.

Il n'en fut apparemment pas dissuadé. Il s'arrêta à côté de moi et posa la main au bas de mon dos. Le contact me fit sursauter car je ne m'étais pas attendu à ce qu'il veuille me toucher, ce qui me fis me sentir encore plus mal.

Il laissa sa main s'attarder un instant, puis la glissa autour de moi et m'enveloppa de ses bras par l'arrière en déposant un doux baiser sur ma nuque.

—Je suis désolé pour la nuit dernière. Hum, ce n'est pas toujours comme ça, mais parfois.

Un autre baiser.

—Je n'ai même pas pensé à quel point cela te dérangerait. Après…

— Geoff, ne t'excuse pas.

Je me retournai dans ses bras et croisai son regard.

—Je m'en veux juste que tu aies dû me calmer après…

— Non. Arrête.

Il secouait déjà la tête.

— J'aurais dû t'en dire plus, pour que tu saches à quoi t'attendre. C'est…

Il soupira, la couleur envahissant ses joues quand il détourna les yeux.

— C'est un peu embarrassant quand cela se produit et je déteste en parler, mais avec ton passé, j'aurais dû.

— Est-ce que ça arrive souvent ? Qu'accidentellement, euh…

— Je frappe quelqu'un ?

J'essayai de réprimer un frisson.

— Ouais.

— Seulement avec les très mauvais rêves.

Il me lissa les cheveux, ses yeux et son ton emplis d'excuses.

— Je n'en ai plus aussi souvent, Dieu merci, donc hier soir… Espérons que ça ne soit pas toujours comme ça.

Je hochai la tête.

— Au moins, maintenant, je sais à quoi m'attendre. On pourra partir de là.

— Tu es sûr ? Honnêtement, je n'en serai pas blessé si tu préfères que je dorme chez moi.

— Non. Je veux vraiment que tu restes ici quand tu peux. C'est juste une chose à laquelle on devra s'habituer.

Geoff se mordilla la lèvre. Puis il soupira.

— C'est difficile à gérer pour moi et je sais que c'est difficile pour la personne qui partage un lit avec moi. Si ce n'est pas quelque chose que tu...

— Oui, c'est difficile, admis-je. Mais je ne veux quand même pas arrêter.

— Moi non plus, mais je veux que tu te sentes en sécurité, tu vois ? Surtout dans ton lit.

— C'est le cas.

C'était la vérité. Oui, j'avais été surpris sur l'instant et la panique avait mis un certain temps à se calmer, mais je ne m'étais jamais senti menacé par Geoff.

— C'est un truc qu'on devra gérer au fur et à mesure, mais je ne veux pas que tu partes.

Cette dernière partie avait été plus plaintive que prévu. C'était peut-être pathétique. Je m'en foutais totalement. Je ne voulais tout simplement pas que Geoff parte, surtout pas pour quelque chose comme ça.

À ma grande surprise — et mon soulagement — il me toucha le visage.

— Je ne vais nulle part, dit-il doucement, sauf si tu le souhaites.

Je recouvris sa main de la mienne.

— Tant mieux. Parce que je veux vraiment que tu restes.

Un sourire fatigué joua sur ses lèvres.

— D'accord. Je vais rester.

Il regarda derrière moi et grimaça.

— Je vais bientôt devoir y aller parce que je dois être au travail, mais tu vois ce que je veux dire.

Je réussis à rire.

— Ouais. Je dois aussi me défoncer le cul à l'entraînement dans quelques heures. Tu as au moins le temps de prendre une tasse de café ?

Son sourire s'anima un peu plus.

— Tu ne te souviens pas de ce que je t'ai dit ?

— Tu es flic et tu ne refuses jamais un café gratuit ?

— Bingo.

Il m'attira et m'embrassa.

— Je ne peux pas rester longtemps, mais si tu veux que je revienne ce soir, je…

— Je le veux vraiment.

Je me tus. Je me sentais soudain assez courageux, donc j'ajoutai :

— J'irai peut-être boire un verre avec l'équipe après l'entraînement. Envoie-moi un message quand tu seras en chemin, et je te dirai où je suis.

Pas de grimace. Pas de lueur de jalousie. Le sourire ne faiblit pas du tout et il hocha la tête.

— Je ferai ça. Amuse-toi bien avec les gars.

— Promis.

Ouais, pour une fois, j'allais sortir avec l'équipe après l'entraînement, et pour une fois, je ne me sentirais pas le moins du monde coupable et je ne m'inquiéterais pas des retombées.

Mais j'avais le pressentiment que je passerais tout ce temps à compter les minutes jusqu'à mon retour.

Chapitre 11
Geoff

— Il n'y a pas une loi à propos d'un verre près d'une piscine ?

Je me glissais dans l'eau à côté d'Asher.

— Je suis à peu près sûr qu'il y en a aussi une pour l'alcool.

Asher posa un avant-bras au bord de la piscine et, de l'autre main, versa du vin dans deux verres.

— Donc, à moins que tu ne veuilles faire une pause pour aller au magasin acheter des briques de jus de fruits…

Je ris.

— Tais-toi.

Il ricana et me tendit un verre. Nous les fîmes tinter — doucement, parce que nous étions dans une piscine — et nous nous installâmes pour regarder le coucher du soleil.

Nous ne pouvions pas tout à fait voir le soleil se coucher sous l'horizon. Les montagnes Olympiques étaient partiellement obscurcies par les collines sur la rive ouest du lac Washington, mais nous pouvions quand même voir le ciel et les eaux calmes exploser en des tons de rose, d'orange et de violet profond, le tout depuis le confort de la piscine derrière la maison d'Asher. Cette magnifique vue à elle seule avait probablement fait grimper le prix de cet endroit de plus d'argent que je n'en gagnerais jamais.

— Wow, dis-je tout bas. Tu as clairement une meilleure vue que moi.

— Ah oui ?

— Euh, ouais.

J'esquissai un geste rapide.

— Tu peux voir les deux volcans et le lac. Chez moi, je peux voir… une benne à ordures.

Asher s'étouffa avec son vin.

— Quoi ?

— Pardon, pardon.

Il se couvrit la bouche en toussant plusieurs fois.

— Je ne veux pas dire… je veux dire que ce n'était pas… c'est juste la façon dont tu l'as dit.

Je ris.

— Eh bien, pour être honnête, c'est une poubelle magnifique.

— Une poubelle magnifique ? ricana Asher. Je le jure devant Dieu, demain je prends ma retraite du hockey, je crée un groupe et je l'appelle Les Poubelles Magnifiques.

— Ou Le Magnifique Feu de Poubelle ?

Il rit.

— Oui. J'aime ça. Je suis partant. Au revoir, hockey. Bonjour, carrière musicale.

— Hmm-hmm.

Je portai mon verre à mes lèvres.

— Je suis plutôt sûr qu'il y aurait des émeutes à Seattle.

Ses lèvres se retroussèrent.

— Les Magnifiques Émeutes de Poubelles ?

Là, ce fut moi qui m'étouffai avec mon vin.

Asher ricana.

— Maintenant, on est à égalité.

Je lui offris un majeur en me raclant la gorge.

— Quoi ? Tu dois admettre que ce serait un joli nom de groupe de rock.

— Ouais.

Je me retournai et toussai encore une ou deux fois.

— Mais bon sang, n'arrête pas le hockey.

— Pfft. Tu rigoles ? dit-il dans son verre à vin. Ils devront me forcer à partir quand j'aurai cinquante ans. Je vis pour le hockey.

— Tant mieux. Parce que c'est agréable de voir Seattle gagner constamment dans un sport, pour changer.

Asher avala son vin.

— Les *Seahawks* et les *Mariners* se débrouillent bien depuis un moment. Et les *Sounders*.

— Oui, mais les *Seahawks* et les *Mariners* ont connu des saisons navrantes. Être une équipe perdante au moins une partie du temps était une sorte de tradition à Seattle, jusqu'à ce qu'on ait une équipe de hockey.

Je lui lançai un regard.

— Pas de pression ou quoi que ce soit.

— Hmm-hmm.

Nous échangeâmes un regard amusé, puis rîmes doucement avant de continuer à déguster la bouteille de Chardonnay Château Ste Michelle. Comme l'été s'accrochait encore et que la chaleur de l'après-midi persistait tard dans la soirée, nous avions décidé de nous détendre dans la piscine après avoir dîné. J'étais heureux que nous l'ayons fait : la vue était magnifique et passer du temps ensemble ainsi, à papoter de tout et de rien, était terriblement relaxant. L'alcool, la vue, la piscine et la compagnie dissipaient définitivement une partie des tensions dans mon dos et mes épaules, mais pas dans leur totalité. La dernière nuit que nous avions passée ensemble – il y a deux soirs – avait encore été difficile, et nous avions tous les deux eu une longue journée aujourd'hui.

Nous avions donc accepté de nous détendre, ce soir. De simplement nous relaxer avec du vin, et je chasserais ça avec un Xanax avant de me coucher et nous verrions comment les choses se passaient entre le coucher et demain matin.

Mais même maintenant, je ressentais toujours une certaine culpabilité et un malaise persistant au sujet de la nuit difficile que nous avions partagée, et je ne pensais pas pouvoir me détendre complètement tant que je n'aurais pas réussi à en reparler pour en finir. Je vidai mon verre de vin et le posai à côté de la bouteille.

— Écoute, euh… à propos de l'autre nuit. Encore une fois, je suis désolé. C'était…

— Geoff.

Asher secoua la tête et posa sa main sur ma cuisse, sous l'eau.

— C'est le TSPT. Aucune raison de t'excuser.

— Non, mais avec tout ce que tu as vécu ces derniers temps…

— Honnêtement ?

Il croisa mon regard et sourit, son expression frôlant la timidité.

— Avec tout ce que je tire de ta compagnie, je suis quand même gagnant.

— Vraiment ?

— Ben, ouais. J'aime ce que nous faisons. Les bonnes nuits arrivent plus souvent que les mauvaises.

Il haussa les épaules.

— Je ne m'en plaindrai pas plus que tu ne te plains du fait que je bondis au moindre bruit fort.

— Ce que je fais parfois aussi, pour être honnête.

Asher sourit et serra ma jambe.

— Donc on se comprend.

La culpabilité et le malaise commencèrent à se dissiper pour la première fois depuis des jours.

— Dis-moi juste si ça devient trop, d'accord ?

— Je le ferai.

Il sirota son vin.

— Est-ce que… euh… Est-ce que je peux te poser des questions sur ton temps dans l'armée ? Ou c'est une chose que je dois laisser de côté ?

— Tu peux me poser des questions.

Je me tournai vers lui et versai un peu plus de vin dans mon verre.

— Tant que tu ne demandes pas de détails graphiques sur ce qu'il s'est passé au combat, ajoutai-je en remplissant aussi son verre. Mais je ne pense pas que tu le ferais.

Asher frissonna visiblement.

— Oh mon Dieu, non.

— Bien. Alors, que veux-tu savoir ?

— Tout, je crois ?

Il croisa mon regard.

— Qu'est-ce qui t'a poussé à t'engager ?

— J'avais 18 ans, une moyenne merdique et aucune idée de ce que je voulais faire de ma vie.

— C'est tout ?

— En gros.

Je bus un peu plus de vin et regardai le lac.

— L'ironie de la chose, c'est que j'ai décidé de ne pas rejoindre la Marine parce que j'avais le mal de mer et que j'ai fini par faire deux déploiements à bord de navires malgré tout.

— Comment c'est arrivé ?

— J'ai été affecté à une unité déployée sur un navire d'assaut amphibie.

Je frémis.

— Ce n'était pas amusant.

Asher grimaça.

— Pas si tu as le mal de mer, non. Tu t'es au moins habitué ?

— Bof.

Je soulevai ma main hors de l'eau et l'agitai, l'air de dire : comme-ci, comme ça.

— Je veux dire, je n'ai passé que les premiers jours de chaque virée à vomir et vouloir mourir. Après ça, c'était juste… de la nausée, je suppose. Pas comme si j'allais gerber, mais je me sentais mal, le plus souvent.

— Pouah.

— Ouais. Cependant, avec le recul, j'aurais préféré accepter un peu plus de ces déploiements plutôt que de piétiner au sol, pendant nos tournées de combat.

Un flot de souvenirs me submergea, mon dos me picotant, et je pris une longue gorgée de vin.

— Ça vient avec le territoire, je suppose.

— J'imagine.

Le silence entre nous menaçait de devenir désagréable et mon passé tentait de se frayer un chemin entre nous, donc je changeai de sujet.

— Quand as-tu décidé de devenir joueur de hockey professionnel ?

— À peu près à l'époque où je me suis rendu compte que la seule chose qui m'intéressait, c'était le hockey.

— Ce qui était, quand ?

— CM2.

— Vraiment ? Si jeune ?

Asher acquiesça, observant l'eau tandis que le coucher du soleil réchauffait sa peau claire et ses yeux bleus.

— J'ai commencé quand j'étais plus jeune, mais ensuite, je suis entré dans une ligue compétitive en CM2 et c'était tout ce que je voulais faire. Collège et lycée, même affaire. Mes parents voulaient vraiment que je me trouve une carrière de secours, mais une fois que j'ai eu droit à une bourse complète pour le hockey …

Il croisa à nouveau mon regard, un sourire en coin.

— Ils m'ont juste dit : « *Quoi que tu fasses, ne te fais pas mal.* »

— Donc, ils te soutenaient, mais ils étaient juste prudents ?

— Oh oui. Ils m'ont toujours soutenu. C'est mon père qui m'a aidé à faire des recherches sur tout ce que j'avais besoin de savoir sur la PHL, et ainsi de suite.

Il sirota son vin.

— Ils ont fait la même chose avec mon frère. Ils ont totalement soutenu sa musique depuis le premier jour, mais lui ont dit « d'avoir un plan B au cas où ».

— Comment s'en est-il sorti avec la musique ?

Asher rayonna de fierté.

— Premier clarinettiste dans l'un des plus grands orchestres symphoniques de la Côte Est.

— Waouh, génial. Vos parents doivent être ravis avec vous deux.

— Ils ont intérêt, murmura-t-il, faussement indigné.

Je ris tout en observant le coucher du soleil, le silence plus détendu qu'il ne l'avait été il y a quelques minutes. Et même si notre conversation avait fait ressurgir des souvenirs désagréables à la surface, il était rafraîchissant de pouvoir parler à quelqu'un de mon temps dans le Corps des Marines. Marcus n'avait clairement jamais voulu en entendre parler. Quelle grande surprise qu'Asher ne lui ressemble pas.

Marcus. Bon sang. L'homme à côté de moi aurait-il pu être plus différent de celui avec lequel j'avais passé six longues années ?

Et je me rendis alors compte que cela ne me dérangeait plus autant dernièrement de penser brièvement à Marcus. J'étais toujours furieux de la façon dont il m'avait traité et de la façon dont il avait retourné mes enfants contre moi, mais la rupture en elle-même – la perte de cette relation qui n'avait pas été si mauvaise – ne me faisait plus tellement souffrir. Je me sentais ridicule d'avoir eu tant de mal à me remettre d'un tel connard, mais ce soir, j'avais le sentiment d'avoir tourné la page. Comme si le chagrin était assez loin derrière moi pour que ma vie semble à nouveau m'appartenir.

Je supposais que cela pourrait être lié à l'homme qui regardait le coucher de soleil à mes côtés. Bien sûr que je m'étais remis de Marcus. Je n'avais pas eu le temps de m'en rendre compte parce que j'étais trop occupé à penser à des tatouages, des taches de rousseur, des yeux bleus et des cheveux roux. Les nuits sans sommeil étaient rares quand je passais la plupart de mes soirées à me faire sucer le cerveau par la queue. Maintenant, si je pouvais juste faire en sorte que mes satanés cauchemars se calment, ce serait parfait.

Asher sirota son vin, puis poussa un long soupir.

— Je dois dire que tout ce temps qu'on passe ensemble… Je n'ai pas été aussi détendu depuis des lustres.

— Pareil.

— On se demanderait presque pourquoi on est restés avec ces connards si longtemps.

— Nan. Je pense qu'on sait tous les deux pourquoi on est restés.

Je fis tournoyer mon verre et regardai le vin se déposer doucement contre le rebord, capturant la lumière chaude du soleil couchant.

— Mais c'était quand même beaucoup de temps perdu.

— Oui, c'est vrai.

Il soupira.

— Est-ce bizarre que les bons souvenirs soient les pires ?

— Non.

Je reposai mon verre de vin.

— Ce n'est pas bizarre du tout.

— Vraiment ?

Les bras croisés au bord de la piscine, je contemplai le ciel rougissant.

— Il y a eu beaucoup de bons moments avec Marcus. Surtout au début. Et je veux dire, c'était un cadeau tombé du ciel, pour certaines choses.

— Ah ouais ?

Je hochai lentement la tête.

— Comme quand mon fils s'est cassé le pied. C'est Marcus qui l'a emmené à beaucoup de ses rendez-vous, en particulier sa rééducation. Mon ex et moi aurions pu trouver un moyen de le faire, même avec nos horaires de fous, mais Marcus est intervenu. C'était un soulagement énorme, tu vois ?

— Je parie.

— Et je ne mentirai pas : je n'étais absolument pas avec lui pour son argent, mais être seul sur le plan financier après avoir partagé ses ressources ?

Je sifflai.

— Il a fallu s'habituer.

— Je peux imaginer.

Je me retournai et l'étudiai dans la pénombre.

— Et toi ? Comment était ta relation quand ce n'était pas… ?

— Quand ce n'était pas l'enfer ?

Je hochai la tête.

Asher garda le regard fixé sur le lac un moment, même si ses yeux ne semblaient pas se concentrer sur quoi que ce soit.

— Nous avons passé beaucoup de bons moments. Nous étions amis avant de sortir ensemble, et même s'il est difficile de l'imaginer, Nathan peut en fait être un mec vraiment gentil.

Il fit une pause et, après un moment, s'humecta les lèvres.

— Il était là quand j'ai été en repêchage. Il savait très bien que nous aurions tous les deux mauvaise presse, que d'avoir avoué que nous étions en couple pourrait m'empêcher d'être repêché. Mais il est resté à mes côtés.

Asher fronça les sourcils.

— À l'époque, cela signifiait beaucoup. Maintenant, je me demande juste s'il avait quelque chose derrière la tête.

— Parce qu'il savait que tu gagnerais de l'argent si tu décrochais ce contrat ?

— Ça, et parce que c'était un truc qu'il pourrait me faire payer plus tard.

— Oh, mon Dieu, je vois très bien ce que tu veux dire.

Je passai un bras autour de sa taille sous l'eau, simplement parce que je le pouvais, et il s'appuya contre moi.

— Je pense que c'est le pire aspect de sortir avec quelqu'un comme ça. Tu repenses à toutes les bonnes choses et aux moments heureux et tu te demandes à quoi il pensait sur l'instant. Genre, était-il aussi à fond que toi ? Ou était-il simplement en train de mettre ça de côté pour s'en servir plus tard ?

— Exactement, souffla Asher.

Nous restâmes tous deux silencieux pendant un long moment. Je me demandais si son esprit faisait la même chose que le mien : passer au crible les souvenirs et voir à quoi ils ressemblaient à travers le filtre « *mon ex s'est avéré être un odieux connard* ».

Asher déclara soudain :

— Je viens de me rendre compte que je ne t'ai jamais posé de questions sur tes enfants.

Je me tournai vers lui, les sourcils levés.

— Que veux-tu savoir ?

Il haussa les épaules.

— Je ne sais pas. Je n'ai jamais fréquenté d'autres personnes avec des enfants. Quel âge ont-ils ? Quels sont leurs prénoms ?

— Claire a dix-sept ans. David a quinze ans.

J'hésitai, puis souris.

— Ce sont de grands amateurs de hockey. Surtout des *Snowhawks*.

— Ah ouais ?

— Ouais. S'ils nous découvrent un jour, ils vont perdre la tête.

Asher rit, mais sembla vaguement mal à l'aise.

— Vraiment ?

— Oh oui. Ils sont fans de toi depuis que tu as débuté avec les *Snowhawks*.

Je laissai courir le bout de mes doigts mouillés le long de son cou, souriant quand deux gouttes égarées sur sa peau le firent frissonner. Je pensai mentionner que les enfants avaient demandé de ses nouvelles après la nuit où nous nous étions rencontrés, mais trop de casseroles étaient attachées à ce souvenir. Toute la tension entre mes enfants et moi, tout ce qui concernait Nathan : ouais, mieux valait laisser tomber ce sujet.

— Tu penses que tu leur parleras de nous ? demanda-t-il doucement.

— Je ne sais pas. Peut-être.

Je haussai les épaules et passai un bras autour de ses épaules.

— Voyons d'abord ce qui se passe entre nous, puis nous pourrons décider si nous voulons faire participer mes enfants.

Je fouillai ses yeux, essayant de jauger ce qu'il en pensait.

— Ce n'est pas un truc qu'on doit décider ce soir. On est déjà en train d'essayer de comprendre ce qu'il se passe entre nous.

Cela sembla l'apaiser un peu et il se détendit contre moi.

— Ça me va. Et s'ils sont fans de hockey, je peux leur avoir des billets. Probablement même obtenir des billets VIP pour qu'ils puissent rencontrer l'équipe.

Il me regarda et sourit.

— Ils ne sont pas obligés de savoir comment tu les as eus.

Je souris.

— Peut-être. Si leurs horaires et les miens sont suffisamment clairs pour nous permettre d'assister à nouveau à un match un jour. Ils sont tous les deux claqués avec leurs activités parascolaires ces temps-ci.

Asher grimaça.

— Je parie. J'ai vécu hockey, respiré hockey tout au long de mes études secondaires. Je ne sais toujours pas comment j'ai pu faire mes devoirs.

— Sans blague. Les miens sont tellement occupés que je m'attends toujours à ce que leurs notes baissent, mais ils sont tous les deux dans des classes avancées, avec des moyennes solides, donc ils s'en sortent. Leur mère et moi gardons juste un œil sur eux pour nous assurer qu'ils ne s'épuisent pas.

— Bon plan.

Il fit une pause.

— En parlant de leur mère…

— Hum ?

— C'est cool si je pose des questions sur elle ? Sur ta relation avec elle ?

— Oh. Hum. Bien sûr. Ouais. Que veux-tu savoir ?

— Ce qui s'est passé, je suppose.

Il se tourna vers moi, ses yeux étincelant dans la chaude lumière du coucher de soleil.

— Je suis juste curieux. Avez-vous rompu parce que tu es gay ? Ou… ?

Je secouai la tête.

— Non. Je veux dire, je suis bi et elle le savait bien avant que nous pensions à rompre. Nous… Eh bien, c'est un peu compliqué. Nous nous sommes rencontrés quand nous étions tous les deux dans le Corps des Marines. Elle était là depuis presque quatre ans. Moi trois. Nous nous sommes mariés juste après ma réinscription après mon premier mandat. Elle devait reprendre ses fonctions après son deuxième mandat, mais nous avons convenu que ce serait plus facile si un seul d'entre nous restait. D'autant plus que nous voulions fonder une famille. Alors elle a décidé que ce serait elle qui arrêterait.

— Elle ne voulait pas rester ?

— Si, mais elle a vu des femmes de son peloton en voir de toutes les couleurs parce qu'elles étaient enceintes. Tu sais, passer à côté de promotions qu'elles auraient absolument dû avoir. Et comme il y avait de plus en plus de déploiements au combat…

Je soupirai.

— Quoi qu'il en soit, l'amère vérité, c'était que j'avais plus de chance d'être promu et de gagner assez pour soutenir la famille, alors qu'il y avait une chance qu'elle puisse être pénalisée juste pour avoir eu des bébés.

— C'est vraiment merdique.

Je ricanai.

— Bienvenue dans l'armée.

En soupirant, je posai mon menton sur mes bras croisés et fixai mon regard sur le lac.

— Bref, ça a fonctionné pendant un temps, mais je pense que nous avons tous deux sous-estimé à quel point il serait difficile pour elle de se lancer dans une carrière ailleurs. Juste au moment où elle commençait à s'implanter dans un nouvel endroit, nous devions bouger à nouveau. Et quand je suis parti au combat, elle a fini par être parent unique pendant un an. À un moment donné, je pense qu'elle a commencé à se prendre pour une mère célibataire. Alors elle a décidé de l'être.

— Waouh. C'est rude.

— Bah, ça l'était, mais je pense qu'à ce moment-là, nous nous étions très éloignés l'un de l'autre. Et moi, j'avais fait quatre tournées de combat en huit ans. Tout ce que je savais être à ce stade, c'était être un Marine. Un mari ? Un père ?

Je secouai la tête.

— Pas tellement.

— Waouh. Je ne peux pas imaginer ça. Genre… tout ça.

— C'était dur, dis-je avec un signe de tête. Mais si je devais à nouveau traverser tout ça, il y aurait pire personne à divorcer que Val.

— Comment ça ?

— Parce que je voulais en quelque sorte me refermer sur moi-même et repousser le reste du monde.

Avec un rire silencieux, je secouai la tête.

— Elle n'a pas voulu. Elle m'a fait aller en thérapie. Elle m'a poussé à voir les enfants même quand je ne pensais pas pouvoir m'en sortir en tant que père, célibataire ou autre. Les choses ne vont pas bien entre moi et mes enfants pour le moment, mais nous y arriverons, et une grande partie de ça – et pourquoi j'ai même une relation à sauver avec eux – c'est parce que Val a refusé mes conneries.

Je ris.

— Je lui ai déjà dit qu'elle ressemblait à cette infirmière qui arrive après l'opération et qui te dit qu'il est temps de te lever et de marcher, alors que tu voudrais juste dormir. Ça craint et tu ne veux pas, mais elle sait – et toi aussi, en quelque sorte – que tu seras content de l'avoir écoutée.

— Qu'est-ce qu'elle t'a répondu ?

— Elle a dit « coupable du chef d'accusation ». Ma partenaire est pareille. À elles deux, je n'échappe pas à grand-chose.

— Donc elles te font filer droit. Parfait.

Je le dévisageai.

— Tu suggères que j'ai besoin que quelqu'un me fasse filer droit ?

Asher haussa les épaules innocemment.

— Hé, j'ai trois entraîneurs et un service de relations publiques, alors...

Je ris.

— Oh oui. C'est vrai, n'est-ce pas ?

— Hmm-hmm. Et crois-moi, ils ne nous laissent pas échapper à grand-chose non plus. Notre entraîneur principal règne avec une poigne de fer car, comme il le dit si bien, c'est le seul moyen de gérer des Potaches sur Glace.

— Des Potaches sur Glace ?

Je ris.

— C'est encore mieux que les Magnifiques Émeutes de Feu de Poubelle.

Il rit doucement.

— Peut-être qu'ils pourraient être notre première partie.

— J'achèterais des billets pour les voir.

Je passai mon bras autour de ses épaules et le rapprochai de moi.

— Avec de tels groupes, ce ne serait certainement pas un spectacle ennuyeux.

Il sourit, glissant ses mains sur mon torse nu.

— Surtout pas si les Potaches étaient nus.

— Ooh, là, ça devient intéressant.

— Je me disais que ça te plairait.

Il m'embrassa légèrement, sa bouche douce du vin que nous partagions. Cela commença en un léger baiser, mais quand est-ce que nous nous étions déjà arrêtés là ?

Je le rapprochai, approfondissant le baiser tandis que l'eau fraîche qui nous entourait soulignait la chaleur entre nous. Les fines couches de nos maillots de bain ne dissimulaient pas nos érections croissantes et aucun de nous ne fit aucun effort pour les cacher. Avant que je ne m'en rende compte, il m'avait plaqué contre le bord de la piscine, nos hanches ondulant sous l'eau, et je soupirai de plaisir quand il commença à m'embrasser dans le cou.

Une douce brise refroidit ma peau mouillée, me rappelant que nous étions à l'extérieur. Sans lâcher ses larges et puissantes épaules, je murmurai :

— Est-ce que l'un de tes voisins peut nous voir ?

— Je ne sais pas, murmura-t-il contre ma gorge. Mais le seul voisin qui soit assez proche pour nous voir est un joueur de football.

Il me mordilla la clavicule.

— Il ne postera rien en ligne.

— Hum, un voisin qui apprécie la discrétion. J'aime ça.

Je penchai la tête en arrière, ses lèvres me faisant frissonner.

— Mais il pourrait encore nous voir…

— Je m'en fiche, à moins que ça te gêne.

— Oh mon Dieu. Ouais.

Je m'assurai que chaque mot dégouline de sarcasme.

— Non, pitié, ne laisse personne me voir fricoter avec un homme sexy ayant la moitié de mon âge.

Asher éclata de rire en relevant la tête pour me regarder tout en glissant ses mains sur mes fesses.

— Continue comme ça, et on pourrait leur offrir un beau spectacle.

Je n'eus pas besoin de continuer. Un long baiser et j'oubliai tout ce qui concernait les voisins, le fait d'être vus ou tout ce qui ne revenait pas à me perdre sous les caresses exigeantes d'Asher et son corps chaud et puissant.

Si son voisin joueur de football nous regardait ? Il eut définitivement droit à un beau spectacle.

~*~

Quand nous ne pouvions pas nous voir en personne, nous nous rabattions sur les textos ou — si mes enfants n'étaient pas à la maison ou si je pouvais le faire discrètement — des conversations vidéo. Ce soir, il s'était entraîné tard et je revenais d'une longue journée. Même notre appel vidéo ne fut pas très long. Pourtant, c'était toujours agréable de parler avec lui, même si c'était juste pour se raconter nos journées.

Après avoir raccroché avec Asher, je restai allongé un long moment sur mon lit, mon téléphone sur mon torse. L'appartement était complètement silencieux. Les enfants étaient chez leur mère, je n'avais donc pas à parler à voix basse ou simplement envoyer des textos. Ils n'avaient plus mentionné que je voyais quelqu'un depuis le soir où ils m'avaient demandé si je fréquentais de nouveau quelqu'un. Je ne savais donc pas s'ils pensaient que c'était le cas ou si c'était fini. Les conversations étaient encore un peu semblables à des champs de mines et j'avais été trop lâche pour aborder le sujet et voir où j'en étais avec eux.

En soupirant, je me frottai le front. Je me sentais toujours sérieusement coupable de leur avoir caché ça. Ils avaient cependant besoin de temps après Marcus. Et d'ailleurs, j'avais besoin d'un peu de temps avec Asher avant de décider s'il allait croiser le chemin de mes enfants. Je devais être absolument certain de quelqu'un avant que cela devienne une option. Donc, pour le moment, nous devions rester discrets.

Bien que seul Dieu sache combien de temps je serais capable de rester discret. La vie amoureuse des athlètes n'était généralement pas aussi importante que celle des acteurs ou des politiciens, mais Asher était une autre histoire. Il était sous un microscope depuis le moment où il avait été recruté dans la Ligue de Hockey Professionnel. Je m'en souvenais, même si je n'avais eu aucune idée que j'apprendrais un jour à connaître Asher, encore moins de cette façon. Cela avait été une grande nouvelle. Un athlète de haut niveau ouvertement gay ? Le seul joueur de hockey professionnel ouvertement gay de l'histoire ? Oh oui. Cela avait attiré l'attention.

Ce qui voulait dire que ce n'était qu'une question de temps avant qu'on attire aussi l'attention.

Je soupirai, fixant le plafond en tapotant des ongles au dos de mon téléphone. La question était : devais-je dire à mes enfants que je sortais avec Asher Crowe ? Ou est-ce que je devais laisser les médias leur raconter la première histoire salace qui ferait vendre des clics et des magazines ? Surtout que ce n'était pas comme si David et Claire manquaient quoi que ce soit que les médias disaient à propos d'Asher. Ils étaient de grands fans. Les deux gamins avaient des affiches avec les *Snowhawks* de Seattle dans leur chambre et David avait gagné une photo signée d'Asher au tirage au sort, une saison ou deux plus tôt. Parce que ce n'était pas étrange du tout, me rendis-je compte, que mes enfants aient tous les deux des photos du mec que je fréquentais et qu'ils ne le sachent même pas.

Donc, s'ils découvraient que je sortais avec Asher, seraient-ils toujours contrariés que je sorte déjà avec quelqu'un ? Ou seraient-ils mécontents plus tard, si « *Oh mon Dieu, papa, dis-nous que tu n'as pas rompu avec Asher Crowe* ».

OK, je voyais un peu loin, là. Nous ne savions pas ce qu'il y avait entre Asher et moi ni combien de temps ça durerait. À l'heure actuelle, nous étions deux gars appréciant quelque chose qui changeait agréablement des relations de merde que nous avions eues naguère. C'était tout ce que c'était, et c'était tout ce qu'il fallait que ce soit.

Et pour le moment, la presse n'avait aucune raison de penser qu'il y avait quelque chose entre Asher et moi. Nous ne nous étions vus que dans l'intimité de sa maison. Si nous commencions à sortir en public, quelque part où un appareil photo pourrait nous surprendre, je parlerais avec mes enfants. En fait, je le ferais avant qu'Asher et moi sortions à l'extérieur. D'abord, je parlerais à mon ex-femme pour qu'elle sache ce qui se passait. Et peut-être, n'admettrais-je pas à voix haute, aurait-elle des conseils sur la façon d'avoir cette conversation avec les enfants sans que cela tourne à la catastrophe. Elle avait toujours été plus douée que moi.

Je l'appelai donc.

— Hé, Geoff, répondit Mahmoud, le mari de Valérie. Val vient juste de sortir le chien et a oublié son téléphone. Elle est sur le chemin du retour si tu veux bien attendre.

— Bien sûr. Comment vas-tu ?

— Bien, bien.

Nous papotâmes une minute. J'aimais bien Mahmoud, alors discuter avec lui n'était pas du tout un calvaire. Une minute plus tard, Val rentra, donc Mahmoud et moi nous saluâmes et elle prit le téléphone.

— Hé, dit-elle. Quoi de neuf ?

— Hey. Je… j'aurais besoin d'un petit conseil.

— À propos de ?

— Le cirque qu'est ma vie amoureuse.

Elle rit doucement.

— D'accord. Dis-moi ce qui se passe.

Je n'eus pas à lui donner beaucoup de contexte. Les enfants avaient apparemment vidé leur sac auprès d'elle à propos de ma rupture avec Marcus et du fait que je commençais à voir quelqu'un de nouveau. Elle connaissait les détails de ce qui était vraiment arrivé avec Marcus. En réalité, la seule chose nouvelle, c'était que je voyais toujours quelqu'un après la conversation que j'avais eue avec les enfants.

Quand elle fut au courant de tout, je continuai.

— Je sais que ça ne devrait pas être à eux de décider avec qui je sors et quand, mais je veux dire, cela les concerne. Et ils ont déjà subi les contrecoups de mes décisions en matière de relations.

— Je compatis. Crois-moi.

— Donc qu'est-ce que je dois faire ?

Val resta silencieuse un moment.

— Ma suggestion ? Continue à le voir, et si tu décides que c'est suffisamment sérieux pour franchir cette étape, dis-le aux enfants. D'ici à ce que tu saches ce qui se passe entre ce nouveau type et toi, ils auront encore un peu de temps pour s'adapter à la fin de ta relation avec Marcus.

— Oh. Je n'y avais pas pensé de cette façon.

Je tapotai distraitement des doigts sur mon genou.

— Honnêtement, je ne suis toujours pas sûr de devoir leur dire toute la vérité sur lui.

— C'est un choix difficile, dit-elle. Vraiment. S'il s'était juste comporté comme un con, ce serait une chose, mais après avoir convaincu les enfants qu'il pouvait marcher sur l'eau et que seul un abruti pourrait l'enlever à eux…

Sa voix était remplie d'amertume et de fureur.

— C'est une chose difficile à digérer pour un adulte. Alors des gamins ? Bon sang. Je ne sais pas. Et il y a toujours l'option de la thérapie.

— Oui. Je vais devoir voir si je peux avoir une aide. Si je peux me le permettre.

— Je sais que tu n'aimes pas ça, mais si tu as besoin d'aide, je peux t'avancer.

En fermant les yeux, je soupirai.

— Merci.

— Je suis sérieuse. Ce sont aussi mes enfants. Je serais heureuse de pouvoir donner un coup de main pour tout ce qui peut les aider à se remettre sur pied et à rétablir la situation avec leur père.

— J'apprécie, crois-moi. Je vais, hum, passer des coups de fil.

— Bien. Et comment gères-tu tout ça, au fait ? Avec Marcus ?

— Gérer ?

Je ris sèchement.

— Qu'y a-t-il à gérer ? Bon débarras.

— Hum-hum.

De toute évidence, elle n'y croyait pas.

— Mais tu l'as aimé à un moment donné, donc je suis sûre que ça t'a fait quelque chose de le quitter.

Je m'apprêtai à protester, puis je me rappelai à qui je parlais et soupirai.

— Je ne peux rien te cacher, n'est-ce pas ?

Elle rit.

— Ça ne t'empêche jamais d'essayer, n'est-ce pas ?

— Non.

Je me frottai les yeux.

— Pour être honnête, les deux dernières années ont été tellement merdiques. J'ai cessé d'avoir des sentiments pour lui bien avant mon départ. J'ai surtout été soulagé, mis à part les conséquences pour les enfants.

En soupirant, je me laissai tomber contre la tête de lit.

— Je me sens juste coupable de leur cacher ça. Ma relation avec Asher et la vérité sur la raison pour laquelle j'ai quitté Marcus. Je sais qu'ils ont besoin de temps pour gérer ce qu'il s'est passé avec Marcus, et j'ai besoin de temps pour comprendre ce qu'Asher et moi faisons, mais… je ne sais pas. Ça fait bizarre.

— Oh, je te comprends. Je ne leur ai pas dit que je voyais Mahmoud avant que nous soyons ensemble depuis quelques mois. Et oui, il a fallu s'habituer après le leur avoir dit.

Je grimaçai.

— Ouais, je me souviens.

— Voilà, et maintenant ils adorent Mahmoud.

— C'est vrai.

— Alors donne-leur un peu de temps. Donne-toi du temps. Donne du temps à cette relation. Lorsque tout le monde sera prêt, vous pourrez avoir une conversation.

Bon Dieu, j'espérais qu'elle avait raison.

Chapitre 12
Asher

Demain devait avoir lieu notre premier match de la saison, alors naturellement, j'étais sur des charbons ardents, comme le reste de l'équipe. Notre saison régulière était suffisamment longue pour que nous puissions complètement merder la vingtaine de premiers matches et continuer jusqu'aux séries éliminatoires – et les remporter. Cela n'aidait cependant pas beaucoup le moral de l'équipe et se sortir de ce genre de coup de blues était bien plus facile à dire qu'à faire. L'entraîneur nous disait toujours que la meilleure façon de terminer en force, c'était de commencer fort et de continuer comme ça.

L'entraînement avait été léger aujourd'hui, puisque personne ne voulait se claquer un muscle ou autre, et personne n'allait boire ce soir. Je ne savais toujours pas si le moratoire sur les fêtes avant la soirée d'ouverture servait à ce qu'on soit concentrés le lendemain, ou si c'était une autre de ces superstitions de joueurs de hockey que personne ne remettait en cause. C'était comme ça bien avant que je signe avec les *Snowhawks*. C'était tout ce que je savais.

J'avais donc passé une soirée tranquille à la maison. Et il n'y avait que moi, parce que Geoff avait ses enfants ce soir. Ce qui… C'était quand même un peu bizarre, de sortir avec un gars qui avait des enfants. Surtout des enfants plus âgés. Sa fille avait environ neuf ans de moins que moi et son fils n'avait que deux ans de moins qu'elle. Je pensais toujours que c'était surréaliste qu'un de mes ex de la fac soit père à présent, et son fils n'avait que trois ans. Geoff avait des adolescents. L'un d'eux avait son permis de conduire.

Comment cela fonctionnerait-il si lui et moi continuions à sortir ensemble ? Je veux dire, ce n'était probablement pas sérieux, donc ce n'était pas comme si j'allais devenir leur beau-père ou quoi que ce soit. Mais si c'était le cas ? Ce serait bizarre ? Ou même si les choses n'allaient pas si loin, qu'en serait-il si je les rencontrais ? Voudrait-il seulement que je les rencontre ? Que penseraient-ils de tout ça ? Qu'en penserais-je ?

Chaque fois que je me mettais dans tous mes états à cette idée, je me rappelais qu'il y avait pire que la logistique de sortir avec un père. Pire, comme par exemple sortir avec un gars qui pouvait me fracturer une côte en plein milieu de la saison et me donner si peur de le dire que je jouais le reste de cette saison avec une côte fracturée. Enfin, que j'essayais. J'avais réussi à jouer un match et au cours du second, j'avais tenu jusqu'à ce qu'un joueur adverse me rentre dedans plus fort que nécessaire. Ensuite, j'avais été sur la liste de réserve des blessés pendant trois putains de mois, avant de revenir de justesse sur la glace pour les séries éliminatoires.

Après avoir eu à gérer ce genre de merdes pendant quatre ans, euh… je décidai que je pourrais supporter quelques conversations embarrassantes au sujet et avec les enfants d'un petit ami.

Ou peut-être était-ce simplement plus facile de penser à ça que de m'attarder sur ma frousse pour le match de préouverture. Ce n'était pas comme si ça m'arrivait encore toutes les saisons, ou comme si j'allais vomir dans les vestiaires avant les échauffements de demain. Nan. Pas moi. Jamais.

Après m'être préparé à dîner, je m'assis sur le canapé, une poche de glace derrière le genou. Il n'y avait pas de blessure, juste une douleur qui revenait lorsque je poussais trop loin. C'était une façon pour mon corps de me dire : « *Hé, tu veux bien y aller un peu plus mollo avant que quelque chose ne casse ?*» J'avais appris à quelques reprises à mes dépens – d'accord, plus que quelques reprises – à écouter ce signal en particulier. La nuit précédant le premier match de la saison semblait être un bon moment pour dorloter mon corps au lieu de faire quelque chose de stupide qui m'enverrait sur le banc.

Donc, avec de la glace sur ma jambe et une bière froide à la main, j'envoyai un texto à Geoff.

OK pour discuter en vidéo ?

Quand ses enfants étaient là, on s'en tenait parfois aux textos. D'autres fois, quand ils faisaient leurs devoirs dans une autre pièce, il discutait en vidéo avec moi, même s'il devait parler à voix basse.

Il répondit presque immédiatement à mon texto avec une demande d'appel vidéo.

J'acceptai et, une seconde plus tard, le visage de Geoff apparut à l'écran, et même la glace et la bouteille de bière ne purent tempérer la vague de chaleur qui me traversa. Il avait toujours fière allure, quelle que soit la façon dont je l'avais vu habillé jusqu'à présent. Dans son uniforme de patrouille. En tenue décontractée. Ses vêtements froissés et déboutonnés pendant que nous essayions de nous embrasser et de nous déshabiller en même temps. Nu, bien sûr. Allongé sur mon lit, le soleil matinal réchauffant la peau qui n'était pas recouverte par le drap, avec sa mâchoire mouchetée de poivre et sel ? Oh putain, oui.

Et sur l'écran de mon téléphone, l'air fatigué mais détendu ? Oui. Toujours aussi beau. Comme toujours.

Je me raclai la gorge.

— Hé. Comment ça va ?

— Pas mal.

Il se rassit, une main derrière la tête, contre la tête de lit, et sourit.

— Prêt pour demain ?

— Pouah. Redemande-moi après la première manche.

— Ouais ?

Je hochai la tête.

— La nervosité prend toujours le dessus avant le premier match de la saison. Une fois que je serai dans le coup, tout ira bien. Et toi ? Comment était ta journée ?

— Absolument sans incident, ce qui est vraiment bien dans mon travail.

— Oh ouais. Je suppose que vous ne voulez pas trop d'excitation, hein ?

— Non, pas vraiment.

Bon Dieu, notre conversation aurait-elle pu être plus barbante et banale ? Et aurais-je pu l'aimer plus encore ? C'était un peu comme le travail de Geoff : l'excitation n'était pas forcément une bonne chose. Après quatre ans dans une relation explosive, j'étais à 100% partant pour du barbant.

Nous ne serions pas en mesure de nous voir demain parce qu'il avait ses enfants, mais nous convînmes de voir au fur et à mesure pour le reste de la semaine.

— Ce sera probablement comme ça jusqu'à la fin de la saison, lui dis-je. Ce qui craint un peu, de ne pas pouvoir se voir aussi souvent. J'aimais vraiment.

Geoff sourit.

— Moi aussi. Mais j'ai passé presque trente ans à la merci des plannings du Corps des Marines ou du département de police. Je suis habitué à faire en fonction d'un emploi du temps chargé.

— Mais quand même. Et...

J'hésitai.

Son sourire disparut et de profondes rides se formèrent entre ses sourcils.

— Qu'est-ce qui ne va pas ?

— C'est juste, euh...

Je m'occupai à ajuster la glace sous mon genou.

— C'est bizarre, je suppose. Ce sera ma première saison sans Nathan.

Je me tus, puis ajoutai rapidement :

— Ce qui est bien. Vraiment bien.

Je poussai un long soupir et ne pus m'empêcher de sourire.

— Mon Dieu, ce sera bon de pouvoir me concentrer sur le hockey et non sur un trou du cul dans les gradins.

— Oui, je parie. Mais ça te perturbe parce que c'est différent ?

— Un peu, oui. Je suppose. C'est tellement bizarre.

Je secouai la tête et croisai de nouveau son regard sur l'écran.

— Je suis ravi qu'il ne soit plus là, mais nous sommes tous vachement superstitieux. Changer quoi que ce soit nous prend de court, tu vois ?

— Tu me l'as dit, oui. Même l'absence de ton ex-petit ami ?

— Ouais. C'est bien, mais c'est différent, et « différent » ça nous trotte dans la tête.

Je haussai les épaules.

— Bon sang, la saison dernière, les propriétaires du stade ont repeint les casiers et je te jure que la moitié de l'équipe a pété un câble.

Je ris doucement.

— Que veux-tu que je te dise ? On est bizarres.

Geoff rit, ce qui me fit frissonner.

— Bah, il y a beaucoup de pression pour gagner. Je ne peux pas vraiment vous reprocher d'avoir des superstitions.

— Ouais, hein ? Mais tout ira bien, demain.

Je souris.

— Je pourrais juste être un peu distrait.

Ses sourcils se haussèrent.

— Ah oui ?

— Hmm-hmm. Mais c'est un bon genre de distrait. Quelque chose après le match que j'attendrai avec impatience.

Geoff me rendit mon sourire.

— Donc, pas de pression, hein ?

Je ris.

— Non. Pas de pression.

— Ça porte malheur de te souhaiter bonne chance ?

— Pas du tout.

— Eh bien, dans ce cas…

Il sourit.

— Bonne chance pour demain soir.

— Merci.

— Il faudra que je télécharge le programme des *Snowhawks*. Voir si je peux trouver des billets.

Il s'arrêta, les sourcils froncés.

— À moins que tu préfères que je ne vienne pas à tes matches.

— Non, ce serait formidable si tu venais.

Je faillis dire que s'il amenait ses enfants, je serais heureux de les présenter à l'équipe, mais nous n'avions pas discuté de ma rencontre avec ses enfants. Pour l'instant, je laissai tomber.

— Si tu me préviens, je peux probablement t'obtenir de bonnes places. Peut-être même l'un des carrés VIP.

— Oh, ça pourrait être amusant. Je pourrais bien te prendre au mot.

— Cool. Je ferais mieux de te laisser. Je dois dormir pour demain.

— Oui, moi aussi.

Son sourire me fit frémir de plaisir.

— Je te verrai bientôt.

— À bientôt.

Nous mîmes fin à l'appel et je continuai à sourire. *À bientôt ? Pas assez tôt.*

~*~

— Allez, mesdames, aboya l'entraîneur. Dehors.

Je souris en descendant la pente derrière Wilson pour l'échauffement. Même si ma gorge me brûlait encore d'avoir vomi un peu plus tôt et que j'avais toujours une frousse du tonnerre, c'était bon de me remettre dans le bain. La vie était vraiment revenue à la normale maintenant que je plongeais tête la première dans la frénésie de la saison régulière.

La première étape ? Les échauffements avant le match.

L'échauffement consistait en une routine tacite, des cris de l'entraîneur nous appelant dans l'ordre dans lequel nous sortirions sur la glace. C'était de la superstition – tout écart pourrait nous dérouter et tout foutre en l'air – mais c'était aussi confortable. Pour moi, en tout cas. Ça me mettait dans l'ambiance. Me forçait à me concentrer. Dès que cette routine familière commençait, mon attention se focalisait. Il n'y avait que mon équipe, la glace, le palet et le filet.

Les supporters rugissant autour de nous, mes co-équipiers sortirent sur la glace. D'abord Bruiser, qui partit à droite et se dirigea vers le but. Puis Dane, qui traversa tout droit. Ensuite, Kelleher qui se dirigea à droite et commença à poursuivre un palet derrière le but. Puis Wilson, qui enfilait encore ses gants, comme toujours. Et puis moi.

Je sortais toujours avec le pied droit en premier et en partant, je passais ma crosse de la main gauche vers la droite. À mi-chemin de la glace, juste avant de tourner à gauche pour rejoindre Kelleher qui tirait des palets à Bruiser, je levais toujours les yeux vers les gradins. Droit vers le siège 4K – quatrième rangée, siège du bout – et ce fut ce que je fis ce soir et…

Il était là.

Je ne tournai pas comme je le faisais toujours. Je fonçai dans Wilson et Grady s'écrasa contre moi, et nous entrâmes tous en collision avec la patinoire. Ils grognèrent et je jurai en me retrouvant pris en sandwich entre les deux grands défenseurs. Derrière nous, quelqu'un d'autre jura.

Nous nous relevâmes tous les trois rapidement et Wilson me regarda avec de grands yeux à travers sa visière en plastique transparent.

— C'était quoi ça, bordel ? Ça va, mec ?

— Ouais. Ouais.

Je me secouai.

— J'ai juste été un peu distrait.

Je donnai une tape sur son épaule rembourrée.

— Et toi ? Je ne t'ai pas frappé trop fort ?

Il sourit, révélant l'incisive en or dont il avait écopé quand un palet errant lui avait atterri dans la bouche.

— Dans tes rêves, connard.

Il me poussa, joueur.

— Allez. Partons à la chasse aux palets.

Il se dirigea vers les deux ou trois douzaines de palets éparpillés entre le but et nous.

J'étais sur le point de le suivre, mais Kelleher patina vers moi, les yeux écarquillés d'inquiétude.

— Que se passe-t-il ?

L'expression de Grady était identique quand il posa une main sur mon épaule.

— Mec, qu'est-ce que c'était que ça ?

— Rien.

Je secouai la tête.

— C'est juste que…

Je ne m'attendais pas à ce que mon ex soit ici ce soir.

— Je vais bien.

Kelleher et lui se renfrognèrent et je n'eus pas à demander pourquoi.

Tu as tout gâché pour rien ?

Ils semblaient à la fois irrités et inquiets. Irrités que j'aie bousillé notre rituel d'avant-match pour rien, inquiets que ça ne soit pas vraiment « rien ».

Ils laissèrent toutefois tomber et, en quelques secondes, nous étions revenus là où nous devions être : à se passer des palets pour les tirer sur Bruiser pendant que nos défenseurs et l'équipe adverse procédaient à leurs propres routines d'échauffement. Je pouvais sentir que l'ambiance de l'équipe clochait. Il y avait plus de regards confus échangés entre joueurs que posés sur les palets. Si je devais foutre en l'air notre routine d'avant-match, fallait-il vraiment que ça arrive au premier match de la saison ?

Je jetai un coup d'œil vers mon ex, qui était très présent et affichait un air très branleur, et… bon sang. J'avais besoin d'appeler les flics. J'avais besoin d'appeler Geoff. Le problème, c'était que je ne voulais pas attirer l'attention de l'équipe sur ce qui se passait. Je pouvais plus supporter qu'ils pensent que j'avais perdu l'esprit une minute, plutôt qu'ils ne sachent la vérité. Si jamais je la leur avouais un jour, ce ne serait pas maintenant, juste avant un foutu match.

Je fis de mon mieux pour ignorer la présence de Nathan ou ma nuque qui me picotait quand je lui tournais le dos. Mon équipe semblait faire de son mieux pour ignorer à quel point j'étais distrait. Heureusement, après plusieurs minutes, nous réussîmes tous à nous reprendre suffisamment pour que je sois certain de pouvoir jouer au hockey ce soir. Peut-être même y jouer bien. Mon équipe pourrait s'en prendre à moi ou me jeter autant de regards noirs qu'ils voudraient après le match — et une fois que l'entraîneur en aurait fini avec moi — mais pour le moment, nous devions être les *Snowhawks,* pas un tas de joueurs de hockey en colère contre leur centre qui était distrait.

Je me concentrai donc et ils se concentrèrent aussi, et quand la sonnerie annonça la fin de notre période d'échauffement, la situation était devenue plus normale qu'au début. Cela nous avait tous déstabilisés, mais nous pourrions en revenir, et nous le ferions.

Quand nous eûmes quitté la glace, l'entraîneur me lança l'un de ces regards qui signifiait « tu vas en entendre parler », mais il laissa tomber. Ce n'était pas le moment. Au lieu de cela, nous retournâmes au vestiaire pour boire de l'eau, ajuster notre équipement si nécessaire et nous préparer pour le début du match.

Et maintenant, ma frousse d'avant-match n'était plus qu'un lointain souvenir. J'étais littéralement sur le point d'être malade (encore une fois) à cause de cette nervosité à laquelle je ne m'étais pas attendu ce soir. Nathan était là. Il était dans le stade. Qu'est-ce que j'étais censé faire, bordel ?

L'entraîneur ne nous permettait pas d'accéder aux téléphones, à la télévision ou à quoi que ce soit après le début des échauffements. Pas même pendant les entractes. Il l'avait fait un certain temps, mais les joueurs avaient commencé à se lancer dans des trucs trop politiques sur les réseaux sociaux, et cela nous distrayait tous. Les téléphones étaient donc interdits jusqu'à la fin du match. En fait, nous étions totalement coupés du monde extérieur, sauf en cas d'urgence (toutes nos familles savaient qui appeler si elles avaient un besoin urgent de nous joindre). Tout ce qui se passait en dehors des vestiaires ou de la patinoire, nous ne le saurions pas avant la fin du match.

L'entraîneur était trop remonté pour que je demande une exception cette fois, j'espérais donc que je pourrais lui demander pardon ensuite de ne pas lui avoir demandé la permission. Sous prétexte de sortir ma bouteille d'eau de mon casier, je pris discrètement mon téléphone.

Je m'assurai que l'entraîneur ne regardait pas, puis je me retournai, glissai mon gant sous le bras et envoyai un texto tremblant à Geoff : *Il est ici. Qu'est-ce que je fais ?*

Je jetai un coup d'œil par-dessus mon épaule. Une minuterie nous permettait de savoir combien de temps il nous restait jusqu'au début de la première période, et nous avions encore plusieurs minutes, mais le temps passait rapidement.

Allez, Geoff. Allez, allez. Pitié, aie gardé ton téléphone à portée de main.

Bon sang, je me sentais tellement impuissant et ridicule. Nathan était à sa place, et alors ? C'était une violation de l'avertissement de Geoff de rester loin de moi – peut-être ? Techniquement ? Mais quoi qu'il en soit, ce n'était pas comme s'il pouvait m'atteindre. Il pouvait me faire flipper et craquer mentalement, mais il ne pouvait pas me toucher. Pas sans passer par la sécurité du stade, dont bon nombre des membres étaient des policiers en congé. J'étais secoué, mais j'étais en sécurité. Non ? Alors à quel moment est-ce que j'allais encaisser, l'ignorer et continuer à vivre ma vie ?

Probablement pas ce soir.

Allez, Geoff. Pitié, regarde ton…

Mon téléphone vibra et je murmurai « Dieu merci » en ouvrant le message.

Où est-il ? Quel siège ?

4K.

D'accord. Ne bouge pas. Je vais m'en occuper.

C'était tout ce dont j'avais besoin.

Merci.

Bien trop tôt, mon équipe et moi étions de retour sur la glace pour la mise en jeu. Mon ex était toujours là, et la fraction de seconde que je passai à le vérifier permit au centre adverse de s'emparer du palet, et nous fûmes en jeu. Dieu merci, le hockey bougeait beaucoup trop vite pour que je puisse penser à autre chose.

Du moins c'était le cas, la plupart du temps. Pendant toute la première période, mon attention fut divisée entre là où elle devait être – mon équipe, la patinoire, le palet et le filet – et mon ex assis au siège 4K. Je n'osais pas le regarder. Ma concentration était déjà en berne et je ne pouvais pas me permettre de la perdre encore plus. Et ce n'était pas comme si j'avais besoin de regarder. Je savais qu'il était là. Je pouvais sentir sa présence comme une blessure pas tout à fait guérie. Je pouvais encore bouger, je pouvais encore jouer, mais il y avait indéniablement quelque chose qui me distrayait si je me focalisais dessus ou m'entravait si je l'ignorais trop longtemps.

Quand je quittai la glace, haletant et transpirant, l'entraîneur se planta en plein devant moi.

— Qu'est-ce qui se passe, bordel, Crowe ? Est-ce que j'ai loupé le mémo qui disait que c'était soirée débutants ?

— Non, Coach. Je suis…

— Je m'en fous, répondit-il sèchement. Reprends-toi ou bordel, je te fous au banc pour les dix prochains matches. *Minimum.*

Je déglutis et hochai la tête.

— Compris, Coach.

Secoué, énervé, et me demandant si j'allais vraiment vomir à nouveau, je me dirigeai vers le vestiaire.

Pitié, dépêche-toi, Geoff…

Chapitre 13
Geoff

Laura et moi attendîmes dans un bureau pendant que la direction faisait parvenir un message à l'apparence banal à Nathan. J'étais reconnaissant de cette approche. Il y aurait probablement une confrontation, mais nous n'aurions pas besoin de le faire en public. Pas quand cela pourrait trop attirer l'attention sur Nathan, et par extension sur Asher.

De plus, je détestais aussi les foules. Il y avait une raison pour laquelle je ne m'étais jamais porté volontaire pour le contrôle du stade ou de la foule – pas même pour un truc comme Hempfest et clairement pas pour Mardi Gras – et mon capitaine savait que ce n'était pas négociable. Les événements en intérieur comme ceux-ci étaient particulièrement difficiles. Trop de gens avec trop peu de moyens de fuir. Trop de bruit. Trop de façons pour que la situation se dégrade rapidement. Intellectuellement, je savais que les chances de trouver une arme ou un explosif ici étaient minimes, voire inexistantes, mais une foule en état d'ébriété et agitée pouvait devenir une arme à part entière. Créez un mouvement de panique. Des points d'étranglement. Et laissez le chaos faire le reste.

Je préfère rester là, merci bien.

Sur un écran dans le bureau, je regardai fixement le minuteur, observant les chiffres décompter les secondes restantes de la période.

La sonnerie se déclencha.

— Il va probablement venir maintenant, nous dit Kyle, un membre de l'équipe de sécurité du stade. La foule va se diriger vers les buvettes et les toilettes, donc ça pourrait lui prendre une minute.

— Ça ira, répondis-je. Pouvons-nous au moins avoir un visuel et vérifier qu'il bouge ?

Kyle hocha la tête et contacta un autre agent de sécurité par radio. La femme à l'autre bout confirma que Nathan avait quitté son siège et sortait de la tribune.

Laura et moi échangeâmes un regard. Je m'attendais à moitié à ce qu'elle proteste pour prendre cet appel. Nous étions bien dans notre juridiction ici, mais théoriquement, la sécurité du stade pouvait y remédier. Surtout qu'il y avait beaucoup de policiers en service et hors service ici. Mais dès que j'avais reçu le texto d'Asher, elle avait fait demi-tour et s'était directement dirigée vers le stade. Sans aucune question.

Ai-je récemment mentionné que j'aime ma partenaire ?

Quelques minutes après la fin de la période, la porte du bureau s'ouvrit. Un garde de la sécurité entra.

— Par ici, monsieur.

Et ensuite… Nathan.

Il entra et me reconnut instantanément. Son sourire narquois me fit grincer des dents.

— Encore toi ? Qu'est-ce que…

— Vous allez devoir me suivre.

Je m'approchai et désignai la porte.

— Allons-y.

Il ne bougea pas.

— Va te faire foutre.

— Vous avez eu l'impression qu'il vous le demandait ?

Laura apparut à côté de moi.

Nathan ricana et secoua la tête.

— Vous pouvez pas me jeter dehors comme ça.

Il leva le menton en me lançant un regard de défi.

— Je suis un abonné. J'ai le droit d'être ici.

— Vous pourrez régler ça avec la billetterie, répliquai-je froidement. En attendant, que diriez-vous de venir avec nous ?

Nathan regarda autour de lui et sa mâchoire se crispa quand son regard passa de moi à Laura et aux deux gardes derrière elle. Tout comme il l'avait fait lors de la venue de la police de Mercer Island chez Asher, il se dégonfla, se rendant probablement compte qu'il était en infériorité numérique et dans le tort. L'expression maussade, il montra ses paumes.

— Très bien. J'y vais.

— Nous resterons avec vous.

Laura lui emboîta le pas quand il se dirigea vers la porte.

— Pour nous assurer que vous quittez les lieux.

Il murmura quelque chose – probablement « salope » - mais continua de marcher.

Pendant environ trois pas.

Tandis que Laura tendait la main vers la porte, Nathan se retourna.

Et avant que je sache ce qui se passait, son poing atterrit sur mon visage.

Le coup m'assomma pendant une fraction de seconde, ce qui me suffit à perdre l'équilibre et la perception de la situation.

— Geoff !

La voix de Laura fut la dernière chose que j'entendis avant de basculer.

Lumières. Mouvement. Blanc. Douleur.

Je clignai des yeux plusieurs fois et il me fallut une seconde pour me rendre compte que j'étais sur le dos. Et que j'avais mal à la tête. Il y avait de l'agitation autour de moi et un plafond blanc avec des lumières fluorescentes au-dessus de moi, et j'étais allongé sur quelque chose de dur à un angle étrange et inconfortable.

Le stade. Le match de hockey. Le bureau. Nathan. Le coup de poing. Tout cela me revint en une cascade de pensées fragmentées au moment même où ma partenaire s'agenouillait à côté de moi.

— Geoff ?

Elle me toucha l'épaule, les yeux écarquillés d'inquiétude.

— Est-ce que ça va ? Tu sais où tu es ?

— Ouais.

Je tendis prudemment la main vers mon visage et tressaillit en touchant un point sensible sur ma joue.

— Je vais bien.

— Nous laisserons l'hôpital décider de ça. Ne bouge pas. J'appelle…

— Je vais bien, insistai-je.

Tandis que je reprenais mes pensées, je me souvins de la raison de ma présence ici et du fait que nous avions une fenêtre étroite avant le retour des joueurs – d'un joueur en particulier – sur la glace.

— Nathan ? Est-il…

— En garde à vue. Vas-y mollo, d'accord ?

— Je vais bien, répétai-je en m'asseyant lentement.

Laura soupira, clairement exaspérée, mais la main sur mon épaule n'essaya pas de me pousser à me rallonger. Une fois assis, je marquai une pause pour m'assurer que le monde ne basculait pas de côté. Ma tête me lançait et ma pommette palpitait, alors oui, aller aux urgences n'était peut-être pas une si mauvaise idée.

— Faites venir quelqu'un ici pour nettoyer ça, d'accord ? aboya-t-on au personnel du stade d'une voix légèrement irritée et inquiète.

Nettoyer quoi ?

Mais ensuite, je remarquai le filet chaud qui me coulait dans la nuque. Je le touchai et ne fus pas surpris que ma main revienne mouillée. La vue de tant de sang sur mes doigts ne m'aida cependant pas vraiment à garder l'équilibre. Ça ne s'améliora pas quand je regardai derrière moi et vis combien il y en avait sur le béton. Ce n'était pas vraiment une artère ouverte, mais c'était suffisant pour me rendre vaseux.

— Ça a l'air grave ? demandai-je à Laura en essayant de calmer la panique qui montait.

— C'est une blessure à la tête, mon cœur.

Elle y jeta un coup d'œil, puis agita la main.

— Juste une de ces petites coupures qui saignent à la folie.

Mais le soupçon d'inquiétude dans sa voix me fit douter. Elle m'offrit son coude.

— Allez. Allons mettre quelque chose là-dessus, puis je t'emmènerai aux urgences.

Je ne discutai pas. Principalement parce qu'un nouveau filet de sang chaud coula le long de la nuque et me donna envie de vomir.

Quelqu'un me tendit un tas de serviettes en papier qu'on avait dû récupérer à une buvette non loin et je les tins contre l'arrière de ma tête. Je n'aimais pas la rapidité à laquelle elles s'imprégnaient, mais j'essayai de ne pas y penser. Toujours assis sur le sol froid et dur, je me penchai en avant, la tête entre les genoux et ma main gardant le tampon de serviettes humides sur la plaie. Je me concentrai pour reprendre mon souffle. Et constatai combien je tremblais. Et à quel point il était difficile de ne pas vomir.

Laura posa une main ferme sur mon épaule.

— Comment te sens-tu ?

Je geignis.

Elle me pétrit doucement l'épaule.

— Vois le bon côté des choses : c'est un match de hockey. La nuit ne serait pas complète sans une effusion de sang.

— Génial. Content d'avoir été divertissant.

Elle me serra une nouvelle fois l'épaule.

— Ne bouge pas. Je vais aller garer la voiture près de l'entrée pour que tu n'aies pas à marcher si loin.

Je ne protestai pas. Mes idées commençaient à s'éclaircir, donc ça n'avait dû être que le choc de voir tout ce sang. Je pouvais supporter la vue du sang, mais je n'allais pas mentir : c'était déconcertant quand c'était mon sang.

Après son départ, j'entendis une dispute se dérouler juste à l'extérieur, dans le couloir.

— Vous ne pouvez pas jeter un abonné dehors sans raison ! cria une femme à quelqu'un, sa voix faisant vibrer mon crâne.

— Nous ne le jetons pas dehors sans raison, répondit calmement quelqu'un – un des agents, pensai-je. Il a agressé un…

— Mais cela ne change rien au fait que l'agent en question le tirait…

— Vous pourrez en discuter avec le chef de la police, déclara l'agent. De toute façon, cet homme est en état d'arrestation pour avoir agressé un policier.

Il y eut quelques grommellements et le bruit vif de talons hauts résonnant dans le couloir. J'aurais peut-être trouvé ça amusant si le son ne m'avait pas fait si mal. Et si cette femme n'avait pas sérieusement essayé de prétendre que l'abonnement de Nathan était plus important qu'une accusation d'agression ou qu'un joueur évitant d'être harcelé. Bon, donc ce n'était pas amusant après tout. Peut-être que je cherchais désespérément quelque chose qui le soit parce que j'avais mal à la tête, que mon cuir chevelu me brûlait et que je n'étais pas encore au bout de mes peines pour ce qui était de ne pas vomir.

Pendant que j'attendais, j'envoyai un texto à Asher : *Tout va bien.*

C'était tout ce qu'il avait besoin de savoir maintenant. Il avait encore un match sur lequel se concentrer, alors j'espérais qu'il n'apprendrait pas la vérité avant la fin.

Quelques minutes après le départ de Laura, elle communiqua par radio avec l'un des autres agents qui m'escorta alors jusqu'à l'entrée du rez-de-chaussée, où la voiture de patrouille était garée dans le couloir d'urgence des pompiers. Je me glissai sur le siège passager et elle mit le gyrophare. Ce n'était probablement pas nécessaire – je ne saignais pas tant que ça et j'étais à peu près certain que j'avais eu de pires commotions – mais je ne discutai pas.

Dans la voiture, j'envoyai également un texto à mon ex-femme : *En route pour les urgences. Je vais bien, mais peux-tu prendre les enfants ce soir ?*

En quelques secondes, la sonnerie de Valerie retentit. Dès que je décrochai, elle demanda :

— Pourquoi ? Qu'est-ce qu'il s'est passé ?

— Je vais bien. Je suis…

— Ouais, ouais. Tu vas bien, mais tu vas aux urgences. Que se passe-t-il ?

Elle n'était pas irritée. Juste inquiète.

Je fermai les yeux.

— Le suspect était agité et je me suis cogné la tête contre un truc. J'ai probablement juste besoin de quelques points de suture et d'un peu de repos.

Elle resta silencieuse un moment. Puis elle reprit d'une voix neutre.

— Tu t'es assommé, tu t'es filé une commotion et tu pisses le sang, c'est ça ?

J'aurais ri si je n'avais pas eu peur de vomir.

— Je suis si transparent ?

Val soupira longuement.

— Hum-hum. Tu sais, tu serais beaucoup moins stressant si tu étais le genre de gars qui demande un pont aérien pour une égratignure. Quand tu vas aux urgences, j'ai des visions de membres tranchés.

Je ris doucement.

— Je ne suis pas dans un tel état.

— Si, tu l'es, me contredit Laura depuis le siège du conducteur.

— Si, confirma Val. Tu l'es. À quelles urgences est-ce que tu vas ?

— Harborview.

Un silence.

— Parce que c'est le…

— Harborview ? cria-t-elle, me faisant tressaillir. Bon sang. C'est si grave que ça ?

— Ça ne l'est pas ! Ça ne l'est pas.

J'esquissai un geste d'apaisement, même si elle n'était pas là.

— Ce sont les urgences les plus proches. C'est tout.

Elle poussa un long soupir exaspéré.

— Tu vas me filer une crise cardiaque un de ces jours, Geoff. Crois-moi.

— À moi aussi, Val, cria Laura.

— Hey ! Arrêtez de vous liguer contre moi, dis-je en riant. Je suis blessé.

Laura leva les yeux au ciel. J'étais à peu près sûr que Val en fit de même.

— D'accord, dit Val. Je vais aller chercher les enfants. Envoie-moi un SMS plus tard et dis-moi que tu vas bien. En fait, dis à Laura de m'envoyer un texto pour que je sache que tu vas vraiment bien ?

— Je m'en occupe. Pas de problème, Val.

— Merci. Prends soin de toi, d'accord ?

— Promis.

— Elle veut que tu envoies un texto…, dis-je après avoir raccroché.

— Oh, je sais. Et je le ferai.

Le Centre Médical Harborview était le centre de traumatologie le plus avancé de la région. C'était l'endroit où se trouvaient les personnes évacuées par hélicoptère qui se trouvaient au seuil de la mort. Il s'agissait également des urgences les plus proches du stade, ce qui signifiait qu'il ne nous fallut que quelques minutes pour nous y rendre, en particulier avec les gyrophares allumés.

Lorsque nous entrâmes, la salle d'attente était pleine de monde, mais j'avais un billet express : une blessure à la tête qui saignait et une perte de conscience momentanée. Cela ne me ferait pas entrer et sortir plus rapidement, mais cela me plaçait définitivement en haut de la liste des invités. Ou peut-être qu'ils ne voulaient tout simplement pas que je saigne partout.

Une infirmière nettoya, examina et pansa ma blessure à la tête, puis me donna quelques poches de glace. Je m'allongeai sur le lit, me servant d'une poche de glace comme oreiller, l'autre reposant contre le côté de mon visage. C'était déjà mieux. J'entendis de loin l'infirmière parler à Laura d'un scanner parce que je m'étais cogné la tête assez fort pour perdre connaissance, mais que cela pourrait prendre un certain temps. Apparemment, j'étais dans la catégorie « Faisons le nécessaire pour être prudent, mais vous n'allez probablement pas avoir d'hémorragie dans les cinq prochaines minutes ». Ou quelque chose comme ça. Peu importait. De la glace. Tellement de glace agréable.

— Comment te sens-tu ? demanda Laura après le départ de l'infirmière.

— Comme si je m'étais pris un poing en plein visage et un sol en béton à l'arrière de la tête, murmurai-je. Mais la glace fait du bien.

— Hé, regarde le bon côté des choses.

J'ouvris un œil.

Elle haussa les épaules.

— Tu as atterri à environ cinq centimètres d'un chariot en métal avec un vilain coin tranchant.

Elle me fit un signe de tête.

— Ça aurait pu être bien pire.

Je frissonnai et refermai l'œil.

— Tu es un putain de rayon de soleil, hein ?

— J'ai tort ?

Avec un long soupir, je… eh bien, je levai presque les yeux au ciel. Je reconsidérai la chose à la dernière seconde.

— Je plaide le Cinquième.

— Évidemment.

Elle rit, mais la note de soulagement dans sa voix calma aussi mes nerfs. Laura ne paniquait pas facilement. Cela faisait partie de ce qui faisait d'elle un policier aussi formidable : elle était stable et pratiquement inébranlable. La seule fois où je l'avais vue flancher, c'était après que l'un de nos collègues policiers s'était fait tirer dessus et nous avions tous passé la moitié de la nuit à arpenter la salle d'attente jusqu'à ce que quelqu'un nous dise enfin qu'il s'en sortirait. C'était troublant, qu'elle m'ait donné la même réponse ce soir parce que je me demandais à quel point c'était grave. Ou à quel point ça aurait pu l'être.

— Ça t'a vraiment secouée, n'est-ce pas ?

— Tu plaisantes ? demanda-t-elle doucement. Je n'arrête pas de revoir la scène en boucle, encore et encore.

J'ouvris les yeux, grimaçant à cause des néons, et croisai son regard.

— Quelle partie ?

— Ta chute.

Elle se frotta les bras et frissonna.

— J'ai cru que tu allais te briser le cou ou…

— Quel chanceux. Juste la tête.

Elle me lança un regard appuyé.

J'ajustai la glace sur mon visage et fermai les yeux lorsque la pièce se mit à tourner.

— Je suis vraiment aussi terrible que mon ex le dit ? Dans ma façon de minimiser quand je suis blessé ?

Laura rit sèchement.

— Je ne sais pas, Geoff. Tu te souviens qui a dû être assigné à un bureau pendant deux mois parce qu'il ne s'est pas rendu chez le médecin et qu'il a dû se faire réopérer la cheville ?

— D'accord, d'accord. Tu marques un point.

— Hmm-hmm. Et tu ferais mieux de ne pas refaire cette connerie. J'ai dû patrouiller avec Rochester pendant tout ce temps.

— Hé, c'est moi qui ai dû porter un plâtre après qu'on m'a réarrangé les os.

— C'est quand même moins douloureux que de patrouiller avec lui.

— Oh, allons.

Je baissai la glace et la regardai.

— Il n'est pas si terrible.

Elle me lança un regard noir.

— Je le jure devant Dieu, Geoff : j'ai entendu l'épopée de l'appendicite de Rochester qui s'est révélée être une grave constipation suffisamment de fois que je pourrais la réciter mot pour mot. Y compris le traitement et les séquelles.

Elle agita un doigt à mon attention.

— Ne me teste pas.

Je gémis en fermant les yeux.

— Fais-le, et je te vomis sur les genoux.

— Tu le ferais, en plus.

— Absolument.

Nous restâmes Dieu sait combien de temps dans la chambre. Laura était au téléphone et elle avait apparemment envoyé un texto à notre capitaine, notre représentant syndical, et Dieu savait qui d'autre afin qu'ils sachent ce qui se passait. Je dus mettre mon téléphone en mode silencieux car ils commencèrent tous à envoyer des textos et à m'appeler, et ma tête me faisait trop mal pour faire face à quoi que ce soit.

Au bout d'un moment, on frappa à la porte.

— Agent Logan ?

Une infirmière passa la tête.

— Vous avez des visiteurs. Ça va si je les envoie ?

— Des visiteurs ?

Je me rassis un peu, grimaçant à cause du mouvement.

— Qui ?

Elle se retourna pour dire quelque chose à quelqu'un à l'extérieur de la pièce. Puis elle se tourna de nouveau vers moi.

— Vos enfants.

— Mes…

Je me rassis complètement.

— Vraiment ?

Elle s'écarta et mes deux enfants se précipitèrent à l'intérieur, les yeux écarquillés.

— Est-ce que tu vas bien ? demanda Claire.

— Qu'est-ce qui s'est passé ? enchaîna David.

— Juste un petit incident au travail.

Je serrai prudemment Claire contre moi, puis David.

— Ce n'est rien de grave.

Val et Laura échangèrent un regard et toutes deux levèrent les yeux au ciel. Au moins, elles eurent la bonne grâce de ne rien dire.

— Alors que s'est-il passé ? insista Claire.

Sans entrer dans les détails – à savoir qui avait appelé et pourquoi – j'expliquai que Laura et moi avions éjecté quelqu'un du stade parce qu'il harcelait un joueur, et que j'avais réussi à me faire assommer au passage.

— Sérieusement, ce n'est pas si grave, les rassurai-je. Ils veulent juste me faire passer un scanner pour s'assurer que je ne me suis pas cogné trop fort, et ensuite ils recolleront probablement la plaie.

— Pas de points de suture ? demanda Val.

— Nan. Apparemment, la colle suffira.

Je me tournai vers les enfants.

— Écoutez, je vais être ici un moment.

Je sortis mon portefeuille et leur remis deux billets.

— Demandez aux infirmières et elles vous diront où se trouvent les distributeurs automatiques.

Ils regardèrent l'argent avec incertitude.

— Allez-y, insistai-je. Nous allons rester ici un moment, donc autant que vous mangiez un morceau.

Ils hésitèrent encore, jetant un coup d'œil à leur mère comme s'ils avaient besoin de sa confirmation. Puis Claire haussa les épaules, prit l'argent et partit avec son frère sur les talons.

Val sourit en les regardant partir et son sourire ne s'évanouit pas quand elle se tourna vers moi.

— Je sais que c'est inattendu, mais ils étaient inquiets quand je suis allée les chercher.

Elle me lança un regard appuyé.

— Parce qu'ils connaissent leur père, tu vois.

— Hé. *Hé.*

— Je dis ça comme ça. Ils savent que si tu es à l'hôpital, c'est grave, alors j'ai pensé que ce serait mieux pour eux de voir par eux-mêmes que tout allait bien.

— Bien sûr que je vais bien.

Val et Laura me regardèrent d'un air entendu.

Encore une fois, si ma tête ne m'avait pas fait si mal, j'aurais levé les yeux au ciel. Ouais, ouais. Compris.

— Bon. Merci de les avoir amenés. C'est bon de les voir.

Je réussis à sourire.

— Et toi aussi.

Elle me sourit en retour et serra ma main.

— Je suis juste contente que tu ailles bien.

— Ouais. Moi aussi.

Et bien que je puisse penser à des raisons moins douloureuses pour que mes enfants veuillent me voir, je trouvai cela réconfortant de savoir qu'ils étaient inquiets. Je ne voulais pas leur faire peur, ni à leur mère. C'est la raison pour laquelle j'avais toujours minimisé mes blessures : que ma famille se rende malade d'inquiétude n'atténuerait pas ma blessure, alors pourquoi leur faire subir ça ?

Ce soir, je me sentais à la fois coupable et soulagé de savoir que les enfants étaient encore suffisamment inquiets pour vouloir voir par eux-mêmes que tout allait bien. Cela signifiait peut-être qu'ils ne me haïssaient pas pour ce qui s'était passé avec Marcus au final, même si j'aurais préféré ne pas leur faire subir cette épreuve juste pour le vérifier. Les savoir en colère contre moi était, d'une certaine façon, mieux que de leur faire peur comme ça.

Enfin je croyais. Peut-être que je m'étais frappé la tête plus fort que je ne le pensais. Je penserais à tout cela plus tard.

Pour le moment, j'allais simplement profiter d'avoir à nouveau mes enfants dans la même pièce que moi.

Chapitre 14
Asher

À partir de la deuxième manche, je réussis à jouer… Bon, disons à 75%. Pas tout à fait à 100%, mais mieux que la première manche. Dans la troisième, je réussis à me reprendre et, même si je ratai le but deux fois, j'aidai à marquer les deux buts qui nous permirent de prendre la tête et décrocher enfin la victoire. Les débuts du match avaient été difficiles, mais la saison démarrait bien et c'était ce qui comptait vraiment.

— Beau boulot, Crowe.

L'entraîneur me donna une claque dans le dos quand nous nous dirigeâmes vers les coulisses.

— J'étais inquiet au début, mais tu ne m'as pas laissé tomber.

— J'avais juste besoin de me concentrer sur le jeu.

Ce que j'avais réussi à faire parce que le siège 4K était vide.

C'était la première chose que j'avais remarquée quand j'étais revenu pour la deuxième manche. J'avais été persuadé que Nathan ne partirait pas tranquillement, mais il était parti et j'avais enfin pu faire mon travail.

Dans le vestiaire, je m'affalai sur le banc et commençai à délacer mes patins. J'avais tellement hâte de sortir d'ici, d'envoyer un message à Geoff et de savoir exactement comment les choses s'étaient passées. Où était Nathan, maintenant ? Était-il en prison ? Pitié, dites-moi qu'il était en…

— C'est nouveau, ça, disait Kelleher à Bruiser. Un flic qui se bagarre lors d'un match ?

Ma tête se tourna brusquement vers eux.

— Ce n'était pas une bagarre, déclara Bruiser. Apparemment, un idiot était bourré et il a frappé le flic. Ce n'est pas vraiment une bagarre.

— J'ai entendu dire qu'il y avait eu du sang, intervint Grady. Un des types de la sécurité disait qu'il a jeté un coup d'œil dans la pièce. Y'avait du sang partout.

Mon estomac se souleva. Quelqu'un avait frappé un flic ? Du sang partout ? Oh putain. Qu'est-ce qu'il s'était passé, bordel ?

Mes co-équipiers continuèrent leur conversation en passant devant moi pour se diriger vers les douches et je me jetai sur ma veste afin de prendre mon téléphone. Je manquai le faire tomber en le sortant de ma poche et arrêtai de trembler assez longtemps pour lire l'écran.

Il y avait un message de Geoff : *Tout va bien.*

D'accord, mais était-ce le cas ? Pour de vrai ?

J'écrivis en tremblant : *Comment ça s'est passé ? Est-ce que tu vas bien ?*

Ensuite, je me débarrassai de mes patins et de mes rembourrages puis enfilai un vieux maillot, un jean et une paire de baskets. Tant pis pour la douche. Je me moquais bien de sentir mauvais : Geoff était maintenant ma priorité.

— Crowe ? appela l'entraîneur. Tu vas me dire ce qui…

— Je vous raconterai plus tard, entraîneur, dis-je en fourrant fébrilement mon portefeuille, mes clés et mon téléphone dans mes poches. Je dois y aller.

— Euh.

Il fit un geste vers l'autre côté du vestiaire, où plusieurs reporters sportifs commençaient à arriver avec des caméras et des microphones.

— Et pour…

— Pitié.

Je le regardai.

— Je reste après chaque match. J'ai besoin de filer, pour une fois.

Il se renfrogna mais dut voir quelque chose dans mes yeux. Bon sang, tout le monde semblait le faire. Tout le vestiaire était complètement immobile, mon équipe et mes entraîneurs me fixaient, me lançant des regards interrogateurs.

L'entraîneur était clairement confus, mais il me congédia d'un signe de tête.

— Merci, Entraîneur, murmurai-je.

J'ignorai les regards inquisiteurs des autres. J'étais trop occupé à foutre le camp. Je n'avais toujours pas eu de nouvelles de Geoff depuis ce texto et je n'aimais pas du tout ça. Peut-être que j'étais juste paranoïaque. Il pouvait être en intervention. Avoir continué sa journée de boulot. La routine. Son texto, « *Tout va bien* », résumait peut-être tout ce qu'il y avait à dire.

Alors pourquoi je n'y croyais pas ?

« *Apparemment, un idiot était bourré et il a frappé le flic.* »
« *Y'avait du sang partout.* »

Bordel. Traitez-moi de parano, mais je n'allais pas pouvoir respirer avant de savoir que Geoff allait bien.

À l'extérieur traînaient deux policiers qui avaient l'air de s'ennuyer et s'assuraient qu'aucun fan ne tentait de se faufiler dans le vestiaire.

— Salut, lançai-je à l'un d'eux. J'ai entendu dire que quelqu'un avait frappé un flic ? Est-ce qu'il va bien ?

Le flic me dévisagea, incertain.

Je remuai, mon corps vibrant d'une énergie nerveuse tandis que les secondes passaient sans que je ne sache si Geoff allait bien.

—Pouvez-vous… juste me dire s'il a dû aller à l'hôpital ? Et lequel ?

L'homme haussa les épaules.

— Harborview est le plus proche. S'il est allé aux urgences, ce serait celui-là.

Mon estomac se souleva. Il avait raison de dire que le Centre Médical de Harborview était l'hôpital le plus proche du stade. Le problème, c'était que c'était aussi l'endroit où ils emmenaient les gens vraiment en sale état. Ils avaient aussi un service des urgences normal, mais à Seattle, « *Ils l'emmènent à Harborview* » pouvait très facilement signifier « *C'est grave* ».

Ignorant quelques pincements aux genoux et aux hanches, je me précipitai vers le parking et ne ralentis pas avant d'atteindre ma voiture.

Et une minute plus tard, je me rappelai pourquoi je ne quittais pas le stade après un match, même si je n'étais pas obligé de rencontrer la presse : embouteillage d'après-match. Vie de merde.

Heureusement, la sortie du parking où les joueurs se garaient permettait de sortir dans une rue moins fréquentée. Toujours encombrée, mais moins que si j'étais sorti du coin opposé du stade.

Au lieu de cinq minutes, il m'en fallut presque vingt pour arriver à Harborview et je n'avais toujours pas eu de nouvelles de Geoff. Bordel, j'aurais probablement pu marcher. Sauf que, me connaissant, j'aurais couru tout le chemin, me serais claqué quelque chose et aurais dû expliquer ça à mon entraîneur et à mes coéquipiers.

Je me garai à l'hôpital et me ruai à l'intérieur.

— Bonjour, dis-je à l'infirmière responsable. Je cherche quelqu'un qui doit être venu un peu plus tôt. L'agent Logan. Geoff. Geoff Logan.

— Êtes-vous de la famille ?

Je déglutis.

— Non. Je, euh, je comprends si vous ne pouvez rien me dire. Mais pourriez-vous lui dire que je suis ici ?

— Je peux faire passer un message.

Elle prit un bloc de notes autocollantes.

— Qui le demande ?

— Asher. Il saura qui je suis.

L'infirmière acquiesça.

— Attendez ici. Quelqu'un viendra vous chercher si l'agent Logan est un patient et est prêt à recevoir des visiteurs.

— Parfait. Merci.

J'entrai dans la salle d'attente très surpeuplée, mais ne pris pas la peine de m'asseoir. Trop agité pour ça. Je me tins sur le côté, remuant et me balançant sur mes talons. Les gens pensaient probablement que j'étais en manque de drogue.

Non, pas moi. Juste besoin de savoir si quelqu'un va bien.

Je tournai encore et encore mon téléphone dans ma main. Je pensai à envoyer un texto à Geoff, mais il n'avait pas répondu à mon dernier message. Est-ce qu'il allait bien ? Avait-il même son téléphone ? Et s'il faisait juste son travail et n'avait pas le temps de répondre aux textos frénétiques d'un mec trop inquiet ? Bon sang, je pensais trop. Où étaient les limites dans ce genre de cas ? Aurais-je même dû être ici ? Oh mon Dieu. Cela serait-il bizarre ? Que je débarque aux urgences et…

— Asher ?

Une voix de femme me sortit de mes pensées tumultueuses. Je me retournai et découvris la partenaire de Geoff, Laura.

Mon cœur se serra. Oh putain. Il était là.

Elle me fit un sourire fatigué en me faisant signe de la suivre.

— Est-ce qu'il va bien ? demandai-je rapidement en lui emboîtant le pas.

— Ouais, ça ira. Il s'est bien cogné la tête, alors les médecins veulent s'assurer que la commotion n'est pas si grave. Nous attendons qu'il passe un scanner.

— Attendons ? Donc ils pensent qu'il peut attendre ?

— J'espère que c'est ce que ça signifie.

Elle s'arrêta devant une pièce et poussa la porte.

— Il est ici.

Le cœur battant, j'entrai et immédiatement, je me focalisai sur Geoff. Sa joue gauche était contusionnée et je reconnus les débuts d'un œil au beurre noir. Il était aussi réveillé, ce qui était une bonne chose.

— Oh mon Dieu. J'étais si inquiet. Je suis content que tu ailles bien.

Puis… je me rendis compte qu'il n'était pas seul.

La femme blanche aux cheveux sombres assise sur une chaise semblait avoir l'âge de Geoff, et il y avait aussi deux adolescents. Ses enfants, supposai-je. Ils avaient indéniablement les yeux et les traits anguleux de leur père, ainsi que les cheveux brun clair et le teint plus clair de leur mère.

Les enfants me regardaient fixement, les yeux écarquillés, et la fille bafouilla, « Putain de merde ».

— Claire, dirent ses deux parents même s'ils semblaient plus amusés qu'autre chose.

David se tourna vers son père.

— Tu as dit Asher. Tu n'as pas dit *cet* Asher.

Geoff rit doucement.

— Euh. Eh bien. Les enfants.

Il me désigna d'un geste.

— C'est *cet* Asher.

Ils me dévisagèrent à nouveau, les yeux immenses et la bouche entrouverte.

— Asher, voici ma fille Claire et mon fils David.

Geoff fit un signe vers la femme à côté de lui.

— Et voici Valerie. Mon ex-femme.

— Enchanté.

Je lui serrai la main. Cela sembla ramener les enfants à la vie et ils réussirent à me serrer la main aussi, même si leurs yeux restèrent tout ronds tout ce temps.

Leur mère étouffa un rire.

— Je parie que vous ne pensiez pas croiser votre idole ce soir, les enfants.

— Euh, non.

David se tourna vers moi.

— Vous êtes vraiment…

Son regard se posa sur mon maillot usé.

— Putain de merde.

Je ris et lui tendis la main.

— Ouais. Je suis Asher Crowe.

— Waouh.

Il me serra la main.

— Si ce n'est pas déjà évident, déclara Geoff, ce sont de grands fans.

Les deux enfants rougirent. J'étais à peu près certain d'en faire de même.

— Papa, je pensais que tu l'avais juste rencontré pendant une intervention, dit Claire. Comment est-ce que… Qu'est-ce que…

Elle fit des gestes entre son père et moi, les traits tirés par la confusion.

Je regardai Geoff. Il me regarda. Nous haussâmes tous deux les épaules.

Qu'est-ce que je leur dis ?

Mec, à toi de voir.

Enfin, il prit une inspiration.

— Alors, euh, vous vous souvenez quand vous m'avez demandé si je voyais quelqu'un ?

Les deux enfants acquiescèrent.

Puis ils clignèrent des yeux.

Puis leurs têtes se tournèrent brusquement vers moi et ils furent à nouveau sous le choc.

— Vous êtes… C'est ton petit ami ? couina Claire.

Le mot fit bondir mon cœur et je dus à nouveau m'en remettre à Geoff. *Alors, je suis ton petit ami ?*

Le sourire de Geoff me coupa les jambes.

— Ouais, dit-il en soutenant mon regard. C'est mon petit ami.

Une vague de chaleur m'envahit. C'était probablement stupide, mais peu importait. Geoff allait bien, il était d'accord pour que je rencontre ses enfants et il était d'accord pour m'appeler son petit ami. Je ne me souciai pas vraiment de savoir si c'était stupide d'être soulagé et presque étourdi par tout ça.

— Waouh, souffla Claire.

À côté d'elle, David se pinça l'arête du nez.

— Mon père. Sort. Avec Asher Crowe. C'est quoi. Ce bordel.

— Hé ! dit Geoff en riant. Qu'est-ce que c'est censé vouloir dire ?

— C'est juste…

Le gamin laissa retomber sa main et agita les bras.

— Papa. Mec.

Je ris, ne sachant pas trop quoi dire.

À ce moment-là, on frappa à la porte et tout le monde tourna la tête. Une infirmière entra. Immédiatement, elle s'arrêta et scruta la pièce.

— Oh. C'est un peu surpeuplé ici, non ?

— Juste un peu, confirma Geoff.

— Bien.

Elle se racla la gorge.

— Vous pouvez tous rester ici, mais je dois vous emprunter, dit-elle en pointant Geoff du doigt, pour ce scanner de la tête.

— Quelle joie.

Geoff reposa ses poches de glace et s'assit lentement. Quand il passa ses jambes sur le côté du brancard, il grimaça et je posai une main sur son épaule.

— Ça va ? demandai-je.

— Ça va.

Me regardant avec un sourire doux et fatigué, il posa sa main sur la mienne.

— Ça a l'air pire que ça ne l'est vraiment.

Son partenaire et son ex-femme marmonnèrent : « Foutaises ».

— Hé.

Il agita un doigt vers elles.

— Ça suffit, vous deux.

OK, maintenant j'étais confus. C'était pire que ça en avait l'air ? À quel point ?

L'infirmière insista pour que Geoff se rende à l'examen en fauteuil roulant, ce qu'il fit après avoir un peu protesté. Il était donc convaincu de pouvoir marcher, mais l'infirmière… Était-ce juste la règle ? Ou savait-elle quelque chose que je ne savais pas ?

Je serrai mes bras autour de mon torse et, quand la porte se referma, je me tournai vers Laura et Valerie.

— Quelqu'un veut bien me mettre à la page ?

— Oh, tout ira bien.

Laura fit un signe de la main dans la direction où Geoff était parti.

— Mais, juste un avertissement ? Personne sur cette planète ne minimisera une blessure comme lui.

— Hm-hmm, confirma Valérie avec un signe de tête avant de faire un geste vers Laura. Crois-nous toutes les deux. Si Geoff insiste pour dire qu'il va bien, mais que tu crois qu'il doit voir un médecin ? Fais confiance à ton instinct et traîne-le par l'oreille s'il le faut.

— Oh.

Je ris.

— Donc, il est comme un joueur de hockey, alors. Valerie inclina la tête.

— Ah oui ?

— Ouais. Je, euh… Je ne vous parlerai pas des blessures avec lesquelles j'ai joué malgré tout.

— Oh, mon Dieu.

Elle leva les yeux au ciel et soupira dramatiquement.

— Est-ce qu'on va devoir vérifier constamment si vous allez bien tous les deux ?

Elle se tourna vers Laura.

— On va devoir les surveiller constamment.

Laura hocha la tête, affichant une expression exaspérée.

— Oui, je pense qu'on va devoir.

— Hé ! protestai-je en riant. On n'est pas si terribles !

Les enfants de Geoff étouffèrent leur propre amusement et je crus entendre David murmurer : « Ouais, c'est ça ».

Malgré le fait qu'ils me donnèrent du fil à retordre parce que Geoff et moi étions apparemment du genre à prétendre que nous allions bien même si du sang nous coulait des yeux, il fut étonnamment facile de passer un moment avec sa partenaire, son ex-femme et ses enfants. Je savais déjà que Laura était sympa, mais Valérie était gentille aussi, et rencontrer l'ex-femme d'un petit ami s'avéra être la chose la plus décevante et la moins dramatique qui soit. Idem pour la rencontre avec ses enfants. David et Claire me posèrent des questions au sujet du hockey, mais ils semblaient plutôt timides, surtout une fois Geoff parti. Je parlais donc surtout avec Valerie et Laura. Étant donné que cela faisait à peine une heure que j'avais paniqué et m'étais rendu malade d'inquiétude à l'idée que Geoff ait été gravement blessé, l'absence de drame me convenait parfaitement.

Geoff revint et l'infirmière nous dit qu'il faudrait probablement attendre un certain temps avant que les résultats n'arrivent. Les urgences étaient bondées ce soir, donc quelqu'un viendrait quand il pourrait. Je pris cela comme un bon signe. S'ils s'étaient vraiment inquiétés de la blessure à la tête de Geoff, ils n'auraient pas attendu. J'avais eu assez de commotions cérébrales pour pouvoir juger de leur gravité – ou de la gravité dont déciderait quelqu'un – en fonction de la rapidité des tests et des résultats. Leur attitude de ce soir, « *Bah, on y travaille* », me rassurait beaucoup.

Enfin, Valerie se tourna vers les enfants.

— Bon. Il se fait tard. On devrait rentrer pour que vous puissiez dormir avant l'école.

Les enfants se renfrognèrent, mais acquiescèrent. Ils étreignirent leur père avec précaution, chacun le serrant un petit instant de trop, ce qui ne le dérangea clairement pas du tout. Après tout ce qu'il m'avait raconté au sujet de leur relation fragile ces derniers temps, je n'étais pas surprise.

Je dis au revoir aux enfants et à leur mère. Après leur départ, Laura sortit téléphoner à leur capitaine et quelques autres personnes. Geoff et moi avions donc quelques minutes à nous consacrer.

Quand la porte se referma derrière Laura, il leva les yeux vers moi.

— Bon. Maintenant, tu as rencontré mes enfants.

— Ouais.

Je regardai la porte par laquelle ils étaient partis, puis lui à nouveau.

— C'est bizarre ?

— Nan.

Geoff glissa sa main dans la mienne.

— Ils allaient le découvrir tôt ou tard. Ce n'était pas tout à fait comme ça que je l'avais prévu, mais…

Souriant légèrement, il haussa les épaules.

— Je pense que ça s'est assez bien passé.

Mes épaules commencèrent à se détendre.

— Ouais, ça s'est bien passé. Je ne sais pas comment je pensais que ça se passerait, mais c'était… c'était correct.

— Ça aurait pu être pire. Crois-moi.

— Je te crois sur parole.

Je rapprochai la chaise du brancard et m'assis.

— Tu, euh… ça ne te dérange pas que j'aie débarqué dans ta chambre d'hôpital et que je les ai rencontrés avant que tu sois prêt, n'est-ce pas ?

— Non, bien sûr que non.

Il me caressa le dos de la main.

— J'aurais dû t'envoyer un message et te dire où j'étais avant d'éteindre mon téléphone. Mais même si je ne l'ai pas fait…

Il sourit.

— Je ne vais pas dire non pour te voir.

— Même avec tes enfants et ton ex-femme dans la pièce ?

Geoff me tapota la main.

— Relax. Tout s'est bien passé et nous n'avons plus à nous inquiéter de la rencontre. Si cela m'avait vraiment inquiété, j'aurais demandé à Laura de te dire que je t'enverrais un texto plus tard ou quelque chose comme ça.

Il referma ses doigts autour des miens.

— Mais je n'allais clairement pas te renvoyer après la façon dont les choses se sont passées ce soir. Et bon sang, ils sont arrivés à l'improviste, puis toi aussi. Peut-être que c'était le destin que vous vous rencontriez maintenant.

Cela soulagea une partie de ma nervosité. J'allais repenser à cela sous tous les angles pendant quelques temps, mais si ça n'avait pas dérangé Geoff, je pourrais au moins respirer un peu mieux.

En dehors du fait qu'il se trouvait dans ce foutu service des urgences et que j'avais rencontré accidentellement ses enfants parce que mon idiot d'ex avait pété un câble et l'avait frappé.

— Au fait, dis-je en grimaçant, je suis vraiment désolé pour ce soir.

— Ne le sois pas.

Il passa son pouce sur le dos du mien.

— M'occuper de ce genre de conneries, c'est mon travail.

— Mais quand même. C'est mon ex, tu vois ? Si j'avais eu cette fichue ordonnance de protection et que je n'avais pas eu peur de le voir débarquer à…

— Wow, wow, wow.

Geoff serra ma main et me regarda droit dans les yeux.

— Ne pense pas comme ça. Tu as le droit de te sentir en sécurité et il a été averti de rester loin de toi.

— Mais tu n'étais pas censé être blessé, murmurai-je.

— C'est l'un des risques de mon travail.

Il porta ma main à ses lèvres et soutint mon regard en embrassant doucement mes doigts.

— Je vais bien, tu vas bien, et il est en prison. C'est ce qui est important.

— La question, c'est : va-t-il y rester ?

— Ça dépend du procureur.

Geoff fouilla mes yeux.

— Nathan a intérêt à avoir un avocat digne de ce nom, mais même si c'est le cas, il est plutôt foutu.

— Vraiment ?

Geoff hocha lentement la tête.

— Il s'est juste compliqué les choses. Après ce soir, il penche vers voies de fait et coups et blessures sur un policier.

— Voie de faits ? soufflai-je.

— Oui. Il ne fera probablement pas beaucoup de prison. Peut-être quelques années, en plus de la probation.

— Waouh.

— Je parlerai au procureur quand je reviendrai au travail. Voir si je peux avoir une idée de la façon dont tout ça va se passer.

Je hochai lentement la tête.

— D'accord. Bien.

C'était bizarre d'imaginer que Nathan irait en prison. Même si ce n'était que pour quelques mois voire quelques années. J'avais l'impression que c'était comme une… confirmation ? Comme si je n'avais pas inventé les quatre dernières années ou que je n'avais pas tout exagéré de façon démesurée dans mon esprit. Non, Nathan était vraiment un connard violent, et maintenant il y aurait des conséquences. Pour lui, pas pour moi. C'était un sentiment étrange et enivrant, et je ne savais pas trop quoi en penser, d'autant plus que Nathan avait dû frapper Geoff pour que ces conséquences se produisent.

Parce que tu es un lâche et que Geoff ne l'est pas.

— Hé.

Geoff frotta mon pouce du sien.

— Tu vas bien ?

— Ouais.

Je croisai son regard et réussis à sourire.

— J'essaye juste de digérer tout ça.

— Tu y arriveras.

— On verra.

Je me tus un instant.

— Combien de temps avant que tu puisses retourner au travail ?

— Je ne sais pas encore. Cela dépendra de ce que disent les médecins, mais probablement une semaine ou deux, au moins. Ils n'aiment vraiment pas nous renvoyer en patrouille après une blessure à la tête jusqu'à ce qu'ils soient sûrs que notre état est stable.

— C'est plutôt malin. Au moins, tu n'as pas à patiner sur la glace avec une commotion cérébrale.

— Non, mais ils me donnent une arme, un Taser et une voiture, alors…

— Tu marques un point.

Je réussis à rire.

— Bon sang. Évidemment, tu as une semaine ou deux d'arrêt durant lesquelles je vais être occupé à mort.

— Ouais, hein ? Mais je ne pense pas que je serai de très bonne compagnie. Je suis à peu près sûr que le sexe ne sera pas à l'ordre du jour.

Il grimaça et je pensai le voir devenir un peu vert.

— Ça me va totalement.

Je pris sa main dans les deux miennes.

— Je peux vivre sans sexe pendant un moment, tant que tu vas bien.

— Je vais bien. Arrête de t'inquiéter pour moi.

— Ha. Le jour n'est pas venu.

Geoff rit doucement et tira ma main.

— Viens là.

Je me levai et me penchai sur le brancard. Sa main libre se glissa dans mes cheveux et nous échangeâmes un long et doux baiser. Pas assez pour nous exciter, mais assez pour me rassurer que, malgré tout ce qu'il s'était passé ce soir, Geoff allait bien. Nous allions bien.

Et bordel de merde, il a dit à ses enfants que je suis son petit ami.

Chapitre 15
Geoff

Le matin après m'être fracassé la tête contre le sol s'avéra être dans la même veine que les conséquences des fêtes de Marines. Entre l'énorme mal de crâne et les moments misérables passés à vomir, cela me ramena vraiment à cette époque dans le Corps où j'avais mis à l'épreuve l'endurance de mon foie et de ma paie. Youpi, la nostalgie.

J'avais des textos d'Asher, de Laura, de Valerie et des enfants et j'espérais qu'aucun d'entre eux n'était énervé par mes réponses d'un seul mot. Je voyais bien – le docteur m'avait dit de faire attention à toute vision double et je n'avais rien de ça – mais me concentrer trop longtemps sur l'écran faisait tambouriner ma tête. Toute la matinée, j'avais reçu des appels de mon capitaine, mon représentant syndical, le service juridique du stade, le service juridique des *Snowhawks* et quelqu'un s'occupant de mon dossier d'accident du travail. J'avais réussi à me concentrer suffisamment pour ces conversations. Je l'espérais, en tout cas. Les détails étaient flous. Si je n'avais pas eu plusieurs commotions cérébrales durant mon temps dans le Corps des Marines et une ou deux pendant que je jouais au football américain au lycée, j'aurais probablement été inquiet, mais j'étais déjà passé par là. C'était chiant, c'était perturbant, mais c'était ce qui se passait lorsque vous voyiez trente-six chandelles. J'aurais probablement dû m'inquiéter de la routine que c'était devenu pour moi. Peut-être que ma mère avait raison : j'avais peut-être besoin de ralentir un peu.

Entre les appels téléphoniques et les textos, je passai la journée allongé sur le canapé. J'étais plus à l'aise sur le dos, mais la plaie collée à l'arrière de ma tête n'était pas d'accord. Je regardai un peu la télévision, puis je l'éteignis parce que cela me donnait mal au cœur. Après ça, maux de tête et ennui-conneries-sur-mon-téléphone se livrèrent un âpre combat — jusqu'à ce que les maux de tête me poussent à arrêter, regarder dans le vague, jusqu'à ce que l'ennui me pousse à nouveau à prendre mon téléphone. Cette journée était fun.

En milieu d'après-midi, surtout après avoir mangé avec beaucoup de prudence, je me sentis un peu mieux. Toujours comme si j'avais été traîné à l'arrière d'un 4x4 pendant quelques kilomètres, mais moins comme si ma tête allait exploser ou que j'allais jouer un rôle dans L'Exorciste. J'avais appris à la dure par le passé que je devais encore y aller mollo, donc je poursuivis ma quête d'être aussi paresseux qu'humainement possible.

Ma tête battant avec moins d'enthousiasme qu'auparavant, je passai de ma position allongée sur le canapé à la position assise dans le fauteuil inclinable. Un oreiller cervical m'empêcha de faire pression sur la plaie recollée, et la position verticale me permit de me servir de mon iPad au lieu de mon téléphone. Moins de fatigue oculaire, victoire.

Naturellement, je regardai le match de la nuit dernière, car je n'avais pas eu la chance d'interroger Asher à ce sujet aux urgences. Ou peut-être que je ne m'en souvenais pas. Quoi qu'il en soit, il s'avéra que les *Snowhawks* avaient gagné 4-3, ce qui était un soulagement. Pas étonnant, non plus. Je doutais qu'Asher ait eu la tête à jouer, mais même s'il était l'un des joueurs les plus forts de la ligue, le reste de son équipe n'était pas exactement constituée de fainéants.

Je n'osai regarder aucun des moments marquants. Le hockey allait beaucoup trop vite pour que je puisse même y penser. Je parcourus toutefois un récapitulatif et fus soulagé de voir qu'Asher avait été fort sur la glace. Il avait été fragile pendant la première manche, s'était repris pendant la deuxième, puis avait sorti son jeu offensif et agressif lors de la troisième. Il avait contribué aux deux derniers buts de l'équipe, qui s'étaient produits au cours de la deuxième moitié de la troisième manche.

Je souris en parcourant lentement l'article. J'étais heureux qu'Asher ait pu jouer sans être distrait par Nathan ou moi. Dieu merci, tout s'était déroulé en huis clos ; pour autant que je sache, Asher n'avait eu aucune idée de ce qui s'était passé avant la fin du match. Il avait pu jouer les deuxième et troisième manches en sachant que Nathan n'était plus dans les gradins et c'était tout ce qu'il avait eu besoin de savoir.

Au milieu de l'après-midi, mes enfants rentrèrent de l'école. Quand ils entrèrent dans l'appartement, je posai mon iPad. Tous deux me regardèrent avec curiosité, ce qui était un progrès par rapport à l'hostilité qui les avait suivis ces derniers mois.

David posa son sac à dos près de la table de la cuisine.

— Comment va ta tête ?

— Mieux que ce matin. Comment c'était, l'école ?

— Bof.

Claire rangea son sac à sa place habituelle à côté du placard à manteaux, puis s'assit sur le canapé.

— Ils ont dit que tu allais bien, non ? Après la commotion cérébrale ?

Je hochai la tête avec précaution.

— Ouais. J'ai eu pire que ça. Les scans n'ont rien montré, alors oui, je vais bien.

Elle acquiesça, relâchant un long soupir.

David la rejoignit sur le canapé. Ils étaient tous les deux silencieux, mais l'air était chargé d'une tension que je n'avais pas ressentie depuis longtemps. Pas de colère ni d'hostilité. Cela ressemblait davantage au sentiment de devoir dire quelque chose, sans que personne ne sache vraiment quoi. Les enfants échangèrent un regard. Regardèrent leurs mains. Me jetèrent un coup d'œil. S'agitèrent.

— Vous voulez me parler de quelque chose ? dis-je aussi doucement que je pouvais.

Plus de mouvements et de regards. Enfin, David déclara :

— Je pensais que tu ne voulais plus sortir avec un homme riche.

Merde. Ils avaient entendu ça ? Je ne l'avais pas dit à l'un d'entre eux, mais peut-être qu'ils m'avaient entendu m'épancher auprès de leur mère. Quoi qu'il en soit, le commentaire n'était pas une accusation, assez étrangement. Mon fils semblait plutôt confus.

— Pour être honnête, répondis-je, je ne voulais pas sortir avec qui que ce soit pendant un moment. Mais, j'ai rencontré Asher et… je ne sais pas. Ça a collé entre nous.

Mes enfants me dévisagèrent, avec d'étranges regards incrédules.

— Quoi ? demandai-je.

— C'est juste…, dit Claire doucement.

Un peu tristement.

— Déjà, tu n'as jamais souri comme ça quand tu parlais de Marcus.

Étais-je en train de sourire ? Oh, oui, apparemment.

David remua, pressant son coude sur l'accoudoir du canapé.

— Est-ce qu'il ne vient pas juste de rompre avec quelqu'un aussi ?

— Oui, en effet. L'autre soir, quand quelqu'un l'a filmé devant le restaurant.

— Et t'a filmé, toi.

— Et moi, oui.

Les sourcils de Claire se haussèrent.

— Donc vous vous êtes rencontrés quand il rompait avec son petit ami, et ça a collé entre vous ?

— Ce n'est pas si simple. Je l'ai vu plusieurs fois par la suite. Pour vérifier qu'il allait bien quand son ex ne voulait pas le laisser tranquille. Des choses comme ça. Nous avons commencé à parler et quand les choses se sont calmées… eh bien, nous y voilà.

D'accord, ce n'était pas aussi simple, mais c'était assez proche de la vérité. Je n'aurais peut-être même pas dû expliquer ça, mais étant donné le terrain miné sur lequel je me trouvais avec mes enfants depuis que j'avais quitté Marcus, une meilleure communication en vue d'un changement semblait être la meilleure approche.

Je pris une profonde inspiration.

— Écoutez, je suis désolé de ne pas vous avoir parlé de lui. Ou même que je voyais quelqu'un tout court. Je voulais juste voir s'il y avait quelque chose entre nous avant ça.

David remua encore.

— Est-ce que, euh, il y a quelque chose ?

— Tu veux dire, est-ce que les choses sont sérieuses avec Asher ?

Il acquiesça, son malaise lui faisant froncer les sourcils.

Je haussai les épaules.

— Je ne sais pas. Vraiment pas. C'est encore assez récent et nous nous remettons toujours de nos ruptures.

— Oh, fut tout ce qu'il dit.

J'étudiai mes deux enfants, essayant de mon mieux de savoir ce qu'ils pensaient.

— Des commentaires ? Des questions ?

Ils évitèrent mon regard, tous les deux remuant, mal à l'aise.

— C'est toujours bizarre, admit Claire. Je veux dire, c'est cool que tu sortes avec Asher Crowe.

Elle secoua la tête et rigola comme si elle ne pouvait pas croire qu'elle avait dit ces mots, mais son amusement disparut rapidement.

— Mais ... Marcus.

Je commençais à devenir doué pour ne pas tressaillir quand mes enfants mentionnaient mon ex.

— Je sais. Et je sais que vous avez toujours des difficultés à cause de la façon dont les choses se sont terminées avec lui.

Je me tus un moment.

— Si ça peut vous aider, je ne cherchais pas à rencontrer quelqu'un. Nous sommes juste tombés l'un sur l'autre.

Cela sembla atténuer la rigidité des traits et de la posture de mes enfants. Était-ce ce qu'ils avaient besoin d'entendre ? Que je n'avais pas été activement à l'affût et que j'étais tombé tête la première dans cette relation ? Bon sang, pourquoi n'y avait-il pas un guide pour tout ça ?

— Je sais que vous avez tous les deux dit que c'était trop tôt, continuai-je sur le même ton, et que vous n'aimez pas que je fréquente quelqu'un. Cela vous dérange que je sorte avec Asher ?

Ils semblèrent y réfléchir un instant. Enfin, David secoua la tête.

— Je suppose que non.

Claire haussa les épaules.

— Je veux dire, c'est toujours bizarre. Marcus me manque toujours. Je pense toujours que ça craint qu'il soit parti.

Elle remua un peu.

— Mais… je suppose que si tu es heureux avec Asher…

Un autre haussement d'épaules.

Elle avait dit cela de cette façon apathique que les adolescents utilisaient souvent pour dire les choses, mais entendre ces mots fut un grand soulagement pour moi. Peut-être que nous allions enfin arriver à quelque chose. Non, ils n'étaient toujours pas ravis que j'aie quitté Marcus, mais ils se réchauffaient lentement à l'idée que je sorte avec Asher. C'était un début. Un sacré bon début, après la façon dont les choses s'étaient passées récemment.

— Alors, ça vous va pour la suite ? demandai-je prudemment.

Les deux enfants réfléchirent un moment, puis acquiescèrent.

— D'accord. D'accord, bien.

Je les observai tous les deux.

— Et que les choses soient claires : Asher n'est pas vraiment une personnalité inconnue. Une fois que les gens auront compris que nous sortons ensemble…

Claire rit.

— Oh, quelle horreur. Tout le monde à l'école parlera de mon père qui sort avec Asher Crowe.

Je ris aussi, mais me calmai assez vite.

— Sérieusement, j'ai besoin que vous fassiez tous les deux attention. Surtout s'il est révélé que je sors avec Asher. Si des journalistes essaient de vous parler, vous leur dites que vous ne pouvez pas leur parler sans la présence d'un de vos parents. Quelqu'un vous embête : venez m'en parler, ou à votre mère, ou au principal, faites ce que…

— Papa. Bon Dieu. On sait.

Claire leva les yeux au ciel.

— On n'est pas idiots.

— Non, vous ne l'êtes pas, mais vous n'avez jamais eu à faire face à la célébrité auparavant. Pas même à ce niveau. Donc, je veux juste m'assurer que vous fassiez attention. D'accord ?

Ils acquiescèrent et murmurèrent leur accord. C'étaient des enfants intelligents, donc je savais qu'ils prendraient ça au sérieux.

Certes, je m'étais posé des questions à quelques reprises – et continuerais probablement à me poser des questions – si je devais continuer à fréquenter Asher pour cette même raison. Est-ce que je voulais que mes enfants soient potentiellement sous le feu des projecteurs ?

Mais y avait-il vraiment autant de projecteurs que ça sur Asher ? C'était un joueur de hockey, pas un homme politique ou une rock star ou un acteur. Quand ça se saurait, je ne doutais pas que cela attirerait l'attention, en particulier s'il y avait peu d'autres nouvelles ce jour-là, mais il y avait de fortes chances que les enfants et moi-même soyons en sécurité. Les gens n'étaient pas si intéressés que ça par la vie amoureuse d'un athlète professionnel. Pas même un athlète gay.

Je l'espérais, en tout cas.

Chapitre 16
Asher

Je voulais vraiment voir Geoff, et il m'avait dit plus tôt par texto que je pouvais venir, mais j'avais un autre arrêt à faire d'abord.

Tous ceux qui s'étaient trouvés sur la glace hier soir n'étaient pas obligés de s'entraîner aujourd'hui, donc je ne pris pas la peine d'aller dans le vestiaire lorsque j'arrivai au stade. Au lieu de cela, je montai directement au bureau de l'entraîneur Morris.

Le cœur battant, je frappai au cadre de la porte.

— Hé. Vous vouliez me voir ?

Il leva les yeux de l'écran de son ordinateur et, quand il me vit, ôta ses lunettes et croisa les mains sur le bureau.

— Entre. Ferme la porte.

Oh, génial. Une réunion à huis clos avec l'entraîneur Morris. C'était toujours fun.

Je fis silencieusement ce que l'on m'avait demandé et pris place devant son bureau.

— Je pense que nous devons parler de l'incident qui a eu lieu pendant le match de la nuit dernière. Avec le flic qui a été blessé.

L'entraîneur inclina la tête et j'aurais pu jurer qu'il lisait en moi.

— J'ai cru comprendre que l'autre partie concernée était ton partenaire.

Je déglutis.

— Ex-partenaire. Et oui. J'ai entendu dire qu'il avait été jeté dehors.

— Il l'a été.

L'entraîneur inclina la tête, les yeux toujours rivés sur moi.

— Les responsables de la salle ne sont pas très heureux de voir un abonné jeté dehors, mais il a apparemment été averti par la police de rester loin de toi. Tu sais quelque chose à ce sujet ?

Je détournai le regard.

— C'est vrai ? insista-t-il.

— C'est...

Je me mordis la lèvre, ne sachant pas à quel point je devais révéler mon jeu.

— Ouais. C'est vrai.

La chaise de l'entraîneur grinça, mais à part ça, la pièce était silencieuse.

— Est-ce qu'il se passe quelque chose que je devrais savoir ?

Je me frottai le talon contre le pied de la chaise, juste pour m'occuper à quelque chose. J'étais douloureusement agité et le regard appuyé de mon entraîneur me rendait encore plus nerveux qu'auparavant. Ça en disait long.

Eh bien, Asher ? Qu'est-ce que tu vas faire ?

C'était une sacrée bonne question. C'était ma chance. Je pourrais enfin dire à quelqu'un ce à quoi j'avais fait face ces dernières années, même s'il ne s'agissait que de l'entraîneur et de personne d'autre de l'équipe.

Dans mon esprit, je pouvais voir l'entraîneur piquer une crise et demander pendant combien de temps j'allais laisser ça foutre en l'air mon jeu – et combien de temps j'allais continuer à encaisser ces chèques non négligeables – avant de me sortir la tête du cul et de commencer à me comporter comme un professionnel.

« Vos conneries personnelles, ce sont vos conneries personnelles, » nous avait-il dit un soir. « N'amenez pas ça sur ma glace ».

Ni dans mon stade, probablement.

Remuant toujours nerveusement, je me raclai la gorge.

— Ce n'est rien. Les choses ont mal tourné la nuit où nous avons rompu. Les flics lui ont dit de rester loin de moi, sinon il serait arrêté pour harcèlement.

— Penses-tu qu'il soit nécessaire de l'empêcher d'accéder au stade ?

— Ça l'est, si vous voulez que je me concentre sur le hockey.

Je bougeai un peu.

— Mais il risque la prison pour avoir frappé le flic, alors...

L'entraîneur cligna des yeux. Puis acquiesça.

— Très bien. Dans ce cas, je vais dire à la direction de trouver un arrangement pour le rembourser ou...

Il agita la main.

— Peu importe, c'est à eux de régler le problème. Pour résumer, je ne veux pas de lui dans le stade si ça bousille un de mes joueurs.

Tambourinant des ongles sur le bureau, il croisa mon regard.

— As-tu envisagé une ordonnance restrictive ?

Ma bouche s'assécha et je secouai la tête.

— Je ne pense pas que ce soit nécessaire.

Ses sourcils se froncèrent légèrement, comme s'il essayait de lire une carte que je ne montrais pas. Puis il haussa les épaules.

— Bon, c'est toi qui vois. Au moins, on a le rapport de police d'hier soir, donc ça suffira pour que ses billets soient annulés. S'il va en prison, ce ne sera pas un problème de toute façon. Pas pour un moment. La direction du stade et le club de hockey sont tous deux fortement en faveur d'une interdiction à vie, également. Nous ne tolérons pas la violence ici.

Je réussis à rire sèchement.

— Sauf sur la glace ?

L'entraîneur rit, mais sans conviction. Il soutint mon regard. Longtemps. Et mon cœur se mit à battre plus fort quand je me demandai s'il allait essayer de creuser davantage et d'obtenir plus de réponses de ma part. Enfin, il soupira.

— Bon. On se voit demain.

— D'accord. À demain.

Je me levai et sortis, et bon sang, c'était un sentiment étrange de sortir du bureau de l'entraîneur et de savoir que j'avais réussi à garder mon secret. C'était une victoire et une défaite à la fois. Comme si je voulais garder pour moi la vérité à propos de Nathan, mais que j'avais désespérément besoin que l'entraîneur continue à fouiner jusqu'à me soutirer cette vérité. Ensuite, je n'aurais plus eu à la porter seul.

Tu aurais pu simplement lui dire, idiot.

Je soupirai, fourrant mes mains dans mes poches en me dirigeant vers le parking. Simplement lui dire ? Comme si c'était si facile que ça. Comme si quoi que ce soit avait jamais été simple quand cela impliquait Nathan.

Ou peut-être l'était-ce, et j'étais trop lâche pour permettre à mon entraîneur et mes co-équipiers de voir au-delà du voile et de découvrir la vérité sur les quatre dernières années.

Tout ce que je savais maintenant, c'était que j'avais eu l'occasion de m'ouvrir à mon entraîneur et de laisser quelqu'un voir à quel point j'avais traversé l'enfer.

Mais je n'avais pas tenté le coup.

En conduisant du stade vers Lake City, je me sentais comme de la merde. Plus je rampais à travers la circulation, plus je voulais faire demi-tour et aller dire la vérité au mon entraîneur. Mais je n'y retournai pas, parce que je savais que je ne le lui dirais pas. Mon enfer intime avec Nathan était terminé, maintenant. Si je n'avais pas pu en informer l'entraîneur ou mes co-équipiers pendant que cela se produisait, à quoi bon leur dire maintenant ?

Enfin, le GPS me dit que j'étais arrivé à ma destination – l'appartement de Geoff – donc je me sentis un peu moins comme de la merde. Toujours comme un putain de lâche, mais j'allais bientôt me retrouver dans la même pièce que Geoff. Difficile de ne pas se sentir mieux.

En chemin, je m'étais arrêté pour prendre quelques plats à emporter. Geoff avait mentionné qu'il souffrait encore du coup reçu la nuit dernière, donc j'avais proposé de rapporter le repas, et maintenant j'avais les bras chargés du dîner et de boissons pour nous et ses enfants. Ce n'était pas la chose la plus saine au monde, mais bon. Une nuit de malbouffe ne me tuerait pas.

Je montai l'escalier jusqu'au deuxième étage, vérifiai deux fois que c'était le bon appartement et frappai.

À ma grande surprise, Claire répondit. Quand elle me vit, elle sourit timidement.

— Salut.

— Salut.

Je lui rendis son sourire, ne sachant toujours pas comment interagir avec la fille adolescente de mon petit ami.

— Je... euh...

Je fis un geste avec les sacs.

— J'ai apporté à manger.

— Oh !

Elle regarda les sacs et tendit la main.

— Donne, je vais t'aider.

— Prends juste les boissons, je pense que je peux gérer le reste.

Claire prit le plateau contenant quatre grands sodas. Sans avoir à le tenir en équilibre, il était beaucoup plus facile de manipuler les sacs.

Elle me conduisit dans l'appartement, faisant une pause pour que je puisse retirer mes baskets, puis traversa le salon jusqu'à la cuisine.

Geoff était sur un fauteuil en cuir et se leva avec lenteur.

— Hey. Merci d'avoir acheté à manger.

— Pas de problème.

Je posai les sacs sur le comptoir et le regardai entrer avec précaution dans la cuisine.

— Comment te sens-tu ?

— Comme si on avait échangé nos boulots pour une soirée.

David, qui était sur le canapé, rit sans lever les yeux de son téléphone.

— Tu ne tiendrais même pas une manche, papa.

— Hé !

Geoff essaya de se renfrogner, mais échoua lamentablement.

— Je sais me débrouiller sur la glace.

Son fils leva les yeux.

— Pas avec le PHL.

— Oh, il s'en sortirait probablement bien, dis-je en serrant l'épaule de Geoff. On irait mollo avec lui.

Geoff me jeta un regard noir, mais ses enfants ricanèrent.

— Tu es de quel côté, toi ? murmura-t-il en me donnant un coup de coude.

Je me contentai de rire et Geoff m'embrassa doucement sur la bouche. Les enfants ne semblèrent ni le remarquer ni en être gênés ; je supposai que ce n'était pas si inhabituel pour eux de voir leur père montrer de l'affection à un homme. Tout ce qu'il fallait maintenant, c'était que je m'habitue à avoir un « petit ami avec enfants ».

Pendant que Geoff et Claire versaient la nourriture dans des plats, je restai à l'entrée de la cuisine pour ne pas être dans leurs pattes. Là, je remarquai des photos encadrées accrochées dans l'entrée et la curiosité prit le dessus.

L'une d'entre eux était un très jeune Geoff en uniforme bleu. Probablement au camp d'entraînement. À côté, c'était lui dans un uniforme beaucoup plus décoré et une plaque gravée se trouvait sous cette photo : « Au Sergent d'État-major Logan, félicitations pour votre retraite ». Entre les deux, quelques clichés encadrés le montraient en tenue de camouflage, souriant avec des amis au milieu de ce qui ressemblait à un désert.

Bon sang, il était sacrément sexy en Marine.

Je passai des photos militaires aux photos de famille. L'une d'elles avait manifestement été prise il y a longtemps et montrait Geoff et Valerie avec deux jeunes garçons. Disneyland ou Disney World, à en juger par les oreilles de Mickey Mouse sur la tête des enfants et le château en arrière-plan. C'était assez étrange de voir une photo de lui avec son ex-femme au mur, mais c'était sympa. J'aimais qu'ils entretiennent encore d'aussi bonnes relations et, que leur mariage ait réussi ou non, qu'ils soient toujours une famille.

Les enfants sur la photo ressemblaient clairement à Geoff et Valerie, et l'un était visiblement David, mais l'autre ? Peut-être un neveu ?

J'esquissai un geste vers les deux enfants.

— Qui est l'autre garçon sur celle-ci ?

Geoff se pencha hors de la cuisine.

— Oh, c'est…

— Moi.

Claire apparut à côté de moi, le regard fixé sur la photo. Elle désigna le plus grand des deux enfants.

— C'est moi quand j'avais neuf ans.

Je lui jetai un coup d'œil, puis à la photo, et la ressemblance me parut maintenant évidente.

— Oh.

— J'ai demandé à papa de les retirer pendant un temps.

Elle désigna plusieurs photos plus anciennes d'elle et de son frère.

— Mais ça me manquait d'avoir des photos de ces voyages et de ces vacances, alors je les ai remises.

Je hochai la tête, ne sachant pas quoi dire.

— Alors c'était Disneyland ou Disney World ?

— Disneyland.

Elle sourit en jetant un coup d'œil à son père.

— C'était quand papa était en poste à San Diego. Je crois qu'on y est allés genre, quatre fois.

— Eh bien, vous y êtes allés quatre fois avec votre mère, précisa Geoff en rigolant. Certains d'entre nous devaient bosser.

— Hé hé. Dommage pour toi.

— Hmm-hmm. Tiens, porte ça à ton frère.

Geoff lui tendit quelques assiettes. Quand elle eut rejoint David au salon, il se tourna vers moi et baissa la voix.

— Au fait, j'ai parlé avec ma partenaire, un peu plus tôt. À propos de Nathan.

Des picotements me parcoururent.

— Ah oui ?

Geoff hocha la tête, récupérant une frite sur son assiette.

— Il a été libéré sous caution, mais…

Il posa une main sur mon épaule.

— Ne panique pas. Je n'ai pas fini.

Je soupirai. Je ne m'étais même pas rendu compte que j'avais commencé à me crisper jusqu'à ce que Geoff me dise de ne pas paniquer.

Il poursuivit d'une voix douce.

— Il va bientôt passer en jugement. Ma partenaire m'a répété que le juge avait dit sans équivoque à Nathan que s'il t'envoyait des textos, il serait condamné à la peine maximale pour toutes ses accusations. Étant donné qu'il risque une condamnation pour coups et blessures, et agression criminelle, ce n'est pas une petite menace.

Je me détendis un peu plus.

— Tu penses qu'il va réellement aller en prison ?

Geoff sourit.

— Le procureur n'a aucune indulgence pour les violences domestiques ou les agressions. Ni le juge affecté à l'affaire. Il ne purgera pas une longue peine, mais il verra clairement une cellule. S'il est malin, il fera attention à l'avenir. Sinon, il ne fera qu'ajouter à sa peine.

Je poussai un autre soupir en hochant la tête.

— Bon, tant mieux. Je veux juste que tout ça soit fini.

— Je sais. Et ça l'est presque.

— Est-ce que je vais devoir témoigner ?

— Peut-être, mais je pense que le procureur va concentrer son énergie sur ce que Nathan m'a fait. Les juges et les jurés n'apprécient pas ceux qui s'attaquent aux flics.

J'aurais voulu être agacé par le fait que Nathan prendrait plus cher pour avoir frappé Geoff que pour tout ce qu'il m'avait fait, mais en cet instant, je préférais la solution qui me demanderait le moins d'avoir à témoigner et permettrait le plus de prison possible pour Nathan, donc je ne me plaignis pas.

— D'accord. J'espère que je n'aurai pas à témoigner pendant un match à l'extérieur.

Geoff me serra le bras.

— Ne t'inquiète pas. Laura a remis au juge une copie de l'emploi du temps des *Snowhawks* et ils vont essayer de faire du mieux qu'ils peuvent.

— Oh, parfait.

— Tout ira bien. C'est presque fini.

Il prit une assiette et me la tendit.

— Allons manger.

Je saisis l'assiette et le suivis dans le salon où les enfants avaient déjà attaqué. Pendant que nous mangions, j'essayai de rester concentré sur la conversation, mais mon esprit était bloqué sur tout ce que Geoff m'avait dit. J'étais à la fois étrangement soulagé et extrêmement anxieux. Comme si c'était un énorme pas dans la bonne direction, mais que quelque chose pouvait encore mal tourner.

Encore et encore, je me rappelai que Nathan avait, à toutes fins pratiques, quitté ma vie. J'allais faire preuve de prudence et ne pas considérer que c'était déjà fini, mais j'espérais plus qu'au cours des quatre dernières années. Je pouvais respirer. Il n'allait pas débarquer à un match ou sur le pas de ma porte. Lorsque mon téléphone sonnerait ou vibrerait, ce ne serait pas lui. Du moins je l'espérais.

Je voulais croire à tout ça. Vraiment. J'avais aussi cru Nathan à plusieurs reprises lorsqu'il m'avait dit qu'il ne me toucherait plus jamais de la sorte ou lorsqu'il m'avait juré qu'il n'avait pas voulu que les choses aillent si loin. Mais je n'avais pas pu lui faire confiance. Comment diable pourrais-je croire qu'il était vraiment parti ?

Génial. Nathan faisait face à la prison et je n'arrivais toujours pas à souffler. Pas étonnant que cela m'ait pris autant de temps avant de le larguer : j'avais su que rompre avec lui serait plus difficile que de rester avec lui. Mais ça en valait la peine.

Je jetai un coup d'œil à ma gauche et croisai le regard de Geoff. Nous échangeâmes un sourire. Mon cœur s'emballa. Et mon estomac se souleva, parce que j'étais toujours angoissé par tout ça. Au moins, Geoff s'avérait être une distraction très efficace et enthousiaste de mon connard d'ex-petit ami.

J'espérais juste que cela ne s'arrêterait pas de sitôt.

Chapitre 17
Geoff

— Désolé, je ne peux rien te promettre ce soir, dis-je quand Asher me fit entrer chez lui, une semaine après l'incident survenu au stade. Ma tête est toujours…

Je grimaçai.

— Ce n'est rien.

Il ferma la porte derrière moi.

— Ça me va très bien d'y aller doucement.

— Ouais je parie. Le match de la nuit dernière avait l'air un peu intense.

— Hmm-hmm.

Il désigna l'ecchymose sur sa pommette.

— On peut dire ça.

Nous rigolâmes avant de nous rendre dans la cuisine. Aucun de nous n'était d'humeur à cuisiner, donc Asher avait déclaré que ce serait jour de relâche et commandé une pizza pendant que j'étais en chemin. Je continuais à soutenir que le restaurant au bout de sa rue n'était pas aussi bon que celui où j'allais à Lake City, mais c'était une sacrée bonne pizza. Enfin je n'allais pas me montrer trop difficile, du moment que quelqu'un d'autre faisait à manger.

Pendant que nous attendions la pizza, Asher sortit une poche de glace du congélateur, l'enveloppa dans un torchon et la posa avec précaution sur sa pommette. Il siffla, mais la garda posée là.

— Ça fait mal ? demandai-je.

— Bof, dit-il en se renfrognant. Ce sera sensible quelques jours. Rien de grave.

Il me regarda par en-dessous.

— On fait la paire, hein ?

— Ouais.

Au moins son visage n'était pas aussi coloré que le mien après le coup de Nathan, mais il y aurait certainement une trace pendant plusieurs jours. Les miennes commençaient enfin à s'estomper, donc j'avais un joli cercle violet foncé autour de l'œil, bordé de vert et de jaune. Lors de mes débuts dans la Marine, cela aurait été une chose dont j'aurais été fier, probablement à la suite d'une bagarre de bar dont je ne me serais même pas souvenu. Ces temps-ci, cet hématome était un truc qui me réveillait quand j'oubliais qu'il était là et que j'essayais de dormir de ce côté.

Notre pizza arriva et je m'en occupai pendant qu'Asher sortait des assiettes et nous servait du soda. Le livreur me jeta un regard étrange, probablement à cause de mon œil au beurre noir, et j'essayai de ne pas me demander s'il était déjà venu ici auparavant et avait vu Asher avec des marques similaires.

Circule, gamin. Y'a rien à voir.

Après le départ du livreur, nous nous installâmes sur le canapé d'Asher avec la pizza et nos verres. Il gardait la poche de glace à portée de main et je le comprenais. J'avais dû m'appliquer tout autant de glace sur la figure pendant les jours qui avaient suivi l'incident avec Nathan. Là, et à l'arrière de ma tête. Au moins, Asher n'avait été touché que devant.

— Alors, tu as regardé le match ? demanda-t-il en tirant une part de pizza de la boîte pour la poser dans son assiette.

Je hochai la tête.

— Premier soir où je peux, en fait. Depuis la commotion cérébrale.

Il se raidit un peu.

— Oh. Exact. Ouais, je ne peux pas regarder de hockey après avoir pris un coup à la tête. Ça me donne le mal de mer.

— Exactement. Donc ça…, dis-je en le désignant d'un geste, c'est juste une ecchymose ? Pas de commotion cérébrale ?

— Nan, ils m'ont ausculté. Ils me mettraient sur le banc un moment si j'avais une commotion. Ce n'est qu'un coup. Ça va guérir.

— Il ne t'a pas loupé.

Il rit en récupérant une tranche de pepperoni sur sa pizza.

— Bah, il a donné autant qu'il a reçu.

Il jeta le pepperoni dans sa bouche.

— Et il a été stupide de vouloir se lancer dans une bagarre avec moi.

Il secoua la tête.

— Son équipe était clairement en avantage numérique. Deux de nos défenseurs étaient sur le banc de touche. S'il était resté sur la glace, on aurait été foutus.

Je haussai un sourcil.

— Et il t'en a quand même mis une ?

Asher acquiesça.

— Euh, le match était tendu depuis le début.

— Oui, j'ai remarqué.

— Ouais ? Donc, je pense que ce n'était qu'une question de temps avant que quelqu'un se lance dans une bagarre. Là, je venais de rentrer dans un de ses défenseurs.

On a tous les deux perdu l'équilibre, mais il est tombé et j'ai continué. Et j'ai marqué. Après ça, cet avant... Il est venu vers moi en criant, je l'ai envoyé chier et...

Il fit un geste vers son visage.

Je ris.

— Oui, les commentateurs avaient beaucoup à dire sur lequel de vous deux avait vraiment commencé.

— Je ne vais pas mentir, dit-il en haussant les épaules. Je connais ce mec, il a un sale caractère quand il est sur la glace, et moi aussi. Ce n'était qu'une question de temps. Il a juste été stupide.

Asher prit une bouchée de sa pizza.

— Ils sont restés en supériorité numérique après ça. Un de nos gars est sorti du banc de touche, heureusement, mais j'y suis allé pour cinq minutes et lui aussi. C'était donc un peu plus uniforme sur la glace et ils ont perdu l'un de leurs meilleurs attaquants.

— Pour être honnête, vous aussi.

Il eut l'air un peu penaud, mais haussa les épaules.

— Mes gars s'en sortent bien sans moi.

— Ils préféreraient probablement ne pas avoir à le faire.

— Probablement. Mais ils ont tous convenu que c'était lui le connard dans cette situation, et l'un d'entre eux l'aurait mis K.O. pour avoir lancé ce coup de poing.

Je l'observai en prenant ma part de pizza. C'était tellement bizarre d'écouter quelqu'un qui avait été victime de violence domestique parler de façon aussi détachée d'une bagarre sur la glace. Je savais avant même de rencontrer Asher qu'il ne craignait pas de se battre avec un autre joueur, mais maintenant, sachant ce que je savais à son sujet et arborant les marques de son ex violent, et lui celles d'une bagarre au hockey, je devais admettre que c'était un peu bizarre.

Après quelques bouchées de pizza – bon sang, elle était vraiment bonne – je repris la parole.

— Je peux te poser une question à laquelle tu n'es pas obligé de répondre ?

Il soutint mon regard.

— Puisque je n'ai pas à répondre, bien sûr.

Je l'observai un moment, choisissant mes mots avec soin.

— Après tout ce que tu as vécu avec Nathan, est-ce que ça te dérange ? Les bagarres sur la glace ?

Asher détourna le regard. Je pensais qu'il pourrait accepter l'offre de ne pas répondre, mais il finit par soupirer, posa la glace sur la table basse et s'adossa au canapé.

— Je ne sais pas si c'est logique ou rationnel, mais c'est différent.

— Comment ça ?

Il ne répondit pas immédiatement. Peut-être avait-il d'abord besoin de tout mettre au clair dans sa tête. Après un moment, il prit une inspiration.

— Cela m'a dérangé pendant un temps. La première fois que quelqu'un m'en a collé une après avoir été frappé par Nathan ?

Il siffla.

— Ce ne fut… pas une bonne nuit. Le hockey était devenu ma façon de lui échapper et ça m'a foutu en l'air pendant un temps. Mais ensuite, ça a cessé.

— Pourquoi ça ?

Un autre silence. Une autre profonde inspiration. Puis il posa sa pizza dans son assiette et se rassit.

— Le truc, c'est que ces bagarres font partie du hockey. C'est… je veux dire, ce n'est probablement pas la chose la plus saine au monde, mais quand je suis sur la glace, je sais dans quoi je me lance. Être joueur de hockey, c'est s'engager à beaucoup de choses, y compris à éventuellement se battre. Si une bagarre éclate, il y a des arbitres et d'autres joueurs qui interviendront avant que ça ne devienne incontrôlable. On a des rembourrages, donc je ne risque pas de tomber contre une poignée de porte et de me retrouver avec un énorme hématome dans le dos. En plus, quand c'est fini, je me fiche de savoir si l'autre type m'apprécie toujours.

— C'est donc un environnement contrôlé, d'une certaine manière.

— D'une certaine manière, oui. Ça, et Nathan m'a fait croire que je le méritais et que les gens penseraient que j'étais faible si j'en parlais. Il y avait… Il y avait ce côté psychologique qui était pire que toutes ces conneries physiques. Et…

Il ferma les yeux et relâcha un long soupir.

— Quand je me bats avec quelqu'un sur la glace, je n'ai pas peur de lui. Et je n'ai pas peur qu'il parte.

Il se mit à rire sans humour, secouant à nouveau la tête.

— Ça a l'air fou quand je dis tout ça à haute voix. Comme si je rationalisais à mort. Et peut-être que c'est le cas. Je ne sais donc pas si c'est logique pour les autres. Se mesurer à quelqu'un sur la glace, ça fait partie du hockey.

Il déglutit et ses yeux croisèrent les miens.

— Mais ça ne devrait pas faire partie d'une relation, tu vois ?

— Non, ça ne devrait pas.

Je posai ma main sur son genou et pressai doucement.

— Certains aspects de la Marine et de la police seraient totalement déplacés dans une relation. Je comprends.

Asher fouilla mon regard et, lentement, il sembla se détendre, comme si c'était ce qu'il avait eu besoin d'entendre.

— Je ne sais pas comment tu fais. Je suis mêlé à une bagarre de temps à autres parce que…

Il leva la main.

— Les mecs. La testostérone. Le hockey. Mais ce n'est jamais une question de vie ou de mort, tu vois ?

Je haussai les épaules, crispé.

— Être Marine ou flic, c'est à ça que je suis doué. Je ne sais pas ce que ça dit de moi exactement, mais voilà.

— La seule chose pour laquelle je sois doué, c'est de chasser un petit disque noir sur la glace, alors je ne te jugerai pas.

— Tu sais bien que ce n'est pas vrai.

Il me dévisagea.

— Tu es exceptionnellement doué à ça, oui, et tu es payé pour le faire, mais tu es aussi un type bien. Je ne suis pas là, à manger de la pizza et papoter, simplement parce que j'aime te regarder jouer au hockey.

Il rougit réellement, ce qui était sérieusement mignon. Même avec l'ecchymose.

— Et en plus, mes gamins t'aiment bien.

Je souris.

— Ça doit bien vouloir dire quelque chose.

— Vraiment ? Ils viennent à peine de me rencontrer.

— Mais ils t'apprécient déjà et aimeraient te voir à nouveau. D'ailleurs…

Je posai ma main sur son genou.

— Maintenant que tu les as rencontrés, serais-tu opposé à l'idée qu'on sorte ensemble ? Tous les quatre ?

— Pourquoi y serais-je opposé ?

Je haussai les épaules.

— C'est le cas pour certains gars. Mais David et Claire aimeraient te revoir, et si on continue à se fréquenter, eh bien… J'aimerais que tu les revoies. Si tu veux.

— Bien sûr.

Il sourit largement.

— Ça serait fun.

— Génial. On fera ça.

Je retirai ma main et j'allais reprendre ma pizza, mais je m'arrêtai.

— Tu sais, c'est un peu ironique. Mes enfants me parlaient à peine parce qu'ils étaient furieux que j'aie rompu avec mon ex. Et maintenant, ils veulent tout-à-coup passer du temps avec moi et mon nouveau petit ami.

Je levai les yeux au ciel.

— Enfin, si ça marche.

Asher rit doucement.

— Ouais. Si ça marche.

~*~

Miraculeusement, il ne fallut qu'une semaine environ avant que les emplois du temps de chacun concordent. Mes deux enfants avaient des activités parascolaires et Claire avait récemment commencé à consacrer quelques heures par semaine au commerce de paniers-cadeaux en ligne d'un ami de la famille pour pouvoir payer son essence. Mes horaires de travail étaient prévisibles, mais cela signifiait que mes soirées étaient souvent foutues. Et puis il y avait Asher, qui vivrait dans un état constant d'« entre-deux matches » jusqu'à la fin de la saison. La saison régulière se terminait en avril. Si les *Snowhawks* participaient aux séries éliminatoires, celles-ci se termineraient dans une éternité. Donc, se débrouiller avec des emplois du temps chaotiques devrait être la norme pendant un moment.

Cette semaine, j'étais toujours assigné à un bureau jusqu'à être complètement remis de ma commotion cérébrale. J'avais donc plus de facilité pour partir à une heure raisonnable. Asher avait disputé un match à domicile hier soir, mais l'équipe ne partirait pour son prochain match à l'extérieur que demain. Nous ne ferions pas que passer la soirée avec mes enfants ; je pourrais réellement passer la nuit avec lui. Je n'étais pas encore tout à fait prêt à batifoler à nouveau – les maux de tête et les vertiges me donnaient la nausée à l'idée de faire l'amour – mais j'y étais presque. Quand Asher reviendrait après ce match, je serais probablement prêt.

Mais ce soir, nous sortions avec les enfants, puis nous rentrerions à la maison pour une fin de soirée tranquille. Parfait.

Puisque se garer à Seattle était pire que conduire à Seattle, nous prîmes une seule voiture. Je laissai la mienne au commissariat et Asher vint me chercher à bord de la Ferrari. Par le biais de la magie, de la corruption ou de Dieu seul savait quoi, il trouva une place aux abords de Fremont, un des quartiers les plus bizarres de Seattle, et laissa sa voiture à cet endroit.

— Tu ne t'inquiètes pas qu'on te la force ? demandai-je quand nous sortîmes. Ou qu'on te l'abîme ?

Asher haussa les épaules et referma la portière de sa hanche.

— Plus autant qu'avant.

L'alarme pépia et les verrous s'enclenchèrent, et nous nous dirigeâmes vers la sortie.

— Mais on forçait bien ma Civic de merde. Et me la faire abîmer ? Bordel, les gens paniquent tellement à l'idée de mettre un coup dans une voiture comme ça qu'ils sont plutôt prudents.

— Je suppose que c'est une bonne chose.

Je glissai mes mains dans mes poches.

— Je suis probablement trop paranoïaque à cause de mon boulot. Tout ce que je vois, ce sont des voitures vandalisées et cambriolées.

— Ça rendrait n'importe qui cynique, non ?

— Probablement, oui.

Une fois la Ferrari garée et soi-disant en sécurité, nous nous dirigeâmes vers le bistrot branché proposé par Claire. Apparemment, son beau-père adorait cet endroit et les enfants y étaient devenus accro, et elle était persuadée qu'Asher et moi-même l'aimerions aussi.

David et Claire attendaient déjà et leurs visages s'illuminèrent quand ils nous virent. OK, oui, je sais : quand ils virent Asher. Mais je ne m'attardai pas sur cette pensée.

Un serveur nous installa vers le fond et nous laissa avec des menus en allant chercher nos boissons. Un coup d'œil au menu, et je décidai que le beau-père de mes enfants avait bon goût : tout avait l'air bon, des paninis aux plats de pâtes. Je n'aurais clairement pas dû manger dans un tel endroit pendant ma pause sportive forcée, mais… bah. Un repas ne me tuerait pas, tout comme la pizza avec Asher ne m'avait pas tué la semaine dernière. Bon sang, il fallait vraiment que je retourne à la salle de sport.

Pendant que nous parcourions les menus, David se tourna vers moi.

— Oh, papa ? Il va falloir un autre chèque pour les voyages de la fanfare, et maman a dit qu'elle ne pourrait pas s'en charger ce mois-ci. Surtout avec l'acompte à venir pour le permis…

Bon sang, toujours plus d'argent.

— Envoie-moi un email pour me dire tout ce dont tu as besoin et je verrai ce que je peux faire. Il faudra peut-être attendre pour le permis, en fonction de ce que coûtent les voyages. Tu t'es renseigné pour les collectes de fonds ?

Il gémit en levant les yeux au ciel.

— Oui, mais c'est stupide. Tout le monde à l'école fait pareil et tout est trop cher, donc personne n'achète rien.

— C'est mieux que rien.

— Ouais. Mais pas de beaucoup.

— Je pourrais aider, proposa Asher.

Je tournai brusquement la tête vers lui.

— Hein ?

Il haussa les épaules.

— Je me souviens de ces collectes de fonds à l'école. Elles sont pénibles et on récolte environ 25 centimes parce que tout le monde essaie de vendre des trucs aux autres qui essaient aussi de vendre leurs merdes.

Un silence.

— Leurs trucs. Essaient de vendre leurs trucs.

— Ouais, soupira David. Ils ne devraient pas tous nous demander de payer en même temps.

Asher acquiesça.

— Carrément. Si tu veux, je peux transmettre ton truc de commande à l'équipe. Si c'est de la bouffe, quelle qu'elle soit, ils en achèteront des bennes entières.

Les yeux de mon fils s'illuminèrent.

— Vraiment ?

— Bien sûr. Et s'ils n'en achètent pas assez pour atteindre votre objectif, ou si la collecte de fonds ne le couvre pas, dis-le-moi.

Asher sourit.

— Je serais heureux d'aider à combler le reste.

Le soulagement sur le visage de David me serra le cœur. Bon Dieu. Non, pas encore ça. Pas avec un autre petit ami.

Mais que pouvais-je faire ? Rejeter l'offre d'Asher maintenant que mon enfant était au courant ? Ce n'était pas comme si j'avais l'argent nécessaire pour prendre le relais.

Putain. Je détestais ce sentiment de déjà-vu. Je savais qu'Asher ne ressemblait en rien à Marcus et qu'il voulait bien faire, mais n'avais-je pas pensé la même chose de Marcus ?

Bon sang. Apparemment, nous allions devoir avoir une conversation gênante, et vite.

Chapitre 18
Asher

Les enfants devaient retourner chez leur mère et se mettre à leurs devoirs, donc après un dîner incroyable, nous leur dîmes au revoir et retournâmes à ma voiture.

— Ils vont s'en sortir tout seuls ? demandai-je. Même pour conduire en ville ?

— Oui, tout ira bien.

Geoff sourit faiblement.

— Claire est une bonne conductrice.

Il désigna ma Ferrari.

— Je ne sais pas si je la lâcherais avec ça, par contre.

— Quoi ? Pourquoi pas ?

— Parce que ta voiture a l'air d'aller vite même quand elle est à l'arrêt. Claire ne peut pas se permettre de payer de contraventions et moi non plus.

— Je comprends.

La conversation mourut. C'était bizarre. En fait, je me rendais maintenant compte qu'il n'avait pas beaucoup parlé au restaurant. Les enfants m'avaient presque supplié de leur raconter des anecdotes de hockey et j'avais pensé que Geoff nous avait juste écouté. Mais il était toujours silencieux. Inhabituellement silencieux.

Quand je m'assis sur le siège conducteur, je lui jetai un coup d'œil.

— Tout va bien ? Tu es resté un peu silencieux pendant le dîner.

Plus de silence, ce qui ne m'assurait en rien que tout allait bien. Appuyant son coude contre la fenêtre, il rongea l'ongle de son pouce.

J'allumai le moteur, mais ne passai pas de vitesse. Même si je voulais le pousser doucement à continuer, je l'imaginais péter un plomb. Il ne l'avait jamais fait, mais mon ex l'avait fait assez de fois pour que mon cerveau imagine sans mal Geoff faisant la même chose. Mais son silence allait me rendre fou.

— Geoff ? trouvai-je le courage de dire doucement.

Il soupira, posant sa main sur ses genoux.

— C'est… à propos de ce que tu as dit avant le dîner. À propos de la collecte de fonds de mon fils.

Je ne savais pas quoi répondre. C'était ce qui l'avait contrarié ? C'était donc quelque chose que j'avais fait, mais… ça ?

— Écoute.

Il prit une inspiration et, quand il se tourna vers moi, son regard était doux, mais sérieux.

— Je sais que tu veux bien faire. Et ne te méprends pas, j'apprécie. Mais… je t'en prie, ne propose pas de payer pour des trucs devant mes enfants.

Je clignai des yeux. Mon estomac se souleva sous la panique. Est-ce que j'avais merdé ? Et à quel point ? Était-il sur le point de me larguer parce que j'avais outrepassé mes droits ?

— Euh. D'accord, réussis-je à croasser, la bouche sèche. Je… je ne voulais pas…

— Ce n'est rien. Je sais.

Geoff détourna le regard.

— Le problème, c'est que je ne peux pas refuser s'ils ont déjà entendu ton offre. Et... je veux dire, comme je l'ai dit, j'apprécie, mais je dois pouvoir dire non.

— Alors, tu ne veux pas que je paye pour des trucs ? J'ai juste... Il avait besoin de quelque chose pour l'école et je pouvais l'aider. C'est tout.

— Je sais. Je sais. Mais ça...

Il se mordilla la lèvre avant de soupirer et de me faire face à nouveau.

— Ne pense pas une seconde que je dis que tu ressembles à mon ex. Ce n'est pas le cas. Mais c'est comme ça que tout a commencé avec lui.

Geoff glissa sa main dans la mienne et la serra doucement.

— J'ai besoin que nous et l'argent, ça reste séparé. Au moins en ce qui concerne mes enfants.

— Oh. D'accord. Bien sûr.

Ma panique ne disparaissait pas du tout. Rien dans la voix ou le langage corporel de Geoff ne suggérait qu'il allait s'en prendre à moi ou qu'il allait partir parce que c'était un motif de rupture, mais cette sensation nerveuse et électrique ne se dissipait pas. Doucement, espérant ne pas avoir l'air trop pathétique, je repris.

— Je ne voulais pas dépasser les bornes ou quoi que ce soit. Je voulais juste aider.

Geoff hocha la tête et, quand il croisa mes yeux, il souriait.

— Je le sais. Voilà pourquoi je n'étais même pas sûr de devoir dire quelque chose, parce que bon Dieu, je sais que tu ne voyais pas à mal et que mon fils apprécie vraiment. Ce n'est pas de ta faute ni de la sienne si mon ex a transformé le sujet de l'argent en un tel champ de mines.

— Oh, dis-je encore une fois.

Je soupirai, une partie de cette tension paniquée commençant à s'estomper. Donc ce n'était pas à propos de moi. C'était à propos de son ex. Et j'avais fini par marcher sur une de ces mines sans même m'en rendre compte jusqu'à ce qu'il soit trop tard. Et s'il y en avait d'autres ?

Il se tourna vers moi.

— Tu veux rentrer ?

Je baissai les yeux sur le volant et me rendis compte que le moteur tournait toujours au ralenti.

— Ouais. Ouais. On… Ouais.

Je posai la main sur le levier de vitesses.

— On doit encore récupérer ta voiture.

— Oh, c'est vrai. On passe la prendre et on retourne chez toi ?

— Tu veux toujours ?

Geoff pencha la tête.

— Bien sûr. Pas toi ?

— Bien sûr que si. Ouais.

Je sortis de la place de parking.

— Tu devras peut-être me rappeler comment me rendre au commissariat.

— Aucun problème. Sors du parking et je te guiderai à partir de là.

Le sujet ne fut pas abordé à nouveau. Je déposai Geoff près de sa voiture et il prit le temps d'un long baiser avant de sortir, ce qui fut terriblement rassurant. Ensuite, il me suivit depuis le poste de police jusqu'à sortir de Seattle, pour rejoindre l'autre côté du lac Washington et jusqu'à chez moi.

Nous ne parlâmes pas beaucoup ce soir-là, mais j'essayai de me dire que c'était juste parce que nous regardions un film. Geoff avait passé son bras autour de moi et il me laissait m'appuyer contre lui, donc il ne m'ignorait pas. Quand nous commençâmes tous deux à nous assoupir pendant le deuxième film, nous décidâmes d'aller nous coucher.

Au lit, il se pelotonna contre mon dos et passa un bras autour de moi.

— Si je ne te reparle pas avant ton match, murmura-t-il contre mon cou, bonne chance.

— Merci.

J'entrelaçai nos doigts et fermai les yeux, mais je n'arrivais pas à m'endormir. La discussion dans ma voiture et son manque de conversation pendant le dîner me revenaient encore et encore à l'esprit. J'étais épuisé, mais j'étais trop agité pour dormir.

Je ne voulais pas acheter l'affection de Geoff ni conquérir ses enfants grâce à l'argent, mais qu'étais-je censé faire ? La fermer quand ils avaient besoin de quelque chose et que je pouvais les aider ?

En plus, si le sujet de l'argent était délicat, cela ne voulait probablement pas seulement dire avec ses enfants. Alors qu'est-ce que j'avais d'autre à offrir ? J'étais à peine là parce que j'allais et venais constamment pour mes matches. La moitié du temps, il ne me restait plus assez d'énergie pour le sexe et, de toute façon, je n'arrivais toujours pas à me convaincre que ce qu'il y avait entre nous lui suffisait. Nathan avait accepté de renoncer à la sodomie pendant un certain temps, mais il avait ensuite menacé de partir parce qu'il n'était pas satisfait. Alors j'avais cédé parce que j'avais peur de le perdre.

Soupirant dans l'obscurité, je frottai mes yeux fatigués. J'aurais dû rester sur mes positions à l'époque. Peut-être que Nathan serait parti et que ma vie serait différente, maintenant. Je n'aurais pas quatre ans de mauvais souvenirs qui me suivraient toute ma vie.

Je n'aurais pas non plus Geoff.

S'il y avait bien une lueur d'espoir dans le cauchemar d'avoir été avec Nathan, c'était le flic qui avait répondu à notre rupture explosive.

Mais combien de temps allais-je pouvoir le garder ?

Peut-être que je devais prendre sur moi et coucher avec Geoff même quand j'étais épuisé. Lui en donner plus pour qu'il ait une raison de revenir. Lui donner tout ce dont il avait besoin au lit parce que je n'avais rien d'autre à lui donner. Je devais compenser le temps et les efforts nécessaires pour être avec quelqu'un comme moi.

La terreur se lova au creux de mon ventre. Et le truc, c'était qu'au fond je savais que tout ça était encore lié à Nathan. Il était la raison pour laquelle j'étais si effrayé de faire quelque chose de mal, qui pousserait Geoff à faire ses valises. Il était la raison pour laquelle j'avais le sentiment de n'avoir rien à offrir quand le sexe n'était pas terrible et qu'on rejetait mon argent. Il était la raison pour laquelle j'étais certain que tout le monde finirait par se lasser de moi et déciderait que je n'en valais pas la peine.

Mais je restais effrayé. J'avais toujours le sentiment de n'avoir rien d'autre à offrir. J'étais toujours convaincu que Geoff allait se lasser de moi et décider que je n'en valais pas la peine. Que cela vienne ou non de Nathan, c'était réel, ça m'empêchait de dormir et ça poussait mon cœur à battre à tout rompre, tant j'avais peur que l'homme qui dormait paisiblement contre moi ne reste pas longtemps.

Comment te montrer que je vaux la peine qu'on me garde ?
Serrant sa main un peu plus fort, je déglutis.
Est-ce que je vaux la peine d'être gardé ?

~*~

Après une longue nuit blanche passée à me rendre malade à force de penser à la façon dont je finirais par tout bousiller avec Geoff, j'avais besoin de café. D'une matinée tranquille avec Geoff pour essayer au moins de me rassurer que toutes ces conneries étaient dans ma tête. Et d'encore plus de café.

Ce dont je n'avais pas besoin, c'était d'un message de la directrice des relations publiques des *Snowhawks*.

Devinez ce que je reçus avant le café et ma matinée tranquille avec Geoff ?

Hé, les médias parlent de toi, disait son message. *On doit discuter de la façon dont le club va y répondre, s'il le fait.*

Oh, ça avait l'air vraiment bon signe. Elle ne me laissa pas non plus m'interroger sur cette couverture médiatique : je venais à peine de terminer de lire ses textos que quelques liens suivaient déjà, et chacun d'entre eux contenait un aperçu des titres.

Le célibataire gay des Snowhawks ne perd pas de temps : un rencard avec son nouvel amour ?

On ne bouge plus ! Asher Crowe, joueur gay des Snowhawks, sortirait avec un policier beaucoup plus âgé de Seattle ?

Et mon préféré :

Complexe d'Œdipe ? Le centre gay des Snowhawks échange son compagnon de longue date pour un flic plus âgé avec des enfants.

— Qu'est-ce qui ne va pas ?

Geoff se glissa contre moi et embrassa mon épaule. Bon Dieu, son corps chaud et nu était si agréable contre le mien et il aurait peut-être pu dissiper toute ma tension, s'il n'y avait pas eu la photo sur mon écran où nous partagions un rapide baiser à côté de ma voiture.

Je sus aussi l'instant où il la vit. Son souffle s'arrêta et son corps se figea.

Je lui tendis mon téléphone en soupirant. En silence, nous nous assîmes tous les deux et il fronça les sourcils en faisant défiler lentement la page à l'écran.

Après un moment, il me le rendit.

— Bon, murmura-t-il, au moins, ils ont brouillé le visage de mes enfants.

— Ouais.

Mes épaules s'affaissèrent et je jetai mon téléphone sur la table de nuit.

— Pouah. Est-ce trop demander de ne pas être défini comme « le gay des *Snowhawks* » ?

— Hé, au moins tu n'es pas le flic « beaucoup plus âgé » de Seattle.

Geoff émit un petit bruit désabusé.

— Beaucoup plus âgé. C'est quoi ce bordel ? Mes cheveux ne sont pas si gris.

Je ris et me glissai plus près de lui. Oh, ils étaient gris, mais ce look de renard argenté lui allait à ravir.

— Ils pensent que n'importe qui au-delà de trente ans est « beaucoup plus âgé ». Sauf que... Ils disent clairement que tu es gay. Merde. Est-ce que...

— Relax.

Il enroula son bras autour de mes épaules et m'embrassa la tempe.

— J'ai vécu avec un autre mec pendant cinq ans. Je suis à peu près sûr que ceux dont l'opinion m'importe vraiment savent déjà que je sors avec des hommes.

— Oh. Mais quand même, c'est fou que les gens se soucient de ça.

Je me pinçai l'arête du nez.

— L'un des défenseurs a trompé sa femme, il y a deux saisons, et mis sa maîtresse enceinte.

Je levai la main en soupirant.

— Je te jure, les seules personnes qui l'ont remarqué, c'était les fans énervées qu'il ait couché avec sa maîtresse et pas avec elles. Mais quelqu'un me voit sortir avec un homme, et soudain, c'est dans tous les journaux.

— Les gens aiment les commérages.

Il posa une main sur mon flanc et m'embrassa.

— Laissons-les commérer.

Il tendit un peu le cou et jura.

— Bon sang. Je dois me lever et aller bosser.

— Pouah. Ouais. Je dois encore faire mes bagages avant de me rendre à l'aéroport.

Geoff sourit.

— Un peu dernière minute, non ?

— Hé. Ne me juge pas.

Il se mit à rire et me caressa la joue.

— Allez.

Il me tapota la jambe et s'assit.

— Allons-y, avant de rester ici toute la journée et de nous faire virer tous les deux.

— Tu n'es pas drôle.

Mais il avait raison et nous nous traînâmes hors du lit. Pendant qu'il se douchait, je descendis faire du café.

Tout en l'attendant, je me demandai si je devais mentionner l'épisode de la veille quand il me rejoindrait. Je voulais désespérément lui demander si tout allait bien entre nous, après la nuit dernière. Si les choses s'étaient passées comme je l'avais souhaité – une matinée calme avec beaucoup de café – je l'aurais fait. Mais maintenant, avec la couverture médiatique en plus du reste, j'étais terrifié de lui demander si tout allait bien et qu'il se rende compte que non, et comprenne que je n'en valais pas la peine.

Alors je laissai tomber.

Lorsque Geoff descendit, rasé de près, ses cheveux poivre et sel encore humides, nous discutâmes de tout et de rien tout en buvant notre café. Bien trop tôt, il dut s'en aller et, après avoir rincé sa tasse de café, il posa ses mains sur ma taille et m'embrassa.

— On se revoit quand tu rentres ?

— Absolument.

Je levai le menton pour un autre baiser rapide.

— Je serai de retour jeudi.

Le sourire de Geoff était fatigué, mais aussi doux que d'habitude. Il enroula ses bras autour de moi.

— J'ai hâte. Je pourrais même voir le match.

— Pas de pression pour gagner, hein ?

— Nan.

Il me lança un clin d'œil.

— Tant que je peux te reluquer, je serai heureux.

Je me sentis rougir et éclatai de rire. Geoff rit doucement lui aussi et il pressa ses lèvres contre les miennes, s'attardant un long moment avant de se reculer.

— Je dois y aller, murmura-t-il.

La déception et la nervosité me donnèrent la nausée, mais je refusai de le laisser paraître.

— D'accord. On se voit quand je rentre.

— Absolument.

Un dernier baiser, puis il se dirigea vers la porte. Il ne l'avait même pas atteinte quand je me rendis compte qu'on n'avait même pas abordé le sujet de la nuit dernière.

Lorsque sa voiture disparut dans l'allée, je m'en voulais déjà de ne pas lui avoir demandé où nous en étions.

Bon sang. J'allais être incapable de me concentrer jusqu'à ce que je le revoie.

Je jetai un regard noir à ma tasse de café, décidai que ça ne valait pas la peine d'en boire plus et de me rendre malade, et rinçai la tasse. Nous nous reverrions dans quelques jours à peine. Soixante-douze heures, ce n'était pas si long. Mais cela suffirait pour que je me ronge les sangs et j'étais convaincu que c'était ce que je ferais.

Mais ce n'était pas comme si l'un de nous quittait la planète. Nous pourrions discuter par vidéo ou texto. Pourtant, je détestais ce sentiment. Je détestais que les choses restent en suspens. Où en étais-je avec Geoff ? Était-il en colère à cause de la nuit dernière ? Qu'avait-il pensé de nous voir ainsi dans la presse ? Surtout quand on se moquait du fait qu'il soit plus vieux et « pas assez bien » pour moi ?

Putains de reporters. Vos gueules, bordel. Je n'ai pas besoin d'aide pour lui donner des raisons de penser que cette relation n'est qu'une source de problèmes.

Je fermai les yeux et pris quelques inspirations lentes et profondes. Je réagissais de façon excessive. Je le savais. Mais j'avais vécu ça trop souvent avec Nathan pour me calmer. Nous avions eu trop de « discussions » qui avaient semblé résolues mais avaient fini par s'envenimer jusqu'à ce que Nathan craque et explose. Chaque fois qu'une conversation avait été tendue, je n'avais eu aucun moyen de savoir si c'était fini ou si elle reviendrait me hanter.

Mais pas même mon esprit traumatisé ne pouvait imaginer une telle chose avec Geoff. Non, avec lui, au lieu d'un tempérament explosif, j'avais peur de recevoir un texto d'excuse disant qu'il devait tout arrêter et prendre ses distances. Au lieu de la violence, il y aurait du silence.

Et franchement, je devais perdre la raison, parce que je n'étais pas certain de savoir quelle option était la pire.

Chapitre 19
Geoff

Je n'eus pas à demander si la nouvelle s'était répandue. En arrivant au travail, j'avais déjà reçu des textos de mes deux enfants et de mon ex-femme. Lorsque j'entrai dans le poste de police, quelques conversations s'interrompirent et de nombreuses têtes se tournèrent vers moi. Oui, il y avait fort à parier que les gens sachent que l'agent Logan fréquentait *cet* Asher Crowe.

Je gardais généralement ma vie amoureuse privée, autant que possible. Pas parce que je me souciais que les gens comprennent que j'étais bi, mais parce que, jusqu'à récemment, discuter de mes relations signifiait parler de Marcus. C'était plutôt sympa comme changement, surtout qu'il y avait pire que de faire savoir à l'ensemble de la circonscription que j'avais décroché le membre le plus sexy des *Snowhawks* – sur la glace et en dehors.

Et peut-être que c'était mesquin, mais je ne pouvais m'empêcher de jubiler à l'idée que Marcus devait probablement être au courant aussi. Après m'avoir dit en partant que personne ne m'aimerait jamais comme lui, c'était satisfaisant de l'imaginer découvrir que je sortais avec un athlète de la moitié de mon âge qui aurait tout aussi bien pu être mannequin.

Ouais, je sais. Mesquin. Mais après tout ce que m'avait fait subir Marcus, je n'allais pas m'excuser d'un petit moment bien mérité de mesquinerie.

En dehors d'être la nouvelle cible des commérages du département, la vie continua plus ou moins normalement. Contrôles routiers. Formalités administratives. Des d'appels et autres formulaires relatifs à ma blessure au stade. Du café chassé à l'ibuprofène. Les gens me posèrent parfois des questions sur Asher, mais dans l'ensemble, rien ne changea vraiment.

Les *Snowhawks* remportèrent leur match à Denver, même si ce fut un de ces matches extrêmes testant la santé cardio-vasculaire de tous les fans. Quand Kelleher inscrivit le but vainqueur au cours des quarante-sept dernières secondes de la troisième manche, mes enfants et moi tremblions d'adrénaline. Je me couchai peu de temps après et m'endormis profondément. Voilà comment jouaient les Snowhawks : ils épuisaient leurs satanés fans. Asher et son équipe allaient me filer une crise cardiaque, un de ces jours.

En prenant mon café le lendemain matin, je décidai de le faire payer à Asher quand je le verrais ce soir. Cette pensée me fit rire et, oui, dès que je le verrais ce soir-là, j'allais lui dire ce que je pensais, de façon joueuse, bien sûr.

Du moins, ça, c'était le plan.

À la minute où j'arrivai chez lui, je changeai d'avis parce que quelque chose n'allait pas. Asher était tout sauf détendu. Il nous servit du café et nous nous assîmes sur son canapé, mais il était tellement nerveux que c'était palpable. Pendant que nous parlions et buvions notre café, il n'arriva même pas à me regarder dans les yeux.

C'est quoi, ce bordel ?

Enfin, je reposai mon café.

— Hé.

Je lui touchai le menton et me figeai quand il tressaillit.

— Que se passe-t-il ? demandai-je en retirant ma main.

Asher se mordit la lèvre.

Mon estomac se souleva.

— Asher ? Parle-moi.

Il déglutit difficilement, puis posa sa tasse à côté de la mienne sur la table basse.

— Je veux juste… je veux dire, est-ce qu'on est…

Il remua, puis croisa brusquement mon regard.

— Est-ce que tout va bien entre nous, après l'autre nuit ? lâcha-t-il.

Je clignai des yeux.

— Quoi ? Pourquoi ça n'irait pas ?

Il me dévisagea, incrédule. J'étais à peu près certain que mon expression était semblable à la sienne. Comme si aucun de nous n'avait la moindre idée de ce que pensait l'autre.

Il baissa les yeux et passa une main tremblante dans ses cheveux.

— Tu sais, après… Tu sais, ce truc avec l'argent. Et tes enfants.

Son front se plissa.

— Est-ce que ça va ?

Dès qu'il prononça ces mots, il eut un mouvement de recul et détourna le regard.

— Quoi ?

Je l'observais, incrédule.

— Bien sûr que oui.

Comme il ne répondait pas, j'ajoutai doucement :

— Je ne suis pas en colère. Je ne l'étais déjà pas à ce moment-là et je ne le suis pas maintenant.

Je pris son cou des deux mains et, de mes pouces, relevai doucement sa mâchoire jusqu'à ce qu'il lève suffisamment la tête pour me regarder dans les yeux.

— Tout va bien entre nous. Pourquoi ça n'irait pas ?

Asher déglutit.

— J'ai juste… Je veux dire… Tu as dit que cette histoire avec l'argent… Que c'était un truc que ton ex faisait.

Je secouai la tête.

— Tu n'as rien fait de ce qu'il a fait, murmurai-je en lissant ses cheveux. Tu n'as rien fait de mal. Tu ne peux pas connaître tous les points sensibles à cause de mon ex et tu essayais d'aider mes enfants. Comment pourrais-je être en colère à cause de ça ?

— Je…

Il soutint mon regard, les yeux emplis de confusion.

— Mais j'ai pensé…

Ce fut à mon tour de grimacer cette fois, quand je me rendis compte qu'il avait dû se morfondre au cours des derniers jours au sujet d'une chose qui m'avait à peine traversé l'esprit. Maintenant qu'il l'avait dit, il était tellement évident qu'il s'inquiétait de savoir où nous en étions, et je me sentais vraiment abruti de ne pas l'avoir compris.

— Bon sang, Asher. Je suis désolé.

Il cligna des yeux.

— Pourquoi ?

— Parce que je n'ai pas précisé où se trouvaient les limites et que je n'ai absolument pas été clair sur le fait que je n'étais pas fâché, l'autre soir.

Je lui caressai la joue.

— Ça ne m'a même pas traversé l'esprit que tu puisses penser que je l'étais. J'en suis tellement désolé.

— Alors tu n'étais pas fâché ?

— Si je l'étais, c'était envers mon ex, pas toi.

— Oh.

Ses yeux se troublèrent. Puis il rit sans humour.

— Je… Bon sang, j'ai vraiment l'air d'un raté.

— Non, pas du tout. Tu as l'air de quelqu'un qui a traversé l'Enfer et qui essaie maintenant de trouver sa place.

Il tressaillit. Subtilement, mais indéniablement.

— C'est à peu près ça, oui. Le truc, c'est que j'aime ce qu'on a.

— Moi aussi.

Il me regarda, le front plissé.

— Mais est-ce que tu remets chaque chose en question ?

Mon cœur se serra pour lui. Tout m'avait semblé si facile. Je ne m'étais pas rendu compte que cela le stressait autant.

— Qu'est-ce que tu remets en question ?

— Eh bien…

Asher déglutit.

— Euh, déjà, est-ce que le sexe… suffit ?

— Suffit ?

J'aurais peut-être ri si son regard n'avait pas été si sérieux.

— Bon sang, Asher.

J'entrelaçai nos doigts sur le coussin.

— Pourquoi ça ne suffirait pas ?

— Je veux dire, parce qu'on ne… parce que je n'aime pas…

— Parce que la sodomie, ce n'est pas ton truc ?

Il rougit, ce qui aurait été incroyablement mignon s'il n'avait pas été si déchirant de constater à quel point il doutait de lui-même et de ce que nous faisions à chaque tournant.

— Asher.

Je le rapprochai de moi et passai mes bras autour de lui.

— Tu n'es pas le premier type avec qui je sors que ça n'intéresse pas. Ça me va totalement.

Je souris.

— Et sérieusement, chaque fois qu'on est au lit, tu me fais jouir si fort que je m'évanouis presque. Ne crois pas une seule seconde qu'il me manque quoi que ce soit.

Il fouilla mes yeux avec incertitude.

En un instant, je voulus être furieux envers son ex. Qui diable pouvait détruire la confiance de quelqu'un d'aussi sincère et gentil, jusqu'à ce qu'il doute de tout ? Qui pouvait piétiner quelqu'un jusqu'à ce qu'il soit absolument convaincu que rien de ce qu'il faisait ne conviendrait jamais ?

Je ne montrai pas cette colère parce que je ne voulus pas qu'Asher pense qu'elle lui était destinée. Au lieu de cela, je l'attirai dans un doux baiser.

— Pour tout te dire, je me suis demandé à quelques reprises si je suffisais à te satisfaire.

— Vraiment ?

— Euh, ouais ? J'ai la quarantaine et quelques articulations qui se pensent plus âgées. Tu ne crois pas que je me demande parfois si je suffis à un athlète professionnel d'une vingtaine d'années ?

— Je n'y avais pas pensé comme ça.

Je me glissai plus près de lui et passai un bras autour de sa taille.

— J'y pense beaucoup. Surtout quand cet athlète professionnel d'une vingtaine d'années met mon monde sens dessus dessous.

Il me regarda comme s'il allait dire quelque chose, mais enroula ensuite la main derrière ma nuque et m'attira dans un baiser. Il était toujours tendu, toujours incertain, mais petit à petit, à mesure que le baiser s'approfondissait et que nous commencions à respirer plus fort, la tension et l'incertitude se dissipèrent.

— Je le pense vraiment, murmurai-je entre deux baisers. Tout va bien entre nous.

Je laissai un autre baiser s'attarder, puis ajoutai doucement :

— Et le sexe me satisfait largement.

Asher soupira par le nez, son souffle venant réchauffer ma joue.

— En fait, poursuivis-je, ça fait un moment. On monte ?

Il frissonna et, quand nos regards se croisèrent, son sourire fit à la fois durcir ma queue et fondre mon cœur.

— Oui, murmura-t-il. On monte.

Chapitre 20
Asher

Quand je m'effondrai sur le dos sur les draps frais, Geoff et moi étions tous les deux nus et je soupirai de bonheur quand il se laissa tomber sur moi. Les bras autour de lui, je me perdis dans notre baiser tandis que ses hanches étroites se posaient entre mes cuisses. Nous avions depuis longtemps dépassé le stade du « tendre et doux ». Les ongles griffaient la peau. Les respirations étaient brûlantes et saccadées. Nos érections dures comme du roc frottaient contre nos hanches, nos cuisses... tout ce qui pouvait soulager ce besoin croissant.

Je sentais toujours une partie de cette insécurité, mais elle ne me semblait plus aussi importante. Geoff m'embrassait et me touchait comme s'il avait envie de moi, et je le croyais. Quand nous étions dans la même chambre, et surtout dans le même lit, il était impossible de ne pas le croire.

Et bon Dieu, j'avais envie de lui aussi. Je trouvai malgré tout la force de rompre le baiser pour marmonner d'une voix pâteuse :

— Laisse-moi te sucer.

— Oh, ouais.

Il se redressa sur ses bras et me sourit.

— J'adore cette idée.

Je m'apprêtais à me relever, mais il m'arrêta.

— Reste comme ça.

Je me rallongeai et Geoff grimpa à califourchon sur mon torse. Il se guida vers ma bouche, mais hésita.

— Ça te va ? Que je sois sur... oh, bordel...

J'encerclai son gland de ma langue et, d'une main sur ses fesses, je l'encourageai à onduler des hanches. Est-ce que ça m'allait ? Oh ouais. Aussi irrationnel que puisse être mon cerveau, aussi difficile que cela puisse être pour ma psyché de différencier parfois Geoff et Nathan, je faisais confiance à Geoff. Ce n'était absolument pas un homme qui s'enfoncerait de force dans ma gorge. Probablement même pas si je l'y encourageais, et j'étais tenté de faire exactement ça. De le pousser à se montrer brusque pour qu'il me pousse à la limite de ce que je pouvais supporter, sans autre raison que de me prouver à moi-même à quel point je serais en sécurité avec lui.

Alors le sucer en étant couché sur le dos ? Dans une position où je n'avais pratiquement aucune influence et où je devais lui faire confiance pour s'arrêter si je lui demandais ? Oui. Bon Dieu, oui.

D'une main, je massai son cul si fort que j'y laissais probablement des bleus. De l'autre, je caressai sa queue luisante de salive et l'accompagnai de mes lèvres et ma langue. Toutes mes insécurités à l'idée de le satisfaire se désintégrèrent lorsque Geoff gémit, et quand il commença à osciller des hanches pour me baiser prudemment la bouche, je geignis autour de sa queue. J'aimais sucer des queues – depuis toujours – et rien au monde n'était plus sexy qu'un homme qui y prenait du plaisir et le faisait savoir. La façon dont il jurait parfois, ses halètements, les grognements d'envie jaillissant du fond de sa gorge, et de temps en temps, son silence quand il retenait son souffle ou oubliait de respirer... tout cela était si incroyablement sexy que je ne voulais presque pas qu'il jouisse. J'aurais voulu que ça dure toute la nuit, jusqu'à ce que Geoff se retrouve en sueur, tremblant, quémandant de jouir enfin.

Mais quand sa queue s'épaissit contre ma langue, quand ses gémissements prirent un ton plus urgent alors que ses hanches tremblaient de retenue car il ne s'enfonçait pas trop profondément, je n'aurais pas pu faire durer ça plus longtemps, même si je l'avais voulu. J'avais autant besoin qu'il jouisse que lui. Insécurité ou excitation... j'avais besoin d'entendre, de sentir et de goûter l'orgasme de Geoff, mais aucun de nous deux ne pouvait attendre plus longtemps.

— Bon Dieu. Asher.

Ses doigts tremblèrent dans mes cheveux et il était si essoufflé que la tête me tournait.

— Asher, je vais... Oh bordel, bébé. Tu... veux que je vienne comme ça ?

Je gémis une affirmation, et il haleta et frissonna. Dès l'instant où le premier jet de sperme recouvrit ma langue, mes propres hanches se crispèrent comme si j'allais jouir aussi. Pendant une seconde ou deux, je fus vraiment surpris de ne pas l'avoir fait.

Geoff se laissa tomber sur le lit à côté de moi, mais il ne se contenta pas de rester allongé à profiter des derniers frissons de son orgasme. Non, il m'embrassa avidement et, bon sang, nos lèvres s'étaient à peine touchées que ses doigts ne refermaient autour de mon sexe. J'étais déjà sur le point de craquer après lui avoir taillé cette pipe et le contact de sa main chaude et rugueuse me poussa à me cambrer. J'agrippai ses épaules en m'enfonçant dans sa main et essayai de me rappeler comment l'embrasser. Bon sang, je ne voulais pas jouir si vite, mais... bon Dieu...

— Ne te retiens pas, murmura-t-il contre mes lèvres. Ce ne sera pas la dernière fois que je te ferai jouir ce soir.

C'était tout ce dont j'avais besoin. Il étouffa mon cri d'un baiser tandis que je me cambrais, et il continua à me branler jusqu'à ce qu'il ne reste plus rien. Quand il s'arrêta, je retombai sur le lit, essoufflé et tremblant, la tête qui tournait et tout mon corps me picotant sous la force de mon orgasme. J'étais à peu près sûr d'avoir mis du sperme partout, mais peu importait. C'était à ça que servaient les mouchoirs, les douches et... Je m'en foutais.

— Je pensais ce que j'ai dit, ronronna Geoff contre mon cou. On n'en a pas encore terminé pour ce soir.

Il mordilla le lobe de mon oreille, me faisant hoqueter.

— Et ne crois pas une seconde que tout ça n'est pas incroyable pour moi.

Je ne pouvais pas parler, donc j'acquiesçai simplement.

Oh oui. Message reçu.

~*~

Une semaine et demie après cette discussion à cœur ouvert, gênante mais rassurante, avec Geoff, je reçus la bonne nouvelle tant attendue : à compter de ce matin, Nathan était condamné. C'était fini.

J'avais fait une déclaration concernant les raisons pour lesquelles Nathan avait été mis en garde de ne pas me contacter, mais Dieu merci, aucun de nos avocats n'avait creusé trop profondément dans notre relation instable. Au lieu de cela, la prédiction de Geoff s'était avérée correcte : la procureure avait tiré sur lui à boulets rouges pour avoir frappé un flic. Elle m'avait expliqué que le système n'était pas excellent en matière de violence domestique, mais qu'il tolérait très mal les agressions contre des policiers. À tort ou à raison, elle s'en était servi à son avantage et je n'avais pas discuté, surtout si cela signifiait que je n'aurais pas besoin de témoigner devant un tribunal. Plus je restais éloigné de toute cette procédure, moins l'attention serait attirée sur celle-ci, et ça me convenait très bien. Mon équipe ne savait toujours rien, les fans ne savaient toujours rien, et j'avais l'intention que ça reste ainsi.

J'étais sur la route quand l'audience pour la condamnation avait eu lieu et je n'aurais pas pu y aller de toute façon. Geoff y était, cependant, et il me mit au courant dès que ce fut fini. Nathan avait été condamné à deux ans et demi de prison ferme, et à plusieurs années de probation après sa libération. Même s'il sortait plus tôt pour bonne conduite, ce qui serait probablement le cas, il ne me poserait plus problème de sitôt. Ou du tout, s'il avait un peu de cervelle.

Comme je n'étais pas allé au tribunal, Geoff m'avait raconté la veille au soir ce qu'avait dit la juge.

« *Puis-je vous suggérer, M. Warner,* » avait-elle dit après la condamnation, « *de prendre votre situation au sérieux et de vous rappeler que tout contact futur avec M. Crowe sera considéré comme une violation de votre probation ?* »

D'après ce que Geoff avait dit, Nathan avait tremblé dans ses bottes et il avait été bien plus intimidé par la juge qu'il ne l'avait jamais été par Geoff. Il avait murmuré « Oui, Votre Honneur » et la juge avait ordonné à l'huissier de justice de l'escorter.

C'était fini. Nathan était en prison et une juge lui avait fichu une peur bleue. C'était fini, putain. Voilà pourquoi j'allais bientôt avoir l'impression d'avoir retrouvé ma vie et ma liberté.

D'une minute à l'autre.

D'une minute à l'autre.

Ça avait été mieux ces derniers temps, cependant. Quand je sortais sur la glace, je jetais toujours un coup d'œil vers son ancien siège dans les gradins parce que c'était ma routine, et chaque fois que le siège 4K était vide ou occupé par une personne que je n'avais jamais vue avant, je me sentais triomphant. J'avais gagné. J'étais libre. Je pouvais jouer au hockey sans l'avoir sur le dos.

Mais est-ce que je l'avais toujours sous la peau ? Oh oui. Je pouvais le sentir à chaque fois que je me remettais en question avec Geoff, et même après avoir discuté de tout ça avec Geoff, je me remettais toujours en question. Tout allait bien quand nous étions dans la même pièce. Quand nous étions séparés ? Bon sang. Chaque fois que nous parlions au téléphone, je passais une éternité à rejouer la conversation, à me demander si j'avais dit quelque chose que je n'aurais pas dû ou s'il y avait des lignes entre lesquelles je devrais lire. S'il ne répondait pas à un texto, peu importait que je sache très bien qu'il était probablement juste occupé : je relisais la conversation au cas où j'aurais dit quelque chose de stupide. Chaque fois que j'avais assez de temps pour m'inquiéter et m'appesantir, c'était exactement ce que je faisais et c'était épuisant.

Ensuite, j'allais rentrer, et Geoff et moi serions ensemble, et tout serait parfait... jusqu'à ce que nous soyons de nouveau séparés.

Bon Dieu, c'est quoi, mon problème ?

Une relation avec quelqu'un d'aussi facile à vivre que Geoff aurait dû être simple, mais non, je me retrouvais là, à suer à grosses gouttes et attendre que tout s'effondre. Attendre qu'il soit Nathan, même si je savais très bien que ce n'était pas lui. Je savais que ce n'était pas Geoff qui me poussait à m'arracher les cheveux. C'était évidemment mon histoire avec mon ex. Mais le savoir ne chassait pas l'anxiété.

Quand j'étais avec Geoff, je me sentais en sécurité. Il n'avait rien de menaçant et dès l'instant où il entrait dans une pièce, l'endroit paraissait dix fois plus calme. Je me surprenais malgré tout à marcher sur des œufs et à m'inquiéter de dire ou de faire quelque chose qui lui ferait décider que je n'en valais pas la peine, mais sa simple présence apaisait ma nervosité comme rien d'autre.

C'était quand j'étais seul que je partais en roues libres. Et à cause de nos deux boulots, je passais beaucoup de temps seul.

Bordel de merde. Combien de temps me faut-il pour me sortir un connard d'ex de la tête et pouvoir continuer ma vie ?

Je n'en avais aucune idée. Je savais juste que j'avais hâte de revoir Geoff.

Chapitre 21
Geoff

J'avais un jour de congé pour des rendez-vous de suivi afin de m'assurer que ma tête guérissait après l'incident avec Nathan. Bien sûr, tout cela fut terminé à midi et Asher était sur la route, donc j'avais l'après-midi pour moi. Une journée parfaite pour m'occuper du désordre qui s'accumulait dans mon minuscule appartement. Les enfants et moi étions tous assez ordonnés, mais nous étions aussi occupés, ce qui signifiait que des trucs comme le courrier, les devoirs entassés et tout ce qui dépassait le ménage le plus élémentaire – comme la vaisselle et la salle de bain – avait tendance à tomber aux oubliettes.

Je revenais de la buanderie de l'immeuble, avec une bannette de vêtements propres, lorsque la voiture de Claire se gara. Je souris aux enfants quand ils en sortirent. David était préoccupé par un truc sur son téléphone, ce qui n'était pas inhabituel, mais il réussit à grogner un « Salut » avant de gravir les marches devant sa sœur et moi. C'était tout de même une énorme amélioration par rapport à la façon dont les choses s'étaient passées pendant la période post-Marcus. Ça m'allait.

Claire était dans son propre monde. Pas hostile envers moi, mais elle avait ce regard baissé et replié sur elle-même qu'elle arborait quand quelque chose la dérangeait.

— Tu vas bien ? lui demandai-je en montant l'escalier.

Elle me regarda, esquissa un sourire forcé et hocha la tête.

— Ouais. Je vais bien.

Puis son regard se baissa de nouveau et elle sembla se renfermer encore plus.

S'il y avait bien une chose que j'avais apprise, bien avant ma rupture avec Marcus, c'était qu'il ne servait à rien d'essayer de sortir Claire de cet état. Quand elle serait prête à en parler, et pas un instant plus tôt, elle viendrait me voir. Elle avait été ainsi pendant un mois entier avant de nous informer, Valérie et moi, qu'elle voulait entamer une transition. Elle avait passé une bonne semaine comme ça avant de demander conseil à sa maman pour rompre avec un petit ami, l'été dernier. Elle laissait ses émotions mijoter et, quand elle y voyait elle-même plus clair, elle nous parlait.

— Si tu as besoin de parler, dis-je donc en entrant dans l'appartement, tu sais où me trouver, hein ?

Claire acquiesça sans me regarder.

— Merci, papa.

Puis elle se retira dans sa chambre. Je la regardai partir en posant le panier à linge sur le canapé pour commencer à plier les vêtements. J'avais bon espoir, car elle ne m'avait pas aboyé dessus ni ignoré. Les choses se passaient beaucoup mieux avec elle et David depuis la nuit où j'étais allé aux urgences. Je soupçonnais que cela avait moins à voir avec le fait que je sortais avec leur idole de hockey et plus à voir avec le fait qu'ils avaient été secoués par ce qui aurait pu être une blessure grave. Rien ne remet les choses en perspective que de voir l'objet de votre colère être blessé. J'avais appris ça dans les Marines et, apparemment, mes enfants l'avaient appris maintenant. J'aurais préféré résoudre les choses avec eux un peu moins douloureusement, mais bon.

Donc je n'étais plus aussi inquiet maintenant que Claire me cache quelque chose par colère. J'étais juste préoccupé par ce qui pesait suffisamment sur son esprit pour la pousser à se replier comme ça et j'espérais qu'elle viendrait à moi au plus vite.

Mon souhait fut exaucé : après un dîner remarquablement calme, je venais juste de finir de débarrasser la cuisine quand elle apparut sur le pas de la porte.

— Hé, papa ?

Son expression et la façon dont elle serrait ses bras autour d'elle déclenchèrent un signal d'alarme dans ma tête. Quelque chose la dérangeait clairement.

— Qu'est-ce qui se passe ? demandai-je en essayant de paraître décontracté.

— Je peux, euh…

Elle se mordilla la lèvre et remua.

— Je peux te parler de quelque chose ?

— Bien sûr.

Je me dirigeai vers le salon.

— Pourquoi on ne s'assied pas ?

Elle hocha la tête sans me regarder.

Dans le salon, je m'assis à une extrémité du canapé et elle prit l'autre, plaçant ses pieds sous elle.

— Qu'est-ce qui t'arrive ? lui demandai-je en espérant ne pas avoir l'air aussi inquiet que je l'étais vraiment.

Claire regardait fixement le trou effiloché dans le genou de son jean.

— Alors, euh… Marcus m'a envoyé un texto l'autre jour.

Oh. Merde. Ce n'était pas à ça que je m'attendais.

Je résistai à l'envie de grincer des dents.

— Qu'est-ce qu'il a dit ?

— Il, euh…

Elle remua un peu.

— Il a dit qu'on lui manquait, David et moi. Et qu'il voulait nous emmener déjeuner. Juste pour dire bonjour, tu vois ?

Il me fallut un grand effort, mais je conservai une expression placide et une voix neutre.

— Qu'est-ce que tu lui as dit ?

— Eh bien.

Elle déglutit, triturant le trou effiloché dans le genou de son jean.

— On a déjeuné avec lui. Hier.

— Oh.

Le front plissé, elle me regarda enfin.

— Tu n'es pas en colère, n'est-ce pas ?

— Non. Non. Bien sûr que non.

Pas contre elle, en tout cas.

— Comment, euh, comment ça s'est passé ?

Elle baissa de nouveau le regard et se mordit la lèvre.

Une nouvelle alarme retentit et mon dos se raidit.

— Claire ? Que se passe-t-il ?

Elle déglutit encore.

— Il n'a pas… Je veux dire, il n'a rien fait ni rien dit de mal. C'était juste… C'était bizarre.

— De quelle manière ?

— Parce que….

Elle tira plus fort sur l'un des fils blancs.

— Il nous a demandé si on avait rencontré Asher.

Bon, impossible de ne plus grincer des dents. Putain. Je continuai d'une voix aussi neutre que possible.

— Vraiment ?

— Je veux dire, je suppose qu'il a vu quelque chose à ce sujet en ligne.

Elle rit doucement.

— Ça se sait plutôt.

— Oui, c'est vrai. Je ne suis pas vraiment surpris qu'il le sache, mais je suis un peu inquiet de la raison pour laquelle il interroge mes enfants sur mon petit-ami.

Son humour disparut en un instant, et elle continua à triturer le fil, l'enroulant et le déroulant autour de son doigt.

— Il a fait des commentaires étranges en disant qu'il comprenait pourquoi tu étais parti, maintenant. Et que vu tout l'argent qu'avait Asher, David et moi devions mener la grande vie.

— Il a sérieusement dit ça ?

Claire acquiesça.

— Ouais. Il a juste dit plein de trucs, comme quoi le fait que tu sois avec Asher explique pourquoi tu avais rompu avec lui, et…

Elle me regarda brusquement dans les yeux.

— Est-ce que tu as rompu avec Marcus pour être avec Asher ?

— Non ! Bien sûr que non. Je n'ai même rencontré Asher que plusieurs mois après notre déménagement de chez Marcus.

Je soupirai en secouant la tête.

— Asher n'avait rien à voir avec quoi que ce soit. J'avais besoin de rompre avec Marcus. Point barre. Pour moi et pour vous deux.

— Mais je ne comprends toujours pas, dit-elle en s'agitant contre le coussin. Vous avez toujours semblé heureux. Qu'est-ce qu'il cherche ?

— Ce qu'il cherche…

Je me frottai les yeux. Il était vraiment temps de parler franchement à mes enfants, non ? Ouais. Ça faisait longtemps que j'aurais dû le faire, et si Marcus continuait à s'immiscer dans leur vie et leur empoisonner l'esprit contre moi ou mon petit ami actuel, alors ils avaient besoin de connaître la vérité. Ils méritaient de savoir. Avec un long soupir, je me levai.

— Je vais chercher ton frère. Il y a des choses que je dois vous expliquer, à tous les deux.

Claire me dévisagea, les yeux écarquillés, quand je traversai le salon, mais elle ne dit rien.

L'estomac noué, je frappai à la porte de mon fils.

— David ?

— Ouais ? fut sa réponse sans enthousiasme.

— Tu peux venir quelques minutes ? J'ai besoin de te parler, à toi et ta sœur.

Même à travers la porte, je pus entendre son « *bon sang, sérieux ?* » exaspéré qui était probablement censé être un murmure. Je laissai couler, puisqu'il ouvrit la porte un instant plus tard.

Il me suivit dans le salon. Claire était restée au bout du canapé. David se laissa tomber dans le fauteuil. Je repris ma place d'un peu plus tôt et posai mes coudes sur mes genoux.

— Bon.

Je m'éclaircis la gorge.

— Claire m'a dit que vous aviez déjeuné avec Marcus, et…

— Tu lui as dit ? lança sèchement David à Claire. Il a dit de ne pas le dire à papa !

Je serrai les dents.

— Ce qui aurait dû être un assez gros signal d'alarme.

David fronça les sourcils et leva les yeux au ciel. Claire ne répondit pas.

— Ne le lui reproche pas. C'est notre faute, à Marcus et à moi, de ne pas avoir été honnête avec vous. J'ai besoin d'être franc avec vous aussi, au sujet de Marcus. Et de la raison pour laquelle je suis vraiment parti.

Ils échangèrent un regard inquiet avant de tourner leurs yeux écarquillés vers moi.

Je me tordis les mains.

— Pour commencer, je dois préciser que tout cela est la faute de Marcus et la mienne. Je ne veux pas que vous pensiez que je vous tiens responsable de quoi que ce soit.

Et je ne vous l'ai pas dit avant parce que je ne voulais pas que vous soyez plus blessés que vous ne l'étiez déjà. D'accord ?

Toujours visiblement inquiets, ils hochèrent tous les deux la tête.

— D'accord. Bon.

Je pris une profonde inspiration.

— Je ne l'ai pas quitté à cause de mon ego ou parce que j'étais trop fier pour être avec quelqu'un qui gagnait plus d'argent que moi.

Je baissai les yeux.

— Je suis parti parce qu'il se servait de son argent comme d'une arme. Il l'a fait pendant longtemps.

Le fauteuil inclinable grinça doucement.

— Une arme ? demanda David.

Je hochai la tête.

— Quand il payait pour un truc, il y avait une contrepartie. Si lui et moi nous disputions, ou même si nous étions juste en désaccord sur quelque chose, il se servait de ces contreparties.

Je m'arrêtai, me triturant les méninges une seconde afin de pouvoir trouver un bon exemple.

— Vous vous souvenez il y a quelques années, quand Marcus et moi avons passé quelques mois où nous nous disputions tout le temps ?

Les deux enfants acquiescèrent.

— D'accord. Bien. Ça arrive. Les couples ont parfois de mauvais moments. C'est tout à fait normal.

Je refoulai la bile qui essayait de remonter le long de ma gorge.

— Ce qui n'est pas normal, c'est quand deux partenaires se disputent et que l'un d'eux commence à sous-entendre qu'il va dépenser ailleurs l'argent qu'il a mis de côté pour certains…problèmes médicaux.

Je tournai les yeux vers Claire.

Elle soutint mon regard, me dévisagea un instant, puis tressaillit.

— Ma transition.

Le cœur battant, je hochai la tête.

— Ouais. Chaque fois qu'il voulait que je cède.

Elle me regarda fixement, les lèvres entrouvertes.

— Et tu as cédé ?

— Bien sûr, murmurai-je. C'était toujours sur des trucs relativement mineurs. Rien de plus important que de t'aider à effectuer ta transition, et certainement rien qui aurait valu le coup de tout arrêter pendant que tu étais au milieu. Il m'a juste fallu beaucoup de temps, après ça, pour me rendre compte de ce qu'il faisait : se servir de vous pour me manipuler. Et après l'avoir compris, il était facile de voir à quelle fréquence il l'avait fait.

— Vraiment ?

La voix de Claire était si douce qu'elle était presque inaudible.

— Ouais.

Je me forçai à les regarder.

— J'en étais arrivé au point où je grinçais des dents chaque fois qu'il sortait sa carte de crédit parce que je savais que cela reviendrait me hanter d'une façon ou d'une autre. Si je ne pliais pas à toutes ses décisions, il me balançait tout ce qu'il avait fait financièrement pour nous. Il se servait surtout de l'argent qu'il dépensait pour vous deux comme artillerie lourde. Pour que je ne bronche pas.

Leurs yeux s'écarquillèrent. David remua, mal à l'aise, mais ils restèrent tous les deux silencieux.

Je continuai.

— Si lui et moi étions en désaccord sur quelque chose, il s'en servait comme moyen de pression. Il laissait soudain entendre qu'il ne pourrait peut-être pas se permettre un truc qu'il avait promis à l'un d'entre vous ou aux deux. Il savait que cela me ferait céder. Mais l'argent n'était que la partie émergée de l'iceberg. Comme quand il vous a dit que si lui et moi rompions, vous ne le reverriez jamais ?

Je secouai la tête.

— Ce n'est pas normal. C'est du chantage affectif et je suis vraiment désolé de ne pas l'avoir vu plus tôt. Je m'étais enfoncé trop loin pour comprendre ce que c'était et quand je l'ai compris… Eh bien, il vous avait déjà convaincu tous les deux que si je tenais à vous, je l'épouserais.

Mes enfants échangèrent des regards stupéfaits.

— Je savais quand je l'ai quitté que cela engendrerait beaucoup de sacrifices pour nous tous, poursuivis-je. Nous étions tous habitués à la stabilité qui accompagnait ma relation avec Marcus. J'ai eu beaucoup de mal à accepter l'idée de partir parce que je ne voulais pas vous retirer cette stabilité, mais je ne pouvais pas le laisser continuer à me contrôler de cette façon.

Je déglutis.

— Surtout pas quand j'ai constaté qu'il commençait à s'en servir pour vous contrôler tous les deux.

Claire et David se redressèrent tous les deux.

Je regardai Claire.

— Tu te souviens quand il a dit qu'il paierait les frais de ton permis de conduire ? Mais qu'à chaque fois que tes notes n'étaient pas si bonnes ou que tu te montrais insolente, il en reparlait ?

Ses sourcils se haussèrent.

Je me tournai vers mon fils.

— Ou quand tu t'es inscrit au camp musical, mais que ça revenait soudain sur le tapis chaque fois qu'il n'était pas content de quelque chose ?

David déglutit.

— Je pensais que c'était juste…

— Je sais. Juste normal, « tes actions ont des conséquences », comme ce que maman et moi vous disons. Et peut-être que ça l'était pendant un moment.

Je secouai lentement la tête.

— Mais je pouvais voir ce genre de choses s'insinuer plus profondément dans la façon dont il vous traitait tous les deux. Je ne pouvais pas prendre le risque qu'il vous

L.A. WITT

habitue à accepter le même genre de choses qu'il me faisait subir.

— Mais…

Claire me regarda, incrédule.

— Et toi ? Pourquoi ce n'était pas grave qu'il te fasse ça à toi ?

— Ça n'était pas le cas, dis-je doucement. Mais il me contrôlait assez pour que je me décourage moi-même de partir. Je…

J'hésitai, la fierté me rongeant et me poussant à me demander jusqu'à quel point je devais dévoiler la vérité à mes enfants.

— Pour tout vous dire, je n'étais pas sûr de pouvoir partir. Marcus m'avait convaincu – et je m'étais moi-même convaincu – que je ne pouvais pas nous soutenir financièrement tous les trois. Mais quand je me suis rendu compte qu'il essayait de vous manipuler, j'ai dû partir. Même si cela signifiait d'obtenir un prêt de la part de votre maman.

Les enfants se crispèrent.

— Tu as demandé un prêt à maman ? demanda David.

Prétendant que ce n'était pas une chose humiliante à admettre, je hochai la tête.

— Ouais. Elle savait ce qui se passait et elle voulait qu'on parte aussi. Donc quand je lui ai dit que je voulais le quitter, elle m'a prêté assez d'argent pour nous remettre sur pied.

Ils me regardaient avec une totale incrédulité.

— Le fait est, chuchotai-je, que Marcus faisait preuve de maltraitance. Tout a commencé avec moi, et il s'apprêtait aussi à vous infliger ces maltraitances. Il n'a pas cessé de nous aimer quand il est parti : il ne nous a jamais aimés.

Tout comme je le pensais, les enfants grimacèrent et mon cœur se serra à leurs expressions blessées. Dans les yeux de mes deux enfants, je vis la douleur que j'essayais de leur éviter, mais aussi une compréhension qui me fit soudain souhaiter avoir eu cette discussion il y a longtemps.

— Pour lui, nous n'étions que des jouets, dis-je doucement. Des choses à manipuler. Je suis désolé de ne pas vous avoir dit la vérité plus tôt, mais il n'est jamais facile d'entendre que quelqu'un que vous aimiez ne vous a jamais aimé en retour. Croyez-moi, je le comprends. Donc, je suis désolé. De vous l'avoir caché et de ne pas l'avoir quitté plus tôt, surtout quand il a commencé à se servir de choses comme la transition de Claire comme moyen de pression. Je sais que ça a été difficile après lui, mais je suis parti parce que j'essayais de vous protéger tous les deux de ce qu'il me faisait déjà subir.

Je déglutis.

— Je suppose que j'essayais de supporter le plus gros et de vous l'épargner. Ce qui n'était probablement pas la meilleure approche, au final. Donc, je suis désolé.

Le silence s'étira entre nous durant un long moment. Puis Claire se glissa près de moi sur le canapé et, à ma grande surprise, elle me serra plus fort qu'elle ne l'avait fait depuis longtemps.

— Je suis désolée, papa. Je ne savais pas.

— Je sais bien. C'était l'idée, en quelque sorte. C'est moi qui aurais dû être plus honnête.

Ma voix vacilla.

— Comme je l'ai dit, je ne voulais pas vous faire de mal, pas plus que Marcus et moi l'avions déjà fait.

— Je comprends, déclara David.

Je soupirai en relâchant Claire.

— Merci de m'avoir parlé de Marcus.

Maintenant, je pense qu'il est temps que ce connard et moi ayons une conversation… une conversation qui aurait dû avoir lieu il y a longtemps.

~*~

Au terme des quarante-cinq minutes de trajet de Lake City à Bellevue, j'étais remonté. La colère avait mijoté sous la surface tout au long de la conversation avec mes enfants, mais maintenant, en m'engageant dans l'allée familière de la maison huppée de Marcus, j'étais incandescent de rage.

Une ou deux fois au cours des deux derniers mois, je m'étais imaginé revenir ici et j'avais pensé, narquois, que la maison d'Asher éclipsait celle de Marcus en taille et en opulence. Si Marcus accordait tant d'importance à l'image et à l'argent, pourquoi ne pas m'accorder un moment pour jubiler sur mon récent passage au niveau supérieur ?

Mais il n'y avait pas de suffisance ni de jubilation ce soir. Je claquai la portière de la voiture avec plus de force que nécessaire et grimpai rapidement les marches du perron. Je frappai assez fort pour qu'il m'entende, peu importe où il se trouvait dans la maison. S'il portait des écouteurs anti-bruit, quelques SMS attireraient son attention.

La porte s'ouvrit et je me lançai presque dans une tirade avant de me rendre compte que la personne qui se tenait là n'était pas Marcus. C'était Wes, un de ses jeunes collègues. Il était également torse nu et ostensiblement ébouriffé.

Je pris un visage neutre.

— Marcus est là ?

— Oui.

Wes désigna l'escalier.

— Tu veux que j'aille le chercher ?

— Oui, s'il te plaît.

Il me fit signe d'entrer, ferma la porte derrière moi et me fit patienter dans le hall pendant qu'il montait l'escalier au pas de course.

En attendant dans l'entrée, il me vint à l'esprit que j'avais eu plus d'une fois des soupçons sur Marcus et Wes au cours de notre relation. Je n'avais aucune preuve concrète qu'il m'avait trompé, donc j'avais considéré mes préoccupations comme un manque d'assurance. Mais peut-être que j'avais senti quelque chose, après tout.

— Geoff.

Marcus commença à descendre l'escalier, ses longs doigts effleurant la rampe en bois poli. Son sourire obséquieux me hérissa.

— Voilà qui est inattendu.

— On doit parler, annonçai-je froidement.

— Eh bien, entre.

Il atteignit la dernière marche et se dirigea vers la cuisine.

— Prenons un verre.

Je ne bougeai pas.

— Je n'ai pas l'intention de rester aussi longtemps.

Il s'arrêta et me fit face.

— J'essayais juste d'être poli.

— Hmm-hmm.

Je plissai les yeux.

— Tu peux me dire pourquoi tu rencontres mes enfants en leur demandant de ne pas me le dire ?

Il rit sèchement.

— Eh bien, je savais que tu réagirais de manière excessive, alors…

— Non, Marcus. Non, ne retourne pas ça contre moi.

Je m'approchai, le pointant du doigt.

— Tu as dit à mes enfants que si je te quittais, ce serait fini. Qu'il n'y aurait plus de contact. Alors pourquoi les contactes-tu maintenant ?

Ce fils de pute eut le culot d'avoir l'air blessé.

— Tu ne veux pas que je leur parle ? Après avoir chouiné qu'ils seraient dévastés si je coupais soudain les ponts ?

Il haussa les épaules avec dédain.

— Ils ont eu le cœur brisé quand on…

— Épargne-moi ça, répliquai-je sèchement. Ils ont eu le cœur brisé parce qu'avant ce soir, ils ne se doutaient pas

que tu me traitais comme de la merde quand ils ne
regardaient pas. Et maintenant, tu leur remplis la tête de…

— Wow. Wow. Attends un peu.

Il se rapprocha.

— Te traiter comme de la merde ? C'est comme ça
que tu appelles prendre soin de tes enfants ? Des enfants
qui ne sont même pas les miens ?

— Quand il y a des contreparties ? Ouais.

— Oh, pitié.

Il fit un geste dédaigneux.

— Pour l'amour de Dieu, Geoff. Écoute-toi. Où
seraient tes enfants si je n'avais pas été là, avec mon
chéquier ? Tu ne peux sincèrement pas me dire que ton
gamin qui joue au hockey n'est pas attirant parce qu'il a de
l'argent. Surtout que le mien doit te manquer, maintenant.

Je clignai des yeux.

— Sérieusement ? Tu penses que je suis avec lui parce
que je voulais quelqu'un de plus riche que toi ?

— Que veux-tu que je te dise ? Je te connais.

Il haussa les épaules.

— Tu sais repérer la sécurité quand tu la vois.

Il dut voir que je ne comprenais rien, parce qu'il
continua.

— Tu étais une loque quand je t'ai rencontré, et
maintenant que tu ne l'es plus, le type qui vous a aidé, toi
et tes enfants, peut aller se faire foutre. Bien sûr que cette
star du hockey millionnaire te plaît. Il représente une
sécurité financière, tout comme moi.

— Cela n'a rien à voir…

— La seule différence, c'est que tu vas avoir plus de
mal à garder un type d'une vingtaine d'années qui peut
avoir qui il veut. Une fois qu'un homme peut avoir
quelqu'un de plus jeune et de plus sexy…

Il esquissa un geste pas si discret vers l'escalier où
avait disparu Wes.

— Pourquoi en garderait-il un qui a déjà trop de
kilomètres au compteur ?

— Dit l'homme qui aura cinquante ans dans six mois.

Il rit sèchement.

— Oui. Cinquante ans, sans personne à charge et un patrimoine qui fait que les jeunes hommes négligent les cheveux gris. Dis-moi, qu'as-tu à offrir à ton jeune et riche petit ami ?

— Tout ce que tu tenais pour acquis, apparemment.

Ma voix tremblait plus que je ne l'aurais voulu, mais que dire ? Ça faisait mal. Ça faisait vraiment mal de reconnaître que je l'avais aimé quand tout ce qu'il voyait dans une relation était une série de transactions.

Marcus secoua la tête.

— Tu sais, un homme qui est allé à la guerre et qui travaille comme flic devrait être beaucoup plus cynique que toi. Mais tu restes un incorrigible romantique, n'est-ce pas ?

— Mieux vaut un incorrigible romantique qu'un incorrigible cynique, je pense. Surtout un cynique prêt à dire à mes enfants que je sors avec quelqu'un à cause d'une crise de la quarantaine.

— Ce n'est pas le cas ?

— Dois-je même te faire l'honneur d'une réponse ?

Il émit un autre rire sec et secoua la tête.

— Crois ce que tu veux, chéri. Et je le dis pour ton bien : tu as intérêt d'espérer que ta crise de la quarantaine se termine avant que ce gamin ne perde tout intérêt.

Son expression paraissait presque inquiète, mais son sourire narquois n'était pas si subtil.

— Tu n'as pas laissé Claire et David s'attacher à lui, n'est-ce pas ?

Et dire que je pensais que rien de ce qu'il dirait ne pourrait plus me surprendre.

Je pouvais sentir surgir une tirade, mais je la ravalai. À quoi bon ? Marcus trouverait un moyen de retourner tout ce que je dirais contre moi afin de me blesser bien plus que je ne pourrais le blesser lui. Je l'avais laissé tomber pour échapper à ce genre de manipulations toxiques. Pourquoi les supportais-je maintenant ?

Je serrai les dents et le regardai dans les yeux.

— Je ne discuterai pas de ce sujet avec toi. En conclusion ? N'approche plus mes enfants. Pas de textos. Pas d'e-mails. Pas de déjeuners. Aucun contact que ce soit. Est-ce que je suis clair ?

Marcus me montra ses paumes et répondit de sa voix la plus condescendante.

— Comme tu veux, chéri.

Oh, j'aurais voulu beaucoup de choses à ce moment-là. Mais plus nous parlions, plus il se servait de ce que je disais ou ne disais pas comme d'une arme, et au final, il pourrait me pousser à m'excuser de l'avoir accusé d'être exactement qui il était. J'avais dit le plus important : n'approche plus mes enfants. Le reste ne serait qu'un mélange de munitions pour qu'il me manipule et l'équivalent verbal de me frapper la tête contre un mur. J'avais eu assez de commotions cérébrales récemment, merci bien.

Donc, sans un autre mot, je me retournai et partis.

Je n'aurais pas pu sortir assez vite de cette maison, de cette allée et de ce quartier huppé infernal et snobinard. Aucun moyen que je revienne ici. Pas pour tout l'or du monde. S'il s'approchait de nouveau de mes enfants, c'était à ça que servaient les ordonnances de protection, et je connaissais les policiers de Bellevue. Ils pourraient s'occuper de lui.

En conduisant, je serrais si fort les dents que ma mâchoire me faisait mal. Bon sang. J'étais vraiment resté avec lui pendant six ans ? Maintenant qu'on avait passé du temps à part, le revoir me laissait perplexe sur ce qui m'avait jamais attiré chez lui. Je veux dire, il n'était pas laid. Même à quelques mois de ses cinquante ans, sa vie de vanité avait payé : il était musclé, bronzé et avait embrassé le look « renard argenté ». Il avait vraiment bien fait semblant d'être gentil avec mes enfants, ce qui m'avait probablement conquis. M'avait-il manipulé à l'époque ? Tout au long, depuis le début ? Cela avait-il été un processus lent qui avait commencé dès le premier jour, ou quelque chose qu'il avait commencé plus tard ? Difficile à dire, mais je ne pouvais tout à coup plus penser à la moindre conversation sans en éprouver du dégoût ni me demander à quoi il avait bien voulu jouer. Qu'avait-il voulu ? L'avait-il obtenu ? Comment ne l'avais-je pas remarqué ?

Pouah. Merde. Pas étonnant que je me sois jeté tête la première avec Asher. Je me fichais de son argent ou de celui de Marcus. Asher était la bouffée d'air frais, honnête et authentique dont j'avais désespérément besoin. J'aimais qu'il soit à peu près aussi différent qu'un homme puisse l'être de Marcus.

Une sensation froide m'envahit le cœur.

Ce n'était pas la seule raison pour laquelle j'étais tellement attiré par Asher, si ? Parce qu'il était l'opposé de Marcus à tous points de vue ?

Non, c'était ridicule. Bien sûr, Asher était une meilleure personne que Marcus. Tout être humain décent l'était par rapport à Marcus, et je ne l'aurais pas fréquenté si ce n'était pas le cas.

Mais tous ces sentiments que j'éprouvais pour Asher n'avaient rien à voir avec Marcus... N'est-ce pas ? Tout comme Asher n'était pas avec moi parce que je n'étais pas Nathan... N'est-ce pas ?

Mon cœur se serra. Asher était naturellement timide après sa relation. Mais cela signifiait-il qu'il était avec moi pour se recalibrer dans une relation saine et non-violente afin de pouvoir passer à autre chose ? Étais-je là pour faciliter sa transition d'une zone de guerre à une vie normale ?

Je tapotai rapidement des pouces sur le volant. Je ne voulais pas croire qu'Asher se servait de moi et, si c'était le cas, je ne pensais pas qu'il le faisait consciemment. Mais est-ce que je me voilais la face en ne voyant pas qu'il cherchait juste à amortir sa chute afin de pouvoir passer à autre chose ?

Oh mon Dieu.

Et si Marcus avait raison ?

Que faire si j'étais vraiment le mec sûr et barbant dont Asher avait besoin jusqu'à ce qu'il se reprenne et passe à une vraie relation avec quelqu'un de plus jeune, plus sexy et plus riche ?

Et si tout ce que voulait Asher, c'était du sexe et de la sécurité pendant un petit moment, et que je finissais par tomber quand même amoureux de lui ?

Oh putain. Et si c'était déjà le cas ?

Chapitre 22
Asher

Après quelques jours à me monter la tête au sujet de Geoff, à me convaincre que ça n'allait pas entre nous même s'il m'avait explicitement dit que tout allait bien, le soulagement d'être à nouveau dans la même pièce que lui fut indescriptible. Ce n'était pas que je ne le croyais pas. C'était juste vraiment, vraiment trop facile de laisser libre cours à mon imagination une fois qu'on était séparés et il ne fallait pas grand-chose pour convaincre mon cerveau que j'étais en terrain glissant avec Geoff.

Mais dès qu'il était chez moi, dans mes bras, toute cette merde s'évaporait et tout était à nouveau parfait entre nous.

Presque.

Plus ou moins.

Même en nous embrassant contre le mur de l'entrée, quelque chose n'allait pas. Quelque chose clochait et ce n'était pas seulement moi.

J'avais toujours envie de lui et vu la façon dont il m'embrassait et me touchait, c'était réciproque. Mais il y avait quelque chose… qui n'allait pas. Chaque fois qu'il m'embrassait, je pouvais le sentir, mais je ne pouvais pas mettre le doigt dessus. Il ne faisait rien à moitié. Il ne tressaillait pas à mon contact ni ne me repoussait. Alors qu'est-ce que c'était ?

Je rompis le baiser et croisai son regard. Ses yeux mi-clos brûlaient de désir, mais… Ouais, il se passait clairement autre chose. Il y avait une certaine distance entre nous que je ne pouvais ni combler ni définir.

— Ça va ? demandai-je.

— Ouais.

Il se lécha les lèvres.

— Pourquoi ?

— Je ne sais pas. Tu avais juste l'air…

Je le dévisageai, et je n'aurais pu dire ce que c'était ou ce qui m'avait fait comprendre que quelque chose n'allait pas.

— Je veux dire, si tu n'es pas…

Geoff réclama un autre baiser. Plus profond, plus affamé, et nous geignîmes tous les deux quand il me pressa contre le mur

— J'ai envie de toi, crois-moi, souffla-t-il entre deux baisers. La journée a juste été longue. C'est tout.

Pourquoi je ne te crois pas ?

Puis sa bouche fut à nouveau sur la mienne, sa langue taquinant mes lèvres, et mes genoux tremblèrent. Bon sang, peut-être que j'avais tout imaginé. Ou projeté. J'avais passé tout le voyage aller-retour à Denver à me convaincre que quelque chose n'allait pas, donc c'était peut-être ce que je voyais maintenant : mes propres insécurités.

Qu'elles aillent se faire foutre, mes insécurités. Je voulais Geoff. Je n'étais pas sûr de beaucoup de choses en ce moment, mais la seule chose dont j'étais absolument certain, c'était que je voulais Geoff.

— On devrait monter, haletai-je contre ses lèvres.

— Oui, on devrait. À moins que tu veuilles que je te suce ici, contre le mur.

C'était plutôt tentant, mais me retrouver nu au lit avec lui aussi.

— O-On devrait monter.

Geoff sourit, mordilla ma lèvre inférieure et, quand il recula, me tira avec lui par ma ceinture.

Pas besoin de me le dire deux fois.

Nous nous précipitâmes dans ma chambre. J'enlevai mon haut en franchissant la porte et je me retournai juste à temps pour voir Geoff en faire de même. Et putain, il avait l'air sexy. Non seulement parce qu'il était torse nu et s'était attaqué à sa ceinture, mais parce qu'il avait ce regard affamé, presque prédateur, fixé sur moi. Oh putain.

Jeans. Chaussettes. Slips. Nous laissâmes tout tomber par terre et Geoff m'attira sur le matelas, au-dessus de lui.

— Ces matches à l'extérieur sont durs, murmura-t-il contre ma gorge. Je vais… finir par me luxer le bras droit.

Je me mordis la lèvre et gémis, m'arquant contre lui.

— Ne me dis pas que tu te branles devant mes matches.

Le souffle chaud de son rire m'effleura la clavicule, puis il me mordit doucement au même endroit.

— Non, je ne me branle pas devant tes matches. Mais je les regarde.

Sa main glissa sur mon cul.

— C'est comme ça que je m'échauffe.

Je frissonnai, l'imaginant regarder mes matches avec la même lueur qu'il avait en ce moment dans le regard. Je n'avais jamais essayé de patiner avec une érection, mais je supposais qu'il y avait une première fois à tout.

Geoff leva la tête et trouva ma bouche, et je frottai ma queue contre lui pendant qu'on s'embrassait. L'imaginer durcir en regardant mes matches à la télévision… c'était grisant. Et je me sentais idiot d'avoir été si inquiet à l'idée que dès l'instant où je quitterais la pièce, il commencerait à se demander si j'en valais la peine.

Oui. Ce soir, ce n'était que mes insécurités. Allez comprendre.

Je l'embrassai plus fort, savourant ses gémissements bas et la façon dont il glissait ses ongles dans mon dos et se tortillait sous moi. Il remuait les hanches, m'excitant, et nous entamâmes un rythme régulier, nos queues coincées entre nos corps. Ce n'était pas un rythme rapide – sans lubrifiant, la friction aurait été trop difficile – mais bordel de merde, ça faisait du bien. Beaucoup de bien. Bon sang, allumé comme je l'étais, je me fichais même de savoir si c'était rapide.

Geoff interrompit le baiser et murmura :

— Soulève… Soulève tes hanches.

Je le fis et il glissa la main entre nous, et… Oh mon Dieu, oui. Il pompa fermement mon sexe et je pris appui sur un bras pour pouvoir en faire de même. Nous étions trop essoufflés pour nous embrasser maintenant, donc nous nous contentâmes de respirer et de trembler, jusqu'à ce que Geoff halète et se cambre. Son sperme chaud recouvrit ma main et je gémis quand il continua à venir. Il ne me fallut que quelques coups de poignets frénétiques avant qu'il ne m'emporte avec lui. Criant sous la force de mon orgasme, je baisai son poing jusqu'à ne plus pouvoir le supporter, puis je m'affaissai sur lui, respirant fort, tout comme lui.

Dès que je commençai à reprendre mon souffle, la déception m'envahit. Pas à cause du sexe – le sexe avec Geoff était toujours génial – mais à cause de tous les sentiments qui ne perdirent pas de temps à revenir.

Quelque chose n'allait toujours pas et je ne l'avais pas imaginé, et le sexe ne m'en avait distrait qu'un instant. Tout était toujours parfait quand nous faisions l'amour, et ce soir n'avait pas fait exception. Cela aurait dû me rassurer et me faire comprendre que tout ce qui m'avait fait paniquer n'était que dans ma tête.

Mais j'étais à nouveau inquiet. J'étais encore plus certain qu'il se passait quelque chose, et encore moins sûr de ce que c'était. Beaucoup moins sûr que ce n'était que mes stupides insécurités.

Qu'est-ce qui ne va pas ? C'est quoi, mon problème ?

Geoff ne me repoussait pas, c'était déjà ça. Après nous être nettoyés et être revenus au lit, il m'attira contre lui, enroulant un bras autour de mes épaules tandis que je posais sa tête sur mon torse. Quelque chose n'allait pas, mais n'importe quel soulagement me conviendrait, en attendant de trouver le courage de lui demander ce qui se passait.

Mais je n'en eus pas l'occasion. Geoff passa ses doigts dans mes cheveux et demanda doucement :

— Tu vas bien, ce soir ?

Je n'étais donc pas le seul à l'avoir remarqué. Génial.

— Ouais. Ouais. Je vais bien.

Je passai mon bras autour lui.

— Et toi ?

— Hmm ?

— Je ne sais pas. Tu semblais un peu… ailleurs.

Geoff ferma les yeux et soupira.

— Je suis désolé. J'ai été un peu préoccupé, ces derniers jours.

— Par ?

Il glissa une main derrière sa tête et l'autre resta au milieu de son torse, saisissant doucement la mienne. Pendant un moment, il fixa le plafond de la chambre et je me demandai s'il allait répondre à ma question.

— Quand tu étais sur la route, reprit-il enfin, j'ai eu un petit… face à face.

Il déglutit.

— Avec mon ex.

— Oh.

Mon cerveau partit instantanément à 100km/h, tandis que j'essayais de comprendre ce que signifiait exactement « face à face » dans ce contexte. Je dus me rappeler que c'était Geoff, pas Nathan, et que je pouvais lui faire confiance. Que je ne devais pas immédiatement assumer le pire et me crisper parce qu'il avait peut-être fait quelque chose qui ne me plairait pas. Pour ce que j'en savais, ils avaient peut-être échangé un regard silencieux en se croisant dans le rayon des céréales à l'épicerie. Ce n'était pas parce que Nathan s'était servi de mon emploi du temps surchargé comme excuse pour justifier le plan à trois bizarre avec son ex et le nouveau mec de celui-ci que je devais m'inquiéter avec Geoff. Je répondis d'une voix aussi neutre que possible.

— Quel genre de face à face ?

Geoff soupira, son torse s'abaissant sous nos mains. Il semblait soudain encore plus fatigué qu'auparavant.

— Je pensais sérieusement que je n'aurais jamais à le revoir. Jamais. Si on s'était croisé dans la rue, eh bien, ça arrive. Mais…

Il se renfrogna.

— Alors, qu'est-ce qu'il s'est passé ?

— Il a contacté mes enfants.

Geoff avait l'air clairement offensé et je ne pouvais que le comprendre.

— Il a essayé de cracher son venin concernant les raisons pour lesquelles je l'ai quitté et de leur dire que tu n'étais que ma « crise de la quarantaine ».

Sa voix se fit plus amère encore.

— Ou un moyen de passer à quelqu'un d'encore plus riche que lui.

Je clignai des yeux.

— Sans déconner ?

Geoff souleva ma main et embrassa le dos de mes doigts.

— Quand j'ai déménagé, il m'a dit que je le regretterais et que je finirais par revenir en rampant. Ou du moins que j'essaierais. Il m'a très clairement dit qu'il ne me reprendrait pas, simplement que je le voudrais et que je m'en voudrais d'être parti.

— Ouah, répondis-je sèchement. Il est charmant.

— Ouais, hein ?

Il soupira, reposant nos mains sur son torse.

— J'imagine que quand il a entendu parler de nous, il s'est rendu compte que j'étais passé à autre chose. Dans son esprit, je suis passé à quelqu'un qui avait quelque chose qu'il n'avait pas : plus d'argent.

Il émit un petit bruit et leva les yeux au ciel.

— Ça ne pouvait pas être parce que tu ne me traites pas comme de la merde ou que tu ne te sers pas de ton argent pour me contrôler.

— Pouah, non. Impossible.

Je serrai sa main.

— Je ne ferais jamais ça.

— Je sais.

Il leva la tête et déposa un doux baiser sur mes lèvres. Se rallongeant sur l'oreiller, il regarda à nouveau le plafond.

— Mais il te voyait comme une menace, parce que ça m'empêchait de revenir ramper comme il s'y attendait.

— Une menace ? Il pensait vraiment que tu voudrais retourner avec lui ?

— Tu plaisantes ? Il n'arrive pas à comprendre pourquoi quelqu'un le larguerait en premier lieu.

Geoff se renfrogna.

— Il a un nouveau mec, de toute façon. Je ne sais pas vraiment à quel point il est « nouveau ».

— Comment ça ? Tu penses qu'il t'a trompé ?

— Peut être. J'ai toujours eu un mauvais pressentiment au sujet de ce collègue, mais je ne les ai jamais surpris. Je n'ai jamais essayé. Je me disais que ce n'était rien. Mais quand je suis allé confronter Marcus, ce type était là et clairement pas en ami.

— Oh. Aïe.

— Bah…

Geoff haussa à moitié les épaules.

— À ce stade, je suis tellement content d'être débarrassé de son influence que je me fiche de savoir ce qu'il a fait dans mon dos. Ça fait quand même mal et je m'en veux d'avoir prétendu que ce n'était rien, mais ce n'est pas comme si ça aurait changé quoi que ce soit si je l'avais su. Mis à part peut-être de me faire partir plus tôt.

— Je suis désolé.

Mes paroles paraissaient inutiles, mais je ne savais pas quoi dire d'autre.

Geoff me serra un peu plus fort et m'embrassa doucement.

— C'est du passé, maintenant, et il y restera.

— Tant mieux. On dirait que tu es bien mieux sans lui.

— Oh oui.

Il n'élabora pas et j'eus l'étrange sensation qu'il ne me racontait pas toute l'histoire. Non pas qu'il laissait de côté certains détails incriminants qui provoqueraient une dispute entre nous, mais qu'il y avait quelque chose dont il ne voulait pas parler. Quelque chose qui le dérangeait toujours. Comme la façon dont cette confrontation s'était véritablement passée. Ce qu'ils avaient dit, l'un et l'autre.

Mais je n'insistai pas. S'il ne voulait pas en parler, alors il ne voulait pas en parler. Mais maintenant, ça me dérangeait, moi. Qu'est-ce que son ex avait ajouté ?

À côté de moi, Geoff soupira en me caressant les cheveux.

— On devrait dormir un peu. Je dois bosser tôt et tu as un match, demain.

Je geignis. J'adorais mon travail, mais l'emploi du temps de la saison était épuisant.

— Bonne idée. Je suis vanné.

— Moi aussi.

Il m'embrassa le front et se rallongea sur les oreillers, mais hésita.

— Euh, juste un avertissement ? Les derniers jours ont été difficiles et, quand je suis stressé, les cauchemars peuvent devenir…

Je me forçai à ne pas frissonner.

— Ils empirent ?

Geoff acquiesça sans croiser mon regard.

— Ouais. Ils empirent beaucoup, parfois. Si tu préfères que je ne dorme pas ici, je peux…

— Non, non.

Je serrai sa main.

— Je veux que tu restes.

— Tu es sûr ?

— Ouais.

Je levai le menton et l'embrassai doucement.

— On verra ça le moment venu. En attendant, je ne veux pas te chasser.

Je peux vivre avec tes cauchemars.

Je ne veux simplement pas que tu partes.

Je me moquais de savoir à quel point c'était pathétique. C'était la vérité et, au moins ce soir, je ne m'en excusais pas.

Chapitre 23
Geoff

Ce fut une longue et misérable nuit. Asher ne ferma pas l'œil. Je ne fermai pas l'œil. Quand le soleil se leva, je n'étais qu'une boule d'épuisement et de frustration, et même si je ne savais pas comment j'allais pouvoir consommer assez de caféine pour tenir la journée, renoncer à dormir fut un soulagement.

Il était dans les vapes, il avait donc dû enfin s'assoupir. Chanceux.

En prenant soin de ne pas le réveiller, je me glissai hors du lit et dans la douche.

Je ne savais pas combien de cauchemars j'avais eu hier soir. Assez pour me souvenir de m'être réveillé plusieurs fois, et au moins trois fois en réveillant aussi Asher en sursaut, et il nous avait fallu une éternité pour nous rendormir à chaque fois.

Évidemment, c'était lorsque j'étais stressé – lorsque j'avais désespérément besoin de sommeil pour avoir toute ma tête et faire face à ce stress – que les cauchemars ressurgissaient le plus. Avant la guerre, j'avais eu du mal à dormir si les choses allaient mal entre Valérie et moi, mais au moins on pouvait surmonter la fatigue et tout régler à la lumière du jour.

Mais maintenant ? Putain, j'aurais aimé. Le stress aggravait les cauchemars et, le matin, j'étais une loque épuisée et tremblante, la tête pleine de souvenirs de combat, et il m'était impossible de réfléchir à des choses comme les relations ou les émotions. Je n'arrivais pas à penser clairement.

Sauf que ce matin, j'arrivais à penser clairement à certaines choses. Plus précisément, à chaque putain de truc que mon connard d'ex m'avait dit l'autre soir à propos de l'homme qui dormait encore dans la pièce voisine.

Et si Marcus avait raison ?

Pendant des jours, mon cerveau avait été obsédé par ces paroles et j'avais cru que ça s'arrêterait dès que je reverrais Asher, la nuit dernière.

Sauf que non. Et la nuit dernière avait été difficile parce que j'avais voulu que tout soit normal avec Asher, mais ça ne l'avait pas été à cause de la voix de Marcus à mon oreille, puis il y avait eu ces cauchemars toute la nuit, et maintenant je ne savais plus où j'en étais.

Cela ne m'avait pas dérangé de parler de Marcus à Asher. Ce qui me dérangeait, c'était combien j'avais eu Marcus à l'esprit toute la soirée et toute la nuit. Les choses qu'il avait dites s'étaient gravées dans mes pensées et, chaque fois que je me disais que c'était des mensonges, une partie de moi me demandait : « *Tu en es sûr ?* »

Asher ne va pas se servir de l'argent ou de mes enfants contre moi.

Tu en es sûr ?
Il ne baise pas d'autres gars quand il est sur la route.
Tu en es sûr ?

Ce n'est pas seulement une aventure sans lendemain qui s'arrêtera avant la fin de ma crise de la quarantaine.

Tu en es sûr ?

Je voulais me dire que j'en étais sûr, mais j'avais aussi été sûr pour Marcus. Sûr qu'il m'aimait. Qu'il nous était dévoué, à moi et à mes enfants. Qu'il n'était pas en train de me tromper. Qu'il ne se servait pas de son argent ou de mes enfants comme d'armes pour me contrôler. Mais je m'étais trompé sur lui. Et si j'avais tort pour Asher, aussi ?

Contre ma volonté, mon esprit revenait sans cesse à l'idée que j'étais un flic d'une quarantaine d'années sans grand-chose à offrir à un athlète millionnaire d'une vingtaine d'années.

« Tu vas avoir plus de mal à garder un type d'une vingtaine d'années qui peut avoir qui il veut » avait déclaré Marcus. *« Une fois qu'un homme peut avoir quelqu'un de plus jeune et de plus sexy, pourquoi en garderait-il un qui a déjà trop de kilomètres au compteur ? »*

Peu importait que je sache que Marcus essayait de me faire payer et de m'embrouiller. C'était ça, le truc, avec les gens comme lui : leurs manipulations fonctionnaient, parce que c'était *logique*. Même en connaissance de cause, je ne pouvais pas me dire avec certitude qu'il avait tort, parce que ce qu'il disait était *logique*.

Quelle part de tout ça était une véritable inquiétude au sujet de ma relation avec Asher, et quelle part n'était que la voix de Marcus au fond de mon esprit ? Quelle part était dû au venin que mon ex m'avait craché à l'oreille et quelle part, le cas échéant, était réelle ?

Fils de pute. J'avais cru que ma rencontre avec Marcus avait ramené toutes mes insécurités à la surface. Rouvert toutes les blessures qu'il avait laissées derrière lui.

Mais ce n'était pas le cas. Parce qu'elles avaient toujours été là. Elles n'avaient jamais guéri en premier lieu.

Et il y avait une question que je ne pouvais éviter et pour laquelle je n'avais pas de réponse :

Si je suis aussi peu sûr de moi, suis-je prêt à être avec qui que ce soit ?

Je voulais être avec Asher. Bon Dieu, je le désirais plus que je n'avais jamais désiré personne. Mais étais-je prêt ? Étais-je prêt à être le petit ami d'Asher ? Ou étais-je encore trop occupé à être l'ex de Marcus ? Quelle part de mes sentiments pour Asher étaient vraiment pour lui et quelle part était due au soulagement de ne plus avoir à marcher sur des œufs, de ne plus être manipulé et de ne plus avoir l'impression que je méritais d'être traité comme de la merde ?

Je n'avais pas de réponse et, le cœur serré, je me rendis compte que c'était ça, ma réponse. Si je ne pouvais pas dire où s'arrêtait mon soulagement à être libéré de Marcus et où commençaient mes sentiments pour Asher, alors je n'étais pas juste envers lui ou envers moi-même en prétendant que je le pouvais.

En soupirant, je me frottai le cou des deux mains sous l'eau chaude qui cascadait sur moi. Ça se résumait à ça, non ? Je n'étais pas prêt à avoir un avenir parce que mon passé n'en avait pas encore fini avec moi ? À cause de Marcus, je n'étais pas prêt pour Asher, peu importait combien je voulais l'être. Prétendre le contraire n'était pas juste envers Asher, mes enfants ou moi.

J'imagine que je sais ce que je dois faire.

Asher avait disparu quand je sortis de la douche, je supposai donc qu'il était descendu préparer du café. Après m'être habillé, je descendis dans la cuisine et l'y trouvai.

Mon cœur se serra à la seconde où je le vis. Il avait l'air aussi épuisé que moi, l'un des cernes sous ses yeux accentué par une ecchymose qui guérissait sur sa pommette. Mais il était toujours aussi séduisant : des cheveux roux ébouriffés par le sommeil et un sourire fatigué aux lèvres quand il glissa une tasse de café vers moi sur le comptoir.

— Merci, dis-je en prenant la tasse.

Nous sirotâmes notre café en silence. Je n'arrivais pas à savoir ce qu'il pensait. L'épuisement m'embrouillait trop le cerveau pour essayer de déchiffrer son expression ou son absence d'expression, d'ailleurs. Mes propres pensées et sentiments tourbillonnaient, rendus plus flou encore par la fatigue.

Malheureusement, la seule pensée claire était celle qui me rongeait depuis ma douche. Je voulais y réfléchir un peu plus et me donner le temps de me vider la tête et de m'assurer que j'étais sûr de moi, mais que cela me plaise ou non, je l'étais. Et s'il y avait une chose qui m'était restée après mon divorce et ma séparation d'avec Marcus, c'était le profond regret qu'il m'ait fallu si longtemps pour mettre fin à la situation. Plus je continuerais ainsi, pire je me sentirais et plus ça ferait mal à Asher quand je finirais par partir. Il valait mieux arracher ce genre de pansement plutôt que de le décoller lentement.

Je posai ma tasse de café à moitié vide.

— Écoute, euh… Avant de partir…

Je ne le regardais pas, mais je pouvais sentir la tension le traverser d'ici.

— Ouais ? demanda-t-il, sur ses gardes.

Bon sang. Maintenant, je le rendais nerveux. À quoi je m'attendais ? Je ne pouvais plus faire traîner les choses, maintenant. *Fais-le et finis-en pour qu'on puisse tous les deux commencer à passer à autre chose.*

Je me raclai la gorge.

— Je déteste te faire ça avant un match. Je suis…

Je soupirai.

— Sauf qu'il y aura toujours un match et que ça ne peut pas attendre la fin de la saison.

Asher se crispa encore plus.

— Euh. D'accord ?

Je retardais l'inévitable, bon sang. *Fais-le, c'est cruel de laisser traîner ça.*

— Je t'ai dit que j'avais vu mon ex.

— Ouais ?

Je tapotai des ongles sur le comptoir pour me débarrasser de mon énergie nerveuse.

— Le truc, c'est qu'il arrive toujours à m'atteindre. Une seule conversation et, à cause de lui, je me mets à douter de tout. De moi. De ma rupture avec lui.

Je déglutis.

— De toi et moi.

— Tu sais qu'il est juste en train de te manipuler.

La panique à peine voilée dans la voix d'Asher me déchira le cœur et j'eus du mal à garder une voix calme.

— Je sais. Et le fait même qu'il puisse encore me manipuler comme ça me fait comprendre que je ne suis pas encore prêt pour une autre relation.

Je me forçai enfin à le regarder dans les yeux.

— Je le voudrais, mais… on doit encore faire le tri dans trop de choses, tous les deux… On est tous les deux des loques, à cause de nos ex. Je… Pour te dire la vérité, je n'arrive pas à faire la différence entre ce que j'aime chez nous et ce qui change juste de ma relation avec lui et qui est rafraîchissant. Tu mérites mieux que d'être celui avec qui je suis simplement parce que tu n'es pas lui.

— Quoi ?

Asher secoua la tête.

— Non, on n'est pas ensemble juste pour nous remettre de nos ex, pour rebondir. Ce n'est pas possible.

— Pas entièrement, non, admis-je doucement. Mais je ne saurais dire où ce « rebond » se termine et où nous commençons.

Il me dévisagea et je ne savais pas s'il avait l'air plus choqué ou plus blessé.

Sans savoir si j'aggravais les choses, je continuai.

— Nous marchons tous les deux sur des œufs comme si nous étions toujours avec nos ex. C'est épuisant pour moi et j'imagine que ça l'est pour toi. Nous méritons tous les deux mieux que ça. Et regarde-nous. Nos deux emplois nous demandent d'être vifs d'esprit. Comment sommes-nous censés y arriver quand nous sommes tous les deux trop nerveux pour nous endormir parce que je pourrais avoir un cauchemar et te donner un coup ?

Je soupirai, la fatigue pesant fortement sur mes épaules.

— As-tu dormi, la nuit dernière ? Parce que moi, non.

Asher tressaillit et détourna le regard. Il n'avait pas besoin de répondre : les cernes sous ses yeux le faisaient à sa place.

— Je suis désolé, chuchotai-je. Je ne pense tout simplement pas qu'on soit dans le bon état d'esprit pour une nouvelle relation. Pas tout de suite.

— Alors comment savoir quand ce sera le cas ?

Je secouai la tête.

— Je n'en ai aucune idée. Je sais juste que je ne suis pas prêt à…

— Geoff, je t'aime.

Les mots jaillirent et je tressaillis.

— Vraiment ? demandai-je doucement. Ou aimes-tu simplement être avec quelqu'un qui ne te fait pas sursauter chaque fois qu'il bouge ?

Les lèvres d'Asher s'entrouvrirent.

— C'est vraiment ce que tu penses ?

— Je ne sais pas. Et c'est un peu ce que je veux dire, Asher. Je n'arrive pas à faire la part entre mes sentiments pour toi et ceux que je ressens parce que Marcus est sorti de ma vie. Je ne pense pas que les tiens soient plus faciles à décrypter.

— Alors tu es juste là parce que je ne suis pas ton ex ?

— Non. Je suis là parce que je t'apprécie. Beaucoup.

Je peinais à soutenir son regard et je finis par abandonner, détournant les yeux.

— J'ai juste besoin d'un peu de temps pour comprendre ce que je ressens. Tout court. Pour qui que ce soit.

Il me fixa du regard, mais ne dit rien. À cet instant, j'aurais souhaité qu'il pète un plomb et s'en prenne à moi. Il aurait été tellement plus facile de partir s'il s'était mis en colère. Mais il ne le fit pas. Il me dévisagea juste, trop choqué ou engourdi ou blessé pour dire quoi que ce soit, et le silence en fut assourdissant.

— Je suis désolé, Asher.

Mon Dieu, il était si difficile de ne pas changer d'avis. Je ne voulais pas rester sur cette décision. Je ne voulais pas le laisser partir. Mais à quoi cela nous servirait-il que je reste quand nous avions tous les deux trop de choses à résoudre nous-mêmes ?

— Je dois y aller.

Il fut le premier à détourner le regard.

— D'accord. Pars.

Toujours pas de colère. Les mots tremblaient juste assez pour dévoiler la douleur sous la surface, mais je reconnaissais cette posture et ce ton. C'était comme quand il avait eu du mal à se ressaisir après que les flics avaient escorté Nathan hors de la maison. Quand il avait tenu jusqu'à ce qu'ils soient partis, puis avait craqué et s'était effondré sur mon épaule. Cela me brisait le cœur de savoir que je lui faisais revivre ça mais ce fut un bon moyen pour me pousser à partir. Il n'avait pas besoin de le dire à haute voix, mais je pouvais le sentir irradier de lui : « *Sors, pour que je puisse me permettre de ressentir tout ça* ».

Alors je partis.

Et pendant tout le trajet pour rentrer à Lake City, je me demandai quand j'aurais l'impression d'avoir fait le bon choix.

Chapitre 24
Asher

Prêt ou pas, la vie continua. La PHL, les *Snowhawks*, les fans et l'emploi du temps implacable de l'équipe se foutaient totalement de savoir à quel point je voulais rester chez moi, rejeter le monde et panser mes blessures.

Cela faisait à peine douze heures que Geoff avait franchi ma porte d'entrée que j'étais au centre-ville de Seattle, déjà de retour sur la glace. Vingt-quatre après, j'étais en route pour Omaha avec l'équipe pour notre dix-sept millième match à l'extérieur du mois.

Nous gagnâmes le match à domicile de justesse. Moins on en dirait sur celui d'Omaha, mieux ça vaudrait. Heureusement, il y avait un remède infaillible pour se remettre d'une défaite : la bière. Beaucoup de bière. Nous mangions tous sainement la plupart du temps et nous ne faisions pas la fête tous les soirs, mais après une défaite comme celle-là ? À la vôtre.

Dans un bar proche de notre hôtel, l'équipe poussa un tas de tables contre le mur du fond, commanda une première tournée (qui aurait probablement été qualifiée de deux ou trois tournées par les gens normaux) et se mit au boulot, noyant ce match de merde dans ce que servait cet endroit. Grady demanda même à la serveuse si elle pouvait simplement nous amener quelques fûts avec des pailles. Je fus presque certain qu'elle crut qu'il plaisantait. J'étais aussi presque sûr qu'il ne plaisantait pas.

Après quelques verres, je cessai d'être obsédé par les erreurs que j'avais faites lors des deux derniers matches. Je me disais qu'après plusieurs autres, j'arrêterais aussi d'être obsédé par Geoff. Beaucoup d'émotions essayaient de remonter à la surface et si je les laissais faire, je ne serais pas en mesure de les arrêter. Je devais boire jusqu'à les réduire au silence, donc dès que j'eus fini ma bière, je me dirigeai vers le bar pour en commander une autre. Peut-être deux de plus. Les gens ne s'attardaient pas vraiment si un joueur de hockey se baladait avec deux verres dans les mains. C'était même plutôt l'inverse : ils nous regarderaient probablement bizarrement si on ne buvait pas deux verres à la fois. Ou peut-être que c'était juste mon équipe. L'entraîneur avait dit en plaisantant – plus ou moins – qu'on aurait dû nous appeler les « Cirrhoses de Seattle ». Il avait peut-être raison.

Tandis que j'attendais mes quatrième et cinquième bières, je captai un mouvement du coin de l'œil et je me retournai.

En un instant, je fus… pas sobre, mais je n'avais clairement plus l'impression d'avoir tout juste englouti trois bières. Un profil familier disparut dans la foule tel un mirage et je dus m'accrocher au bar tandis que tout l'alcool dans mon sang se transformait en panique glaciale. Même quand j'étais sur la glace, mon cœur ne battait pas aussi vite. Merde.

Nathan m'avait-il vraiment suivi jusqu'au Nebraska ? C'était quoi, ce bordel ?

Est-ce que je devais appeler les flics ? Il fallait que j'appelle les flics.

Sauf que... comment était-il sorti de prison, bordel ? Il n'aurait pas dû être libéré si vite pour bonne conduite, si ? Bordel, et maintenant il était...

Il se matérialisa à nouveau et, quand il tourna la tête, un soupir m'échappa.

Ce n'était pas Nathan.

Je ne savais pas qui c'était et il ne semblait même pas avoir remarqué que j'étais ici, encore moins que j'étais à ce point proche d'une véritable crise de panique après l'avoir aperçu. Ce n'était pas mon ex. Il n'était pas là pour s'en prendre à moi. Bon sang. Heureusement que je n'avais pas appelé les flics.

Le barman posa mes bières devant moi et j'hésitai, ne sachant plus quoi faire. L'idée de les boire me donnait la nausée. Et si Nathan débarquait vraiment et que j'étais trop ivre pour savoir qu'il était là ? Sauf qu'il était en prison, donc il ne pouvait pas être...

Une main lourde sur mon épaule me fit presque bondir au plafond et je sursautai si fort que mon coude faillit renverser mes deux bières intactes.

— Crowe.

Grady garda la main sur mon épaule et me regarda droit dans les yeux, les siens écarquillés d'inquiétude.

— Mec, qu'est-ce qui se passe ?

— Je, euh...

Je déglutis, me demandant quand ma gorge était devenue si acide. Puis je jetai un coup d'œil derrière lui et me rendis compte que le reste de l'équipe s'était tu. Ils nous regardaient tous, Grady et moi. Non, ils *me* regardaient. La moitié des gars étaient déjà bourrés, mais même eux semblaient avoir suffisamment dégrisé pour se concentrer.

Je déglutis difficilement, évitant tous ces regards perçants.

— Je dois... Je dois payer mes bières.

Je cherchai mon portefeuille, qui était dans la même poche que d'habitude.

— Mec. L'équipe a une ardoise.

Grady prit mes verres.

— Mais pourquoi je ne te les porterais pas ?

Je me sentais idiot, mais il avait probablement raison. Si j'essayais d'en prendre une, je finirais par la lâcher.

Grady sur les talons, je retournai à ma place, à notre table, et tentai d'ignorer la façon dont mes co-équipiers me regardaient. Le problème, c'était qu'ils ne m'ignoraient pas, eux.

Mon cul avait à peine touché la chaise avant que Bruiser ne parle.

— Hé, qu'est-ce qui se passe ? T'avais l'air d'être sur le point de faire une crise de panique, là.

Je n'avais pas de réponse à lui offrir. Pas une que je puisse dire à haute voix devant mes co-équipiers, en tout cas.

Grady posa les bières devant moi et s'assit à mes côtés, et je remarquai qu'ils étaient tous les deux plus près qu'avant. Malgré ces regards insistants et mon ex-petit ami fantôme, je me sentais étrangement en sécurité entre Grady et Bruiser. Ils étaient tous les deux énormes et assis ainsi, avec eux de chaque côté et le dos au mur, personne ne pourrait me surprendre. C'était si réconfortant que ça m'en serrait la gorge, ce qui rendait encore plus difficile de faire face à mes co-équipiers. J'étais déjà fragilisé après tout ce qui s'était passé avec Geoff. Et maintenant, j'avais cru pendant un moment – fugace, mais sacrément terrifiant – que mon malade d'ex m'avait traqué jusqu'ici. Je ne savais pas ce qui était pire : croire qu'il pourrait vraiment le faire ou prendre conscience de combien j'avais encore peur de lui.

— Hé.

Grady me donna un petit coup de coude.

— Parle-nous.

— Ouais. T'es une loque depuis des mois.

Bruiser était inhabituellement sérieux, ce qui ne m'aidait pas à ne pas craquer.

— Et ce soir, au bar, tu…

Il désigna l'endroit où je m'étais tenu quand « pas Nathan » était apparu. Il continua d'une voix plus douce.

— Sérieusement, parle-nous, mec. On est ton équipe.

Je fermai les yeux. Pourquoi étais-je tellement déterminé à cacher ça à l'équipe ? À quoi ça servirait ? Même s'ils finissaient par penser que j'étais une mauviette, ils méritaient de savoir pourquoi je jouais comme de la merde. Si cela voulait dire qu'ils iraient voir le coach pour demander à ce que je sois mis sur le banc jusqu'à ce que je me ressaisisse… putain, ce ne serait sûrement pas le pire qui pourrait arriver. De toute façon, j'étais épuisé de garder tout ça pour moi. J'affronterais les conséquences. J'avais besoin de le leur dire avant que ça ne me ronge tout entier.

Je me frottai le cou et baissai les yeux.

— C'est… mon ex. J'ai cru l'avoir vu.

— Ton ex ? demanda Wilson. Nathan ?

— Ouais.

— Qu'est-ce qui se passe avec lui ? demanda Bruiser.

Je déglutis difficilement. *Bon, c'est parti.* Prenant une profonde inspiration, je relevai la tête et parcourus du regard mes co-équipiers rassemblés et visiblement inquiets. Certains d'entre eux étaient un peu chancelants parce qu'ils avaient beaucoup bu, mais l'inquiétude était gravée sur tous leurs visages.

Quand je retrouvai enfin ma voix, je regardais fixement une de mes bières intactes.

— Les gars, il me tabassait.

L'onde de choc fut palpable.

— Il *quoi* ? demanda Grady.

— T'es sérieux, Crowe ?

La question de Kelleher était presque un murmure.

Je refoulai la bile qui remontait le long de ma gorge et hochai la tête.

— Ouais. Cette vidéo devant le restaurant ? Quand les flics ont débarqué ?

Je secouai la tête, ne regardant toujours personne.

— Ce n'était pas la première fois. Et c'était loin d'être la pire.

— Putain de merde, souffla quelqu'un.

Ils ne m'avaient pas encore traité de mauviette, donc je continuai.

— Il y a deux saisons ? Quand j'ai été sur le banc pendant trois mois pour une côte cassée ? Ça… ne venait pas d'avoir été percuté.

Les lèvres de plusieurs gars s'entrouvrirent.

— Mais…, dit Grady en secouant la tête. Je m'en souviens. Au… match de Portland, c'est ça ?

— Je pense que c'était à Anaheim, suggéra Dane.

— Officiellement, c'était à Anaheim, répondis-je doucement. La vérité, c'est que je ne pouvais plus le cacher.

— T'es sérieux ? insista Grady. Depuis combien de temps elle était cassée ?

— Anaheim, c'était le deuxième match que je jouais comme ça.

Une autre onde de choc.

— Tu as joué deux matches, avec une côte cassée ? déclara Bruiser, stupéfait.

Évitant son regard, je hochai la tête.

— Elle n'était que fêlée, avant. Ça faisait un mal de chien, voilà pourquoi je ne jouais pas terrible. Ensuite, quand ce connard m'a percuté pendant le match à Anaheim, eh bien…

Je frémis, me demandant si j'imaginais la douleur sourde où cette côte s'était cassée.

— Il a aggravé la situation, disons-le comme ça.

La table était plus silencieuse qu'aucune table de joueurs de hockey éméchés ne l'avait jamais été dans l'histoire du hockey ou de l'alcool. Je n'aimais pas ça. Je me demandai s'ils se souvenaient de ce match. C'était l'une des deux fois durant ma carrière professionnelle où je n'avais pas pu quitter la glace de mon propre chef. Entre la commotion cérébrale et la douleur brûlante dans mon torse, je n'arrivais plus à bouger, encore moins à me lever et patiner. Et pourtant, d'une certaine façon, ça avait été une sorte de soulagement. Au moins, je pouvais enfin me reposer pendant un certain temps au lieu de jouer avec une douleur qui me mettait les larmes aux yeux et je n'avais pas eu à dire la vérité. À personne. Pas avant ce soir.

— Donc voilà.

Je m'adossais à mon siège, soudain vidé.

— Maintenant, vous savez.

Je me préparai aux commentaires.

— Bordel, dit Dane avant d'ajouter d'une voix un peu pâteuse : si on l'avait su, on lui aurait botté le cul il y a longtemps.

Je réussis à rire.

— Merci.

— Il ne plaisante pas.

Grady me serra l'épaule.

— Pourquoi tu ne nous l'as pas dit ?

Je me tournai vers lui, prêt à répondre que j'avais eu peur qu'ils perdent leur estime pour moi, mais son regard sérieux m'en empêcha. En parcourant à nouveau la table du regard, je lus la même chose sur le visage des autres. Ils étaient peut-être même blessés, si je les déchiffrais correctement. Comme s'ils n'arrivaient pas à croire que je leur avais caché une telle chose pendant si longtemps.

Je bus une gorgée de bière parce que ma bouche était sèche. Agrippant la bouteille à deux mains, mes avant-bras posés sur la table, je secouai la tête.

— Qu'est-ce que j'étais censé dire ?

— Que ton mec te tabassait, répondit Kelleher comme si c'était clairement évident. Mec, il a même traîné avec nous.

Plusieurs des gars émirent des bruits dégoûtés et remuèrent sur leurs chaises. Je laissai presque échapper un

355

rire. Quelle ironie. J'avais eu tellement peur au début que l'équipe n'accepte pas un joueur gay. Maintenant, la seule chose qui les gênait, c'était de se rendre compte qu'ils avaient bu des bières avec Nathan, tout en ignorant qu'il levait la main sur moi en privé.

— Sérieusement, dit Grady. Pourquoi tu ne nous l'as pas dit ?

Bon… Je leur avais déjà dit tout ça. Autant tout avouer.

— J'imagine que je craignais que vous pensiez que j'étais une mauviette.

— Non, mec, répondit Wilson en secouant la tête. Tu viens littéralement de nous dire que tu avais joué avec une côte cassée sans que personne ne le sache. Ça fait de toi un connard têtu et peut-être même un idiot, mais une mauviette ? Clairement pas.

Le reste de l'équipe grogna son accord.

Je ris.

— Je, euh… Je n'y avais pas pensé de cette façon.

— Mais…, continua Grady en me donnant un coup de coude. Tu nous connais mieux que ça. Même si tu n'avais pas joué avec une côte cassée, on ne t'aurait pas dit de prendre sur toi si ton mec te battait.

— Bon sang, il a de la chance qu'on ne l'ait pas su, grogna Bruiser. Il serait encore en train de retirer mon patin de son cul.

Leur instinct protecteur me serra à nouveau la gorge.

— Eh bien, il est parti maintenant.

— Dieu merci, déclara l'équipe à l'unisson.

— Reste avec ce flic, ajouta Bruiser. Il a l'air d'être quelqu'un de bien.

Il fit une pause, me regardant.

— N'est-ce pas ?

Oh, putain. Je forçai un sourire et réussis à hocher la tête.

— Ouais. C'est quelqu'un de bien.

Et bon Dieu, il me manquait. Mais si je disais à l'équipe que Geoff et moi nous étions séparés, je finirais vraiment par pleurer dans ma bière ce soir, donc je gardai ça pour moi.

— Merci les gars. Je… j'aurais sûrement dû vous parler de Nathan plus tôt.

— Clairement, oui.

Grady passa un bras autour de mes épaules.

— Et maintenant, que quelqu'un amène une autre bière à cet homme !

— Euh…

Je désignai les verres devant moi.

— Je n'ai même pas touché à…

— Alors commence à boire !

Grady prit un des verres et engloutit la moitié en une fois.

— Qu'on lui serve une autre bière !

Je ris et pris l'autre verre.

Et même de plus en plus enivrés et bruyants, mes amis restèrent proches de moi, rôdant autour de moi comme si nous étions sur la glace et que j'étais le gardien de but. Tout ce qui viendrait à ma rencontre – un palet, un ex importun – devrait d'abord passer par eux. Il y avait encore beaucoup de choses qui n'allaient pas dans mon monde, mais dire à mon équipe la vérité sur Nathan m'avait enlevé des épaules un poids plus lourd que je ne l'avais imaginé. Tout le reste m'attendrait quand je serai à nouveau sobre, demain.

Pour ce soir, je fis tinter mon verre contre celui de Grady, et les *Snowhawks* de Seattle continuèrent à boire.

L.A. WITT

Chapitre 25
Geoff

D'un jour à l'autre, j'allais commencer à me remettre d'Asher. Je pourrais peut-être même recommencer à dormir, mais entre rester allongé dans mon lit à penser à Asher et être réveillé par des cauchemars, je n'avais pas droit à beaucoup de sommeil.

J'avais fini par faire ce que j'aurais dû faire avec Valérie et Marcus : j'avais porté le coup de grâce et j'en avais fini au lieu de laisser les choses s'étirer en longueur. J'avais arraché le pansement pour que nous puissions tous les deux aller de l'avant. Je n'avais pas été en mesure de justifier que je reste ou que je le mène en bateau, donc pourquoi diable ne me sentais-je pas mieux maintenant que le matin où j'étais parti ? Pourquoi diable me sentais-je pire encore ?

Maintes et maintes fois je m'étais dit que je m'étais aussi senti comme de la merde pendant un moment après Valérie et Marcus. C'était peut-être ce qui se passait ici.

Cela ne faisait que quelques jours, après tout. Mais bon, je n'avais pas été avec lui si longtemps. Valérie et moi étions restés mariés treize ans. Marcus et moi étions sortis ensemble six ans avec cinq ans de vie commune. Ma relation avec Asher se mesurait en mois et en semaines, et pas un grand nombre, d'autant plus qu'il était parti sur les routes la moitié du temps. C'était quoi, mon problème ?

— Papa ?

La voix de Claire me fit sursauter.

Je me secouai, détournai le regard de la télévision que je ne regardais pas et me tournai vers elle.

— Hmm ?

— Tu es encore ailleurs.

Son front se plissa.

— Ce n'est pas à cause de la commotion cérébrale, n'est-ce pas ?

J'aurais préféré.

Étrangement, ça me paraissait moins douloureux. En soupirant, je me frottai les yeux.

— Non. Ce n'est pas à cause de la commotion cérébrale.

Elle resta silencieuse une seconde.

— Asher et toi avez vraiment rompu ?

Y aurait-il un quelconque intérêt à le nier ? Je ne l'avais pas dit aux enfants, mais ils n'étaient pas stupides. En plus, maintenant, c'était peut-être déjà dans la presse.

Mes épaules s'affaissèrent sous un poids invisible.

— Ouais.

— C'est parce que tu as parlé à Marcus ?

— Ce n'est pas aussi simple que ça, mais…

J'hésitai, puis croisai son regard. Avant que je puisse finir cette pensée, cependant, son expression m'arrêta. Un détail dans ses yeux écarquillés et son front plissé.

— Quoi ?

Claire se mordilla la lèvre. Puis, resserrant ses bras autour d'elle, elle s'assit sur le canapé, un coussin nous séparant.

— Je ne pensais pas que tu finirais par rompre avec Asher. Quand je t'ai raconté ce que Marcus avait dit.

Les pièces du puzzle s'emboîtèrent.

— Claire.

Je secouai la tête et me tournai vers elle.

— Ce n'est pas de ta faute.

Elle croisa mon regard, les plis de son front s'approfondissant.

— Ce n'est pas de ta faute, ma chérie.

Je lui serrai le bras.

— Tu as fait ce qu'il fallait, en venant me dire ce que Marcus t'avait dit.

— Mais… Asher et toi…

— Ça n'est pas arrivé parce que tu m'as dit que tu avais parlé à Marcus. J'ai… je suppose que j'ai des choses à régler moi-même et ce n'est tout simplement pas le bon moment pour être avec quelqu'un d'autre.

— Oh.

— Je suis désolé.

Je retirai ma main, mais soutins son regard.

— Je déteste vous faire traverser une autre rupture si vite, à ton frère et à toi.

— Ce n'est pas ça, dit-elle en haussant les épaules. Tu en parais juste vraiment affecté. Plus que tu ne l'as été pour Marcus.

Je ne savais pas trop ce qui me serrait le plus la gorge : qu'elle ait totalement raison ou que mes sentiments soient assez flagrants pour que mes enfants les remarquent en premier lieu.

— Les ruptures ne sont pas faciles. Elles ne le sont jamais.

— C'est vrai. Mais ça craint. On dirait que tu l'aimais vraiment.

— Oui.

Mes épaules s'affaissèrent.

— C'était le cas.

Plus que je n'aurais probablement dû.

Bon sang. Qu'est-ce que je fais, maintenant ?

~*~

Claire n'était pas la seule à l'avoir remarqué. Laura l'avait compris le jour où j'avais quitté Asher pour la dernière fois. Valérie en avait eu vent, probablement par l'un des enfants. Même David me l'avait demandé.

Je fis de mon mieux pour faire dévier ces conversations. Je ne voulais pas parler d'Asher. Je ne voulais pas penser à lui, mais je ne pouvais pas m'arrêter de penser à lui, cependant je pouvais au moins mettre un terme à ces conversations avant qu'elles ne débutent. Si nous arrêtions tous de parler de lui, je pourrais peut-être me le sortir de la tête et passer à autre chose.

Et peut-être que je pourrais ajuster mes itinéraires de patrouille et mon trajet pour aller au travail afin de ne plus passer devant le stade, car cette photo de douze mètres de haut de son visage entre Kelleher et Wilson sur le mur nord ne m'aidait pas du tout.

Ce soir, en quittant le travail, je pris soin de ne pas regarder cette photo et je me concentrai simplement sur le chemin du retour. Je ne réfléchis pas trop à combien j'aurais aimé pouvoir emprunter l'autoroute dans la direction opposée pour pouvoir prendre le pont de l'I-90 jusqu'à Mercer Island. Mais je n'avais plus aucune raison d'aller à Mercer Island. Pas même si les *Snowhawks* étaient en ville.

Je m'y habituerais un jour ou l'autre. Il le fallait.

Bordel, et pourquoi pas ? Je m'étais habitué aux cauchemars des combats (en quelque sorte). Pourquoi pas aussi à ça ?

Le cœur lourd et un poids invisible sur les épaules, j'empruntai ma rampe habituelle et me dirigeai vers Lake City en pilote automatique.

Et quand je me garai sur le parking de mon appartement, je fus accueilli par un spectacle inattendu : Laura et Valérie, debout à côté de la voiture de Valérie, me regardant arriver.

Je me garai et sortis.

— Euh, salut. Qu'est-ce qu'il se passe ?

Val hocha la tête vers Laura.

— Nous voulions discuter avec toi. En supposant que tu aies un peu de temps.

Le regard qu'elle me lança m'informa que je ferais mieux de réorganiser mon emploi du temps et de prendre ce temps.

Les sourcils haussés, je jetai un coup d'œil de ma partenaire à mon ex-femme.

— C'est une intervention ou quelque chose du genre ?

— Tu peux appeler ça comme tu veux.

Laura désigna Valérie.

— Nous appelons ça deux femmes qui te connaissent, qui peuvent voir quand tu n'es qu'un idiot et qui vont s'assurer que tu te sortes la tête du cul.

Je clignai des yeux.

— Quelqu'un t'a-t-il déjà dit à quel point tu n'es pas diplomate ?

— Je suis sûre qu'on a abordé le sujet lors de mon dernier examen d'évaluation.

Elle désigna mon appartement.

— On rentre ?

— Euh. D'accord. Pourquoi pas ?

J'hésitai.

— Les enfants sont…

— Mahmoud les a emmenés dîner.

Valérie se dirigea vers mon appartement.

— On a au moins une heure ou deux.

— Vous avez vraiment pensé à tout, marmonnai-je avant de les suivre dans les escaliers.

Je me tournai vers elles après avoir ouvert la porte.

— Quelqu'un veut du café ?

Elles déclinèrent toutes les deux. Au lieu de cela, elles s'assirent au salon : Valérie sur le canapé, Laura sur le fauteuil. Je pris l'autre bout du canapé, ce qui me plaça juste entre elles.

— Bon, déclarai-je, mon regard allant de l'une à l'autre. Ça ressemble vraiment à une intervention.

— Peut-être que oui, répondit Laura en haussant les épaules. Mais nous devons parler d'Asher.

Je grimaçai.

— Je ne préférerais pas.

— Bien sûr que non, répliqua Valérie. Mais Laura et moi avons parlé, et nous pensons toutes les deux que tu fais une énorme erreur. Alors oui, c'est peut-être une intervention.

Je soupirai, me penchant en avant et appuyant mes coudes sur mes genoux.

— Écoutez, j'apprécie votre sollicitude, mais je ne suis prêt à rien pour le moment. Pas quand je ne peux même pas distinguer si j'éprouve des sentiments pour Asher ou si c'est juste le contre-coup car je suis avec quelqu'un qui est mieux que Marcus.

— Et alors ? demanda Laura.

Je me tournai vers elle, les sourcils relevés.

Elle se tourna vers moi dans le fauteuil.

— Sérieusement, peu importe si ce lien est né parce que vous êtes tous les deux ravis d'être avec quelqu'un qui n'est pas comme votre ex. Vous passez votre temps à parler de vos ex ?

— Non.

— Tu penses à ton ex quand tu es au lit avec Asher ?

— Bon Dieu, non.

— Tu penses à Marcus quand tu souris comme un idiot et que tu es ailleurs dans la voiture de patrouille ?

Je réussis à rire doucement et je pus me sentir rougir.

— Non, pas du tout.

— Voilà. Alors peut-être que ce qui se passe, c'est qu'avoir été avec Marcus te permet de comprendre à quel point Asher est incroyable. Ce n'est pas la même chose que de tomber amoureux d'Asher parce qu'il n'est pas Marcus.

J'évitai leurs regards.

— Et ne me dis pas que tu n'es pas tombé amoureux de lui, dit Laura, son ton désormais plus doux. Ou que ce n'est pas la véritable raison pour laquelle tu as soudain tout arrêté.

Je me tournai vers elle.

— Que veux-tu dire ?

Elle inclina la tête, l'air de dire : « Geoff, tu fais exprès d'être idiot ? ».

— Allons. Tu as peur de tomber amoureux de quelqu'un. Je te connais.

— Elle marque un point, renchérit Valérie. Tu es le genre de type qui va courir à la rencontre des balles en tant que flic ou en tant que Marine, mais si la moindre chose te fait peur dans une relation, tu es aussi terrifié que le reste d'entre nous le serait des balles.

— Exactement, confirma Laura. Il est clairement évident que tu aimes Asher, alors oublie le fait que ce ne soit pas le bon moment ou ce que t'a dit ton idiot d'ex.

— Alors, qu'est-ce que je suis censé faire ?

Laura me regarda droit dans les yeux.

— Prends ce risque, affronte tes peurs, retrouve tes couilles et laisse-toi l'aimer avant de regretter de l'avoir perdu.

Bon, on ne pourrait pas l'accuser d'avoir tourné autour du pot.

— C'est vraiment aussi simple que ça ? Je veux dire, oui, m'impliquer avec Marcus était terrifiant, mais je suis resté avec lui. Et regardez comment ça a fini.

— Hum-hum, dit Valérie. Et ne fais pas comme si tu n'avais pas paniqué quand les choses sont devenues sérieuses avec lui. Tu ne pouvais pas prévoir l'avenir et savoir dans quoi tu t'embarquais, et tu ne peux pas non plus prévoir l'avenir maintenant. Chaque relation est un risque à prendre et rien ne garantit qu'elle ne se terminera pas par un cœur brisé. On le comprend, Geoff. Je te le promets. Et on comprend qu'Asher est un gros risque. Il est jeune, il est traumatisé – ce mec représente tout ce à quoi tu as peur de t'attacher.

Elle inclina la tête et me regarda droit dans les yeux.

— Mais t'est-il venu à l'esprit que, peut-être, ce dont tu as le plus peur, c'est de le perdre ?

Ce n'était pas le cas, mais à l'instant où elle prononça ces mots, mon cœur se serra, parce que bon sang, elle avait frappé droit dans le mille.

Elle n'en avait pas encore fini.

— Tu étais même prêt à passer moins de temps avec tes enfants lorsque les choses sont devenues difficiles avec eux. Ce n'était pas parce que tu ne les aimes pas : c'était parce que tu avais peur que les choses empirent avec eux et tu avais peur d'être là quand ça arriverait.

Je tressaillis.

Elle posa sa main sur la mienne et serra doucement.

— Tu as grand cœur, depuis toujours. Tu prends simplement peur facilement, et Dieu sait que tu as perdu suffisamment de personnes auxquelles tu tenais pour le faire. Mais je pense que si tu laisses la peur l'emporter cette fois, tu le regretteras comme tu aurais regretté de rester loin des enfants.

Tout l'air quitta mes poumons et je passai une main sur mon visage. Laura et Valérie avaient toutes les deux été franches et factuelles, et j'avais toujours adoré ça chez elles. Qu'elles le fassent en stéréo ce soir était effrayant, mais… elles avaient raison, n'est-ce pas ? Pour tout. J'étais un lâche en ce qui concernait l'amour et les relations. Si Marcus ne m'avait pas craché son venin la nuit où je l'avais confronté, j'aurais quand même trouvé une autre raison de douter de ce que j'avais avec Asher, et j'aurais quand même trouvé une raison de partir.

Et je l'aurais regretté autant que je le regrettais en ce moment.

— Putain, chuchotai-je. Alors qu'est-ce que je fais, maintenant ?

— Parle-lui, répondirent les deux femmes à l'unisson.

Ça aurait pu être drôle de recevoir des conseils en stéréo comme ça, mais j'étais trop malade d'inquiétude qu'il soit trop tard ou d'avoir tout bousillé et que lui parler ne suffise pas.

— D'accord, dis-je. Je vais lui parler.

Val et Laura ne restèrent pas longtemps après ça. Elles devaient savoir que j'avais besoin de temps pour réfléchir à tout ce qu'elles avaient dit. Ça, ou elles avaient juste besoin de reprendre leur vie habituelle au lieu de passer la moitié de la soirée à parler de moi.

Seul dans l'appartement vide, je me laissai tomber sur le canapé. J'étais content que les enfants soient sortis. Autant j'aimais leur compagnie, surtout maintenant que les choses étaient plus faciles entre nous, autant j'avais besoin d'un peu de temps pour rassembler mes pensées.

Val et Laura ne m'avaient rien dit que je ne sache pas déjà. Juste beaucoup de choses auxquelles je ne voulais pas croire. Maintenant, je devais tout digérer. Y mettre un semblant d'ordre et déterminer ce que j'allais faire ensuite.

Au début, je n'avais pas beaucoup réfléchi au commentaire de Laura me disant que j'allais laisser quelque chose de bien. À ce moment-là, il n'y avait rien eu entre Asher et moi, hormis du sexe et le début d'une amitié.

Nous ne sommes pas des âmes sœurs, me rappelai-je distinctement m'être dit.

Bon Dieu. Cela semblait tellement stupide maintenant. Trois jours d'une vie sans Asher, je ne pensais pas m'être jamais plus trompé qu'au moment où j'avais pensé ces mots. Même si les âmes sœurs n'existaient pas, nous devions bien être quelque chose. Nous devions, car je n'avais jamais souffert comme ça pour quelqu'un. Jamais. Je ne savais pas ou ne me souciais pas de savoir si nous étions âmes sœurs, ou s'il y avait même un mot pour le décrire. Tout ce que je savais, c'était qu'il me manquait, que je souffrais de son absence…

Et…

Nom de Dieu. Je l'aimais.

Les yeux me piquèrent quand ces mots résonnèrent dans ma tête.

Peu importait que je ne le connaisse pas depuis très longtemps. Mes sentiments pour Asher étaient – malgré mes efforts pour me convaincre du contraire - sacrément réels, putain, et j'étais clairement amoureux de lui. Pas étonnant que je souffre autant maintenant qu'il était parti.

Contre ma volonté, un souvenir se glissa dans mon esprit. Un souvenir de Marcus, debout dans notre chambre, les bras croisés pendant que je faisais mon sac.

« *Tu ne sais pas ce que tu as jusqu'à ce que tu le perdes,* » avait-il dit avec une suffisance glaciale. « *Une fois que tu auras franchi cette porte et que tu n'auras aucune chance de me reconquérir, tu te rendras compte de ce que tu avais. Profite bien de ce regret, Geoff.* »

Repenser à ces mots maintenant était atroce. Oh, il avait eu raison de dire que je me rendrais compte de ce que j'avais une fois que tout serait perdu. Et je nageais dans le regret. Je ne regrettais simplement pas de l'avoir quitté, lui.

J'avais l'habitude qu'Asher soit absent, mais maintenant qu'il était *parti*…

Putain, j'avais vraiment foiré, hein ?

Chapitre 26
Asher

Je ne pouvais pas éviter éternellement de penser à Geoff. Tant que j'étais ivre ou occupé, je n'avais pas à penser à lui. Le problème, c'était que je devais dégriser bien avant un match et, que cela me plaise ou non, il y avait parfois des temps morts. Surtout quand nous voyagions.

Les longues périodes dans les bus et les avions étaient parfois agréables. La ligue avait un emploi du temps exténuant et au moins, quand nous étions en transit, nous pouvions enfin nous détendre.

En temps normal.

Sur ce vol d'Omaha vers Seattle, mon corps avait clairement droit à un temps mort. Je ressentais cette douleur à l'arrière du genou que personne n'avait jamais pu identifier comme étant une véritable blessure. Juste de la fatigue, supposais-je. Mon épaule palpitait encore d'avoir été durement cognée par le défenseur d'Omaha, la nuit dernière, et ma main et mon poignet étaient douloureux même si je portais mon gant quand j'avais donné ce coup de poing pendant la bagarre en troisième manche. Hé, il avait commencé.

Cela convenait donc parfaitement à mon corps de sombrer dans le siège moelleux du jet privé des *Snowhawks*.

C'était ma tête qui n'allait pas.

Je n'arrivais à penser qu'à mon ex. Enfin, mes ex. Geoff et Nathan. J'étais encore à fleur de peau et blessé à cause de Geoff, toujours sous le choc qu'il ait demandé une pause. Et Nathan… Bon Dieu, je détestais tout ce qu'il m'avait fait. À ma confiance en moi et ma sécurité. À ma capacité à faire confiance à quelqu'un et à fonctionner comme un être humain normal dans une relation normale. À avoir une relation normale. J'étais en colère que le simple fait de voir quelqu'un qui lui ressemblait vaguement dans la foule puisse perturber mon équilibre comme ça.

Mais plus j'y pensais, plus j'étais fâché envers Geoff. J'avais gaspillé assez d'énergie pour Nathan, et je ne pouvais pas me résoudre à continuer ainsi.

Mais Geoff ?

C'était quoi, ce bordel ? J'avais été blessé – et je l'étais toujours – par son départ, mais maintenant que j'étais lucide et que j'avais le temps de m'y attarder, j'étais en colère. Nous avions eu quelque chose, bon sang. Peut-être que ce n'était que le début de quelque chose, et peut-être que nous étions tous les deux encore en train d'échapper aux ruines de nos relations précédentes, et peut-être que ce genre de relation « rebond » était généralement voué à l'échec, mais il y avait eu quelque chose entre nous. Non ? Pourquoi laisser encore gagner nos ex en leur permettant de détruire aussi cette relation ? Faire mon coming out en tant que gay avait été un moyen infaillible de mettre fin à ma carrière d'hockeyeur professionnel avant qu'elle ne commence, mais regardez où j'en étais maintenant. Alors, qui diable pouvait dire qu'être un « rebond » signifiait que nous n'aurions aucune chance ?

Je fermai les yeux et m'appuyai contre le siège, essayant de décider si j'étais rationnel. Cela ne faisait que quelques jours et j'avais passé la plupart de ce temps à patiner ou à boire. Alors maintenant que je digérais tout ça, étais-je le moins du monde objectif ? Ou est-ce que j'y repenserais dans cinq ans et me dirais, *Ah ouais, ça craignait, mais c'était clairement pour le mieux ?* Serait-ce comme l'une de ces ruptures au lycée qui semblaient être la fin du monde sur l'instant, mais qui n'étaient pas si terrible avec du temps et de la perspective ? Bien sûr, elles avaient fait souffrir à l'époque et cette douleur était absolument réelle, mais la vie avait continué et il y avait eu de nouvelles relations, et peut-être que rompre cette relation de six semaines à la fin de l'année de lycée n'était pas tout à fait le cataclysme bouleversant que ça avait semblé être à l'époque.

Je n'arrivais pas à me convaincre que c'était ce qui se passait maintenant. Geoff et moi venions à peine de débuter cette relation. Nous avions compté l'un sur l'autre, pansé nos blessures respectives, et...

Et vraiment, vraiment accroché.

Comment pouvait-il dire que nous n'étions pas prêts pour quelque chose d'aussi bon ? Parce que *c'était* bon. C'était presque la seule bonne chose que j'avais pour moi ces temps-ci. Je veux dire, si je me cassais les jambes et un bras, ça n'aurait pas de sens de dire : « *Oh, bah ces os cassés me font un mal de chien, donc amputons le bras qui n'est pas cassé parce que pourquoi pas, putain ?* »

Non, ce n'était que des conneries. Minute après minute, la colère enfla dans ma poitrine. Ce n'était pas le genre de fureur motivée par la testostérone qui pourrait me faire atterrir sur le banc des pénalités pendant cinq minutes après avoir perdu mon sang-froid contre un autre adversaire également saturé de testostérone. Ce n'était pas un truc qui me pousserait à passer mon poing à travers un mur ou autre. Je n'étais pas un gars violent, surtout pas après avoir vécu avec quelqu'un qui l'était. L'agressivité faisait partie du hockey. Hors de la glace, ce n'était pas moi.

Tout ce que ça faisait, c'était de me tourmenter. Étions-nous arrivé à Seattle ? Avions-nous enfin atterri ? Parce que j'avais un truc à faire et que je ne pourrais pas le faire avant d'avoir quitté ce stupide avion.

On est enfin arrivés, putain ?

~*~

Après notre atterrissage, Kelleher me déposa chez moi. Je n'avais pas été en état de conduire quand nous étions partis l'autre jour et ma maison se trouvait plus ou moins sur le trajet de la sienne, à Bellevue.

J'aurais dû monter dormir avant le match de demain, mais je ne le fis pas. Je laissai mon sac près de la porte, attrapai mes clés et entrai dans le garage.

La Ferrari rugit quand je mis le contact et s'envola vers le pont de l'I-90. À Seattle, je pris la I-5 vers le nord, rejouant mentalement l'itinéraire vers Lake City. Je n'y étais allé que quelques fois, mais j'étais certain de toujours pouvoir trouver l'appartement de Geoff.

Deux mauvais virages plus tard, je retrouvai la bonne route et, de là, son appartement. Je me garai sur une place invité, verrouillai la voiture et essayai de ne pas me mettre à courir en montant jusqu'à sa porte d'entrée. Je frappai sans attendre parce que je savais très bien que si j'hésitais, je me découragerais, repartirais et m'en détesterais. J'étais arrivé jusqu'ici. Je ne me dégonflerais pas.

La porte s'ouvrit et Geoff sursauta en croisant mon regard.

— Asher. Je…

Il me regarda comme s'il n'avait aucune idée de ce qu'il devait penser à me trouver là, sur le pas de sa porte. Je ne m'étais pas laissé le temps d'hésiter ou de trop y réfléchir.

Donc bien sûr, maintenant que j'étais réellement ici et que je ne pouvais plus prétendre ne pas l'être, ma nervosité et mes doutes se manifestaient.

— Euh. Salut.

— C'est inattendu.

— Je sais. On peut, euh… On peut parler ?

À ma grande surprise, il n'hésita pas du tout.

— Oui, bien sûr. Entre.

Je pénétrai dans l'appartement, l'estomac noué et le cœur battant. Les nerfs essayaient de reprendre le dessus, mais parcourir rapidement son appartement du regard me rappela la nuit que j'avais passée ici avec ses enfants et lui, ce qui me rappela plus de souvenirs encore de tout ce que j'avais aimé et apprécié quand j'étais avec lui, et la colère reprit le dessus.

Je me tournai vers lui.

— Tu vas vraiment laisser tomber comme ça ?

Les yeux de Geoff s'écarquillèrent.

— Euh. Qu'est-ce que…

— Pour l'amour de Dieu.

Je levai les mains.

— Ouais, nos ex nous ont fait tous les deux vivre un enfer. Et oui, ça va prendre un certain temps pour nous les sortir de la tête. Mais j'aime beaucoup trop ce que nous avons pour laisser Nathan me le prendre aussi.

Ses lèvres s'entrouvrirent et il me fixa du regard. Tout cela sortait probablement de nulle part pour lui, mais j'avais eu quelques jours, un long vol et tout le trajet pour me mettre dans tous mes états, et maintenant je ne pouvais plus revenir en arrière.

Alors même si ma voix tremblait, je n'allais pas reculer.

— Alors écoute. Je ne sais même pas à quoi ressemble une relation saine. Tout ce que j'ai jamais connu, ce sont des amourettes de lycée et d'université, puis Nathan.

Je me forçai à soutenir son regard.

— La seule chose que je sais, littéralement, c'est qu'avec toi, je me sens mieux qu'avec aucun d'entre eux. Et c'est…

Je dus ravaler cette putain de boule dans ma gorge.

— C'est sacrément mieux que de ne pas être avec toi. Et je n'ai jamais ressenti ça avec quelqu'un d'autre. Je… je ne sais pas ce que ça veut dire. Mais ça doit bien vouloir dire quelque chose. Et si ça ne signifie rien pour toi et que tu veux que je parte, alors dis-le et je partirai, mais j'avais besoin que tu saches que je veux essayer. Si on échoue, on échoue, mais je ne peux pas accepter d'offrir à nos ex une nouvelle victoire en nous séparant seulement parce qu'on a tous les deux peur.

Geoff déglutit.

J'étais en train de faiblir, mais je continuai d'une voix plus calme.

— Tu me connais, Geoff. Tu sais combien j'ai eu peur dans ma vie. Je suis terrifié à l'idée de demander ce que je veux ou de dire à quelqu'un ce que je ne veux pas. Dire que je ne veux pas quelque chose au lit est terrifiant. Mais avec toi, je sais que je peux te le demander en toute sécurité. C'est une chose que je n'ai jamais eue auparavant. Et c'est… D'une certaine manière, ça…

Je fis un geste entre nous deux.

— Venir ici et t'ouvrir mon cœur et te demander de nous donner une autre chance ? Ça doit être l'une des choses les plus effrayantes que j'ai jamais faites.

Son dos se redressa.

— La plus effrayante… Pourquoi ? Tu pensais que j'allais… Quoi ?

J'essayai à nouveau de ravaler cette boule tenace.

— Non, je ne pensais pas que tu ferais quoi que ce soit. Pas comme mon ex l'aurait fait.

Mes épaules s'affaissèrent lorsque je poussai un soupir.

— Je n'ai tout simplement pas l'habitude d'avoir autant à perdre si quelqu'un me dit non.

Il soutint mon regard pendant un moment, comme s'il ne savait pas trop comment le prendre ou quoi dire.

Puis, à ma grande surprise, il se rapprocha et toucha mon visage. La douce présence de sa paume me réchauffa la joue.

— Si je l'avais su, je t'aurais arrêté avant que tu commences pour pouvoir te dire que je ressens la même chose que toi.

— Vraiment ?

Il hocha lentement la tête, un doux sourire se formant sur ses lèvres.

— Je m'en veux depuis que je suis parti. Je ne savais tout simplement pas comment te dire que je voulais que tu reviennes.

J'étais tellement convaincu qu'il allait dire non et m'envoyer balader qu'il me fallut plusieurs secondes pour comprendre complètement ce qu'il me disait.

— Vraiment ?

— Ouais.

Sa main glissa sur ma nuque.

— Ce n'est pas parce qu'on s'est trouvés pendant qu'on pansait nos blessures passées que ce qu'on a ne vaut rien. Et ça ne m'a clairement pas empêché de tomber amoureux de toi.

L'adrénaline coulait toujours dans mes veines et il me fallut une seconde pour analyser ce qu'il avait dit.

— T'es sérieux ?

— J'imagine que tu n'as pas vérifié tes messages avant de venir.

— Mes… euh. Non ?

Il haussa les sourcils comme pour dire : « *Alors fais-le* ? ».

Les mains un peu tremblantes, je sortis mon téléphone. En effet, il y avait des textos que je n'avais pas lus.

Asher, on peut parler ?

Je ne veux pas faire ça par SMS, mais j'ai besoin que tu le saches.

J'ai fait une erreur. J'ai foiré et tu me manques, et s'il y a un moyen de réparer ça, dis-le-moi. Parlons-en.

Si ce n'est pas le cas, dis-le et tu n'entendras plus parler de moi. Si tu es prêt à discuter, appelle-moi.

Je relevai les yeux de ses messages.

— Alors tu… On était sur la même longueur d'onde ? Tout ce temps ?

Il hocha la tête, un sourire étirant le coin de sa bouche.

— Ouais.

— Putain.

Je poussai un soupir.

— J'aurais vraiment dû vérifier mes messages.

Geoff rit doucement et me prit dans ses bras, et je m'enfonçai dans son étreinte en fermant les yeux. Mes muscles se détendirent comme ils ne l'avaient pas fait depuis … je ne savais pas depuis combien de temps. Depuis avant ma rupture avec Nathan ? Peut-être.

Il me caressa les cheveux.

— Je suis vraiment désolé d'avoir baissé les bras. Je paniquais à cause de mon ex et de certains sentiments idiots, et…

Il soupira.

— Le fait est que tu es la meilleure chose qui me soit arrivée depuis longtemps, je n'ai été qu'un idiot de fuir parce que j'avais peur.

Je m'écartai suffisamment pour croiser son regard.

— De quoi avais-tu si peur ?

Je n'étais pas certain de vouloir savoir, mais si nous devions jouer carte sur table, alors autant ne rien se cacher.

— De ces sentiments pour toi.

La main de Geoff se glissa sur ma joue.

— La route a été longue pour me remettre après Marcus, et ça m'a vraiment fait peur de me rendre compte à quelle vitesse je craquais pour toi.

Ma gorge se serra.

— Je t'aime, Asher, murmura-t-il me rapprochant de lui. Et cela me fait vraiment peur, mais c'est la vérité.

— Je t'aime aussi.

Et putain, je faillis m'étrangler sur ces mots parce que pour la première fois depuis aussi longtemps que je ne m'en souvenais, je les pensais vraiment. Et je croyais la personne qui me les disait. Ce n'était pas un mensonge, que ce soit pour empêcher l'autre de partir ou pour le calmer afin qu'il ne m'en mette pas une. C'était réel. Honnête. Vrai.

Geoff sourit. Puis il m'attira contre lui et le contact doux de ses lèvres me coupa presque les jambes.

Lentement, le baiser s'approfondit et, de doux et léger, il revint aux baisers que nous échangions au tout début. Quand je m'étais plus ou moins jeté sur lui et que nous nous étions retrouvés dans mon lit. Il restait doux et tendre, mais il y avait une chaleur derrière tout ça, une passion qui me ramenait aux nuits que nous avions passées ensemble.

Quand il recula pour me regarder dans les yeux, je ne fus pas du tout surpris de découvrir que nous étions tous les deux à bout de souffle.

— Tu es pressé de partir ? demanda-t-il.

— Pas du tout.

Je glissai mes mains le long de son dos et lui souris.

— Pourquoi ? Tu veux que je reste ?

— Je suis si transparent ?

Je pressai mes hanches contre les siennes, me frottant délibérément contre son érection grandissante.

— Transparent n'est pas le mot que j'utiliserais.

Geoff hoqueta, un frisson le parcourant.

— Eh bien, je suppose que c'est une bonne chose qu'on soit chez moi plutôt que chez toi.

— Ah ouais ? Pourquoi ça ?

— Parce que ma chambre est à environ trois mètres.

Il me fit reculer d'un pas.

— Et qu'il n'y a pas d'escalier.

— Est-ce qu'il y a du lubrifiant ?

— Des tonnes.

— Hmm. Du lubrifiant et pas d'escalier. J'aime. Montre-moi le chemin.

Geoff sourit. Puis il me prit la main et nous nous précipitâmes dans le couloir.

Chapitre 27
Geoff

Asher n'était jamais venu dans ma chambre, mais l'y amener ce soir me sembla quand même familier. Peu importait où nous étions : le simple fait d'être avec lui me donnait l'impression d'être chez moi.

Aucun de nous n'était pressé. Nous nous assîmes au bord de mon lit et je pris son visage en coupe. Nous nous embrassâmes doucement, pendant longtemps. J'étais excité et je voulais le déshabiller, mais pour le moment, j'avais juste besoin de savourer le fait d'être ici avec lui. De simplement… m'assurer qu'il était vraiment là et que je n'avais pas inventé tout ça en attendant nerveusement qu'il réponde à mes textos.

Non, je n'avais rien inventé. Asher était clairement là, ses bras autour de moi et ses lèvres bougeant langoureusement avec les miennes. Il était revenu. Oui, j'avais tout foutu en l'air, mais ça n'avait pas été irréparable et, maintenant, il était là.

Je le serrai plus fort, simplement parce que je le pouvais, et Asher se fondit contre moi.

— J'ai tellement envie de toi, murmura-t-il entre deux baisers.

— Je suis tout à toi.

Je passai mes lèvres sur les siennes.

— Tant que tu voudras de moi.

Sa bouche se recourba en un sourire et le bras autour de ma taille se resserra, me rapprochant de lui.

— Ça me plaît bien.

— Hmm, moi aussi.

— On se déshabille ?

— On se déshabille.

Nous échangeâmes un dernier long baiser, puis nous nous levâmes et nous nous déshabillâmes. Putain, il était si beau. Il l'était toujours, mais après m'être convaincu que je ne le reverrais jamais – et encore moins comme ça – il était tout à fait alléchant.

À la seconde où nous fûmes tous les deux nus, nous nous allongeâmes sur le lit et nous nous emmêlâmes l'un à l'autre, nous embrassant à nouveau tandis que nos mains parcouraient la peau nue de l'autre. Mon lit *queen-size* semblait beaucoup plus petit en compagnie d'un joueur de hockey, mais ce n'était rien. Nous ne prenions pas vraiment beaucoup de place quand nous étions comme ça.

— Tu as dit que tu avais du lubrifiant, non ? demanda-t-il.

— Hmm-hmm. Tu en veux ?

Asher hocha la tête.

Je me retournai, récupérai le flacon et le rejoignis. Nous échangeâmes un sourire quand je versai un peu de lubrifiant dans chacune de nos paumes, puis nous nous rallongeâmes, nous embrassant paresseusement en nous caressant de nos mains glissantes.

— Han, putain, murmura-t-il. Ça m'avait manqué.

— Moi aussi.

J'offris une lente caresse à sa queue.

— Tu sais ce qui m'a manqué, aussi ?

— Hmm ?

Je souris.

— Mets-toi sur le ventre.

Asher me lança un sourire, puis il s'exécuta. Je me mis sur lui, m'appuyant soigneusement sur mon bras droit pour épargner mon épaule gauche, et me guidai vers la raie de ses fesses.

— Pas entre mes cuisses, cette fois ?

Il y avait une note d'incertitude dans sa voix, donc je me penchai pour embrasser son épaule.

— Fais-moi confiance.

— Oh, je te fais confiance. C'est juste différent.

— Ça l'est.

Je glissai lentement mon sexe d'avant en arrière entre ses fesses sans le pénétrer.

— Et c'est vraiment sexy. Surtout vu d'ici.

— Hmm, ah oui ?

— Hmm-hmm. La vue est…

Je m'arrêtai parce que mon cerveau disjonctait de me voir le chevaucher comme ça. Il y avait des moments où j'oubliais qu'il était Asher Crowe. Puis il y avait des moments comme celui-ci, où j'étais tellement fasciné par la vue de ma queue glissant entre ces deux fesses tellement sculptées et musclées qu'il était impossible d'oublier que cet homme était une star du hockey. Personne n'avait un plus beau cul qu'un joueur de hockey et, bon sang, j'aurais pu le regarder toute la nuit. En supposant que je ne jouirais pas d'abord, et ça devenait rapidement une possibilité.

Je me penchai pour l'embrasser le long de la nuque. De là, je ne pouvais pas voir grand-chose, mais je sentais toujours sa peau chaude contre la mienne, donc je n'avais pas à me plaindre.

— Putain, c'est tellement bon, ronronna-t-il.

— Ah oui ?

Pour toute réponse, il émit un son grave et guttural, clairement affirmatif.

Je souris et embrassai de nouveau son cou. C'était l'une de mes positions préférées, que je sois dessus ou dessous et j'adorais que ça lui plaise autant qu'à moi. Je changeai un peu d'angle pour que sa queue frotte davantage contre le drap sous lui, et quand il chuchota « *Oh putain...* », je sus que j'avais trouvé l'angle idéal.

— Comme ça ?

Asher gémit.

— Je te jure... Tu vas me faire jouir comme ça.

Je mordillai son cou.

— C'est l'idée.

Il geignit de nouveau, remuant ses hanches avec les miennes. Que ce soit pour moi ou pour lui, je n'en avais aucune idée, mais j'adorais ça et vu la façon dont il haletait, lui aussi. Bon sang : entre la vue, les sons qu'il faisait, la façon dont il prenait si manifestement son pied ? Je n'en pouvais plus.

— Bordel, je vais jouir, gémis-je.

Asher se cambra un peu, serrant les fessiers autour de ma queue, et je hoquetai. Je poussai fort et plus vite, et puis...

— Putain !

Du sperme atterrit sur l'un de ses tatouages et sur les courbes de ses muscles. Je frissonnai, mes bras menaçant de lâcher sous moi, et quand ma vision s'éclaircit... Bon Dieu, il y avait quelque chose d'incroyablement sexy à voir mon sperme sur lui.

La seule chose plus sexy aurait été de le faire jouir aussi, et j'allais clairement le faire.

J'attrapai un mouchoir et essuyai mon sperme, puis poussai doucement sa hanche.

— Mets-toi sur le dos.

Asher se retourna. Je ne perdis pas de temps : avant même que son dos ait touché le matelas, je m'abattis sur sa queue dressée. Le lubrifiant était vaguement amer, mais ce goût ne dura pas plus de quelques secondes. Je le caressai d'une main et donnai tout : je le léchai, papillonnai de ma langue, la fis tourbillonner, le pris jusque dans ma gorge. Tout ce qui le ferait jurer et trembler.

Il m'encouragea de ses halètements doux et de ses gémissements traînants, ses « Ouais, comme ça » et « Putain, bébé », et ses hanches se crispèrent subtilement comme s'il essayait de me baiser la boucher, mais essayait aussi de se retenir.

— Oh mon Dieu, Geoff…

Il était délicieusement essoufflé, chaque muscle de son corps se tendant tandis qu'il s'approchait de plus en plus de l'orgasme.

— Bon Dieu, oui. Continue… Continue…

Il inspira brusquement à l'instant où son sexe s'épaississait contre ma langue, et il n'avait même pas besoin de m'avertir, mais il le fit quand même :

— Je… Je jouis…

Oui, il jouissait. Fort, et beaucoup, et je gémis en le caressant toujours, et il continua à jouir et je ne m'arrêtai pas, jusqu'à ce qu'il me repousse doucement le front pour me faire comprendre qu'il en avait assez. Dès que je m'arrêtai, il s'effondra sur le lit, tremblant et à bout de souffle, l'air magnifiquement vidé.

Je m'allongeai près de lui et roulai sur le dos.

— Viens là.

Asher se tourna lentement sur le flanc. Il posa la tête sur mon épaule et je caressai ses cheveux en silence pendant qu'il reprenait son souffle. Bon sang, comme ça faisait du bien de l'avoir à nouveau près de moi. J'aurais pu jurer que c'était encore mieux que l'orgasme que je venais d'avoir : le simple fait d'être à côté d'Asher.

Je n'arrive pas à croire que j'ai failli te perdre pour de bon.

Je lissai ses cheveux ébouriffés.

— Je suis désolé d'avoir paniqué. Ça n'a jamais été parce que je ne voulais pas être avec toi.

— Je sais.

Asher se redressa sur un coude et croisa mon regard.

— Je n'ai pas pensé que c'était le cas.

Son expression s'assombrit un peu. Évitant mon regard, il se mordit la lèvre.

Je laissai courir le dos de mes doigts le long de son bras.

— Qu'est-ce qui te préoccupe ?

— Je…

Il soupira, puis me regarda dans les yeux.

— Je repensais à tout ce dont on avait parlé, au sujet de l'argent. Quand tu n'as pas voulu que j'achète des trucs pour tes enfants. Ce genre de choses.

Je hochai lentement la tête.

— Si on est…

Asher hésita, détournant à nouveau les yeux.

— Je veux dire, je comprends. Pourquoi l'argent est un problème. Après toutes les conneries que tu as vécues avec ton ex, je le comprends parfaitement.

Avec un effort visible, il me regarda par en-dessous.

— Mais que se passera-t-il si on décide d'être ensemble sur le long terme ?

— Que veux-tu dire ?

— Je veux dire, si on est ensemble… Si on décide de vivre ensemble ou, je ne sais pas, peu importe. Si c'est du sérieux.

Son front se plissa.

— Comment on gérera ça ? Pour l'argent ?

C'était une bonne question. En soupirant, je regardai ma main glisser de haut en bas sur son bras.

— Je ne sais pas. Vraiment pas.

— Je n'offrirai rien devant tes enfants, dit-il rapidement. Je te le promets. Tout ce dont on discutera en matière d'argent restera entre nous, en privé.

Il entrelaça ses doigts aux miens et soutint mon regard.

— Mais s'il y a une chose dont ils ont besoin et que je peux aider, je veux dire, on est ensemble, non ? On est censés s'entraider. Je serais vraiment un connard si tes enfants ou toi aviez besoin d'un truc que je pourrais me permettre et que je restais là, genre « *Dommage pour toi, mon pote* ».

Ce fut mon tour d'éviter son regard. Même si mon ex me rendait hésitant à l'idée de m'engager à nouveau financièrement avec quelqu'un, Asher n'avait rien à voir avec Marcus. Oui, ce serait un risque d'accepter toute offre financière, tout comme ce serait un risque de m'engager dans cette relation. Après tout, au départ, Marcus n'avait rien à voir avec le futur Marcus. Je n'avais eu aucune raison de croire qu'il deviendrait comme ça, pas plus que je n'en avais de croire que cela arriverait à Asher. Trompe-moi une fois…

Mais les relations n'étaient rien sans confiance et la nôtre n'aboutirait pas à moins que nous ne prenions tous les deux le risque de nous faire confiance. Le fait que nous soyons même prêts à y réfléchir tous les deux après ce que nos ex respectifs nous avaient fait subir… Eh bien, peut-être que ça en disait long.

Je pris sa main dans la mienne et embrassai sa paume.

— Prenons les choses comme elles viennent. Tu sais que c'est un problème délicat pour moi et je sais que tu n'es pas un connard comme mon ex. Je suis sûr que si nous pouvons tous les deux nous souvenir de ces deux choses, nous pourrons gérer le reste.

Son sourire chaleureux et doux me donna la chair de poule.

— D'accord. Ça me va.

— Moi aussi.

J'embrassai de nouveau sa main et, en la relâchant, je ris doucement.

— Au fait, tu pourras remercier ma partenaire et mon ex-femme de m'avoir sorti la tête du cul.

— Ah ouais ?

— Ouais. Je t'ai dit qu'elles ont toujours été douées dans ce domaine.

Je passai le dos de mes doigts le long de sa mâchoire.

— Et ce soir, j'aurais dû t'arrêter dès que tu es entré. Te dire tout ce que j'avais à dire avant que tu sois obligé de vider ton sac. Je suis désolé.

Asher secoua la tête.

— Non, je pense qu'il fallait que je le fasse.

— Mais c'est moi qui ai foiré. J'aurais dû…

— Et c'est moi qui me sens enfin assez en sécurité pour demander ce que je veux. Je pense… Je veux dire, j'imagine qu'il fallait que j'en ai la preuve, tu vois ? Je me sentais en sécurité et je n'avais aucune raison de croire que tu exploserais ou que tu te montrerais odieux, mais j'avais besoin de le voir de mes propres yeux. De pouvoir te dire que je voulais quelque chose et voir ce qu'il se passerait.

— Vraiment ?

Il acquiesça.

— C'est toujours terrifiant et je ne sais pas si je serai doué un jour dans ce domaine. Il y a quelques mois, je ne pouvais même pas insister pour aller dans un restaurant où je voulais aller. Lorsqu'on a commencé à sortir ensemble, ça m'a vraiment fait peur de poser des limites et de m'y tenir, mais je l'ai fait et tu m'as toujours fait me sentir en sécurité. Pouvoir te dire tout ce que j'ai dit ce soir, ça signifie que je suis autant en sécurité que je le pensais.

— Tu seras toujours en sécurité avec moi, murmurai-je. Je te le promets.

Asher sourit, glissant sa main sur mon torse.

— Je sais.

Je souris en retour et l'attirai à moi.

— Je t'aime, Asher.

— Je t'aime aussi.

Et pendant très longtemps, nous restâmes simplement allongés là, dans les bras l'un de l'autre, profitant du bonheur d'être à nouveau ensemble.

J'aurais été le premier à admettre que l'avenir était terrifiant. Nous avions tous les deux assez vécu l'enfer pour savoir que prendre ce risque ne serait pas chose facile, et je savais que nous devrions être patients l'un envers l'autre. Nous venions de deux mondes différents, nous avions des emplois du temps insensés et, petit détail, j'avais des adolescents et lui avait la vingtaine.

Mais rien de tout ça n'était un facteur décisif et, au fond, d'une façon que je n'avais jamais ressentie avec personne dans le passé – ni mon ex-femme, ni Marcus – j'étais sûr de faire le bon choix. Que nous étions là pour longtemps et que je devrais m'estimer heureux chaque jour qu'Asher m'ait donné une autre chance.

C'était le dernier homme que je me serais attendu à avoir comme partenaire.

Et j'espérais qu'il serait le dernier partenaire que j'aurais jamais.

Épilogue
Asher

Deux saisons de hockey plus tard.

— Joli, Claire !

Grady lui tapa dans la main quand ils passèrent l'un près de l'autre en patinant.

Claire rayonnait et elle avait parfaitement le droit de le faire après avoir tiré un palet que Bruiser n'avait pas pu rattraper. Peu d'adolescents auraient pu dire qu'ils avaient marqué contre un gardien de la PHL, même s'il ne s'agissait que d'un match amical.

Pour être honnête, les gars se retenaient tous un peu quand David et Claire venaient ici. C'étaient des enfants, après tout, et même s'ils étaient tous les deux d'excellents patineurs, il fallait beaucoup de coordination pour patiner et contrôler le palet. Ce n'était rien. Quand ils nous rejoignaient sur la glace à la fin de l'entraînement, nous étions toujours prêts à y aller un peu plus mollo, de toute façon.

Cela avait également été bon pour ma relation avec David et Claire. Cela nous donnait un truc à faire ensemble et dont discuter, et rien ne me poussait plus vite à me lier à quelqu'un que le hockey.

Nous nous en sortions aussi très bien en dehors du hockey. Geoff et les enfants avaient emménagé avec moi quelques mois après notre réconciliation, et même s'il avait clairement fallu s'habituer, on avait réussi. David se servait de la piscine plus que n'importe lequel d'entre nous. Claire et Geoff aimaient tous les deux cuisiner plus que David ou moi, donc la cuisine était progressivement devenue leur domaine, même si David et moi participions, par exemple pour remplir le lave-vaisselle.

La maison était assez grande pour que chacun ait son propre espace. Je pense que c'est ce que les enfants aimaient le plus dans cet arrangement. Leur appartement les avait rendus un peu claustrophobes et, maintenant, ils avaient un peu plus de marge de manœuvre. La chambre de David était au rez-de-chaussée, Claire au premier, et la nôtre au second, donc il y avait *beaucoup* de marge de manœuvre.

Dernièrement, je passais plus de temps avec Claire. Étant donné que la patinoire d'entraînement de Green Lake et le stade (où nous jouions aujourd'hui) n'étaient pas loin du quartier universitaire et que ses cours commençaient une demi-heure environ avant l'entraînement, je la conduisais en général en cours. Ce n'était pas tout à fait sur mon trajet, surtout avec la circulation de Seattle, mais cela ne me dérangeait vraiment pas, d'autant plus que cela nous avait donné la chance de faire connaissance. De temps en temps, si nous rentrions le soir, qu'il y avait peu de circulation et qu'il faisait beau, je la laissais même conduire la Ferrari, qu'elle adorait. Elle aurait vraiment voulu avoir la sienne, mais… c'était une chose dont je devrais discuter avec son père.

David avait été un peu plus difficile à amadouer. Il n'était pas hostile envers moi, mais il n'était pas sûr de moi non plus. Il était également plus introverti que sa sœur. Cela devenait plus facile avec le temps, cependant, et seulement en dernier recours, le hockey pouvait le rendre plus bavard que tout autre sujet. Ça, ou la natation. L'ex-femme de Geoff m'avait rassuré en me disant que David mettait du temps à tisser des liens avec les gens.

— Ne le prends pas pour toi, m'avait-elle dit quand son mari et elle nous avaient aidés lors du déménagement de Geoff et des enfants. Il t'apprécie clairement, mais ça prendra encore un certain temps.

Geoff et Mahmoud avaient tous deux confirmé ce que Valérie m'avait dit, alors j'étais confiant que nous y arriverions lorsque David serait prêt.

Jouer au hockey avec eux nous aidait. J'avais demandé à l'équipe si ça ne les dérangeait pas que j'amène les enfants lors de nos entraînement privés, et ils avaient adoré cette idée. Certains des autres gars amenaient leurs enfants plus âgés de temps en temps, et Wilson amenait même parfois son gamin de quatre ans, donc ce n'était pas comme si nous n'avions jamais eu d'enfants sur la glace avec nous.

Après nos exercices et nos propres matches d'entraînement, David et Claire se joignaient à nous sur la glace, et c'était génial. Il s'avérait que David et Claire adoraient jouer au hockey. Ils n'avaient jamais essayé auparavant, mais après y avoir goûté pour la première fois, ils étaient devenus accro. Le reste de l'équipe aussi. Si nous sortions tous par la suite, nous allions dans un endroit qui n'était pas interdit aux moins de 21 ans, et les gars y allaient même doucement sur la boisson jusqu'au départ des enfants.

— Putain !

La voix de David me ramena au présent et je me retournai à temps pour voir le palet qu'il venait de tirer passer à une bonne cinquantaine de centimètres du but.

Je patinai vers lui, mais Grady était déjà là, à lui expliquer pourquoi le tir était parti trop loin. David hocha la tête, puis Grady prit un palet et retourna sur la glace pour le lui passer afin de s'entraîner. Le palet naviga vers lui, David l'attrapa habilement avec sa crosse, et quand il tira cette fois, il n'atteignit toujours pas le but, mais il ne le manqua que d'une quinzaine de centimètres.

— C'est bien ! lançai-je. Continue à t'entraîner, tu y es presque !

David m'offrit un vrai sourire et hocha la tête. Grady lui passa un autre palet et il tira. Cette fois, il entra. Il n'y avait pas de goal, mais c'était quand même une sacrée amélioration. Le gamin apprenait clairement vite.

L'entraînement se poursuivit et, après un certain temps, Dewey et Grady commencèrent un exercice, échangeant des passes avec Claire et David pendant que Kelleher et moi les regardions.

— Mec, tu devrais venir plus souvent avec tes beaux-enfants, dit Kelleher en me frappant l'épaule. Ils sont fun !

Je ris.

— Tu peux pas t'endormir avec eux, c'est clair.

— Hé ! Va sucer des queues, Crowe.

Il m'offrit son majeur.

Sur le banc, quelqu'un se racla la gorge et nous nous retournâmes. Kelleher cacha immédiatement sa main derrière son dos et rougit.

— Euh. Pardon.

Geoff essayait de paraître sévère, mais ça ne marchait pas. Même avec les bras croisés sur son uniforme de police. Après quelques instants, il éclata de rire et secoua la tête.

— Eh, au moins maintenant, je sais d'où ça leur vient.

— N'importe quoi !

Je patinai jusqu'au banc.

— Ce sont des adolescents. Même une équipe de hockey ne suffit pas à avoir une mauvaise influence sur…

— Espèce d'enfoiré !

Le cri de Claire m'interrompit.

— Tu déconnes, Dewey !

Geoff me jeta un coup d'œil.

Je me raclai la gorge.

— Hum.

Mais il se contenta de rire, attrapa mon maillot et m'attira pour un baiser rapide.

— Quand est-ce que tu es arrivé ? demandai-je.

— Il y a quelques minutes. À temps pour voir ma gamine marquer un but.

Je souris, jetant un coup d'œil par-dessus mon épaule.

— Elle devient douée.

— Ils le deviennent tous les deux.

Il rayonnait.

— Non pas que je sois surpris.

Geoff croisa les bras sur la rambarde et, pendant un moment, nous regardâmes simplement les enfants et les joueurs se faire des passes.

Il y avait des jours où il était encore difficile de croire que ça s'était fini ainsi. Que Geoff et moi avions trouvé nos marques et nous en étions sorti, malgré nos ex et nos horaires, mais nous l'avions fait. Même maintenant, je m'attendais à ce que ce sentiment de facilité disparaisse et qu'on doive y travailler. Je veux dire, on devait y travailler, d'une certaine manière : il le fallait, comme dans toute relation. Ce n'était tout simplement pas le genre d'effort qui me donnait l'impression de me cogner la tête contre un mur. La vie avec Geoff était calme, barbante, et je n'aurais rien voulu y changer.

Néanmoins, le passé existait toujours. Nathan avait, comme prévu, été libéré plus tôt pour bonne conduite, mais j'avais appris par un ami commun qu'il avait déménagé à Portland, probablement afin de pouvoir travailler pour ses parents. J'imaginais qu'ils étaient les seuls à vouloir l'embaucher avec un casier pour coups et blessures.

Marcus avait plus ou moins disparu. Tout ce qu'il restait de l'un ou de l'autre, c'était les dégâts qu'ils avaient causés, et nous tous – Geoff, les deux enfants et moi – avions un thérapeute très patient et très occupé à nous aider à faire le tri du passé, du présent et de l'avenir. Parfois, surtout lorsque nous avions tous les quatre eu une séance de thérapie commune ou que je cuisinais pour eux pendant que Geoff travaillait tard, c'était presque comme si nous étions une vraie famille. Ce qui était un peu bizarre, étant donné que je n'étais pas beaucoup plus âgé que les enfants, mais il y avait des moments où je les considérais vraiment comme mes beaux-enfants. Je prenais juste soin de ne pas le dire à voix haute. Ils n'étaient pas mes enfants et je ne voulais pas dépasser mes limites avec Geoff.

Sauf que… mon équipe les appelait mes beaux-enfants, et en me tenant là, avec Geoff, à les regarder patiner, je me rendis compte qu'il avait été là quand Kelleher les avait appelés ainsi.

Je me raclai la gorge.

— Au fait, tu, euh… ça ne t'embête pas que l'équipe appelle David et Claire mes beaux-enfants, n'est-ce pas ? Je ne sais même pas quand ça a commencé, mais ça semble être resté.

— Pourquoi est-ce que ça m'embêterait ?

— Eh bien, je veux dire, ce sont tes enfants, mais je ne suis pas leur beau-père.

Il resta silencieux pendant un moment avant de demander :

— Tu voudrais l'être ?

La question était sortie de façon si nonchalante qu'il me fallut une seconde pour vraiment la comprendre.

Je me tournai vers lui en me redressant.

— Tu peux répéter ?

Le regard toujours rivé aux enfants, Geoff esquissa un soupçon de sourire.

— Si être leur beau-père était une option…

Il me regarda.

— Tu voudrais l'être ?

— Tu es…

Je clignai des yeux.

— Tu es sérieux ?

Geoff leva la main entre nous et les lumières du stade scintillèrent sur un large anneau en or.

— À toi de me le dire.

Je regardai la bague, puis lui.

— Tu me demandes en mariage ?

Il rit.

— Je ne vais pas m'agenouiller sur la glace, mais… oui.

Baissant un peu la tête, il déglutit difficilement en croisant mon regard.

— Tu veux m'épouser ?

Il m'avait pris tellement au dépourvu, à transformer nonchalamment une conversation banale en une proposition de mariage, que mon cerveau disjoncta quelques secondes. Heureusement, seulement quelques secondes. Je hochai la tête en souriant.

— Bien sûr.

Geoff m'offrit un sourire soulagé.

Je haussai un sourcil.

— Tu pensais vraiment que je ne voudrais pas ?

— Eh bien, j'espérais, mais tu sais comment c'est. Les nerfs.

Je souris simplement, retirai mon gant et caressai son visage.

— Pour mémoire, murmurai-je contre ses lèvres, la seule raison pour laquelle je n'ai pas dit oui dès que j'ai vu la bague, c'est parce que tu m'as pris de court.

— Je préfère dire que je t'ai « surpris ».

Je lui souris et l'embrassai.

— Ouais. Clairement surpris.

Je baissai les yeux sur la bague qu'il tenait toujours entre le pouce et l'index.

— Alors, est-ce que je peux la porter maintenant ?
Ou… ?

— À toi de décider.

Nos regards se croisèrent et je n'arrivai pas à
m'empêcher de sourire.

— Je pense que je veux la porter maintenant.

Je retirai le gant de ma main gauche et mon cœur
tambourina quand Geoff glissa soigneusement la bague de
fiançailles à mon doigt.

— Hé, regarde-moi ça, dit-il en riant. J'ai deviné ta
taille.

— Ouais.

Je regardai ma main. L'anneau m'allait parfaitement.

— Oh mon Dieu !

Claire patina vers nous et fit un dérapage
parfaitement contrôlé pour s'arrêter près des stands.

— Tu lui as enfin demandé ?

— Enfin ? répétai-je en riant. Vous avez tous
comploté ça ou quoi ?

— Tu plaisantes ?

Elle rayonnait en désignant ma main.

— On est tous allé acheter la bague il y a genre, deux
mois.

Ma mâchoire se décrocha et je me tournai vers Geoff.

— Vraiment ?

En souriant, il hocha la tête.

Je regardai à nouveau l'anneau et, bien sûr, j'avais déjà
dit oui, mais de savoir qu'il avait emmené les enfants avec
lui, qu'il avait comploté avec eux pour garder ça secret… Je
n'aurais pas su dire pourquoi, mais cela m'émut presque
aux larmes. Peut-être parce que je m'inquiétais tellement
qu'ils m'acceptent – qu'ils m'acceptent vraiment – comme
le partenaire de leur père.

Claire se retourna et appela par-dessus son épaule :

— Hé, David ! Papa a enfin demandé sa main !

David leva les yeux d'une passe avec Grady. Le palet
s'éloigna, mais ils l'ignorèrent tous les deux.

— Vraiment ?

Je levai ma main, l'anneau scintillant à mon doigt.

David ne fut pas le seul à nous rejoindre. Mes co-équipiers se joignirent rapidement à nous. Les félicitations commencèrent à pleuvoir et les défenseurs commencèrent déjà à préparer mon enterrement de vie de garçon, ce qui amusa terriblement Geoff. Nous étions fiancés depuis deux minutes et ils prévoyaient déjà de boire et de faire choisir un tatouage à toute l'équipe pour me le faire quand je serais trop ivre pour m'en soucier. Des potaches surpayés, vous vous souvenez ?

Wilson cogna l'épaule de Grady.

— Je t'avais dit qu'il lui passerait la bague au doigt.

— Et tu as dit que ce serait à Noël.

Grady tendit la main et remua les doigts.

— Paie, connard.

— Payer ? demandai-je. Vous aviez… parier à ce sujet ?

— Oh la ferme, Crowe, me lança Grady en levant les yeux au ciel. On parie bien pour savoir quand Dane va enfin laver ses chaussettes. Bien sûr qu'on a parié sur ça.

— D'accord. Logique.

Je lançai à Geoff un regard d'excuse, mais il se contenta de rire. Il avait déjà passé assez de temps avec l'équipe, il ne resterait pas grand-chose qui pourrait le surprendre.

— Oh ! cria alors Bruiser. Prem's pour être le témoin !

— Putain, non, hors de question ! aboya Grady. Tu débarquerais bourré et tu perdrais l'alliance.

— Et pas toi ?

— Je serais plus sobre que toi. C'est moi qui serai le témoin.

— Très bien, rétorqua Bruiser en désignant l'un des buts. Tirs au but !

Il s'éloignait déjà en patinant quand il jeta par-dessus son épaule :

— Le gagnant sera le témoin de Crowe !

— Ça marche, imbécile !

Je ris en les regardant partir et lançai à leur suite :

— Je n'ai pas mon mot à dire ?

— Non ! fut la réponse unanime de pratiquement tout le monde.

Le reste de l'équipe et mes futurs beaux-enfants les suivirent, criant des encouragements tandis que les gars rassemblaient des palets pour les tirs au but.

Levant les yeux au ciel, je me tournai vers Geoff.

— Tu sais que notre mariage va être dingue, non ? Avec, euh…

Je désignai mes co-équipiers.

Geoff rit.

— Ouais, les *Snowhawks* ne me semblent pas vraiment être le genre de foule calme et solennelle.

Je ricanai.

— Euh. Non.

— Ça ira.

Il m'attira à lui et pressa ses lèvres contre les miennes.

— Je sais dans quoi je m'engage.

Quelle que soit la réponse que j'aurais pu avoir, elle fondit quand il m'embrassa à nouveau. Penché sur la rambarde, je glissai ma main sur sa nuque et laissai ce doux et tendre baiser se prolonger. Tout autour de nous résonnaient les bruits de ces joueurs de hockey tapageurs, de palets en train de voler, de patins éraflant la glace, et toutes sortes de choses que j'espérais vraiment qu'ils ne diraient pas à haute voix lors de notre mariage. Mais ici, tout était calme et parfait.

Derrière moi, quelqu'un marqua. Je ne cherchai pas à voir qui, parce que je me moquais de savoir qui avait gagné les tirs au but et décroché sa place de témoin.

J'épousais l'homme que j'aimais. Le reste, ce n'était que des détails.

FIN

À propos de l'Auteur

L.A Witt est une auteure loufoque qui se spécialise dans les romances M/M, et qui a enfin été libérée du labyrinthe purgatoire que sont les champs de maïs à Omaha, au Nebraska. Elle réside désormais sur la côte sud-ouest de l'Espagne et, hormis se demander comment elle a survécu à Omaha, elle passe son temps à explorer le pays avec son mari, plusieurs hamsters clairvoyants et un bloc-notes qui ne cesse de se remplir de nouvelles idées de romans. Elle a également beaucoup de temps libre, dernièrement, depuis qu'elle a recruté une petite armée de mercenaires pour fouiller l'Amérique du Sud à la recherche de son ennemie jurée, l'auteure de romances Lauren Gallagher, mais ne dites rien à Lauren. Et surtout, ne dites rien à Lori A. Witt ou à Ann Gallagher. Ces crétines sont incapables de garder leur bouche fermée...

Website : www.gallagherwitt.com
Email : gallagherwitt@gmail.com
Twitter : @GallagherWitt

Printed in Great Britain
by Amazon

46501088R00241